Erwin Strittmatter

Die Nachtigall-Geschichten

Erwin Strittmatter

Die Nachtigall-Geschichten

Aufbau-Verlag
1989

Mit acht Reproduktionen nach Bildern
von Maren Reblin

Wie ich meinen Großvater kennenlernte

Ich wurde an einem Mittwoch geboren, an einem Mittwochvormittag um zehn Uhr, falls jemand die Zeit vergleichen möchte. Obwohl der Monat August gewitterfreundlich ist, donnerte es nicht, und die Sonne stand nicht im Zeichen der Jungfrau, und es ging keinesfalls goethisch bei meiner Geburt zu.

Aber ich soll mich sofort so umgesehen haben, als ob ich die Welt schon kennte, behauptete meine Mutter, doch sie verriet es erst, nachdem mein erstes Buch gedruckt war. Und daß ich mich so kenntnisreich umblickte, gleich nachdem ich in die Welt gefahren war, das war nur ein Trick von mir, und ich habe diesen Trick im Leben noch oft benutzen müssen, denn wundern darf man sich nur unauffällig, wenn man nicht haben möchte, daß einen die Schlauberger unter den Zeitgenossen für einen Naiven halten und daß sie einen unter ihre Botmäßigkeit zwingen.

In bezug auf mein Dasein nahmen meine Mutter und ich übrigens verschiedene Standpunkte ein; denn als ich für die Mutter schon da war, wähnte ich mich noch im Niemandsland, und das bewies, daß ich kein Wunderkind war, denn nur Wunderkinder erinnern sich ihrer ersten Lebensminuten, und sie machen Aussagen über die Schürze ihrer Hebamme, und sie verkünden, diese Schürze wäre «weuß gewösen», und alle Wunderkindgläubigen staunen.

Ach ja, es gibt bis heute keine andere Pforte, um in diese Welt zu schlüpfen, als eine Mutter, aber man arbeitet bereits an anderen Einstiegsmöglichkeiten, wie ich lese, doch wenn der Menschenbrutschrank, an dem man arbeitet, zuerst von Schaftlern in einem Lande erfunden wird, das antihuman regiert wird, so werden dort die Industriellen den Professoren das Brutschrankprinzip abkaufen und entreißen, und sie werden serienmäßig homunculi als billige Arbeitskräfte und zu Kriegszwecken herstellen. Dieser Umstand wird auch die Regierungen anderer Länder zwingen, solche homunculi herzustellen, und wenn ich an die Folgen denk, so möcht ich mit Hašeks Schwejk sagen: «Davor hab ich immer die größte Angst gehabt!»

Aber ich schweife ab. Ich bin nicht sicher, ob man sich das schon am Anfang einer Erzählung erlauben darf, weil nur wenige Leser geneigt sein dürften, mühsam und wie in ein Dickicht in eine Geschichte einzudringen, denn die meisten wollen durch die lieblichen Flötentöne einer Fabel in dieses Dickicht gelockt werden.

Ich wurde also noch von einem Weibe geboren. Meine Mutter war eine liebestüchtige Frau: ein Vierteljahr nach meiner Geburt beschäftigte sie sich bereits damit, einen zweiten Menschen herzustellen, und sie stattete meine Schwester mit Gliedmaßen und komplizierten Organen aus, denn der Mensch braucht allerlei, um hier im sichtbaren Leben mitreden und mitagieren zu können. Meine arme Frau Mutter schwächte sich mit diesen beiden zeitmäßig so hintereinander liegenden Arbeitsleistungen. Ihre Säfte flossen nur noch nach innen, nicht mehr nach außen, und ich blieb ohne Muttersaft. Ich wurde kraftlos, und im Alter von einem halben Jahr wurde mir das *Aufderweltsein* über, und ich bekam, ohne mit dem Rauch von Zigaretten dran zu arbeiten, den keuchenden Husten und eine Entzündung der Lunge und wollte mein Hiersein quittieren.

Und als meine Haut bereits so lappig an den Knochen hing wie das Segeltuch am Drahtgestell einer Lumpenpuppe, griff mein Großvater ein. Er atzte mich auf, und ohne ihn wäre ich gestorben, und daran erinnerte er mich, solange er lebte, und daran erinnerte er mich noch auf seinem Totenbette.

Ich wurde also zweimal geboren. Wenn das auch der Titel eines politischen Schlagers ist, so gibts tatsächlich so etwas wie eine zweite Geburt, eine zweite geistige und eine zweite körperliche. Die meine war damals eine körperliche, und das zweitemal gebar mich mein Großvater, und das mag ein wenig erklären, weshalb mir dieser Mann über die Kindheit hin und länger nahestand.

Es gibt Konstellationen im Erdenleben eines Menschen, die man *Unglück* nennt: Es kann ein Unglück sein, wenn ein Mensch keinen von den beiden Menschen kennenlernt, die ihn in die Welt wiegten. Bei mir war es jedenfalls so, daß ich meinen Zeuger später kennenlernte als den anderen Mitarbeiter an meinem Ich, denn ich wurde in Deutschland geboren, und in Deutschland hatten die Männer bislang eine Vorliebe dafür, sich jahrelang nach auswärts abkommandieren zu lassen, um Schaden in der Welt zu stiften.

Eines Tages gewahrte ich, daß ich nicht mehr dem unverbindlichen Nichts, dem Nirwana, angehörte, daß ich mich in der Welt der Selbstverpflichtungen befand, daß ich Akteur in einem Lebensfilm war und daß ich Partner hatte, auf die ich mich einstellen mußte. Als mein Großvater mir als Partner in meinem Lebensfilm zu erscheinen begann, wohnten wir in einem Kotten in einem Dorfe an einer Landstraße, und die Landstraße führte nach Schlesien.

Mein Vater befand sich im Kriege. Das war für mich eine Ortschaft hinter Berlin oder dort wo, ein Ort unter den Augen des Kaisers Wilhelm und seiner Gemahlin Auguste Viktoria.

Meine Mutter betrieb im Kotten an der Landstraße

eine Nähwerkstatt und einen schmalbrüstigen Kurzwarenladen, denn sie hatte den Geldvermehrungsdrang meines Großvaters geerbt, aber bei der Weitergabe dieses Dranges war den entsprechenden Genen das kühle Rechnertum verlorengegangen.

Die Wohnstube des Kottens an der Landstraße nach Schlesien war die Szenerie, in der ich für mein jetziges Leben erwachte. Als ich aufwachte, sah ich, daß nichts mehr zu ändern war und daß ich bleiben mußte, wo ich war. Für gewisse Umstände in unserem Lande wäre es günstiger gewesen, wenn ich ein paar Monate früher geboren worden wäre, weil mein Vater dann noch Hilfsarbeiter in einer Tuchfabrik gewesen wäre. So aber war mein Vater Soldat, als ich in die Welt eindrang, und Tuchfabrikhilfsarbeiter war nicht sein erlernter Beruf, und ich mußte in die einhundertunddreiundzwanzig Fragebögen, ohne die mein Leben ein Nichts gewesen wäre, in die Spalte *Soziales Herkommen* schreiben: *Sohn eines Bäckers.* Nun ist ein Bäckergeselle oft der einzige Untertan eines Bäckermeisters und einer der Ausgebeutetsten unter den Ausgebeuteten, doch in der proletarischen Hierarchie wird er unter der Kategorie *Handwerker* geführt und politisch minderbewußt eingestuft. Tatsächlich soll bei dieser Menschenkaste hier und dort ein politischer Bewußtseinsmangel anzutreffen sein, aber es fiel mir bis heute schwer, dran zu «glauben», daß sich auch bei uns, wie dennmals bei den Verdammten in der Bibel, «die *Sünden* der Väter fortpflanzen bis ins dritte und vierte Glied», aber eine gewisse Frieda Simson, die in Kaderangelegenheiten beschlagen sein will, sagte, als ich ihr zeigte, was ich hier niederschrieb, daß das bereits wieder ein Ausfluß meiner kleinbürgerlichen Abstammung von einem Bäckereiarbeiter wäre. Es bleibt mir nur übrig, mich mit Marx, Engels, Lenin und anderen zu trösten, die in bezug auf ihre Väter noch schlechter dran waren als ich, so schlecht, daß sie von jener Frieda wahrscheinlich nicht in unsere Partei aufgenommen worden wären.

Die Wohnstube im Kotten an der Landstraße nach Schlesien war Schneiderwerkstatt, Kurzwarengeschäft und Kinderspielplatz in einem. Die beiden Geschäftsbereiche waren durch eine dünne Portiere voneinander getrennt. Der Wohn- und der Geschäftsbereich waren nicht besonders gekennzeichnet, und der Kinderspielplatz erstreckte sich über beide Bereiche bis in die kleine Küche hinein, denn wir Kinder waren wie die Hühner, die keine Grundstücksgrenzen anerkennen. Wir scharrten da, und wir scharrten dort, und was für die Hühner Grassamen und Steinchen waren, das waren für uns unsere Erlebnisse, und wir pickten unsere Erlebnisse in der Schneiderwerkstatt oder in der Ladenabteilung der Wohnstube auf.

Der Kurzwarenladen der Mutter war ein halbstaatliches Geschäft, aber es war nicht so lukrativ, wie es heute manche halbstaatlichen Geschäfte sind, denn in das Geschäft meiner Mutter wirkte das Kaiserreich, in einem negativen Sinne, hinein, und von den mageren Stoffballen durfte nur abgeschnitten werden, wenn die Käufer amtlich ausgestellte «Bezugscheine» vorweisen konnten.

Meine Mutter betrieb sowohl die Schneiderwerkstatt als auch den Kurzwarenladen mit Gemüt und Gefühl. Sie nahms mit den kaiserlichen Beziehscheinen nicht allzu genau. «Fräulein, sind Sie noch bezugscheinfrei? . . .» So begann ein sogenannter Gassenhauer jener Zeit, und meine lebenslustige Mutter sang diesen Schlager. Sie legte in ihrer Gutmütigkeit hier und da einen halben Meter Stoff zu, und sie verhalf den Kleinkindern der Kundschaft auf diese Weise zu einer Weste oder einer Joppe, aber beim Neueinkauf reichten die vereinnahmten Beziehscheine nicht aus, um die gehabte Menge Stoff zurückzukaufen.

Für mich waren die Stoffballen in den Regalen Kühe. Diese Kühe wurden mit Zetteln gefüttert. Sie wurden mager, wenn man ihnen zuwenig Zettel zu fressen gab, und weil diese Stoffballenkühe mit Zetteln ernährt wurden, enthielten sie von Kriegsmonat zu Kriegsmonat mehr Papier.

Unsere Kinderschürzen waren aus dünnen Papierbindfäden gewebt. Die Papierbindfäden waren mit einer Schicht Dextrin beleimt, und meine neue Schürze war so schön steif wie die Lederschürze des Hufschmiedes von gegenüber, aber im Regen löste sich meine Schürze auf, wie andere Stoffe sich in Salzsäure auflösen.

Und auch das Nähgarn ließ sich von Jahr zu Jahr leichter zerreißen, und seine sich mindernde Qualität täuschte uns vor, daß unsere Kräfte wüchsen, aber im Jahre neunzehnhundertundsiebzehn war das Garn schließlich so leicht zerreißbar, daß man keinen Maikäfer mehr damit fesseln konnte; das Garn war nur noch gesponnener Rauch.

Außer papierdurchschossenen Stoffen und groben Nesselschürzen konnte man im Kurzwarenladen der Mutter Schleifchen zum Aufhübschen von Frauenblusen kaufen. Diese Schleifchen raschelten kalt. Sie stammten aus der Familie der Weißblechbüchsen, während die Herrenschlipse aus der Vorkriegszeit seidig und weich waren, aber sie lagen in ihren Pappschachteln wie in weißen Särgen, denn sie waren überflüssig geworden, weil die Herrenwelt hochgeschlossenes Feldgrau im Leben und im Tode trug.

In der Mitte des Krieges erhielt Mutters Kurzwarenladen keinen Steck- und Sicherheitsnadelnachschub mehr. Es wurde verlautbart, man benötige alles Metall zur Herstellung von Kanonen, und die Kanonen benötige man zum Erschießen der Feinde, und ich hätte gar zu gern gesehen, wie ein mit Sicherheitsnadeln zusammengehaltenes Kanonenrohr das Schießen nach Feinden überstand.

Es gab wenig Männer im Dorf. Die Dorffrauen wußten nicht, weshalb sie noch deutsch-aufrecht und mit hochgestemmtem Busen umhergehen sollten; sollten sie es für die Großväter oder für die Konfirmanden tun? Nein, diese Schande nicht! Deshalb langweilten sich die Korsettersatzstäbchen in den Schubladen des Kurzwarenladens. Wir nahmen sie heraus, und wir bauten auf den Dielen der Schneiderstube Zäune aus ihnen. Wenn doch eine Frau im Laden erschien und nach Korsettstäbchen verlangte, so wußten wir, daß sie ihre «Rüstung» reparierte und daß sie ihren «Urlauber» erwartete.

Die Annäherung eines Urlaubers aus Frankreich oder Rußland wurde auch an anderen Anzeichen erkennbar, denn meine Mutter wurde beauftragt, für die Heldenfrau aus dem Rock einer verstorbenen Großmutter eine Bluse im Auguste-Viktoria-Look mit Achselstücken, Feinblechverzierungen und roten Paspeln aus dem Friesunterrock einer alten Sorbin anzufertigen. Meine Mutter arbeitete die ganze Nacht hindurch, und die Kundin nahm das Gewand dankbar entgegen, und sie trat aus der Zeit der Liebesdürre in die Zeit der Liebesfülle.

Ach, es geschah oft, daß bereits eine Woche nach dem liebesvollen Urlaub eines Kriegers die Nachricht von seinem «Heldentode auf dem Felde der Ehre» eintraf, und die Kriegerwitwe mußte die rot paspelierte Bluse schwarz einfärben, und die Witwenklagen stiegen gen Himmel.

Mutters Arbeitslohn für die Umarbeitungen von Großmutterröcken zu «Heldenempfangsblusen» stand in keinem Verhältnis zur aufgewendeten Zeit, wenn er nicht in Form von Magerquark oder einigen Eiern einpassierte, und da die Einnahmen aus dem

Kurzwarengeschäft auch nur pfennigweis in die diebessichere Ladenkasse tropften, war es für die Mutter nicht leicht, uns ohne Hungerunfälle und gesundheitliches Stolpern durch die Kriegsjahre zu schleppen, zumal wir uns während des Krieges noch um zwei Brüder, sogenannte *Urlauber*, vermehrten.

Und wieder war es der Großvater, der achtgab, daß wir nicht verkümmerten. Bei den «Unterstützungsbesuchen», die er uns angedeihen ließ, lernte ich ihn kennen, und sein Vorhandensein teilte sich meinem Vorhandensein mit.

Großvater, der ehemalige sorbische Pferdeknecht, hatte sich als Pferdehändler, Herrschafts- und Bierkutscher, Bergarbeiter, Gutsvogt und Fabrikarbeiter erprobt, und er führte um die Zeit, da ich ihn kennenlernte, die Berufsbezeichnung *Handelsmann*, und der Volksmund auf der Lausitzer Heide nannte solche Leute *Rumgeher*.

Solange Großvater auf Erden umherging, suchte er nach einer ihm gemäßen Tätigkeit, doch er fand sie nicht, wie mir scheint, nein, er fand sie nicht. Er hatte dies und das, was zur Ausstattung eines Dichters gehörte, und es ist schwer bestimmbar, welcher Mangel ihn hinderte, ein Dichter zu werden. Ich meine heute, es waren nicht Bücher, die ihm fehlten, denn es hat Naturdichter wie Suleiman Stalski gegeben, die ohne Bücher lebten und groß wurden. Fehlte Großvater ein Gran Intelligenz? Fehlte ihm der Glaube an sich selber? Schien ihm der Sinn des Lebens darin zu bestehen, anpackbare Dinge zu besitzen und zu vermehren?

Und damals, als Großvater als ein *Rumgeher* umherging, war das keine schlechte Grundlage für das Leben eines Dichters, aber Großvaters Dichtungen bestanden nur aus Gesprächen. Großvater riß die Leute in die Gespräche hinein, um sie kauflustig zu machen, und er handelte vor allem mit Kriegstuchen.

Seine *Tuche* kaufte Großvater bei der Firma Schwetasch und Seidel, Stoffe und Tuche en gros, an der Hammerlache. Das war eine teichartige Ausbuchtung der Spree, hinter der Stadt, denn die Muttereltern wohnten in der Kreisstadt, und sie wohnten dort im ältesten Haus, *An der Mühlen Numero eins.* Die Großmutter betrieb in diesem Hause einen Flaschenbier- und Gemüseladen. Das hatte zur Folge, daß sich Großvater im Herbst zum Pächter einer Apfelbaumallee zwischen den Dörfern Graustein und Schönheide machte und daß er bei den Bauern Gemüse aufkaufte. Er nahm damit den Bauern den Weg in die Stadt ab. Die Bauern wußten das zu schätzen, denn sie hatten ihre Pferde in den Krieg liefern müssen, und die Landgendarmen hatten ihnen die Pneumatiks von den Fahrradfelgen patriotisiert. Man gestattete ihnen, sich als Pneumatikersatz Spiralfedern aus Eisendraht zu kaufen. Die Spiralfedern wurden in die Fahrradfelgen einmontiert, und sie machten das Radfahren zur Qual, und das Geholper erreichte fast die Lärmstärke heutiger Motorräder mit abgesägtem Auspuff.

Großvater machte sich also zum fahrbaren Kauf- und Tauschhaus. Er treckte seinen Handwagen täglich zwanzig und dreißig Kilometer über die Sandwege der Heide. Der Handwagen war mit Obst oder Gemüse beladen, und Großvaters Handelsmannskoffer lagen obenauf, und es war eine Schinderei für Großvater, doch gewiß nicht ohne Gewinn.

Wenn Großvater seinen Handwagen mit einem langgezogenen Brrrrr! auf dem Hofe des Kottens angehalten hatte, küßte er uns. Er zwirbelte sich den aschblonden Schnurrbart und zwinkerte uns zu, und er kramte aus dem Handwagenkasten ein Stückchen Speck oder eine Schinkenscheibe, einen Klecks Butter, ein Töpfchen Magerquark oder ein Kännchen Buttermilch, und er schleuste die Raritäten heimlich in die Küche der Mutter, denn die Vorratsschränke in dieser Küche waren in der Regel so leer, daß sich dort nicht eine Fliege hätte von Krümeln ernähren können.

Sodann führte uns Großvater seine musizierende Taschenuhr vor, und wir durften mit seinem Kompaß spielen. Wenn uns diese «technischen Wunderwerke» zu langweilen begannen und unsere Gier auf Neues wieder emporquoll, so packte uns Großvater, und er ließ uns kopfunter in der niedrigen Bodenstube an der Decke entlanglaufen. Da hatten wir dann den Tisch und die Waschkommode unter uns, und die gewohnte Welt verkehrte sich und verströmte einen neuen Reiz, und damals wuchs die Lust in mir, meinen anerzogenen Standpunkt zur Welt mit einem poetischen Standpunkt auszutauschen.

Wenn die Äpfel an den Alleebäumen reiften, kam Großvater mit einem alten Schafpelz und einem geborgten Fernglas aus der Stadt. Er quartierte sich für Wochen bei uns ein. Wenn Zepter und Krone auf den Bildern in unserem Märchenbuch aus einem bärtigen Mann einen König machten, so machten Schafpelz und Fernglas aus unsrem Großvater einen Apfelwächter, und es war so reizvoll an unserem Muttervater, daß er heute dies und morgen das sein konnte.

Über den knirschenden Grobkies der Landstraße bewegten sich Bauernwagen, Militärfahrzeuge, Fußgänger und Kolonnen von Kriegsgefangenen. Es gab in der notdurchwirkten Kriegszeit viele Menschen, die der Marmelade aus roten Rüben überdrüssig waren und zu Apfeldieben wurden.

Großvater bewachte Tag und Nacht die erpachtete Obsternte. Am Tage half das Fernglas und nachts half der Schafpelz Großvater beim Bewachen seiner gepachteten Ernte, und er wickelte sich in den Pelz, und er legte sich in den Chausseegraben, und er «wartete» auf die Apfeldiebe.

Am Tage durfte ich mit auf die *Apfelwache.* Wenn die Straße frei war, hängte mir Großvater das Fernglas um. Das Fernglas war für mich ein Zauberglas, und ich holte mir mit ihm die fernen Bäume, die Sträucher, die Äpfel, den Kirchturm und die Herbstblumen näher. Wenn ich das Glas absetzte, verschwanden die Blumen und die Äpfel. Sie verschrumpften in der Ferne. Ich drehte das Glas um, und es schrumpften auch der Kirchturm und die Bäume in die Ferne ein, und sie verschwanden in der Unendlichkeit.

Das war wieder ein aufregendes Spiel mit Gesichts- und Standpunkten. Es beschäftigte mich bis in meine Jünglingsjahre hinein, und es beschäftigt mich noch heute, weil ich feststellte, daß viele große Geister, die über die Erde gingen, das Leben vieldimensional an- und überschauten und daß sie das allein mit ihrer Phantasie bewältigten, ohne die vielen Apparaturen, auf die wir Menschen des *Wissenschaftlichen Jahrhunderts* nicht glauben verzichten zu können. Aber eine Weile später erkannte ich, daß all die von uns erfundenen Apparate nichts anderes sind als greifbar gemachte Phantasie, und der Kreis meiner Beobachtungen schloß sich.

Einmal fuhr die Nachzucht des Gutsbesitzers in der Kutsche unter Großvaters gepachteten Apfelbäumen dahin, und die halbwüchsigen Adelssprößlinge schlugen die Goldparmänen und die Reinetten mit Stöcken und Peitschen zu sich in den Kutschkasten. Großvater stellte sich auf die Straße, breitete die Arme aus, trat dem Fuhrwerk entgegen, fiel den Kutschpferden in die Zügel und rief den äpfelkauenden Adelskindern zu: «Bezahlen, oder ich zeig eich an!»

Die Freiherrenkinder durchkramten ihre Taschen. Auch der Kutscher suchte in seiner Livree nach Kleingeld, aber Großvater sagte zum Kutscher:

«Dein Geld will ich nicht!» Aber das Geld der Adelskinder kassierte er, und er sammelte die gestohlenen Äpfel ein, und als die Kutsche davongefahren war, sagte Großvater zu mir: «So kummt man zu Gelde!»

Großvater schenkte mir die eingesammelten Geldstücke. Ich dachte an meine Sparkasse daheim. Das war eine blecherne Windmühle mit einem Schlitz zum Einwerfen von Geldstücken. Das Sparen war mir von der Mutter zur Tugend heraufgeredet worden: Du sollst nicht lügen! Du sollst nicht stehlen! Du sollst sparen! Aber für mich war nur lustig, daß sich die Flügel der blechernen Windmühle drehten, wenn ich ein Geldstück durch das eingeschlitzte Dach steckte.

Es war ein Sonntagvormittag. Wir sahen durch unser Fernrohr, wie sich eine schwarzgemummte Kleinbäuerin näherte. Sie kam vom Gottesdienst. Sie trug ihr Kirchengesangbuch in einem weißen Bündelchen, und sie trug außerdem einen geflochtenen Henkelkorb, und sie pflückte sich Äpfel in den Henkelkorb, denn sie wollte wohl nicht ganz leer aus der Kirche in die Küche zurückkehren.

Wir lagen im Chausseegraben. Die Herbstfliegen umsummten uns, und die Heidelerchen sangen. Die Frau kam näher und näher, und Großvater hielt sie an, und er sagte: «Mir scheint, du hast gestohlen, Frau!» Die Alte sagte mit weinerlicher Stimme: «Lieber, lieber Mann, zeigen Sie mir nicht an. Ich will dem Jungchen ein Talerchen schenken, ja, das will ich, will ich!»

Und sie suchte in der Tiefe ihrer Rocktasche nach ihrem bestickten Geldtäschchen, und sie zog es mit zitternden Händen heraus, und sie weinte, und sie tat mir leid. Ich weigerte mich, den hingereichten Taler anzunehmen, aber das ging gegen die Konsequenz des Großvaters, das ging gegen seinen Starrsinn und seinen Erwerbsgeist. Dieser Starrsinn und dieser Erwerbsgeist zeugten viel Böses in Großvaters und in unserem Leben, aber das wußte ich damals noch nicht; und damals war Großvater für mich noch der unantastbare, der unfehlbare Mann.

Und weil ich den Reuetaler der Alten nicht nahm, tadelte mich der Großvater und sagte: «Du wärscht mir ein Geschäftsmann!» Er strich den Taler selber ein, nahm der Kleinbäuerin die Äpfel ab und sagte: «Nu geh, alte Tschedrauka, wie würde es dir gefallen, wenn ich mir bei euch im Garten Äpfel mausen möchte!» Die Alte nickte, und sie trippelte davon. Die Heidelerchen sangen, und sie ließen ihre weichen Töne auf uns herabkullern, und jeder Baum, auf den sich eine Heidelerche setzte, gehörte ihr.

Und es war an einem anderen Tage (die Kindheit kennt keine Daten), da sah ich durch das verkehrt herum angesetzte Fernrohr einen kleinen Mann um die Chausseekurve schlendern. Der Mann zog mit einem Rechen die Baumzweige herunter, und er pflückte sich die Taschen voll Äpfel.

Ich gab das Fernrohr dem Großvater. Der Großvater sah hindurch. Er fluchte, denn der Apfeldieb war mein anderer Großvater, mein Stiefgroßvater, und der hieß Jurischka, und er wohnte in unserem Dorfe. Die beiden Großväter waren nicht die besten Freunde, und als Großvater Jurischka heran war, sagte Großvater Kulka: «Eine feine, feine Verwandtschaft!»

Die beiden Großväter stritten auf sorbisch. Da sie wütend und verschliffen sprachen, verstand ich wenig, aber das Wort Teufel wurde von beiden mehrmals gebraucht. Dann wandte sich Großvater Jurischka ungewohnt liebevoll an mich, und er sah durchs Fernglas gegen das Dorf Schönheide hin, und Großvater Kulka zog ihm hinterrücks die gestohlenen Äpfel aus den Taschen. Aber dann fragte mich Großvater Jurischka, von wem wir das Fernglas hätten, und ich sagte es ihm arglos. Zwei Tage später wurden wir unser Fernglas los, und das Fernrohr mußte abgeliefert werden, weil alle Fernrohre in den Krieg gehörten, auf daß unsere Helden den Feind besser sähen.

Das war eine der ersten diplomatischen Spannungen in unserer Familie, aber sie schlug zu jener Zeit noch nicht in einen Familienkrieg um, weil ein größerer Krieg über allem hing.

Ich lebte wochenlang bei den Großeltern in der Kreisstadt. Ich würde dort nicht «soviel entbehren wie daheim», sagte die Mutter. Ich wußte nicht, was ich entbehrte. Was der Mensch nicht kennt, das entbehrt er nicht. Ich kannte kein Weizenbrot und gierte nicht danach, ich kannte keine Schokolade und ich verspürte keinen Appetit auf sie. Ach, es gibt so wenige echte, aber so viele unechte Bedürfnisse, und ich träume davon, daß wir Kommunisten uns eines Tages aufschwingen und den Menschen helfen, die unechten von den echten Bedürfnissen zu scheiden, selbst wenn wir uns dabei wieder einmal ganz und gar «unpopulär» machen sollten.

Auch in mir wurden damals Bedürfnisse geweckt, echte und unechte, denn Großvater nahm mich mit auf *Fettlebe* in die Hoyerswerdaer Sorbei, und dort wohnten seine Verwandten und Altbekannten. Die Bewohner der sorbischen Dörfer kauften ihre Tuche auf *Beziehscheine* gern bei einem *Rumgeher*, mit dem sie auf sorbisch feilschen konnten. Großvater war beredsam, und er war witzig, und er verstand die Schönheit der Frauen zu loben, und er sagte zum Beispiel: «Maika, wenn ich dir so in die Augen seh, tut mir leid, daß ich schon verpaart bin!» Und er verkaufte seine Nesselschürzen.

Ich hörte mit an, wie Großvater warb. Die Abbilder von Orten, Dingen und Handlungen verschwanden in meinen Augen, und ich kleiner Mensch fiel den mütterlichen Frauen in die Augen. Ich wurde hier mit Butterbroten und dort mit Grützwürsten abgefüttert, und ich kam zu den ersten Himbeeren meines Lebens.

Eines Tages nahmen wir Großmutters Rückenkorb mit auf die Hausierertour.

«Was soll dir die Kiepe, Matthes?»

«Warts ab, Lenka, warts ab!»

Wir kamen in ein Dorf, und das hieß Proschim. Auf den Teichen hinter dem Dorfe wimmelten und blühten die Teichrosen. Sie waren die Materialisation der Zartheit.

Großvater zog sich die Schuhe und er zog sich die Strümpfe aus. Er krempelte seine Hosenbeinlinge auf, und er ermunterte auch mich. Wir stiegen ins Wasser, und wir pflückten Seerosen, Seerosen, Seerosen, und wir warfen sie in den Tragkorb.

Das Wasser erreichte die unteren Ränder meiner Hosenbeinlinge, aber Großvater hielt nicht ein. Er pflückte sich bis an den Bauch in den Teich, und ich pflückte mich bis an die Brust in den Teich hinein, und die weißweißen Wasserrosen waren in dieser Stunde für uns die wichtigsten Dinge der Welt.

Die Kiepe war gefüllt. Wir zogen uns am Ufer die Hosen aus. Wir legten sie zum Trocknen in die Sonne, und wir lagerten uns hemdig nahbei ins Schilfgras. Der Großvater sagte: «Großmutter erzählen wir das nicht erst lange!», und es machte mich stolz, mit dem Großvater ein *Männergeheimnis* zu haben.

Der Teichschlamm duftete, und die Fliegen summten, die Libellen flirrten, und die Wildenten krächzten, die Spiegelkarpfen plantschten, und im Dorfe krähten die Hähne. Alles zusammen verwob sich in mir zu einer Stimmung, und diese Stimmung heißt heute bei mir *Kindheitssommer*. Ich kann mir diese Stimmung zurückholen, wenn ich mich an das

Ufer eines Teiches lege und wenn ich das Summen und Flirren, das Krächzen und Plantschen auf mich einwirken lasse wie damals. Und obwohl es andere Duftwellen sind und obwohl es andere Tonwellen sind, die ich wahrnehme, scheint etwas von dem, was ich meine Kindheit nenne, in diesen Wellen aufgehoben zu sein.

Wir brachten unsere Teichrosen heim. Ich verriet nicht, wie wir zu ihnen kamen, doch die Großmutter sagte: «Der Junge hätt dir hinterrücks ersaufen können, du wirst grau und immer dümmer!» Die Großmutter rollte ihren Waschzuber herzu, und sie schleppte Schüsseln herbei, und zuletzt wurden die Wassereimer gefüllt, und die weißen Blüten der Teichrosen erhellten Großmutters dunklen Gemüseladen.

Es kamen einsame Soldatenfrauen. Sie kauften unsere Teichblumen. Sie lächelten, und sie dachten vielleicht an den letzten Sommerspaziergang mit dem Geliebten. Es schickten Fabrikbesitzersgattinnen ihre Hausmädchen und Köchinnen in den Klein-Leute-Laden der Großmutter, und die kauften unsere Teichrosen als extraordinären Zimmerschmuck für ihre *Gnädigen.* Wir hatten eine Kiepe voll Freude in die kriegsgraue Fabrikstadt geschleppt, und der Großvater sagte beim Geklimper der Ladenkasse: «So kummt man zu Gelde!»

Im Frühling wimmelten im seichten Strandwasser unserer Seerosenteiche Stechfischchen umher, und die hießen Stichlinge. Die Stichlingsmännchen hatten bunte Frühlingsbrüste, und sie hingen im Wasser vor den nestbauenden Weibchen, und sie zitterten, und sie warteten darauf, daß die Stichlingsweibchen den Laich ausstießen, und es gingen Wellen komprimierter Lebenslust durch die Leiber der Fische.

Wir sahen den balzenden Stichlingsmännchen zu, aber dann regte sich in Großvater der Lebenserhaltungstrieb, denn es war Krieg, und die Menschen hungerten, und auch wir hungerten. Wir fingen viele, viele liebesdumme Stichlinge, und wir stopften sie in unseren Hamstersack, und wir schleppten sie nach Hause.

Großvater kochte die Fischchen. Er kochte sie so lange, bis sich ihre Stachelflossen auflösten und nur mehr Fischzellen im Kochwasser schwammen. Die Fischzellen machten das Wasser seimig. Nach dem Erkalten entstand aus dem Seim ein Gallert, und wir nannten die unsichtbar gewordenen Stichlinge – Fischsülze. Wir aßen diese Sülze zu Brot, und das Brot war mit Holzmehl gestreckt, und Großvater wischte sich nach der Mahlzeit den Schnurrbart und sagte: «So kummt man zu wase!»

Einige der schönsten Stichlingsmännchen ließ Großvater am Leben. Er setzte sie in ein Goldfischglas, und das Goldfischglas hatte eine barocke Form, und Großvater hatte es auf einer Auktion gekauft.

Großvater stellte das Fischglas auf Großmutters Kommode vor den Spiegel. Die Stichlinge schwammen dort umher und verdoppelten sich im Spiegel. Großvater sagte: «Scheener als Schwetaschens Goldfische!», und dabei handelte es sich um die Goldfische auf dem Vertiko der Tuchhändlersfrau Schwetasch, und damit ist alles erklärt. Jenes barocke Goldfischglas aber behielt ich als *Andenken.* Es gehört zu jenen *Andenken*, die in unserer Kate bald hier, bald dort im Wege stehen, und es zeugt mit anderen unnützen Dingen, die uns «umstehen», von meinen nie ganz besiegten Sentimentalitäten.

Die Mutter wollte mich wieder einmal sehen, und Großvater treckte einen Handwagen voll nützlicher Sachen aufs Dorf. Auf der Fuhre saß ich, und aus dem Geratter des Handwagens und aus Großvaters rhythmischen Tritten, aus dem Rauschen der Kiefern und dem Gezirp der Vögel entstanden Melodien, und die Melodien drangen auf mich ein.

Ich kannte damals nur Choräle und Kinderliedchen. Die Choräle holten die überalterten Blasmusiker des Dorfes aus ihrem gebogenen Blech, wenn wieder ein *Held auf dem Felde der Ehre* gefallen war. Meine *Handwagenmusik* war mächtiger als die Choräle, und als ich später Symphonien hörte, überraschten sie mich nicht, und es war nichts Unfaßliches für mich in ihnen, denn ich wußte, daß sie aus dem pfeifenden Wind, aus dem Rauschen der Bäume, dem Säuseln der Gräser, dem Gesumm der Insekten und dem Glucksen des Wassers kommen und daß sie das Weltall durchschweben und daß sie hören kann, wers vermag. Ich hörte sie damals, und ich höre sie heute, aber ich vermag nicht, sie in Form von Punkten aufs Papier zu bringen, und es gelänge mir nicht, sie mit Taktstrichen zu bändigen und zu bannen. Ich versuche sie deshalb mit der knarrenden Wortkunst zwischen Sätzen einzufangen, so gut ich es vermag, und ich bewundere Beethoven, Mozart, Schubert und andere gesegnete Bemeisterer der Musik.

So lustig und von solcher Farbe war mein Leben um die Zeit, da ich meinen Großvater kennenlernte: wir lebten wie auf einem Stern, und wir wurden einander nicht müde. Es gab keine Mißhelligkeiten zwischen uns, weil Großvater mir in überväterlicher Liebe alles erlaubte und vieles nachsah, und alles, was uns entgegenkam, und alles, was wir an Erleben zu packen kriegten, war erregend, und das besonders für mich, denn ich war neu in der Welt, und mein Leben trug noch den Silberhauch eines jungen Baumblattes.

Der Krieg dauerte vier Jahre. Ich hörte die Erwachsenen von Jahr zu Jahr mehr von Mängeln, Hunger, Leid und Sterben reden. Als der Krieg zu Ende ging, hätte man erwarten können, daß die Erde in Krämpfen erbeben oder wenigstens einen Tag lang freudig zittern würde, aber es geschah nichts dergleichen, denn die Nachricht vom Ende des Krieges ging wie ein Gerücht durchs Land, und man hatte dennmals bereits gelernt, Gerüchte mit Vorsicht aufzunehmen.

Viele Menschen freuten sich, weil sie sich noch auf der Erde und in der sichtbaren Welt befanden; die einen freuten sich, weil man sie nicht erschossen hatte, und die anderen freuten sich, weil man sie nicht hatte verhungern lassen. Die patriotisch geblähten Worte kamen eine Weile aus der Mode, und die Kriegs- und die Hungerkunst gerieten in Mißkredit.

Verhungert, zerlumpt und verlaust taumelte mein Vater aus dem Kriege. Man nannte ihn einen *Heimkehrer*, und dieses gesalbte Wort *Heimkehrer*, scheint mir, war der Same für neue nationale Phrasen.

Nun war der Vater da. Ich wurde mit meiner Schwester aus der mütterlichen Schlafkammer quartiert, und wir bezogen die kleine Bodenstube des Kottens, und es hieß, daß der Vater nun immer bei uns bleiben würde.

«Immer, immer, Mutter?»

«Immer, immer!»

Im Gastwirtschaftssaal der Großeltern Jurischka fand ein *Heimkehrerball* statt. Da war es wieder, dieses Samenwort für patriotischen Schwulst! Der Vater stieg in den Bräutigamsanzug. Der schwarze Anzug hing lappig an ihm herunter, und die Mutter überzog sich mit einem blaßblauen Kleid, und sie ging steif hinter ihrem Korsett umher, und sie erschien uns unnahbar und fremd.

Bis zum Tage des *Heimkehrerballes* kannte ich keine Furcht. Man konnte mich in der Dunkelheit in die Nachbarschaft schicken, und ich bestellte, was dort zu bestellen war, aber an jenem Abend drang das Tanzgedudel bis zu uns in die kleine Bodenstube, und ich begann mich zu fürchten. Vielleicht wars, weil die Mutter so fremd getan hatte; vielleicht wars, weil sie in einer geheimen Freude von uns gegangen war; vielleicht wars, weil wir den Ursprung dieser Freude nicht kannten.

Auf unserem Nachttisch stand eine kleine Karbidlampe. Sie stand in einem Wassertopf. Das gasbildende Karbid ging zu Ende. Ich lag neben meiner Schwester im Bett und starrte auf die kleiner werdende Flamme. Ich fürchtete mich, und die Furcht war so neu, und ich rührte mich nicht, und manchmal denk ich, daß heute oder morgen der Tod eine so neue Erfahrung für mich sein würde und daß sie eine ähnliche Erstarrung in mir auslösen würde, eine Erstarrung für Jahrtausende.

Aber auch damals wähnte ich, die kleine Karbidflamme würde verlöschen und mein Leben würde damit verlöschen. Ich entsann mich meiner unerstarrten Stimme und schrie. Meine Schwester erwachte, und ich beschwor sie, die Lampe zu schütteln.

Meine Schwester schüttelte die Karbidlampe, und ich lag selbsthypnotisiert daneben und schrie, und die Flammenmandel der Lampe vergrößerte sich, und es war mir, als hätte mein Leben noch eine Frist erhalten.

Meine Schwester schlief wieder ein, und die Flamme des Lämpchens verkleinerte sich wieder, und ich schrie wieder, und ich weckte meine Schwester, und ich flehte sie an, die Lampe zu schütteln, und sie tat es, und ich schrie trotzdem, schrie und schrie . . .

Und die Tür unseres Stübchens öffnete sich, und es war, als ob sie ein Windstrahl getroffen hätte. Meine Mutter stand in der Stube. Ihr Gesicht war zornig, und das zornige Gesicht paßte zu ihrem fremden Kleide. Die Stube war klein, und die Mutter war eine

Riesin. Sie packte mich mit der linken Hand, und sie hob mich aus dem Bett, und sie schlug und schlug mich mit der rechten Hand, und die Hand steckte in einem Tüllhandschuh, und ich fühlte die runde Härte des mütterlichen Eheringes auf meinem nackten Gesäß, und meine Stimme erstarrte.

Die Mutter blies die Lampe aus. Sie entfernte sich. Es war, als wäre sie hinter dem Korsett nicht nur steif, sondern auch stumm geworden. Sie schloß die Tür, und sie ging treppab und der *Heimkehrerballmusik* entgegen.

Und als meine Stimme zurückkehrte, rief ich nach meinem Großvater, und der Großvater schien mir in diesem Augenblick der verläßlichste Mensch der Welt zu sein, und ich winselte mich in eine der ersten Verwandlungen meines Lebens hinein.

Als ich noch ein Pferderäuber war

Ich will erzählen, wie man ein Pferderäuber wird, aber sollten auch andere Tatsachen die Gelegenheit nutzen und mich zu ihrem Maul machen, so werde ich sie nicht daran hindern.

Ich war zehn Jahre alt, als ich das erste Pferd für die väterliche Kleinlandwirtschaft erhandelte. Das war mein Gesellenstück als Pferdehändler, und die Tatsache ging in die mündliche Familienchronik ein.

Das erhandelte Pferd war ein weitgereistes Tier, eine «importierte» Trakehnerstute, ein Roß aus dem damaligen Lande Ostpreußen also, ein Rassepferd, und auf den Schenkel der Stute war die Stilisierung einer Elchschaufel gebrannt, und die Stute war eine Einmaligkeit unter den Pferden, die bis dahin über unseren Hof gezogen waren.

Ich hatte das hirschrote Tier bei einem Kleinbauern im Nachbardorf entdeckt, und der Kleinbauer hatte die Trakehnerin von einem verkrachten Gutsbesitzer erworben.

Die Stute gehörte dort zur «Konkursmasse», und sie war billig gewesen, aber der Kleinbauer konnte sie nicht behalten, denn sie war ihm als Einzelpferd zu schwach, deshalb wollte er sie verkaufen, und er wollte sie nicht ohne Gewinst verkaufen. Sie sollte fünfhundert Mark kosten.

Der Preis überstieg unsere Verhältnisse, doch ich beschwor den Vater, die Gelegenheit nicht zu versäumen, ein gutes Pferd zu kaufen, und der Vater gab nach, aber er machte zur Bedingung, das Pferd dürfe nicht mehr als dreihundert Mark kosten.

Ich weiß nicht, ob der hagere Stutenverkäufer sich über mich lustig machte oder ob er meine eingelernte pferdehändlerische Geschicklichkeit bewunderte, jedenfalls handelte er mit mir, doch beim Preis von dreihundertundfünfundsiebzig Mark stockte der Handel.

Ich rannte nach Hause, und ich verständigte den Großvater, und ich tat damit, glaub ich, nichts anderes, als es Botschafter in der großen Politik tun, wenn sie mitten in Verhandlungen in ihre Heimatländer zurückfliegen, um sich Direktiven für eventuelle Kompromisse zu holen.

Großvater erklärte sich bereit, fünfundsiebzig Mark auf den vom Vater bewilligten Betrag draufzulegen, und er ging mit ins Nachbardorf, aber der krummhagere Bauer sagte, er hätte nur spaßhalber mit mir gehandelt, er könne das Pferd nicht für einen Schinderpreis hergeben. Ich sah den Bauern aus dem Keller meiner kindlichen Enttäuschung an, und der Bauer schien zu spüren, daß er dem Weltgewissen gegenüberstand.

Die Trakehnerstute zog bei uns ein, und sie war fromm. Das Adjektiv «fromm» benutzt der Mensch nur für sich und für Pferde, aber damit die Unterschiede zwischen Mensch und Pferd nicht ganz verwischt werden, bringt es ein Pferd nur zur *Frommheit* und nie zur *Frömmigkeit*. Jawohl, das O mit den zwei Strichelchen am Kopfe behielt sich der Mensch sicherheitshalber vor, aber man kann trotz dieses mükkigen Unterschiedes ermessen, wie nahe ihm das Pferd einst gestanden haben muß, als es ihm noch Rakete und Ernährer zugleich war.

Die Stute war also fromm, und das war wichtig für meine Mutter. Sie streichelte das Tier mit ausgerecktem Arm. Die Stute zog den Mistwagen und den

Pflug, und das war wichtig für meinen Großvater; er bearbeitete unsere kleinen Äcker mit ihr.

Die Stute ließ sich reiten, ging in der Kutsche und war schön. Das war wichtig für mich. Es lag ein goldener Schimmer über dem hirschroten Fell der Stute. Ihr Haar glänzte, und es ging eine große Schönheit von der Stute aus. Wenn die Stute auch Fohlen bekommen hätte, wäre mein Ruhm als Pferdehändler in der Familie und im Dorfe noch größer gewesen, aber die Stute bekam keine Fohlen mehr, denn man hatte sie zu lange nicht als Zuchtstute benutzt, und sie fohlte nicht mehr.

Mein Vater fuhr mit dem Brotwagen in die Nachbardörfer, und er ließ sich gern mit der Stute und ihren raumgreifenden Gängen und ihrem unermüdlichen Trab sehen, und alles ging gut, und alle waren mit der Stute zufrieden.

Der Sommer kam. Der Sommer ging. Graue Pferdebremsen wurden geboren. Sie nährten sich von Pferdeblut, sie waren ein ganzes Geschlecht, das sich vom Blute der Pferde nährte. Sie zeugten Junge und verschwanden. Die Bäume und die Sträucher zeugten Blätter und verloren sie im Herbst, und wir nannten die Blätter Fallaub. Im Frühjahr erschienen neue Blätter, und auch die alterten im Laufe eines Sommerhalbjahres, und sie erstarrten zu Fallaub und fielen, und alles schien sich zu wiederholen, die Bremsen und die Blätter, doch es waren in jedem Sommer andere Pferdebremsen und andere Baumblätter, denn wir sind grobsinnig und täuschbar.

Auch unsere Stute alterte unter ihrem Goldglanz. Sie wurde anfällig, und eines Tages steckte das Stutenschicksal in der Gestalt eines Immersäufers den Kopf aus dem Fenster des Wirtshauses und rief: «Nicht so stolz, Bäcker, vorm Durst sind wir alle gleich, Bäkker!», und der Vater konnte diesen Zuruf aus Rücksicht auf seine Kundschaft nicht unbeachtet lassen.

Es war ein eisklarer Märzentag, und es graupelte. Es war ein Tag, an dem es angenehmer war, Grog als Bier zu trinken, und die vom Brotausfahren erhitzte Trakehnerstute stand uneingedeckt im eisverbrämten Ostwind vor der Wirtshaustür.

Die Stute wurde krank. Sie bekam Verschlag, und sie konnte die Hinterbeine nur noch schleppend bewegen. Obwohl ich weiß, daß ein Pferd keine Hinterbeine hat, schreibe ich nicht *Hinterhand.* Ich bitte alle Pferdemänner und alle Mitglieder der Reit- und Pferdezuchtverbände, mir zu verzeihen, denn es sollen mich viele Leser verstehen, aber sie werden mich nicht verstehen, wenn ich im Berufsgruppen-*Latein* schreibe, in der Kastensprache der Jäger zum Beispiel mit ihren *Lauschern, Löffeln* und *Geäsen.*

Ich nehme es den *Grünröcken* nicht übel, wenn sie über mich, den gemeinen Mann, die *Riecher* rümpfen, und ich bitte auch prophylaktisch die Sportler um Entschuldigung, wenn ich ihren Berufsjargon ignoriere, denn es bleibt dabei: ich halte den *Dadaismus* für dekadent.

Der Großvater behauptete, mein Vater wäre schuld an der Krankheit der Stute, er hätte sie zu lange uneingedeckt vor dem Gasthaus stehenlassen. Aber Schuld her, Schuld hin: der Tod sucht Ursache, und Großvater hätte nicht so ausfällig werden sollen, denn «alle sieben Jahre paßt ein Schuh», heißt es bei uns in der Heide, und darin steckt eine Erfahrung: Nachlässigkeiten und Versehen, für die du deinen Nachbarn tadelst, als ob du sein Oberrichter wärest, sind schon unterwegs zu dir, und es kann sieben Jahre währen, bis sie dich erreichen, aber sie treffen auch dich, und auch du wirst was vernachlässigen, und auch du wirst etwas versehen.

Großvater rieb die Stute mit Kampferspiritus ein, legte ihr Lehmkompressen auf, und er probierte all seine Pferdeheilkünste durch, doch sie schlugen nicht an. Die Augen unserer Trakehnerstute trübten sich, und der Goldglanz ihres Haares flog mit der Gesundheit davon. Der Tod begann in der Stute einen geheimnisvollen Beschluß des Lebens zu verwirklichen, und er saß bereits im Blute und in den Muskeln der Stute, und er löste die Stute von dorther auf.

Unsere Trakehnerin sollte zum Roßschlächter im Glasmacherort in der Heide gebracht werden, aber wer sollte sie hinführen, wer?

Der Großvater wollte den Galgengang nicht übernehmen. Der Vater hatte keine Zeit. Die Großmutter sollte die Stute nicht wegbringen, denn ein *Schindergang* war keine Weibersache. Es blieb nur einer übrig, und das war ich, und ich war stolz, daß mir Großvater die Mannshärte für den Schindergang zutraute.

Ich schob mir zwei Butterbrote in die Jackentaschen, setzte die Schirmmütze auf und ging zum Stall. Ich nahm dem Großvater den Strick aus der Hand, aber ich vermied es, die Stute anzusehen, und ich sah starr zum geöffneten Hoftor hinaus. Ich verhielt mich, wie sich der Mensch im allgemeinen dem Unglück gegenüber verhält: er sieht ab von ihm, obwohl was zu lernen wäre, wenn er hin- und draufsähe, aber der Mensch schaut lieber in die Zukunft, und er träumt, daß die Zukunft makellos und ohne Unglück sein wird, und dabei leuchtet aus einem Loch am Wege schon die rote Mütze seines nächsten Unglücks, und er hätte dieses Unglück vielleicht umgehen können, wenn er sein letztes Unglück genauer betrachtet hätte.

Auf dem Mühlberg hinter der hölzernen Windmühle straffte sich der Stutenstrick. Ich mußte mich doch umschauen. Die Stute blickte nach dem hellgelben Bäckereigehöft zurück. Es war, als ob sie ahnte, was ihr bevorstand. Wenn ich meinen Großvater gefragt hätte, ob die Stute es ahnte, so hätte er mir geantwortet: «Sie ahnt es!» Aber der Großvater war ein einfältiger Kossät, und seine Antwort wäre anzweifelbar gewesen, doch war auch ein gewisser Thomas Mann einfältig, wenn er behauptete, Transzendenz sei vor allem im Tierischen? Er wird es wohl erfahren haben. Ich stehe nicht an, Dichtern genauso zu traun wie Wissenschaftlern, weil ich erfuhr, daß in jedem echten Wissenschaftler ein Poet und in jedem echten Poeten ein Wissenschaftler steckt, und die echten Wissenschaftler wissen, daß ihre Hypothesen dichterische Ahnungen sind, und die echten Dichter wissen, daß ihre Ahnungen unbewiesene Hypothesen sind, und weder die einen noch die anderen lassen sich von der Mannigfaltigkeit der Erscheinungen verwirren oder halten einander für Kontrahenten.

Als die Stute sich mir zuwandte, wars mir, als rännen Tränen aus ihren getrübten Augen, und da tropfte auch mir das entsprechende Wasser aus den Augen, und der Wind, der die Mühle trieb, wehte meine Männlichkeit davon. Ich verfütterte meinen Reiseproviant an das Tier, denn ich erhoffte mit dieser Gift Verzeihung für meine beabsichtigte Roheit von der Stute zu erlangen, und ich wendete, und ich trieb heimzu, und der Stutenstrick hing durch, und er spannte sich nicht mehr.

Der Großvater trat aus seiner Baukammer. Er sah, was mit mir war, und er atmete tief. Alle Luft über dem Hofe schien in seiner Lunge zu verschwinden, und dann brüllte er: «Der Deibel soll dir holen!» Niemals vorher und nachher hat mich mein Großvater so zornig beschimpft wie dennmals, als ich die Todesstute zurückbrachte. Er explodierte, und seine Worte sprangen wie giftige Splitter umher, und wer mich je in gleicher Weise «explodieren» sah, der halte mir zugute, daß da das Erbteil von meinem sorbischen Muttervater durchbrach. Ich mühe mich, dieses Erbteil zuunterst in der Truhe meiner Charaktererbteile zu halten, aber es gibt immer wieder Anlässe, die es telekinetisch nach oben fahren lassen.

Brecht versuchte mich zu lehren, wie man seinen brausenden Zorn, wie man seine rappeligen Zörner bezwingt und wie man sie in *Theaterkräche* ummünzt, aber je länger ich Brecht kannte und beobachtete, desto gewisser wurde mir, daß auch *ihm* nicht immer gelang, was er mich lehren wollte. Wenn nach einem seiner *Theaterkräche* seine Halsmuskeln zuckten, so hatte sich das Leben nicht von ihm belehren lassen.

Großvater packte den baumelnden Pferdestrick. Er machte sich barhaupt auf den Weg in den Glasmacherort. Er fluchte, und er spie nach allen Seiten aus, und seine Tränen tropften auf den blauen Kutscherschurz.

Wenn man sich eine Stärken- und Längenordnung für Gewissensbisse vorstellt, dann steht auf der obersten Zeile die Qualenmenge, die sich der Umbringer eines Menschen zu machen hat, sofern er diesen Menschen nicht für sein Volk oder Vaterland oder aus politisch unumgänglichen Gründen, wie es des öfteren heißt, umbrachte, denn in diesem Falle verteilen sich die Gewissensbisse auf alle Mitglieder der Gemeinschaft, für die er mordete, und er darf sich fast so fühlen, als wäre er kein Mörder. Auf den unteren Zeilen dieser Liste würden dann die Zeitlängen von Gewissensbissen stehen, die den Vernichtern von Blattläusen und Wasserflöhen abverlangt werden, und die Zeiträume dieser *Bisse* wären kurz, fast nicht mehr registrierbar, und die Gewissensbisse für die Vernichtung von Mikroben würden überhaupt nicht aufgeführt sein, denn an der unteren Grenze seiner Sehkraft scheint die Verantwortung des Menschen für das Leben zu enden, obwohl wir seit langem wissen, daß das ein Irrtum ist, denn der Mensch bekommt es zu spüren, wenn er zum Beispiel gegen

Bodenbakterien frevelt und die Erde, aus der er selber herauswuchs, verwüstet, aber wir fahren trotzdem fort, in diesen Dimensionen zu sündigen.

Es wurde nötig, ein neues Pferd anzuschaffen: In den Nachbardörfern wartete die Brotkundschaft, und die Äcker mußten bestellt werden. Wir mußten uns ein Pferd zum Brotausfahren leihen, und wir liehen uns eines in der Nachbarschaft. Die Großmutter mußte als Bittstellerin und ich mußte als Kutscher in die Nachbarschaft gehen. «Pferd und Frau verborgt man nicht, lieber die Frau», sagten die Heidbauern, aber die Großmutter konnte so herzheiß bitten, daß sie ihren Lebensunterhalt auch hätte als Bettlerin bestreiten können. Wenn wir unser Leihpferd erhalten hatten, faltete Großmutter ihre Hände unter der Schürze, und sie betete zu Gott, er möge dafür einstehn, daß das geliehene Pferd nicht allzuviel Mucken habe und daß es nicht lospreschen möge, bevor man auf dem Brotwagen saß. «Liebes Jechen, sei uns gnädig!»

Es mußte ein neues Pferd heran, und der Vater fuhr mit dem Fahrrad zum Pferdemarkt. Er kam zu spät dort an, denn alle Pferde, die paßrecht für uns gewesen wären, waren schon verhandelt, aber der liebe, liebe Zufall trieb meinem Vater in einer Marktschenke den Gelegenheitsviehhändler Karle Sudler aus dem Nachbarort entgegen: Wenn der Vater und Karle Sudler auch Nachbarn waren, zwischen deren Gehöften nur zwei Quadratkilometer mit Pflaumenbäumen umsäumte Felder lagen, so begrüßten sie sich doch wie Mitglieder einer Expedition, die von verschiedenen Punkten zum Pol aufbrachen, denn der kleine Bauernmensch erzittert in der Fremde, und die beginnt hinter seinem Dorfe, und er ist in der Fremde bereit, sich mit seinem ärgsten Feind zu versöhnen, weil das, was sie im Heimatdorf verfeindete, draußen im Weltenraum gegenstandslos wird.

Karle Sudler war schwarzhaarig, und er hatte glutvolle Dunkelaugen. Man munkelte, seine unbemannte Mutter, eine Hebamme, die straßauf, straßab unterwegs war, um den Bauernkindern ins Leben hinein zu helfen, hätte eines Tages mit einem Zigeuner zusammen im Straßengraben abgerastet.

Karle Sudler war ein *Denksportler*, obwohl diese Sportart damals noch nicht bekannt war, denn die Kreuzworträtsel waren noch nicht erfunden, und wenn sie erfunden gewesen wären, so hätte das dem Sudler-Karle nichts genutzt, denn er las keine Zeitung. Sudler fertigte sich die Denksportaufgaben selber an, doch sie waren nicht so harmlos wie die heutigen, und die meisten ließen sich in der Frage zusammenfassen: Wie verwende ich meine Skrupellosigkeit, um mich an weniger skrupellosen Mitmenschen zu bereichern?

Karle Sudler begrüßte meinen Vater ausgiebig und groß, und er unterbreitete meinem Vater seine Biedermannssorgen. Er verriet meinem Vater unter Brüdern, daß er seit dem Frühmorgen auf ein paar dunkelbraune Kutschpferde aus wäre, daß es sich um eine Stute und einen Wallach im Brandenburger Modell handele und daß ein Tuchfabrikant das Gespann «abstoßen» wolle, um sich jüngere *Prescher* zu kaufen. Karle Sudler hatte den Klepper, der seinen Kutschwagen zu Markte getreckt hatte, bereits verkauft, und er hatte die Fabrikantenpferde schon «mächtig» heruntergehandelt, aber das Geld, das er bei sich führte, reichte nicht, um das Passergespann zu kaufen.

Karle Sudler machte den Vater auf das Kutschgespann lüstern. Er schlug vor, der Vater sollte eines und er würde das andere der Passerpferde kaufen, und an Sonntagen würden sie die Pferde zusammenspannen, und sie würden Hochzeits- und Kutschfahrten unternehmen. «Wir werden fahren, fahren werden wir, daß alles rumpelt», sagte der Sudler, «und die Pferde werden sich verzinsen, daß unseren Neidern die Augen übergehn!»

Das Pferdegespann war bis auf sechshundert Mark heruntergehandelt, und das war billig für zwei brauchbare Pferde, aber der Sudler-Karle hatte nur zweihundertundfünfzig Mark in der Tasche, jedenfalls in der Tasche, in die er griff, als es ans Bezahlen ging, und mein Vater, dem der Geldmangel seines «Kompagnons» peinlich war, legte wortlos und vornehm dreihundertundfünfzig Mark dazu, und Karle Sudler nickte zustimmend, weil der Vater genau das tat, was Sudler von ihm erhoffte, und weil der Vater es so vornehm und schweigend tat.

Vater und Karle Sudler fuhren im Kutschwagen heim. Das alte Fahrrad des Vaters klapperte hinten im Herrschaftssitz vor sich hin. Sie kehrten unterwegs in den Gasthäusern ein, und sie ließen ihre künftigen Hochzeitsfuhrenpferde bewundern, und der Vater bezahlte die Zechen, weil die Brieftasche vom Karle Sudler – wir wissen ...

Und endlich kamen sie in unserem Dorfwirtshaus an, und dort teilte der Sudler-Karle in der Gegenwart der männlichen Dorfbevölkerung die Pferde auf, und er sagte zum Vater: «Für deinen Brotwagen brauchst du etwas Spritziges», und er teilte dem Vater die etwas leichtere Stute zu, und die anderen Männer nickten, weil neue Pferde künftige Dorfbewohner waren, die das ganze Dorf in den Nachbardörfern oder in der Stadt repräsentierten.

Nun war die Stute da, und der Wallach war dort. Die Stute war ein gängiges Pferd für unsere Zwecke. Großvater war dem Vater noch immer gram wegen der verlorenen Trakehnerin, aber jetzt konnte er nicht mehr widerstehen, und er sah sich die neue Stute an, und er fand sie fast untadelig, denn «wer da fürchtet Spat und Galle, hat nie ein gutes Pferd im Stalle».

Es gelüstete Großvater, das ehemalige Kutschpferd bei der Feldarbeit auszuprobieren. Er probierte es aus, und der Stute schienen Ackerwagen, Pflug und Egge nicht unbekannt zu sein, und sie fügte sich schnell in alle Einspännerarbeiten.

Wir teilten einen Laib Ewigkeit in Stunden-, Tages- und Wochenschnitten. Wir verkrümelten viele Minuten und vergeudeten manche Zeit, und wir wähnten für ein Weilchen, unser Leben an allen vier Zipfeln zu halten, aber eines Tages erschien Karle Sudler mit dem Wallach auf unserem Hofe, und das, was mein Vater glaubte profitiert zu haben, als er in den von Sudler vorgefertigten Pferdehandel stieg, mußte nach- und überbezahlt werden.

Karle Sudlers schwarze Blicke fluckten wie Schüsse aus einer Maschinenpistole umher. Er barmte, sein Wallach ginge schlecht als Einspänner, und er wolle zum Beispiel beim Pflügen nicht in der Furche gehen. Der Sudler-Karle könne seine Äcker nicht ordentlich bestellen, und er bat, und er bettelte: «Gebt mir ein Weilchen die Stute und fahrt mir um Jesu willen den Wallach ein!»

Nun nahm Großvater den Wallach in die Lehre. Das war überdrauf. Der Wallach war als Einspänner so anstellig wie die Stute, doch er war fauler, und man mußte ihn ohne Unterlaß treiben, und man mußte die Peitsche unausgesetzt wie zum Schlag erhoben halten, und das war ermüdend für den Kutscher.

Nach drei Wochen trabte ich sonntags mit einer Nachricht über die Felder zum Ausbauernhof der Sudlers: «Onkel Sudler, eire Wallach is jetzt im Pfluge eingefahren, ihr könnt eich ihn wiederholen!» Sudlers Schwarzaugen wichen meinem Blick aus: «Noch bißchen brauch ich die Stute, noch bißchen!»

Wir warteten eine Woche, und der Vater schickte mich wieder zum Sudler. «Noch bißchen, Jungchen, noch bißchen!»

Und wieder einen Sonntag später ging der Vater übers Feld zu den Sudlers, und ich ging mit.

Der Vater hatte auf dem Pferdemarkt fünfzig Mark für den Sudler verauslagt. Er verlangte die fünfzig Mark zurück. Der Sudler-Karle gab die fünfzig Mark nicht zurück, denn er behauptete, er hätte die Pferde auf dem Markte ausgehandelt, und mein Vater hätte keine Arbeit damit gehabt, die fünfzig Mark wären sein Händlerlohn. Er wollte auch die Stute nicht herausgeben, weil die Pferde als Gespann gekauft worden wären, und jetzt stünde eben die Stute beim Sudler und der Wallach bei uns, und vorher hätte die Stute bei uns und der Wallach beim Sudler gestanden, alles wäre in der Ordnung.

Der Vater war in der Stadt Hamburg am Atlantischen Ozean geboren, und er hatte in seiner frühesten Kindheit das Land Amerika gesehen. Er war eine Gentlemannatur, und er war nicht der Mann, der da sagte: Die Stute heraus, oder die Bude wakkelt! Das zu sagen wäre auch ungeschickt gewesen, denn wir waren auf dem Sudler-Hofe in der Mindermacht, weil dem Sudler-Karle ein Knecht zur Verfügung stand, und dieser Knecht wurde *Politiker* genannt, und es stand ihm die Sudler-Frau zur Seite, und die hatte ein Mundwerk so grob wie ein Kiessieb, und es stand dem Sudler-Karle die Sudler-Mutter zur Seite, und die war Hebamme für sieben Dörfer. Die Sudler-Mutter hatte zwar kein grobes Maulwerk, aber es stand ihr allzeit ein wissendes Lächeln um den Mund, und ewig dieses wissende Lächeln, und das mußte einer Frau, die an der Pforte des Lebens hantierte, wohl zustehen, und es wollte sichs niemand so recht mit der Sudler-Mutter verderben.

Der Knecht, den man den *Politiker* nannte, wählte bei jeder Reichstagswahl eine andere Partei. Er wählte die gegensätzlichsten Parteien hintereinander; nach den Deutschnationalen die Kommunisten und nach den Sozialdemokraten die Partei eines gewissen Herrn Winter, der sich für die Aufwertung von verfallenen Geldscheinen einsetzte; es kam ganz darauf an, von welcher Partei der war, der dem Politomanen, bevor der «wählte», eine Flasche Schnaps zuschob.

Man munkelte, der *Politiker* wäre früher Besitzer eines Zeitungsstandes in der Stadt Königsberg gewesen. Er hätte täglich die Zeitungen aller Parteien um und um gelesen, und er hätte sich dabei die gegensätzlichsten politischen Impulsströme einverleibt, und dann hätte es plötzlich in seinem Hirn aufgezischt, und es wären einige seiner Hirnzellen verkohlt.

Mein Großvater hatte nicht den Ehrgeiz, für einen Gentleman gehalten zu werden. Er war der Meinung, die Stute müßte wieder zu uns, und vom Sudler-Karle sagte er: «Wenn wir den haben, dann werden wir den schon kriegen!»

Ein paar Wochen lang herrschte süßeste Eintracht zwischen meinem Vater und dem Großvater, und wir waren die Nutznießer. Wir lebten unser Leben für kurze Zeit, ohne unsere Familiendiplomatie spielen lassen zu müssen, denn wir brauchten beim Erzählen nicht zu beachten: das darfst du vorm Großvater und jenes vorm Vater nicht sagen!

Es war ein seliger Zustand, wie wir ihn aus den Klassenkampfpausen in der Weihnachtszeit und während der Sommerurlaubswochen in unserem Lande kennen.

Es war ein Mittelherbstabend, und die Sonne war vor dem Untergehen, und Großvater säte den Roggen fürs künftige Jahr. Der Vater säuberte mit einer Kartoffelhacke die Furchen des Pachtackers von Queckenwurzeln, und ich wartete auf das Eineggen der Saat. Ich saß pfeifend auf dem Kornsack, und ich ließ den Wallach am Rain ein wenig Queckengras rupfen.

An unserer Feldgrenze lag eine dichte Kiefernschonung. Sie lag da mitten in den Feldern, und sie war ein Unterschlupf für die Fasanen des Gutsherrn. Als mir die Zeit lang wurde, stöberte ich in der Schonung umher. Hinter der Schonung gab es auch Felder, und auf diesen Feldern wurde auch Roggen gesät. Auf der ganzen Felderweite sah man Männer mit Säetüchern und Säemulden, und die warfen taktmäßig die Arme seitlich aus, und sie beschrieben mit den Armen einen Halbkreis.

Wir lebten in einem Roggenland, und wir säten unsern Roggen vor der Schonung aus, und andere Leute, die ihren Roggen hinter der Schonung säten, waren Karle Sudler, sein *Politiker* und der Sudler-Sohn, der Willi. Der Willi war etwas älter als ich, und er war fast konfirmationsfähig. Der Willi saß auch bei den Kornsäcken am Wagen, langweilte sich und schnitzte an einer Gerte. Ich sah das alles, und ich sah die Stute vor dem Sudler-Wagen, und ich sah, wie sie die Ohren spitzte, als sie mich wahrnahm, denn eigentlich war sie ja unsere Stute. Der Willi aber schälte die Rinde von seiner Gerte, und er nahm mich nicht wahr.

Ich ging zu unserer Säegruppe zurück und erzählte dem Großvater, was ich auf der anderen Seite der Schonung gesehen hatte. Später in schlimmen Zeiten erfuhr ich, daß man einen solchen Beobachtungsgang Spähtruppunternehmen heißt, aber damals wußte ichs nicht. Der Großvater aber sagte: «Heute kriegen wir die!», und er gab mir Instruktionen. Seine Worte waren für mich so heilig, wie die Worte des Moses den Kindern des Alten Bundes heilig waren. Ich sagte bereits, es war Herbst, die Vögel lebten schon geräuschlos, es war Stille in der Luft, und die Erde war saatbereit und harmlos. Damalen wußte ich noch nicht, daß es ebenso still ist, bevor ein Krieg beginnt, und daß die Krieger jenes Volkes, das ein anderes zu überfallen gedenkt, sich so harmlos verhalten wie Mitglieder einer Sekte von Friedenspredigern.

Ich hatte mich in der Schonung versteckt, und ich hielt den gezäumten Wallach am kurzen Zügel, sonst aber war der Wallach nackt; Großvater hatte ihm das Geschirr abgenommen. Ich spähte zu den Sudler-Säern hinüber, und ich sah, daß der Willi immer noch auf dem Wagen saß. Er kamuschkeite jetzt mit fünf runden Quarzsteinen. Ich kann nicht aufschreiben, wie dieses Spiel auf deutsch heißt, weil ich deutsche Kinder nie kamuschkeien sah. Das Spiel läßt sich allein, zu zweit, auch zu viert oder zu fünft machen. Man sitzt dabei nieder, und man hat fünf Steine vor sich liegen. Man wirft einen Stein in die Luft, und man rafft, solange sich der Stein in der Luft befindet, die übrigen vier Steine von der Erde, um den niederfallenden Stein mit der gleichen Hand aufzufangen. Oder man wirft vier Steine in die Luft und rafft inzwischen einen Stein vom Grasboden – ein Geschicklichkeitsspiel, bei dem es viele Erschwernisse gibt: Man formt zum Beispiel die Hand zur Faust und läßt nur ein kleines Loch in der Faust, und durch dieses Loch muß der fliegende Stein zu den anderen vier aufgerafften Steinen in die Faust schlüpfen, und diese «Figur» heißt *Taubenloch.*

Sicher haben dieses Spiel sorbische Kinder beim Kuhhüten auf der Lausitzer Steinheide erfunden, denn sie verbrachten dort einen Teil ihres Kinderlebens als Brüder und Schwestern der Kühe auf den Triften.

Manchmal meine ich, man sollte dieses Spiel in den Wartezimmern einiger Polikliniken und in den Wartezimmern mancher Ämter einführen, ja, man sollte dort fünf glatte Quarzsteine auf die Tische legen. Das Spiel würde sich von selber entwickeln, und es würde uns die Geduld nicht mehr von gefüllten Kaffeekannen zerstört werden, wenn sie an uns vorbeigetragen werden, und wir würden durch dieses Spiel unsere Geschicklichkeit verbessern.

Und nun muß ich erwähnen, daß ich mit dem Wallach linker Hand in der Schonung stand, weil sonst nicht zu verstehen ist, wieso glücken konnte, was jetzt geschah: Auf der rechten Seite der Schonung wurde mit eins ein Fasanenhahn laut, und ich wußte, daß dieser Fasanenhahn mein Großvater war, aber der Sudler-Willi kannte die tausend Künste meines Großvaters nicht, und er glaubte an den Fasanenhahn. Er machte sich auf, um eine Fasanenschwanzfeder zu haschen, und er drang rechts in die Schonung ein, und es war niemand mehr am Sudler-Wagen als die Stute. Ich gesellte mich mit dem Wallach zu der Stute, und ich band den Wallach an der hinteren Wagenrunge fest, die Stute aber band ich von der vorderen Wagenrunge los, doch als ich mich zur Schonung aufmachte, gewahrte mich der *Politiker*, und er schlug Alarm. Da kam der Sudler-Karle mit einem eisernen Rechen über das Feld und auf mich zugelaufen, und er hätte wahrscheinlich nicht angestanden, mir die Rechenzinken irgendwo hineinzupassen, wenn mein Großvater nicht aus der Schonung gekommen wäre und die Wut und den Rechen vom Karle auf sich gelenkt hätte. Als Karle Sudler ausholte, um den Großvater zu treffen, schrie der Großvater, daß es weithin und bei den anderen Säern auf den Feldern ringsum zu hören war: «Ich handle in Notwehr! Ich handle in Notwehr!» Er entriß dem stutzenden Sudler den Rechen, und er brach den hölzenen Stiel herunter. Er warf den eisernen Zinkenkamm in die Schonung, und er zog dem Sudler mit dem Rechenstiel eins über. Nun aber schrie der Sudler-Karle, und er schrie auch so, daß es die Säer seitab hören konnten, aber er schrie um Hilfe. Die Nachbarn hoben die Köpfe, und da sie zwei sich beschimpfende Kossäten, aber niemand gewahrten, der Hilfe nötig gehabt hätte, senkten sie die Köpfe wieder, um nicht zeugen zu müssen, falls aus der Sache etwas Gerichtliches werden sollte, und sie säten weiter und sorgten sich um das Brot für zu Jahre.

Der Sudler-Karle rief den *Politiker* zu Hilfe, und der *Politiker* wollte erst wissen, ob er für die Hilfeleistung eine Flasche Schnaps bekommen würde. Der Sudler-Karle versprach ihm die Flasche, und der *Politiker* fragte: «Kleine oder große Flasche?» Der Sudler-Karle schrie: «Eine große Flasche!»

Jetzt trat erst einmal mein Vater aus der Schonung, und der *Politiker* bat meinen Vater, später zu bezeugen, daß ihm sein Bauer eine große Flasche Schnaps versprochen hätte. Mein Vater versprach dem *Politiker* die Zeugenschaft, doch er verhinderte gleichzeitig, daß der *Politiker* dem Sudler gegen den Großvater beistand.

Auf dem Saatfelde entwickelte sich eine Prügelei, aber ich kann nichts über sie vermerken, weil ich verhindert war, dran teilzunehmen. Aus dem Saatfeld wurde ein Schlachtfeld – auch das war so wie bei Kriegen zwischen zwei Völkern.

Ich nahm der Stute das Sudler-Geschirr ab, legte es an den Rand der Schonung, legte der Stute unser Geschirr auf, und ich spannte sie ein. Ich fuhr im Galopp nach Hause, und das hatte der Großvater mich nicht geheißen; der Sudler-Willi aber stöberte die ganze Zeit in der Schonung nach dem Fasanenhahn.

Die Sache wurde gerichtlich. Der Sudler strengte einen Prozeß gegen meinen Vater und meinen Großvater an, sie hätten ihm sein gutes Pferd mit Gewalt gegen ein schlechtes vertauscht.

Nun gehört hier etwas her, was ich vielleicht hätte früher erwähnen müssen, nämlich eine Charaktereigenschaft meines Großvaters, doch ich meinte, man soll literarische Figuren nicht schon zu Beginn einer Erzählung mit Fudern von Charaktermerkmalen zudecken, und man soll den Leser nicht langweilen. Man möge mir jedenfalls glauben, daß ich die nachzutragende Charaktereigenschaft meinem Großvater nicht andichte, weil es der Gang der Erzählung erheischt, denn es wäre künstlerisch unfair, wollte ich mich jener Erzähltechnik bedienen, die zur Goethezeit im Schwange war und im *Wilhelm Meister* Höhepunkte erreichte.

Mein Großvater war ein berüchtigter Prozessierer, ein Anstrenger und Bestreiter von Bagatellprozessen, als da waren: Beleidigungs- und Erbschaftsklagen, Grenzstreitigkeiten und Zinseintreibungen.

Mein Vater, dem der Großvater einige Prozesse aufgehalst hatte, behauptete, der Lebensweg des Großvaters wäre mit Prozessen gepflastert gewesen, und das stimmte leider, denn der Großvater hatte als junger Mensch sogar seinem Vater einen Prozeß geliefert. Wirklich, der Großvater prozessierte mit der gleichen Leidenschaft, mit der er Pferde handelte, und es muß ihm einen intellektuellen Genuß verschafft haben, Recht zu erhalten, aber vergeßt nicht, daß er ein Sorbe war, und daß er einem Volke angehörte, dem von seinem Gastgebervolke, den Preußen, freiwillig nicht allzu viele Rechte eingeräumt wurden.

Großvater leitete seine Prozeßabsichten in der Regel mit dem Satze ein: «Wenn ich in die Stadt kumm, muß ich mal bei Magern gehn!»

Mager war ein Rechtsbeistand in der Kreisstadt, ein sogenannter Winkeladvokat. Er war klein, verwelkt und weißhaarig, glich einem frostigen Kiefernzapfen, und man konnte ihm nicht in die Augen sehen, weil sie von dicken Oberlidern verdeckt waren. Für den Großvater war Mager die Inkarnation der

Gesetzbuchkenntnis und der Beherrscher aller Haupt- und Winkelzugsparagraphen, denn er hatte ihm schon beim Prozeß gegen den Urgroßvater «beigestanden».

Und wie Mager noch war, erkläre ich am besten am Verhalten eines Freundes, mit dem ich in der Jugend manche Landschaft durchwanderte. Er wurde Berufssoldat, er wurde Leutnant, und er wollte mir beweisen, daß er keinen Dünkel bekommen hätte. Wir versuchten es noch einmal mit einer gemeinsamen Wanderung, aber die Landschaft war für diesen Leutnant nur noch ein strategisches Gelände, und sobald wir uns einem Hügel näherten, erwog er, wieviel Maschinengewehre und Granatwerfer er hinter ihm in Stellung bringen würde, und Bäume und Bodenwellen waren nichts als Deckungen, und er probierte sie aus und versah sie mit Zensuren: «Sehr gut, sehr gut.»

Der Luftraum über der Erde war für diesen Leutnant ein Raum für Schußbahnen von Gewehrkugeln und Granaten geworden, und es wucherte das Myzel für den *Heldentod* in jenem ehemaligen Freunde, und er starb diesen Tod später am Ilmensee; unter uns gesagt: diesen ganz und gar durchschnittlichen Landsknechtstod.

Und ähnlich wars mit jenem Winkeladvokaten Mager, denn alles, was er ansah, verwandelte sich in Gerichtsprozesse. Seine Mitmenschen existierten nur, damit sie Recht begehrten oder sich gegen das Recht vergingen, und ein Leben ohne Rechtshändel wäre für Mager ein Leben ohne Existenzgrundlage, ein ungerechtes, ein nicht annehmbares Leben gewesen.

Im Vorraum von Magers Büro herrschte eine schweflige Dämmerung, und die wurde von einer gelb verglasten Korridortür produziert, und es hauste dort ein weißer Spitz, und auch der Spitz wirkte gelb in diesem Schwefeldämmer. Er umkreiste Fremde wütend wie eine gereizte Wespe, und manchmal biß er zu, und wenn die Klienten sich beschwerten, redete Mager ihnen ein, das Spitzzwicken wäre eine günstige Vorbedeutung für den Prozeßverlauf.

Abends spazierte Rechtsbeistand Mager mit verkniffenem Munde auf der Dammpromenade am Fluß. Seine welken Wangen waren mit silberhaarigen *Hasenpfoten* bewachsen. Er sah aus wie ein zweihundertmal verkleinerter Schopenhauer. Der Spitz ersparte sich das ewige Anheben eines Hinterbeines, und er trippelte auf drei Beinen von Baum zu Baum. Mager sah die weidenumsäumten Windungen des Flusses nicht, und er hörte weder den Zilpzalp noch das Rotkehlchen singen. Er rief seinen Spitz ab und zu mit knarrender Stimme zur Ordnung, und außer diesem Spitz existierten für Mager weder Menschen noch andere Lebewesen, und über Magers schwarzem Hute tanzten nicht Mücken, sondern ein Schwarm von gekrümmten Paragraphen.

Magers weißer Spitz kannte mich, und er kläffte nicht, wenn ich kam. Unter dem Spiegel der Flurgarderobe hockte ein ausgestopfter schwarzer Spitz, der mich mit seinen Glasaugen bittend ansah. Das war Magers verstorbener Spitz. Er hockte auf den Hinterpfoten und «machte Männchen», und er hielt mit den Vorderpfoten einen Spucknapf, und in dem Spucknapf befand sich stets sauberer weißer Sand. Wenn ich mit Großvater zu Mager ging, machte ich Mager eine Freude, und ich spie in den vom ausgestopften Hund bereitgehaltenen Napf, und Mager lachte jedesmal darüber. Es war ein knarrendes Lachen, und es ähnelte dem Gesang des Wachtelkönigs. Mager lachte jedesmal wieder, wenn ich in den Spucknapf spie, und es war nicht zu erkennen, ob Mager aus Senilität oder aus Zuvorkommenheit gegen seine Kundschaft lachte. Aber alle Schrulligkeit hat Gründe, und wenn wir die Gründe in jedem Falle kennten, würden wir eher Mitleid mit Schrullenträgern haben und uns weniger über sie belustigen:

Mager war impotent, und die Frau, die er geliebt hatte, hatte ihn verlassen. Er trauerte lange um sie, aber dann nahm er eine zweite Frau, und auch die verließ ihn. Die zweite Frau war begütert, und Mager stand nicht an, sie mit Gewinn für sich hinwegzuprozessieren. Da man seine Liebe verschmähte, mochte sich aus dem jungen Mager mit dem unsichtbaren Gebrechen jener Hagestolz entwickelt haben, den ich kennenlernte, der, um den Ruf der Impotenz zu entkräften, wöchentlich zweimal das Bordell besuchte, denn das Bordell lag in der Straße, in der er wohnte, in der er seine Paragraphenküche betrieb, in der man ihn beobachtete, in der man alles von ihm wußte.

Ich bemerke, daß ich dem Leben des Rechtsbeistandes Mager mehr Platz in der Erzählung einräumte, als ihm zukommt, und ich ließ zu, daß sich ein Mensch, der im Leben einen Stehplatz auf der Galerie hatte, zur *Bühne* drängte. Ich bitte meine Leser um Verzeihung, und ich bitte sie gleichzeitig, zu bedenken: Vielleicht gibt es einige Beziehungen von Aufschreibern zur Wirklichkeit, die von unseren Literaturwissenschaftlern noch nicht erforscht wurden, und vielleicht bin ich vom Leben beauftragt worden, dem kleinen Mager jenes Quentchen Mitgefühl bei seiner Nachwelt zu verschaffen, das ihm von seiner Mitwelt versagt blieb.

Unser Prozeß mit dem Sudler hätte vielleicht mit einer oder zwei Verhandlungen zu Ende sein können, wenn man nach der Aufnahme des Tatbestandes jene Leute angehört hätte, die bezeugen konnten, daß die Stute uns gehörte, aber das tat man nicht, denn es gab in der Kreisstadt drei oder vier Rechtsberater, und die wollten existieren, und sie machten aus einer Prozeßmücke ein Prozeßschwein, und der Advokat, der einen Prozeß mit wenigen Verhandlungen zu Ende brachte, hatte den wenigsten Zuspruch.

Unser Prozeß verschlang eine Menge Vorschußgelder, und meine Mutter bejammerte diese Tatsache, doch sie wurde vom Großvater zurechtgewiesen: «Bis' stille! Ich weeß, was ich weeß, ich war bei Magern!»

Und in der letzten Phase des Prozesses war auch ich auf dem Gericht, doch ich weiß bis heute nicht, wie es Mager gelang, mich in den Gerichtssaal zu schmuggeln, und wie er es erreichte, daß ich gehört wurde; vielleicht erreichte es Mager durch Bestechungen.

Da war die Tür des Gerichtssaales, durch die jahrsüber viele Prozeßgewinner und viele Prozeßverlierer gingen. An dieser Tür hing ein Zettel, und auf dem Zettel waren die Gerichtsverhandlungen des Tages in ihrer Reihenfolge verzeichnet, und es war dort verzeichnet: *Sache Sudler gegen Strittmatter – Pferderaub.*

Ich las es, und ich erschrak: War mein Großvater denn ein Räuber? Gehörten zu einem Räuber nicht Verworfenheit, Kaltblütigkeit, Gewalttätigkeit, Mordlust, ein schwarzer Vollbart, ein scheeles Auge, eine Hinterladerflinte und ein geraubtes Weib? Und mußte ein Räuber nicht mindestens von zwei Gendarmen in die Stadt und vors Gericht gestoßen werden?

Nein, ach nein, Mager bewies, daß Großvater ein rechtschaffener Mann, ein unbescholtener Bewohner unseres Dorfes und kein Pferderäuber wäre, aber dann wies der kleine Mann mit einer großen Geste auf mich und sagte: «Der Pferderäuber? Dort sitzt er! Befragen Sie ihn!»

Ich erbleichte, und ich wartete drauf, festgenommen zu werden, aber der kleine Mager machte eine beruhigende Handbewegung zu mir hin, und der

Vorsitzende rief mich, scheinbar widerwillig, nach vorn, und er tat so, als ob er sich damit etwas durch und durch Überflüssiges leistete. Er fragte mich: «Hat dein Großvater dich beauftragt, mit der Stute ins Dorf zu preschen?»

Und ich antwortete: «Man ist alleene Manns genug», und die Zuhörer belachten meine Antwort, und der Vorsitzende drohte, die Zuhörer aus dem Gerichtssaal entfernen zu lassen. Rechtsbeistand Hundertmark, der Verteidiger des Sudler-Karle, erhob Einspruch gegen die Vernehmung von Unmündigen in einem ordentlichen Gerichtsverfahren, aber irgendwie schien meine Aussage den Ausgang des Verfahrens doch zu beeinflussen, und das hatte Mager zuwege gebracht.

Wir gewannen den Prozeß, und auch ich begann diesen Mager zu schätzen, ja, ich liebte ihn fast, weil er so klug und gesetzeskundig war, aber vor dem ersten Schultag nach den Weihnachtsferien fürchtete ich mich, denn ich erwartete, in der Schule würde man mich nunmehr *Pferderäuber* rufen, aber etwas anderes geschah: Ich wurde für Tage der Held meiner Schulklasse, und alle Schulkameraden wollten mir den Arm um den Nacken legen und mit mir um den Schulhof spazieren. Das war bei uns in der Heideschule ein sichtbarer Ausdruck von Freundschaft, und wenn man dazu den Umstehenden noch versicherte: «Wir sind Freunde! – – – Wir sind Freunde, bääh, bääh, bääh», so war das der Ausdruck von einer Freundschaft, die heute mit dem Ausdruck «unverbrüchlich» gekennzeichnet wird.

Ich habe nie wieder so viele Freunde gehabt wie dennmals, als meine Mitschüler sich glücklich schätzten, wenn sie mich, den gerichtlich anerkannten Pferderäuber, berühren durften, und damals verwirrte mich das, weil Räuberei uns in der Religionsstunde als ein verwerfliches Tun gekennzeichnet wurde, aber die Gottesstrafe für meine Räuberei war wohl, daß keines der Mädchen seine Arme um meinen Nacken legte, und auch die eine, auf die ich es abgesehen hatte, tat es nicht, nein, sie tat es nicht.

Nun hatten wir unsere Stute wieder, und wir hätten glücklich sein müssen, denn es durchschwebt den Menschen eine Sehnsucht nach Glück, und er denkt, sobald mir jenes Auto, jenes Häuschen im Grünen, jener Garten am Fluß, jener Anzug oder jene Stiefel gehören werden, sobald ich meinen Nachbarn im Wohlstand überholt haben werde, ohne ihn eingeholt zu haben, werde ich glücklich sein, und es wird mir nichts mehr zu wünschen bleiben, und obwohl es tausend und mehr Arten von Glück zu geben scheint, gibt es für das Wort «Glück» keine Mehrzahl, und auch das Leben kümmert sich nicht um undialektische Vorstellungen des Menschen vom Glück. Und das Leben zieht seine Bahn, und es ist im Recht, und es ist unvergänglich, und wir sind in seinem Flusse, und alle Dinge, an die wir unser Herz hängen, sind flüchtig, und ihr Wert wandelt sich, und was uns heute beglückt, kann uns weinen machen, ehe der Hahn dreimal krähte.

Großvater und Vater hatten den Sudler in einem Gerichtsprozeß besiegt, und das war bis dahin kaum jemand gelungen. Großvater und Vater lebten freundlich und friedlich nebeneinander, und wir glaubten, dieser Zustand wäre von Bestand, denn wir wußten nicht, welche Konstellationen sich an jener Stelle, die der Mensch Zukunft nennt, zusammenschoben, doch sie stiegen wie Nebel aus dem scheinbaren Nichts, und sie verdichteten sich, und sie wurden uns als Gegenüberstellung der gerichtlich zurückerworbenen Stute mit einer Lokomotive der *Deutschen Reichsbahn* sichtbar.

Großvater und mein jüngerer Bruder fuhren mit dem Planenwagen zur Bahnstation im Glasmacherort. Sie wollten dort Waren für den Kramladen abholen, und Großvater strängte die Stute einseitig ab. Er band die Fahrzügel um die Wagenrunge, und er stellte meinen Bruder als «doppelte Sicherung» neben die Stute. Aber was hilft dem Menschen, was hilft den klügsten Plankommissionen das sorgfältigste Vorausplanen, wenn plötzlich ein unvorhergesehenes X eine Rolle zu spielen beginnt, das man keinem Computer einfüttern kann? Und das X des Großvaters war, daß er die Maschinenseligkeit meines Bruders unterschätzte.

Es fuhr ein Güterzug in die Station, und meinem Bruder gefiel die Lokomotive: denn die Stute sah er alle Tage, aber eine Lokomotive sah er selten. Er «floh von der Fahne», und er blieb bei der Lokomotive, bis die anfuhr. Er beobachtete den Kolben und das Gestänge, und der Lokomotivführer befreite den Kessel vom Dampfüberdruck. Der Dampf entwich zischend und knallend, und das Knallen und Zischen und der Anfahrtpfiff der Lokomotive waren eine Nervenprobe für die Stute, und sie bestand die Nervenprobe nicht, nein, sie rannte davon, und sie zog den Planenwagen an einem Strang hinter sich her. Sie ließ sich von nichts und von niemand aufhalten, und hundert Meter hinter der Bahnstation war es der ratternde und scheppernde Planenwagen, der das Tier weiter, immer weiter und heimzu dem schützenden Stalle zutrieb. Der einsträngig gezogene Planenwagen schleuderte raumgreifend umher, und er verfing sich mitten in der Heide an einer am Wegsaum stehenden Birke. Der Birkenstamm klemmte sich zwischen das rechte Vorderrad und seine Achse, und die Deichsel schwang durch diesen Anprall derb aus, und sie durchschlug den Oberschenkel der Stute.

Ein Pferd war durchgegangen. Das war nichts Besonderes damals auf dem Dorfe, und die Dorfleute nahmen es hin, wie sie heute einen Autounfall hinnehmen.

Ein Bergmann fand das aufgelaufene Gespann in der Heide, und er benachrichtigte uns, und die Nachricht lautete: «Eire Stute klebt an eine Birke!»

Ich fuhr mit dem Fahrrad in die Heide, sah die geschwollenen Muskeln der Stute und tastete die Bruchstelle ab. Die Stute stöhnte. Ich wartete nicht, bis der Großvater und der Bruder eintrafen, und ich tat wieder etwas, was mir nicht aufgetragen worden war: Ich raste ins Dorf, und ich telefonierte nach dem Roßschlächter. Man ist alleene Manns genug!

Die Stute wurde verladen, und ich sah, durch meine Tränen hindurch, die Tränen in den Augen des Großvaters, aber das waren wohl keine Mitleidstränen; es waren Zorntränen. Großvater war zornig über sich selber, über seine eigene Unzulänglichkeit. War er nicht eh und je der Mann gewesen, der alles gut bedachte? Das war er, wirklich, das war er, aber das hatte auch seine Selbstgerechtigkeit gesteigert, und seine Selbstgerechtigkeit wuchs bis in die Kronen der Eichen, die vor seinem Stubenfenster standen, aber «alle sieben Jahre paßt ein Schuh . . .».

Wieder mußten wir mit der Großmutter um ein Leihpferd in die Nachbarschaft, und wieder wurde es dringend, auf den Pferdemarkt zu fahren, und wieder glaubten wir, wenn das neue Pferd auf dem Hofe sein würde, käme alles in die Reihe und unser Glück würde vollkommen und unverrückbar sein.

Schneewittchen

Onkel Phile arbeitete in der Kreisstadt, doch er arbeitete nicht gern, und am liebsten arbeitete er gar nicht. Am Wochenende besuchte er uns und die Großeltern auf dem Lande. Seine Handinnenflächen waren feucht, und seine Fingernägel waren abgenagt, und wir reichten ihm unsere Hände nur widerwillig zum Gruß, und wenn wir vor den feucht-nackten Onkelfingern zurückschreckten, lachte Phile wie ein Unterirdischer.

Onkel Phile war gut beschlagen unter der Nase, und unsere Ohren verschlangen, was er flunkerte und schwadronierte, denn wir glaubten noch, das Leben in der Stadt wäre vornehm und kurzweilig, unser Leben auf dem Lande aber gewöhnlich und langweilig.

Es perlten feine Lügen, und es gluckten grobe Halbwahrheiten aus dem Onkelmund, und bei den grobgewebten Geschichten zwinkerten die Erwachsenen einander zu, aber den Onkel fochts nicht an; es genügte ihm, sich in der Bewunderung der Kinder zu baden, und er ging als Held durch seine Geschichten, besiegte seine Gegner in Maulgefechten und verschoß Schimpfworte und Beteuerungen, weil grobe Worte mögliche Wahrheit und etwas wie Taten vortäuschen.

Es gab Wochenenden, da hatte der Onkel seinen Arbeitslohn bereits am Freitag vertan, er erschien mit leeren Taschen vor den Großeltern und mußte Geschichten erfinden. In den Geschichten mußte der arme Onkel überfallen werden, und er wurde oft überfallen, und die Überfälle waren dramatisch:

Was, mördern willst du mir? frag ich.

Mördern, sagt er.

Mir hinterrücks abmurksen, Kindsarsch?

Vorderrücks ists gefährlich, sagt er.

Leg dein Messer ins Gras, sage ich.

Und er legt sein Messer nicht ins Gras, und ich muß auf ihn los, und ich muß mit den Augen rollen wie ein Löwe, und ich muß auf ihn zutrampen und brüllen: Nimm Abschied! Da läßt er das Messer fallen, und weg ist er und mein Geld auch.

«Das Messer, Onkel Phile, zeig uns das Messer!» Der arme Onkel mußte tiefer in den Lügenwald: Das Messer hätte er verscharrt, unauffindbar, mußte er schwindeln, «denn das möcht was geben, wenn der Gendarm einen mit einem Räubermesser betrifft!»

Der Vater und die Bergarbeiter tranken Bier in unserer Küche, und sie lachten Onkel Phile für seine erzählerischen Unfälle aus, doch die Großmutter verteidigte ihren Liebling Phile, und sie sagte spitz: «Er wird's wohl wissen, wenn er dabei war», und der Vater und die Bergleute lachten über Großmutters Naivität, und Großmutter spuckte vor ihnen aus. Sie nahm Onkel Phile zum Begrüßungsmahl mit nach oben in die Großelternstube, und Onkel Phile aß schnell, und er aß, obwohl er schnell aß, lange.

Das Gezell des Menschen ist von Leidenschaften und Lastern durchwoben, wie das Gewurzel der Bäume vom Myzelgeflecht der Pilze durchwirkt ist, und kein Mensch wird gefragt, wieviel Leidenschaften und Laster er sich wünscht, bevor er ins sichtbare Leben schlüpft, und der eine Mensch schleppt viele Leidenschaften und Laster, und der andere Mensch schleppt nur je eine Leidenschaft und ein Laster, aber die Mitwelt giert zu erfahren, ob einer mit seinen Leidenschaften und Lastern fertig wird, oder ob sie ihn hinwerfen und wieder in die Erde trampeln.

Onkel Phile war bar aller Leidenschaften, doch er buckelte sich mit drei Haupt- und mehreren Nebenlastern ab, und seine Hauptlaster waren das Lesen, das Rauchen und das Kartenspiel.

Wenn nach dem Essen kein Kartenspiel mit dem Vater und dem Großvater oder mit den beiden Großmüttern in Aussicht stand, setzte sich Onkel Phile unter Dampf, und der Zigarettenqualm schien ihm nicht nur aus dem Mund, sondern auch aus den Jakkentaschen und Knopflöchern zu quillen. Onkel Phile las, wie er aß, schnell und viel, und er baute sich eine Welt aus Rauch und Buchstaben, und er verschwand darin, und gleichwie das Essen bei ihm nicht anschlug, so schlug ihm auch das Gelesene nicht an: Er nahm zur Kenntnis, ohne an Kenntnis zuzunehmen.

Zuerst las Onkel Phile die aufgestapelten Nummern des *Bergfrieds*. Der *Bergfried* war eine Familienzeitung, und wer sie hielt, der war versichert, und die Hinterbliebenen des Abonnenten sollten einige hundert Mark ausbezahlt bekommen, «falls der Versicherungsträger das Leben mit Abgang durch Tod verlassen sollte», stand geschrieben.

Nach dem *Bergfried* nahm Onkel Phile *Vobachs Modenzeitung für das deutsche Haus* her und las auch die, und er entfaltete sogar die Schnittmusterbögen, und er las auf den Schnittmusterbögen die Hinweise für die Anfertigung raffiniert geschnittener Plisseeröcke, denn er mußte alles gelesen haben, was sich lesen ließ, und er verpackte den Inhalt der zwei Zeitschriftenstöße unter seiner Schädeldecke, und die Schädeldecke war mit strubbeligen, stets etwas unsauberen Haaren bewachsen.

Dann griff der Onkel auf mehrmals gelesene Bücher zurück, und das waren die beiden Bände *Praktischer Hausarzt in gesunden und kranken Tagen*. Ich habe in meinem Leben kranke Menschen, aber nie einen kranken Tag gesehen, aber die beiden Bände lagen auf der sauberen Wäsche im Vertiko der Mutter, und man nannte sie Hülsen-Bücher, weil ihr Verfasser Doktor von Hülsen hieß. Doktor von Hülsen unterrichtete den Onkel mit farbigen Klappbildern über das Muskel-, Knochen- und Sexualleben des Menschen, und der Onkel studierte vor allem das Innenleben der Frau, und er hatte im Gegensatz zur Mutter nichts dagegen, wenn wir ihm dabei über die Schulter sahen.

Der Mensch bestehe hauptsächlich aus Hohlräumen, erklärte Herr von Hülsen, und die chemischen Bestandteile des Zweibeiners hätten einen Wert von nur sechs Mark und achtzig Pfennig in Goldwährung.

Diese *Wertschätzung* des Menschen als Ergebnis wissenschaftlicher Forschung wurde zur Zungenmaxime meines Onkels, und er hängte sie hie und da seinen Betrachtungen an, und seine Betrachtungen bestanden aus zusammengelesenen populärwissenschaftlichen Informationen: «Die Mode ist ein Zwang, der auf charakterlich labile Leute ausgeübt wird, und die charakterfesten Leute, die sich der Mode nicht fügen, werden lächerlich gemacht, und alles ist das Werk von Geschäftsleuten. Ja, ja, was ist der Mensch? Hohlraum an Hohlraum, Chemiewert sechs Mark und achtzig, wenn man ihn einschmilzt.»

Wir hörten diese Materialrechnung, und uns fror, und wir ahnten nicht, daß von Hülsens wissenschaftliche Menschenbetrachtung einige Jahre später von vertierten Landsleuten mit dem Einschmelzen von Menschen in Wirklichkeit umgesetzt werden sollte, und wir ahnten nicht, daß Wissenschaftler, die nur auf den schmalen Ausschnitt ihres Wissensgebietes starren und im Menschen nur sehen, was Doktor von Hülsen in ihm sah, zu schlimmeren Sündern gegen das Leben werden können als Unwissende.

Nach den *Hülsen-Büchern* las Onkel Phile das Realienbuch, und das war ein Buch, das uns Kinder durch die Dorfschulzeit begleitete, und für interessierte Leser und weil ich es wie die Bibel jeden Tag in die Schule schleppte, sage ich hier etwas über dieses Buch, und die uninteressierten Leser mögen dort weiterlesen, wo ich meine Angaben beschließe:

Das Realienbuch enthielt einen kurzen Abriß der preußisch-brandenburgischen Geschichte und die Geburts-, Herrschafts- und Todesdaten aller unvermeidlichen Könige und Feldherren, und nach diesem Geschichtsaufriß mußte man annehmen, daß die Germanen nur auf dieser Erde erschienen waren, damit sie den Humus für das echte Preußentum abgeben konnten.

Dem Geschichtsabschnitt schloß sich ein Zoologieabschnitt an, in dem der Igel als ein wichtiges Tier behandelt wurde, wohl, weil wir in der Schulfibel als ersten Buchstaben des Alphabets das I vom Igel lesen lernten, und es folgten einige Angaben über Haustiere, insbesondere über die Kuh als Milchspender und über die Bedeutung des Pferdes als ackerbearbeitendes Tier und als Kriegsroß, und der Zoologieabschnitt schloß mit der Beschreibung des Eichhörnchens, des Affen der preußisch-kurbrandenburgischen Wälder, gewissermaßen als Anschluß an die Weltzoologie.

Der Fläming, der Niederlausitzer Grenzwall und das Glogau-Baruther Urstromtal vereinigten sich im Realienbuch zu etwas Erdkunde, und in der Abteilung Weltkunde erfuhr man, daß die Erde ein Planet, die Sonne ein Fixstern und der Mond ein Nachtleuchter wäre, der sein Licht von der Sonne bezöge.

In der Abteilung Botanik behandelte man, neben der deutschen Eiche, die Kokospalme, die, trotz des Verlustes der Kolonien, immer noch in Deutsch-Südwestafrika wuchs, und wir erfuhren, daß es vor allem das *Palmin* wäre, um das die «bösen Feinde» uns mit dem Versailler Vertrag gebracht hätten, aber man verriet uns auch leichtfertig, daß die Alten Deutschen so gut wie kein Obst gekannt hätten, und daß es ihnen, nachdem die alten Metsäufer sich hätten christianisieren lassen, die Mönche gebracht hätten, woran man die Wichtigkeit der Kirche für die deutsche Obstversorgung erkennen konnte.

Meinem jüngsten Bruder, der die Schule in der Epoche des Zwölfjahrreiches besuchte, wurde jedoch beigebracht, die arischen Germanen hätten weder die welschen Pflaumen noch den römischen Wein nötig gehabt, denn sie hätten längst den Vitaminwert der wilden Waldstachelbeere und der Ribiseln gekannt, und den Weinbau hätten sie in Grüneberg in Schlesien betrieben und in Weißenfels und in Naumburg und in Meißen auch, «ein bißchen sauer zwar, aber gelobt sei, was da hart macht!».

Und so ließen die lieben Deutschen, die einander so gern *Kulturdünger* oder *Salz der Erde* nennen, alleweil pseudowissenschaftlich mit sich umspringen, und es wird Zeit, daß sie was lernen nach dem Hü und Hott ihrer Geschichte und daß sie beginnen, Pseudo- und Wissenschaft zu unterscheiden.

Von solcher Art war Onkel Philes Wochenend-Notliteratur, in der Stadt aber las er Detektiv-, Wildwest-, Liebes- und Schwulstgeschichten und auch die Werke von Klassikern, denn wie die Bücher im Strom der Tage auf Phile zutrieben, so fischte er sie heraus und benagte ihre Texte mit seinen flinken Blauaugen.

Und er las beim Essen, und er las auf dem Klosett, und wenn ihn der Weg nach irgendwohin langweilte, las er auch im Gehen, und Goethes *Werther* war für ihn eine Liebesgeschichte mit hinausgezerrtem tödlichem Abgang des Liebhabers, und Manzonis *Verlobte* waren für ihn eine andere Liebesgeschichte, in der der Buchschreiber immer etwas zwischen Verlobung und Heirat kommen ließ, damit er das Buch «vollkriegte».

Der Wissenschaft, die man Orthographie nennt, ging Onkel Phile, obwohl er täglich mit ihr zu tun hatte, energisch aus dem Wege. Er schrieb nur, wenn er in Not war, hauptsächlich, wenn er Geld geborgt haben wollte. Dann bereitete er meine Mutter schon während der Woche in einem Brief auf seinen Anschlag vor: «Liebes Lehnchen! Das Schicksal hat es gewohlt, mir wieder einmahl mitelos in die Welt sten zu lasen. Ausgeborgt bis auf mein Gemüht, welches mir blieb, von jene, die sich meine Freunde zu nennen belibten und als Strahfe für meine unversiegbare Gutmütlichkeit, trete ich also nackt vor dir hin . . .»

Auch in seinen Feldpostbriefen aus dem ersten Weltkrieg an die naive Großmutter waren Onkel Philes Bitten und Forderungen in rührselige Geschichten gekleidet:

«Libe Mutter!!!

Du allein weißt es, wie ich an meine Taschenuhr, Vaters Gabe zum Konfermationsgeschenke, gehangen habe, allein, nun hat mich ein groß Unglück betroffen, und ist mir jene durch die Verirrung eines Granatsplitters in der Westentasche zu Muß geworden, und ich kann mein Got danken, daß der Spliter meine Ur, nicht aber meinem Leibe zu nahe trat. Wenn es dich im Bereiche des möglichen erscheint, so schicke mir umgent einen neuen Zeitmesser, damit ich weiß, welche Stunde es geschlagen hat, wenn ich in das Land hinüber muß, aus dem keiner zurückkehrt . . .»

Ach, hätte der Onkel Sitzfleisch gehabt und sich ein wenig mehr um die kapriziöse Dame Orthographie gekümmert! Er hätte eine Art Löschblatt-Literatur aus vorgestanzten Wendungen und Bildern und aus vorgeprägten dramatischen Szenen zustande bringen können, wie jene Schwülstlinge und Journal-Gespielinnen, die in «Morpheus' Armen ruhen», wenn sie schlafen, denen Berlin, Dresden und Leningrad zu nichtssagend sind, und die deshalb von «Spreeathen», «Elbflorenz» und der «Newa-Metropole» schreiben. Sie heiraten nicht, sondern «schmieden ihre Ehe», trinken «Rebensaft» und «edles Naß» bei dieser Gelegenheit und «steuern» nicht auf den Berliner Ausflugsschiffen, sondern mit der «Freizeit-Armada» in den «Honigmond». Sie machen Angler zu «Petrijüngern» und Reiterinnen zu «Amazonen», um klassische Bildung vorzutäuschen; sie «gestalten» Siege und Niederlagen, Kinderwagenkissen und Totenkränze, und sie wähnen ihre Beschränktheit «durchgestaltet» zu haben, wenn sie den Zeiß-Laden am Berliner Alexanderplatz das «Mini-Mekka der Fotofreunde» nennen.

Über den Schwulst, der nötig ist, die Sprache in dieser Weise zu verspießern, hätte mein Onkel Phile durchaus verfügt.

Großvater stand den pseudoliterarischen Wendungen des Onkels skeptischer gegenüber: «Die Uhr aus der Westentasche geschossen? Seit wann tragen sie bei den Soldaten Westen?»

«Er wird die Strickjacke meinen, die ich ihm schickte.»

«Was, meine gute Strickjacke?»

«Sie hatte schon ein Loch am Ärmel.»

«Freilich, zwei Ärmellöcher, zweie. Du wirst freilich nicht frieren für mich im Winter.»

Es gab einen Krach, aber eine Ersatzuhr erhielt der Onkel von der Großmutter heimlich doch, womit die Macht auch der schlechtesten Literatur bewiesen wäre.

Verliebt war der Stiefonkel des öfteren, aber zum Heiraten einer «vernünftigen» Frau, wie die Großmutter sich ausdrückte, um damit unfreiwillig zuzugeben, daß der Onkel unvernünftig war, reichte Philes Einkommen nicht, weil er doch seine Arbeitsstellen öfter als seine Taschentücher wechselte, und sobald er an einer Arbeit die Lust verlor, fand er sein «Haar in der Suppe».

Einmal arbeitete Onkel Phile in einer Tuchfärberei, und er kam mit leichengelbem Gesicht und zitronenfarbenen Händen auf Wochenendbesuch, und wochdrauf kam er um und um blau gefärbt, und wieder eine Woche später erschien er lodengrün in unserer Küche.

Onkel Phile hätte seine verschiedenen Färbungen mit etwas Ausdauer abscheuern können, aber er wusch sich nicht gern, und er liebte es, wie gesagt, wenn wir Kinder ihn bewunderten. Die Großmutter jedoch bejammerte ihn ob seiner ungesunden Arbeit, und dieses Bejammern erleichterte es Phile, die Arbeit in der Färberei aufzugeben, als wir ihn nicht mehr genügend bestaunten, weil wir uns an seine wechselnden Färbungen gewöhnt hatten.

Onkel Phile verdingte sich als Nachtwächter.

«Du wirst gerade was wachen!» sagte der Großvater, der wußte, was wir alle wußten, nämlich, wie furchtsam der Onkel war. Aber Furcht hin, Furcht her, dem Onkel ging's darum, eine Arbeit zu haben, bei der er lesen konnte. Er schloß sich in seiner Wächterbude ein, damit ihn die Tuchdiebe nicht wegschleppen konnten, und er schrieb morgens mit gutem Gewissen in sein Wächterbuch: «Nacht ordnungsgemäß vergangen. Keine Vorkommnisse.» Und es war nichts Gelogenes an diesem Rapport, denn wenn Onkel Phile lesen und dabei rauchen konnte, verlief seine Nacht ordnungsgemäß, und was sich sonst nachts auf dem Fabrikhofe tat, betrachtete der Onkel nicht als seine Sache. Aber die Oberüberwächter, die auf dem Fabrikgelände verteilten Wächtersteckuhren, diese Embryos unserer Computer, die

Onkel Phile ignorierte, rächten sich an ihm, und sie verrieten ihn, und sie brachten ihn um seine heimeligen Lesenächte.

In seiner Nachtlesezeit wohnte Onkel Phile als Schlafbursche in der Familie eines Mühlkutschers, dessen mittelalterliches Häuschen am Ende der Friedrichstraße in der Kreisstadt stand, wo die unteren Fensterkanten der einstöckigen Kleinstadthäuser nicht höher als dreißig Zentimeter über dem Straßenprofil lagen.

Ich ging als Dorfschuljunge, sobald ich mich einmal in der Stadt befand, an diesen Häusern entlang, weil ich gern in die Stuben blickte und den Leuten bei ihren Hantierungen zusah und weil ich glaubte, damit am städtischen Leben, das uns als Kindern so erstrebenswert erschien, teilzuhaben, und gar zu gern wäre ich in die eine oder in die andere Stube eingetreten, und manchmal denk ich, mein Wunsch war in dieser Hinsicht so heftig, daß ich später mehr, als mir lieb war, in solchen Stuben aus und ein ging, und nicht nur, als ich Onkel Phile in einer solchen Behausung besuchte, sondern als ich, selber ein Deklassierter, in den Slums deutscher Städte wohnte.

Die Nachbarin jenes Mühlkutschers, bei dem Onkel Phile einwohnte, war eine Plätterin, und sie war in ihrer Jugendzeit, das heißt, sechs oder sieben Jahre bevor ich sie kennenlernte und bevor sie meine Tante Elli wurde, eine Schönheit, eine etwas zigeunerische Schönheit, gewesen.

Ein vornehmer Herr, wie sie stets betonte, hatte sie «im Rausche der Liebe» geschwängert, und er war dann aus einem durchsichtigen Grunde zum Heiraten unabkömmlich gewesen, und zeither lebte meine spätere Tante allein, wartete und wartete auf die Abkömmlichkeit jenes Herrn und sorgte für ihre Tochter, meine spätere Base.

Die große Stube der Tante war nicht nur Wohn-,

Schlafstube und Küche, sondern sie war auch die Wasch- und Plättanstalt. Ein Schildchen, auf dem die Buchstaben nach allen Seiten auseinanderzufallen drohten, wies am Hauseingang darauf hin, daß man in der Halbkellerwohnung Herren- und Damenwäsche waschen und plätten, auch Fenstergardinen spannen lassen könne.

Als Onkel Phile die Plätterin kennenlernte, kam er nicht mehr regelmäßig zu uns auf Besuch. Seine leere Geldtasche, die er sich sonst hatte heimlich von meiner Mutter oder der Großmutter anmägern lassen, schien jetzt von anderswoher zu frischem Inhalt zu kommen, und Großvater sagte, um die Großmutter zu ärgern, der Onkel lebe jetzt vom «Durchgebrachten», aber eines Sonnabends erschien Onkel Phile doch wieder und erzählte, erzählte, und dabei zog er ein Zigarettenetui aus der Jackentasche, das auffällig silbern glänzte. Phile entnahm dem Etui umständlich eine Zigarette Marke *Süße Mädels*, eine der billigsten Zigaretten damals, und brachte zum Anzünden des Tabakröllchens ein blinkendes Feuerzeug aus dem Mulm seiner Rocktasche ans abendliche Sonnlicht.

«Was hast du Blinkendes, Onkel Phile?»

«Hat mir Elli geschenkt.»

«Elli?»

«Meine Braut.»

Unsere Phantasie baute an Onkel Philes Braut: Sie konnte nicht anders als ein schönes Mädchen sein, wenn sie den Onkel mit so silbern blinkenden Dingen beschenkte, eine Märchenbraut, eine Art Schneewittchen.

Später erfuhren wir, daß das Zigarettenetui und das Feuerzeug, die so anregend gegleißt und uns inspiriert hatten, jenem «vornehmen Herrn» zugedacht gewesen waren, der damals verhindert war, an seiner Hochzeit mit der Tante teilzunehmen. Tante Elli hatte auf den «Herrn» gewartet und gewartet, und eines Tages war sie müde geworden, und sie hatte die blinkenden Dinge Onkel Phile übergeben.

Wenn man geradewegs auf die Kreisstadt zuging, hatte man dreizehn Kilometer Weg hinter seine Fersen zu bringen, und eines Tages machte sich unsere Großmutter mit dem Tragekorb voll Lebensmitteln und einem Strauß Sommerblumen auf den Weg dorthin, aber sie lief erst fünf Kilometer bis zur Bahnstation, um sich dann von dort aus auf einem Umwege von fünfunddreißig Kilometern zu Onkel Philes Hochzeit zu ruckeln.

«Das fehlte mir!» sagte Großvater, «wer weiß, welche Henne diesen unausgereiften Hahn aufspringen ließ?»

Die Hochzeit, die Hochzeit, was spielt sie doch für eine Rolle im Leben der Menschen! Wird sie nicht wie die Wiederholung einer Geburt behandelt, einer Geburt, nach der der Mensch mit zwei Köpfen, vier Händen und vier Beinen vor seinen Mitmenschen und im Leben erscheint? Und die Eltern des Hochzeiters rufen das Glück an, und sie rufen das Schicksal an, und das ganz besonders am Hochzeitstage; das Glück oder das Schicksal, sie möchten machen, daß die beiden Köpfe, mit denen der Mensch hinfort einhergehen wird, nicht gegeneinanderarbeiten, daß er sich mit seinen vier Händen nicht selber verprügelt und daß die vier Beine nicht voneinander streben, kurz, daß der zweiteilige Mensch funktioniert, sich zusammenhält und daß die jungen Köpfe und Beine, die ihm mit der Zeit dazuwachsen, an ihm ein gutes Beispiel haben möchten.

Kurze Zeit nach der Hochzeit erschien Onkel Phile mit Tante Elli und seinem angeheirateten Töchterchen zur Vorstellung beim Großvater und bei uns, den lieben Verwandten, und das Schneewittchen unserer Kinderphantasie wurde von der Wirklichkeit beschädigt: Tante Elli war klein und neigte zur Dicklichkeit; ihr Gesicht zeigte schon Kummerkerben, und es war welk von Wasch- und Plättdämpfen. Das schwarze Haar der Tante führte ein eigenwilliges Leben, und es entfloh, soviel die Tante es auch zurückstrich, immer wieder dem Haarknoten. Oder führte die Tante zuwenig Haarnadeln zur Befriedung dieses zigeunerisch-üppigen Haares ins Feld? Jedenfalls waren die Tantenwangen beständig von schwarzen Haarsträhnen umwedelt wie von schwarzen Glukkenflügeln, und auch der Gang der Tante, mit den nach innen gerichteten Füßen, glich dem Gang einer eilenden Henne.

Tante Elli sprach vornehm sprembergisch, und sie sprach gern, und sie kannte sich mit den kleinstädtischen Gepflogenheiten und Sitten aus, und beim Besichtigungsspazieren durch das Dorf ermahnte sie den Onkel, der Steine in den Dorfteich warf und sich an unseren Streichen beteiligte: «Phile, hak mir ein und geh ein bißchen onglich!»

«Onglich» war vornehm sprembergisch ausgesprochen und bedeutete «ordentlich».

Tante Elli war nicht unbelesen, wie der Volksmund sagt, aber sie fand wenig Zeit zum Lesen, und die Liebesgeschichte, die sich zwischen ihr und unserem altbekannten Onkel Phile abgespielt hatte, erzählte sie so: «Wie das so ist: Man ist allein. Man hat seinen *Fehltritt* gehabt, nicht wahr?» (Wir Kinder sahen unsere sympathische Base, den *Fehltritt*, an.) «Man sucht nach einer Gelegenheit, sich zu entsündigen, und man bittet Gott, nicht wahr? Eines Tages erbarmt sich der Herr, und er schickt uns die Gelegenheit.» (Wir sahen unseren Onkel Phile, den von Gott Gesandten, an.) «Er tat mir so leid, ein Mensch ohne Eltern in der Stadt. Er guckte nachmittags, nachdem er sich vom Nachtdienst ausgeschlafen hatte“ (mit dem Nachtdienst waren Onkel Philes Nachtwächter-

Lesestunden gemeint!), «sehnsüchtig in mein Fenster hinein, nicht wahr? Es ist Sommer, und es ist warm, ihr wißt, und man hat das Fenster geöffnet, man spricht ein bißchen und sieht einander in die Augen, nicht wahr? Ein Wort gibt das andere, aber nie hätt ich ans Heiraten gedacht, doch eines Abends gab ich ihm die Stulle.»

«Was für eine Stulle, Tante Elli?»

«Das Liebesbrot, wie man so sagt, nicht wahr?»

«Da hat man's!» sagte Großvater, «stand er also wie ein Bettelmannsjunge vorm Fenster, weil er sein Geld verjuxt hatte.»

Tante Elli verteidigte Onkel Phile gegen Großvater. Der Onkel hätte nicht gebettelt. Sie hätte dem Onkel die Stulle mit Hackfleisch und Zwiebeln auch nicht durchs Fenster gereicht, denn sie wüßte doch, was sich gehöre, «nicht wahr?» Sie hätte den Onkel zu sich in die Stube geladen. «Eines ergibt das andere, nicht wahr: Er kam wieder, und mit einem Male war die Liebe da.»

Nun wußten wir, wie sich die Liebe ihren Weg über ein Hackfleischbrot mit Zwiebeln bahnt und den Menschen «in Ketten schlägt», wie sich Tante Elli auszudrücken beliebte.

So kamen wir unversehens zu einer Tante und zu einer Base in der Stadt, und fortan wurde es von Tante Elli nicht günstig vermerkt, wenn wir bei Mutters alter Freundin, mit der sie in der Tuchfabrik zusammengearbeitet hatte, in der Kreisstadt abstiegen und nicht bei unseren Verwandten, wie es sich für einen «onglichen Menschen» gehörte, «nicht wahr?»

Wir Kinder unterschieden zwischen Onkeln und Tanten, die uns seit «immer» gehörten, und jenen, die auf uns stießen, als wir schon fix im Leben umherschwammen, denn bei ihrem *Dazukommen* schien der Zufall obwaltet zu haben. Onkel Phile hätte ja auch ein Mädchen aus unserem Dorfe, eines, das ihm der Großvater besorgt hätte, heiraten können.

Wir säten im Herbst den Roggen, und wir pflanzten im Frühling die Kartoffeln; wir ernteten den Roggen im Sommer, und wir ernteten die Kartoffeln im Herbst, und es standen Jahr um Jahr Kornpuppen auf unseren Feldern, und es standen gefüllte Säcke im Herbst neben den Kartoffelfeuern – auch das – Jahr um Jahr.

Und wenn die Wiesen zum zweiten Male geheut waren, weideten wir die Kuh und ihr jährliches Kalb auf ihnen, und all das langweilte uns nicht, weil es das Leben war, das uns in seinen sich wiederholenden Verwandlungen entgegentrat.

Aber die Dorfschule mit ihrem sich fünf Jahre hintereinander wiederholenden Lehrstoff langweilte uns, weil es sich nicht um Leben, sondern um Abstraktionen vom Leben handelte, und weil es Ekel beim Menschen heraufbeschwört, wenn man ihn immer wieder mit den gleichen Abstraktionen zu füttern versucht. Ich wollte und wollte in die Stadtschule, wollte, obwohl mir das nicht bewußt war, mit neuen Abstraktionen konfrontiert und zu eigenen Gedanken angeregt werden, und ich bat und bettelte um die Erlaubnis, und endlich gaben meine Eltern nach, und ich wurde zu einer von Mutters Kolleginnen aus der Fabrikzeit in Pension gegeben. Mutters alte Kumpanin und ihr Mann waren das Hausmeisterehepaar der Städtischen Mädchenschule, und sie wohnten im Keller dieses Instituts, und mein Bett wurde im Schlafzimmer der Pensionseltern aufgeschlagen.

Tante Elli war beleidigt: «Dachtet ihr, daß jene Kellerwohnung höher als unsere Stube liegt? Es wäre onglicher gewesen, den Jungen bei Verwandten unterzubringen, nicht wahr?»

Richtig, richtig, aber meine Eltern wollten nicht, daß auch ich noch in der Stube von Onkel Phile und

Tante Elli hauste, und um die Tante zu versöhnen, machte ich von Zeit zu Zeit Besuche bei meinen Verwandten, vor allem, weil mich das Leben in der Wasch- und Plättanstalt am Ende der Friedrichstraße erregte und reizte, denn zur festen Kundschaft meiner Tante gehörten die Mädchen gewisser Etablissements, und es gab drei Etablissements in der Stadt, und mit der Wäsche dieser Damen gab sich die Tante besondere Mühe, weil sie sauberer sein mußte als die Unterwäsche der Schlafburschen und der «möblierten Herrn».

Die Freudenmädchen zahlten gut, und sie sahen, wie man sagt, nicht auf den Groschen, und der Kleinbürger sagt mit gerümpfter Nase: «Wie gewonnen, so zerronnen», und ich wünschte ihnen damals, daß ihnen die Nasen gerümpft stehenblieben, und wenn ichs recht bedenke, wünsch ichs ihnen heute noch.

Auch ich erhielt meinen Groschen Naschgeld von den Freudenmädchen, wenn ich zufällig bei der Tante war, deshalb besuchte ich sie häufiger und häufiger, damit ich dort war, wenn die Freudenmädchen ihre Wäsche abholten, und auf diese Weise lernte ich alle «zugänglichen» Damen der Stadt kennen, und sie kannten mich, und wenn der Onkel sie um Zigaretten oder um Bier anbettelte, so schickten sie mich nach Wein zum Spirituosenhändler Bombel, denn mit Bier wollten sie nichts zu tun haben, und später wurde ich für das Weinholen abgelohnt.

Ich lernte die neuen Freudenmädchen, die zum Monatsanfang in die Stadt kamen, kennen, und ich kannte die, die länger blieben, und ich wußte dies und das von ihren Qualitäten, denn von diesen Qualitäten hing es ab, ob sie länger als einen Monat in ihren Etablissements engagiert blieben, und ich grüßte die, die länger blieben, und ich grüßte die, die neu angekommen waren, wenn ich sie auf der Straße traf, und ich nahm keine Rücksicht auf die Vorurteile und die entsetzten Gesichter meiner Mitschüler. Es geschah sogar oft, daß mich die Mädchen auf der Straße umarmten und daß sie mir die Wangen streichelten und mich abküßten und daß sie mich zu *Windbeuteln mit Schlagsahne* ins Café einluden, und all das war aufregend, und die Freudenmädchen bereiteten mir viel Kopfzerbrechen.

Die Tante dozierte gern, und sie hatte in mir einen lernbegierigen Schüler; wirklich, es schien eine Lehrerin an meiner Tante verlorengegangen zu sein. Aber das Leben läßt nichts aus den Augen, was es sich vornahm, und was ihm mit der einen Generation nicht gelingt, das gelingt ihm mit der nächsten. Vielleicht besteht unsere Freiheit, die wir mit dem Menschsein erhalten, darin, daß wir unsere geistige Entwicklung, denn nur sie zählt, aufs Ganze gesehen, ein wenig zu beschleunigen vermögen. Die Tochter meiner Tante, also meine Base, wurde jedenfalls in unserer Zeit der vielen Möglichkeiten das, was ihre Mutter nicht wurde, eine befähigte Lehrerin.

Das unbezogene Ende des Plättbrettes war um und um versengt, und es hatte hellbraune, dunkelbraune und holzkohlenschwarze Flecke, die von der Häufigkeit und der Länge der Nebenarbeiten zeugten, die meine Tante neben dem Plätten ausführte, denn an diesem Ende des Plättbrettes lag das eiserne Gestell, das die Bolzenplätte aufnahm, wenn sich die Tante vom Plättbrett entfernte. Neben diesem Gestell stand stets eine Tasse von der Größe eines kleinen Nachttopfes, die moorwasserschwarzen Bohnenkaffee enthielt, der mit einer Prise Salz versetzt war.

Die Großmutter hielt der Tante das «schöne Geld» vor, das für «schwarze Lurke», so nannte Großmutter den Bohnenkaffee, «verplempert» wurde, und die Tante rechtfertigte sich: «Das verstehst du, Mutter, nicht!», und sie wies zum arbeitsscheuen, lesenden Onkel am Fenster hinüber, «der eine raucht und liest, um sich ein bißchen von der Erde zu heben, und ein anderes trinkt eben Kaffee, nicht wahr?»

«Was müßt ihr euch denn von der Erde wegheben?» fragte die Großmutter. «Das würde sich mir nicht wollen. Da möchte mir schön schwindelig werden», und sie spuckte wie stets, wenn ihr etwas nicht gefiel, nach allen Seiten aus.

Die Tante erklärte mir die einzelnen Teile des Unterzeugs jener Damen, die zu ihrer Hauptkundschaft gehörten: «Also, das ist ein Korsett, und es ist nur noch bei Damen in Mode, die es nötig haben, ihren Bauch zurückzudrängen, nicht wahr? Und das hier ist ein Korselett, und es ist modern, aber das hier sind nun Höschen, weißt du ja wohl, und hier hinwiederum sind Schlüpfer, das Modernste vom Modernen.»

Sodann führte mir die Tante verschiedene Büstenhaltermodelle und deren diskrete Polsterungen vor und erläuterte: «Am besten, man hat das alles nicht nötig, nicht wahr?» Sie sah an ihrem flachen Schürzenlatz hinunter, und sie trank einen Hieb Kaffee aus dem großen Topf, und sie stöhnte nach dem Trinken genüßlich auf und begann zu singen:

Ach, laß mich einmal schmusen
An deinem Busen.
Da fing sie an zu weinen:
Ich habe keinen.
Und was ich gestern hatte,
Das war von Watte.
Da fing sie an zu schreien:
Kannst du verzeihen?

Auch der Gesang der Tante war dem Schnarren einer wohlgelaunten Henne ähnlich, und sie trippelte am Plättbrett auf und ab, die arme Tante, und es hüpfte ein Kaffeefleck auf das gestärkte Chemisett, das sie unter der Plätte hatte. Sie lief in ihren schlappenden Tuchpantoffeln vom Plättbrett zum Waschfaß, das – stets mit blaugrauer Lauge gefüllt – am Stubenofen stand.

Die Tante versuchte den Kaffeefleck aus dem Chemisett herauszuwaschen, und sie wusch und rieb eine Weile, und sie schlappte mit dem Chemisett zum Fenster, und sie kontrollierte dort, ob der Fleck schon gewichen war, und sie kniff dabei die Augen zusammen, denn sie war kurzsichtig, und schließlich holte sie mich zu Hilfe, und wenn ich entschied: «Es mag gehen!», nahm sie das Vorhemd des «möblierten Herrn» wieder unter die Plätte und trank wieder einen Hieb Kaffee und vergaß das Chemisett und eilte zum Herd und stach mit einer Gabel in die kochenden Kartoffeln im Ofenröhr. Sie überprüfte den Glühgrad eines Plättbolzens, der im Feuerloch des Stubenofens steckte, und sie überlegte: «Was wollte ich doch gleich?», und sie entsann sich des Chemisetts, und sie rannte zum Plättbrett und sah den Sengfleck vom Plätteisen auf dem Vorhemd, und sie riß das Eisen herunter, und sie schlug die Hände über dem Kopf zusammen, und sie strich sich die Haarsträhnen, die schwarzen Gluckenflügel, aus dem Gesicht, nahm wieder einen Hieb aus der Kaffeetasse, und sie steckte das Vorhemd ins Feuerloch.

Ersatz für so ein in Verlust geratenes Chemisett war stets vorhanden, denn es gab genug liegengebliebene Wäsche von *möblierten Herren* oder von Schlafburschen, die über Nacht weitergereist waren und keine Zeit mehr gefunden hatten, sich nach ihren Siebensachen umzusehen.

Onkel Phile, der gerade wieder einmal krankfeierte, saß ungerührt am Fenster und nahm an der Verbrennung des Chemisetts keinen Anteil. Er saß neben der Kommode, rauchte und las und befand sich in anderen Welten. Wenn es im Leseheft aufregend zuging, hielt er sich den Zeigefinger mit dem bis zum

Mond abgefressenen Stümpfchen Nagel gekrümmt unter das linke Nasenloch und sog aufgeregt die Luft ein und schnorchelte, und dieses Schnorcheln wiederholte sich in Abständen von etwa einer halben Minute, und es dauerte an, solange die Spannung, die dem Lesestoff des Onkels innewohnte, ausreichte. Und wenn die Geschichte in einem Zwanzigpfennigheft nicht zur Zufriedenheit von Onkel Phile auslief, so warf er es gegen die Wand, oder der in Buchstaben gegossene Detektiv und die Bankräuber klatschten gegen eine Herde Fliegen, die auf dem eingerahmten Großfoto von Tante Elli hockten, das sie noch vor dem *Fehltritt* zeigte. Das Heft fiel herab, fiel auf den Nähmaschinentisch und dort auf einen Stoß gewaschener Gardinen, und auch die zerquetschten Fliegen fielen vom verglasten Bild, fielen als schwarze Samenkörner künftiger Unannehmlichkeiten auf die weiße *Fertigware.*

Onkel Phile blätterte sogleich ein neues Leseheft an, stieß Tabakrauch aus und verschwand in der blauen Wolke, wie dennmals die Pythia, die Kartenlegerin von Delphi, im Rauch brennender Flechten aus den griechischen Bergen verschwand.

Zu jener Zeit geschah in der benachbarten Kreisstadt Cottbus etwas, was die theoretischen Grausamkeiten aus den Leseheften von Onkel Phile übertraf: Ein Mädchen, eine Lyzeumsschülerin, war verschwunden, und es blieb verschwunden, und die Kriminalpolizei forschte und forschte und kam nur sehr allmählich zu einem Ergebnis: Der Hausmeister des Lyzeums hatte das Mädchen «unsittlich berührt», wie die Stadtanzeiger beider Städte schonend, aber schwulstvoll mitteilten, und er hatte nach der «unsittlichen Berührung» Gewissensbisse bekommen und hatte das Mädchen erdrosselt und die Mädchenleiche in Stücke geschnitten und sie in der Heizanlage der Schule verbrannt.

Die Einwohner beider Städte und Landkreise erschauerten: Ein wohlgelittener städtischer Kleinbeamter war zur Bestie geworden, war ins Tierreich zurückgefallen. Wem konnte man noch trauen? Welche Bevölkerungsschicht konnte man noch, ohne enttäuscht zu werden, zu den Menschen rechnen? Was, wenn plötzlich alle kleinen städtischen Beamten bestialische Züge entwickeln und sich auf friedliche Menschenkinder stürzen würden?

In der deutschnationalen Zeitung, die sich *Der Stahlhelm* betitelte, wurde die Tatsache, daß der Hausmeister der Sozialdemokratischen Partei angehörte, zum billigen Anlaß genommen, die Leser vor der «roten Gefahr» zu warnen, die der Lehre Darwins huldige, der Irrlehre, daß der Mensch vom Affen, also von wilden Tieren, abstamme, und man nahm bei den *Stahlhelmern* die Gelegenheit wahr, alle politisch links eingestellten Bürger zu beschimpfen und zu diskreditieren. In der sozialdemokratischen *Volksstimme* hinwiederum reduzierte man die Bestialität des Hausmeisters auf Furcht vor der Zahlung eventueller Alimente, die sich ein schlecht bezahlter Hausmeister nicht hätte leisten können, und man ließ die Abhandlung des Mordfalles in der Forderung gipfeln, die Stadtverwaltungen sollten den städtischen Unterbeamten gefälligst höhere Gehälter zahlen, bitte.

Meine Pensionsmutter, die Hausmeistersfrau der Mädchenschule, weinte und greinte, und sie rief ihren Mann an, der Georg hieß, den sie aber, kreisstädtisch vornehm, Georig rief: «Georig, wenn du mir mit einem Schulmädchen betrügen würdest, ich wüßte nicht, was ich täte . . .»

Mein Pensionsvater wischte sich mit seinem karierten Taschentuch den Schweiß von der Glatze und sagte: «Ach Quatsch!»

Auch in der Plättstube meiner Tante wurde der

Lustmord eingehend besprochen. Der Onkel hatte soeben eine Arbeit als Lagerist bei einem Lebensmittelhändler aufgegeben, weil er dort zwischen Kaffeesäcken und Käsekisten weder lesen noch rauchen durfte, und nun saß er daheim, und die Tante hatte ihn mit einem Eimer Wasser vor den mit Hunderten von spitzen Nägeln gespickten Gardinenspannrahmen gestellt, damit er dort die Gardinen von Zeit zu Zeit mit Wasser besprenge.

Die Tante plättete und trank Schluck bei Schluck aus ihrer großen Kaffeetasse, was für meinen Onkel, den Gardinenwächter, allemal das Signal war, sich eine Zigarette anzubrennen. Die Tante aber plauderte mit mir, dem gelehrigen Neffen, über den Lustmord. «Er hat das Mädchen gebraucht, du weißt, wie das ist, nicht wahr?»

Ich nickte, als ob ich wer weiß welche Erfahrungen im Vergewaltigen von Mädchen hätte aufweisen können.

«Er hat sie gebraucht, und dann packte ihn die Angst, und diese verdüsterte sein Gemüt, und dann hat er sie eben, nicht wahr? . . . Du weißt doch, wie so etwas ist!»

Mein Onkel, der Spezialist für theoretische Raub- und Lustmorde, mischte sich ein; denn das war nach seiner Meinung kein Fall für Kleinstadtkriminalisten, kein Fall für Stümper, das war eine Sache für seinen Serien-Detektiv Harald Harst aus «Scoootland Yard», wie er sagte, weil noch immer nicht ermittelt worden war, womit jener Hausmeister das arme Mädchen im Heizungsraum erdrosselt hatte. Für meinen Onkel Phile, der sich selber für einen von Scotland Yard hielt, war das klar: «Mit ihre eigene Zöppe hat er sie erwürgt. Nichts leichter als das! Was ist der Mensch? Schleim, Hornhaut und Wasser, Hohlraum an Hohlraum – Chemiewert sechs achtzig . . .» Onkel Phile legte den gekrümmten Zeigefinger an das linke Nasenloch und schnorchelte, denn hier war Spannung ohne Lesestoff für ihn entstanden, doch die Tante betrachtete ihn kritisch, trank einen großen Schluck von ihrem «Moorwasser» und sagte: «Du spreng mal jetzt die Gardinen, Herr Scoootland Yard, nicht wahr!»

Meine Gedanken wanderten vom Mordfall zu einem sprachlichen Rätsel, denn sprachliche Belange beschäftigten mich, meiner halbsorbischen Herkunft wegen, von Kind an. Hier nun interessierte mich die Doppelbedeutung des Satzes: «Er hat sie gebraucht.» Man brauchte einen Menschen, wenn man in Not war, wußte ich, aber hier verlieh dieses Tätigkeitswort durch die Vorsilbe «ge» dem Satzobjekt Werkzeugcharakter, in diesem Falle den Charakter eines Werkzeugs, das man benutzt und dann fortgeworfen hatte. Ferner fiel mir auf, daß dieses geschlechtliche Gebrauchen nur Männern angelastet wurde und niemals den Frauen. Sollte es nicht auch Frauen geben, die Männer gebrauchten? Wie war das zum Beispiel mit meiner Tante Elli? Sie war älter (ich weiß nicht mehr, um wie viele Jahre) als mein Onkel Phile, und sie war nicht die Schönste mehr, und sie durfte nicht hoffen, daß ein Mann sie mit ihrem *Fehltritt*, den sie immer wieder erwähnte, aus ihrer Wohn-, Koch-, Plätt- und Waschstube herausholen würde, und sie war hinwiederum nicht alt genug, um auf die Liebe ganz und gar verzichten zu können. Hatte sie da nicht, in ihrer Not, den halb verkommenen Onkel Phile mit dem Hackfleischbrot zu sich in die Spinnenhöhle gelockt, um ihn zu gebrauchen?

Vielleicht war es so, aber Tante Elli gebrauchte Onkel Phile nicht wie ein Werkzeug, und wenn, dann pflegte sie dieses Werkzeug, pflegte es im Hinblick auf ihre Nächte, die sonst liebelos, einsam und voller Sehnsucht verronnen wären; denn während sie dem Onkel den Tag lang kein Wort glaubte, während sie tagsüber all seine Handlungen kritisch verfolgte, ihn zurechtwies und ihn zu erziehen versuchte, glaubte sie ihm in der Nacht eine Stunde lang seine Koseworte, all seine Liebeserklärungen, und je pseudoliterarischer sie aus dem fast zahnlosen Munde des Onkels glückerten, um so glaubhafter erschienen sie der Tante.

Onkel Phile und Tante Elli zeugten zwei Kinder. Der Junge wurde nur ein halbes Jahr alt, doch in den Erzählungen der Tante blieb er am Leben: «Ein Kerlchen wie Sahne und Honig, kann ich nur sagen, und was für hübsche Händchen, nicht wahr?» Das Mädchen blieb am Leben, und es wurde ein lustiges Mädchen, und wenn du wissen willst, wie ein Kanarienvogel pfeift, so macht meine Base es dir vor, und wenn du dich drüber belustigen willst, wie dieser Großsprecher oder jener Tolpatsch im Dorf redet oder geht, so kann sie es dir vorführen. Und wenn du wissen willst, ob sie noch lebt, so sage ich: «Ja, sie lebt noch», und wenn du mich fragst, wo sie wohnt, so verrate ichs dir nicht, denn ihr Mann ist eifersüchtig. Zwei Kinder ließ die Tante zur Welt kommen, obwohl sie nicht damit rechnen konnte, daß der Onkel je eins würde ernähren können, zwei Kinder ließ die Tante als Zeugen ihrer glücklichen Nachtstunden zur Welt kommen.

Vor dem Arbeitsamt der Kleinstadt marschierte wöchentlich ein Bataillon Männer auf, in deren Handinnenflächen sich die Hornhaut löste, Arbeitslose, die in der Schlange standen und auf jenen Stempel warteten, mit dem ihnen ihr unverschuldetes Nichtstun amtlich bestätigt wurde.

Es mutete wie ein Wunder an, daß mein Onkel in dieser Zeit Arbeit als Austräger von Zeitungen und Zeitschriften erhielt, aber der Grund war der: Es wäre für die Tante ehrenrührig gewesen, ihren Mann als Arbeitslosen in der Schlange der Wartenden stehen zu wissen, und sie, die Besitzerin einer Wasch- und Plättanstalt, verpflichtete sich, für eine ordnungsgemäße Abwicklung der dem Onkel übertragenen Botengeschäfte Sorge zu tragen, sie machte sich, wie man sagt, kautionspflichtig.

Das Zeitungsaustragen bereitete Onkel Phile Vergnügen. Er kam in viele Häuser, und er sah dies und das, und er erfuhr, in welchen Häusern seines Austrägerbereiches «der Haussegen schiefhing», und er prahlte damit, und er bekam außerdem zu wissen, welche Frauen sich Liebhaber hielten und die Zeit, in der der Mann in der Fabrik und die Kinder in der Schule waren, angenehm verbrachten, und das alles kitzelte die Neugier des Onkels, und er machte hier und er machte dort einen Schwatz und gab dabei seine angelesenen Weisheiten als Sentenzen zum besten, und manche Zeitungsabonnenten hielten ihn für «einen Mann von Bildung», dem man nicht «an der Wiege gesungen» hätte, daß er einmal Zeitungsausträger werden würde, und der Onkel hatte nichts dagegen, und er tat nichts dagegen, wenn man ihn für das Opfer eines tückischen Schicksals hielt, und er steckte die Zigaretten ein, die man ihm zum Troste gab, und in den Gastwirtschaften, die Onkel Phile mit Zeitungen versorgte, gab es da oder dort einen *Schnitt* aus dem Tropfenauffangglas unter dem Bierhahn, und wenn ein freigebiger Immersäufer vor dem Tresen stand, erhielt der Onkel wohl auch einen *Cottbuser Korn* aus einer Flasche, in die dem Gastwirt der Korken hineingerutscht war, und all das steigerte Onkel Philes Frohlaune und seine Lust am Leben, und in alldem sah Onkel Phile die Bestätigung, daß er hier auf Erden benötigt wurde und daß er ein wohlgelittener Mensch wäre.

Aber Onkel Phile wäre nicht Onkel Phile gewesen, wenn er nicht versucht hätte, seine Lebensgenüsse zu steigern, denn so anspruchslos er in bezug auf seine Kleidung und seine Körperpflege war, so anspruchsvoll war er in bezug auf das, was er für Lebensgenüsse hielt.

Und der Onkel fand auch als Zeitungsausträger eine Möglichkeit, während der Arbeitszeit zu seinem Rauch- und Lesegenuß zu kommen: Er setzte sich mit der gefüllten Zeitungstasche am Vormittag hinter den Hecken des Kaiser-Wilhelm-Platzes, denn den hatte die Kreisstadt trotz Ebert noch, auf eine Bank, und er las erst einmal selber, was er der Kundschaft auszuhändigen gedachte, denn es ging wider Onkel Philes Natur, die neuesten Mordfälle nicht aus erster Hand zu erfahren, und diese *erste Hand* hieß *Berliner Morgenpost*, und nach der *Morgenpost* war die Sonne gestiegen, und es wurde für Onkel Phile richtig gemütlich auf der Parkbank, und er las andere Erzeugnisse des Ullstein-Verlages: *Die Koralle*, Monatsschrift für Natur und Technik. Onkel Phile las sie bis zum letzten Inserat, das da hieß: «Weshalb lernen Sie nicht Jiu-Jitsu, die Kunst der japanischen Selbstverteidigung? Der stärkste Gegner ein Opfer Ihrer Handkanten! Härten Sie sich nach den Anweisungen unseres original japanischen Lehrers Hukeiti Takajoto!»

Sodann las Onkel Phile die Halbmonatsschrift für Kinder *Der heitere Fridolin.* Die Stiefmütterchen dufteten aus den Blumenrabatten, und die Amseln knispelten in den Fliedersträuchern, und manchmal setzte eine Nachtigall im Baumschatten zu ihrer Strophe an. Onkel Phile hatte es gut. Er befand sich in angehobener Stimmung, und er rauchte, und er las. Wenn zufällig einer seiner Zeitungskunden den vormittäglichen Wilhelmsplatz passierte, so händigte ihm Onkel Phile die Zeitung aus, doch wenn es ein Schankwirt war, händigte ihm Onkel Phile die Zeitung nicht aus, denn es hätte sein können, daß er sich in diesem Falle mit der formlosen Zustellung um ein

Schnittglas Tropfbier oder um einen Freischnaps gebracht hätte.

Manchmal wurde es Frühabend, bis Onkel Phile alle Bezieher in den Besitz der *Morgenpost* gebracht hatte, und damit nahm er Zukunftsverhältnisse vorweg, die erst im Jahre 1970 auf einigen Dörfern unserer Republik erreicht wurden.

Die Schatten hatten sich schon gelängt, und Onkel Phile nahm seine Umhängetasche, die er eigentlich abliefern mußte, mit nach Hause. Die Agentur hatte bereits geschlossen, was wollt ihr? Und es zeigte sich, daß auch das Nachhausenehmen der Tasche für Onkel Phile ein Genußzuwachs war, eine Gabe Gottes, der Phile sehr zu lieben schien, weil der Onkel sein Leben wie die Vögel unter dem Himmel und wie die Lilien auf dem Felde verbrachte. In der Tasche (wer hätte das gedacht!) befand sich ausreichend Lesestoff für Onkel Philes Spätabendstunden: die *Gelben Ullsteinbücher*, das Stück für eine Mark: Karl zu Eulenburg, *Die Schicksalslosen*, Vicki Baum, *Menschen im Hotel*, das Erstlingswerk einer typewriterin, die ihren Weg machte. Bücher mit so schneidigen Titeln verkürzten die Abende des Onkels angenehm, doch wenn ihr Inhalt, und besonders ihr Schluß, dem Onkel nicht zusagte, so flogen auch sie, ohne Ansehen ihrer Herkunft, gegen die Stubenwand und bezogen Schrammen und Fliegenflecke, die ihre Verkaufschancen natürlich verminderten.

Von seinem Zeitungsträgerlohn brachte Onkel Phile selten etwas nach Hause, wenn man die Spaßmacherlarven, die er für die ganze Familie zur Fastnacht einkaufte, nicht rechnete, und wenn man von dem Hornhauthobel für die Füße absieht, den ihm ein Ausschreier auf dem Jahrmarkte aufgeschwatzt hatte, auch wenn man von dem Stockschirm nicht redet, den sich Onkel Phile für Herbstregenzeiten angeschafft hatte, die er in diesem Berufe nicht erlebte, denn mit der Zeit schlichen sich weitere Unregelmäßigkeiten in seinem Berufe als Zeitungsverkäufer heran, oder Onkel Phile, der, wie jeder Mensch, ein Kraftzentrum darstellte, zog diese Unregelmäßigkeiten auf sich, oder es geschah beides, dies und das, wie wir einräumen müssen, wenn wir ehrliche Dialektiker sind.

Und es geschah, daß Onkel Phile häufig und häufiger heiterer als der *Heitere Fridolin*, angeschnapst oder angebiert und aus Nas- und Ohrlöchern qualmend, nach Hause kam und dann möglichst sofort mit der Tante ins Bett wollte. Da war's für die glücklose, geplagte Tante so schwer, nein zu sagen, denn sie sah es ja: nicht nur sie hatte den kindlichen Onkel so gern, auch die Gastwirte waren von ihm bezaubert, und sie hatten dieses bärtige Kind wieder mit Freibier traktiert.

Aber die Freigebigkeit der Gastwirte existierte nur in den Erzählungen meines Onkels. Seine erhöhte Beschwingtheit und den potenzierten Liebesdrang verdankte er dem in Bier und Schnäpsen eingeborenen Alkohol, den er mit kassierten Zeitungsgeldern erworben hatte; denn zu des Onkels Obliegenheiten als Zeitungsbote gehörte leider, leider auch das Kassieren der Monatsabonnements.

Die Summe der von Phile infolge *höherer Gewalt* noch nicht einkassierten Zeitungsgelder wuchs an, und es begann in der Agentur aufzufallen, daß auf der Austrägertour des Onkels so viele Zeitungsabonnenten nicht anzutreffen waren.

Eines Tages wurde die Tante in einem «eingeschriebenen Brief» zur Agentur gebeten, und der Quell von Onkel Philes guter Laune und Glückseligkeit wurde verstopft, aber auch die Tante wurde um jene Frühabendfreude gebracht, die einzige, die sie außer dem Kaffee noch hatte. «Nein, ich glaube trotzdem an echte Zuneigung bei ihm, nicht wahr?» erklärte die Tante auf der Agentur, und sie erklärte sich außerdem bereit, das Kassieren der Monatsabonnements zu übernehmen, und sie verpflichtete sich, dafür zu sorgen, daß das Schuldkonto des Onkels getilgt würde.

Das Interesse meines Onkels am Zeitungsaustragen verglühte, und alle Strafpredigten der Tante, auch die der zu Hilfe geholten Großmutter, nutzten nichts, denn der Onkel verlegte sich aufs Kranksein. Das war stets sein Ausweg, wenn man ihn zwingen wollte, eine Tätigkeit länger auszuüben, als er Spaß an ihr hatte. Nun waren es wieder Philes Hände, die nicht wollten, wie sie sollten, und Onkel Phile zeigte sie jedem, der sie sehen wollte: «Seht die Gichtknoten, wie kleine Billardbälle, was?»

Konnte Phile mit solchen Händen für seine Taten garantieren? War es ein Wunder, daß diese Hände etwas so Dünnes wie eine Zeitung nicht von zwei oder drei Exemplaren dieser Gattung unterscheiden konnten?

Der Onkel hatte bei vielen seiner Kunden mehr Zeitungen in die Briefkästen gestopft, als die bestellt hatten und sich wünschten, um das lästige Zeitungsaustragen schneller beenden zu können, denn das Herumziehen mit der Zeitungstasche verdarb ihm die guten Lesevormittage. Mochten die Abonnenten die Zeitungen doch untereinander verteilen und sich einigen!

Die Finger des Onkels wiesen tatsächlich so etwas wie Gichtknoten auf, aber niemand wußte recht, ob diese Knoten neu oder schon Jahre alt waren. Der Onkel wollte sich die Gicht jedenfalls bei seiner Arbeit in der Tuchfärberei geholt haben, und es schien eine Gicht zu sein, die sich nach den Bedürfnissen des Onkels richtete, die sich zum vom Onkel gewünschten Zeitpunkt verschlimmerte und den armen Phile, sobald er es nötig hatte, zum erbarmungswürdigen Krüppel machte.

Die Tante wurde vom Mitleid gepackt, und sie stellte ihr Leben von einem Tag auf den anderen um, und sie hängte sich morgens in der Agentur die Zeitungstasche über die Schulter und rannte wie eine flüchtende Zwerghenne durch die Straßen und treppauf, treppab durch die Häuser. Ich traf sie zuweilen, wenn sie über die Lange Brücke eilte, oder ich traf sie in der Nähe des Postamtes, an dem ich auf meinem Schulwege vorüber mußte. Die bereits angegrauten Gluckenflügel, jene ungehorsamen Haarsträhnen, hingen der Tante bis auf die Schultern, und ihre nach innen gerichteten Füße wurden beim Dahineilen uneins und ließen das gehetzte Weiblein stolpern. «Ach Gott, der Phile», rief sie mir zu, und ihr Atem ging pfeifend, «der Phile, weißt du, die Zeitungen hat er nicht onglich ausgetragen, nicht wahr?»

Ich schimpfte auf Onkel Phile, benutzte die Ausdrücke, mit denen Großvater ihn belegte: «Satansbraten», «Schweinehund», aber Tante Elli verteidigte Phile sofort: «Nein, jetzt hat er die Gicht, alles, was recht ist, nicht wahr?» Und die Tante rannte schon weiter, in der Furcht, daß ihr die Kinder zusammen mit dem Onkel während ihrer Abwesenheit die Stube kopfstellten.

Der Onkel saß also als Kinderwärter daheim, und die Kinder störten ihn beim Lesen am wenigsten, wenn er sie recht lange im Bett hielt und wenn er ihnen das Plätteisen, das Nudelholz, gesteifte Männerkragen und eine Gardine ins Bett reichte, damit sie *Hochzeit* spielen konnten.

Aber schließlich rückte der Hunger gegen die Kinder vor, und sie drohten das Bett mit Bräutigamskragen und Schleier zu verlassen, und sofern sich in der Wohnung ein paar Mark Geld befanden, die die Tante bei ihrer Zerstreutheit vergessen hatte, in den Brustbeutel zu stecken, nahm Onkel Phile sie und trug sie um Windbeutel mit Schlagsahne und Frankfurter Kranz zum Konditor, und er machte mit den Kindern *Fettlebe* und sprach sich selber zu: «Was hat man sonst vom Leben, he? Was ist der Mensch überhaupt? Schleim, Hornhaut und Wasser . . .»

Im Ofenröhr verkochte indes das Wasser im Kartoffeltopf, und die Pellkartoffeln, die ein Mittagbrot werden sollten, sengten vor sich hin und verkohlten mit der Zeit. Onkel Phile schälte die Kartoffeln niemals. Kartoffelschälen zehrte an seiner Lesezeit, und es brachte die Kinder, erklärte er, um die wertvollen Kartoffelvitamine, die unter der Schale saßen.

Die Tante erledigte ihre Wasch- und Plättarbeit jetzt abends und nachts, und sie trank literweise schwarzen, gesalzten Kaffee dazu, und der Onkel lag im Bett und las und schnorchelte, und wenn er ein Buch ausgelesen hatte, girrte er die Tante an wie ein verliebter Meerschweinchenbock, und die Tante konnte nicht widerstehen, nein, da widerstand sie nicht, und sie legte sich zu Onkel Phile . . . und sie stand, wenn er eingeschlafen war, wieder auf, wusch und plättete die halbe Nacht und legte die gestärkte und geplättete Ware in Bündeln auf dem Plättbrett zurecht und bezettelte die Bündel: «Für das Fräulein aus dem *Weißen Roß*» oder «Für den Herrn, der über Stoppras wohnt».

Der Onkel war Warenausgeber im Geschäft seiner Ehefrau, und wenn ihm beim Lesen und Kinderverwahren die *Süßen Mädels* ausgegangen waren, so nahm er Feinschnitt-Tabak her, umhüllte ihn mit den Zetteln von den Wäschepäckchen der Kundschaft und drehte sich Ersatzzigaretten, und wenn die Kunden kamen, ihre Wäsche abzuholen, verwechselte Phile die Wäschestöße, und die Kunden wurden mißlaunig und blieben aus.

Um diese Zeit geschah es, daß die Tante sich beim Zeitungsaustragen an einem morschen Treppengeländer, an dem sie sich festhielt, um nicht über die eigenen Füße in die Tiefe zu stürzen, einen Holzsplitter in die rechte Hand trieb. Sie zog den Splitter daheim mit der Scherenspitze aus dem Handteil unter dem Daumen, den man die Maus nennt, und sie achtete nicht auf die Wunde und hantierte am Abend in der bakterienstarrenden graublauen Waschlauge, die den Wäscheschmutz von mindestens fünfundzwanzig Kunden enthielt, und sie zog sich eine Sepsis zu, eine Blutvergiftung.

Sie rannte am nächsten Morgen trotzdem mit Zeitungen straßauf, straßab, treppauf, treppab, und sie konnte den rechten Arm schon nicht mehr benutzen, und sie verteilte die Zeitungen linkshändig, und sie rannte nach Hause und wusch und plättete mit der linken Hand. Erst am Spätabend legte sie sich zu Bett, und sie verlor die Besinnung, und sie starb neben dem Onkel, der in seinem kindlichen Glauben an seine Unwiderstehlichkeit annahm, die Tante wäre seiner verliebten Blicke wegen ins Bett gekommen.

Der Sarg der Tante stand dort in der Stube, wo sonst die beiden Stühle gestanden hatten, die das Plättbrett auf ihren Lehnen trugen. Die Falten im Tantengesicht waren – wohl durch die Blutvergiftung – verschwunden, die Leichenwäscherin hatte die ewig herunterhängenden Haarsträhnen gebändigt, und die Zwerghennenfüße waren vom Leichenlaken bedeckt. Die Wangen der Tante schimmerten ein wenig rosa, und wie dieser Farbton zustande kam, das wußte nur der Tod, der der Tante, verkleidet als störrischer Holzsplitter, in einem Treppenhause aufgelauert hatte. Und plötzlich sahen wir es, die Schwester und ich: Schneewittchen – die Tante, wie wir sie uns vorgestellt hatten, als wir erste Kunde von ihr aus dem Munde des Onkels erhielten.

An diesem Tage las der Onkel nicht. Er verhielt sich so, wie er es viele, viele Male gelesen haben mochte: Er trauerte, wie sich's gehörte – pseudoliterarisch, und für jeden Beileidsbesucher, der die Stube betrat, schlug er die zu Fäusten geballten nagellosen Finger gegen seine Brust und dann gegen die Stirn, und er heulte auf wie ein verlassener Hund, aber auch dieses Aufheulen war so unecht, wie ich es viele Jahre später bei den Klageweibern am Rande von Tbilissi hörte, und nach den Klageschreien, die er in Fünfergruppen aus der Kehle ließ, schnorchelte Phile wie sonst beim Verzehr spannender Lektüre, und nach dem Schnorcheln kniete er nieder, küßte der Tante die vergiftete Hand, die Stirn, erhob sich, zog eine Packung *Süße Mädels* aus der Jackentasche, öffnete sie, rauchte sich eine Zigarette an und sorgte auf seine Weise für Totenweihrauch, während ich auf den Standardsatz wartete: Was ist der Mensch . . ., aber der Onkel schien an diesem Tage den Satz vergessen zu haben, ein Zeichen, daß die Trauer wohl doch eine Störung in seinen Hirnzellen ausgelöst hatte, und das war tröstlich nach alldem, was man hatte mit ansehen müssen.

Die Tante aber sah, ein winziges Lächeln in den Mundwinkeln, mit geschlossenen Augen über uns alle hinweg, über die Großmutter, über mich, über den rauchenden Mann, den sie gebraucht hatte, und wenn zu weiter nichts als zu dem Tod, den sie starb.

Die blaue Nachtigall

Es geschah, als ich mich aus den Armen einer Geliebten löste, daß ich eine blaue Nachtigall fliegen sah, und ich konnte die blaue Nachtigall nicht vergessen, und ich konnte sie den ganzen Tag nicht vergessen, und mir fiel ein, was man mir über die Nachtigall beigebracht hatte, und danach war sie ein Tier, ein Insektenfresser aus der Gattung der Sperlingsvögel, ein Eierleger, der mit dem Säuger Mensch nichts zu tun hatte.

Aber je länger ich über die Nachtigall nachdachte, desto fragwürdiger und oberflächiger wurde mir, was ich über sie gelernt hatte, und sie erschien mir wie ein singendes Gewächs aus dem Luftraum, und mir schien, daß es von alters her Beziehungen zwischen Kreatur und Kreatur gäbe, die noch ungeklärt sind, weil wir nur das klären, was uns nützlich erscheint.

Aber Unnützlichkeit ist ein Synonym für Unwissenheit. Bis man entdeckte, daß sich aus Lehm Gefäße fertigen ließen, war er nur eine Art gelbkleberiger, gehbehindernder Erde, und der Seetang erschien uns als eine unnütze Verunreinigung des Meerwassers, bis wir ahnten, daß sich einmal die Menschheit würde von ihm ernähren müssen.

Verdankt nicht mancher den Anstoß für den Einschlupf in sein Leben dem Gesang einer Nachtigall? Wenn ich vom Leben rede, so meine ich jenen Zustand, in dem wir einander sichtbar sind, und denkt ihr nun nicht, daß ich Spiritist oder geistergläubig sei, wenn ich sage, daß es ein unsichtbares Leben gibt, denkt an Atome!

Nach den romantisierenden Erzählungen meiner Mutter hat eine Nachtigall in den Buchsbaumhecken am Georgenberg den Anstoß gegeben, daß ich in der Dachkammer eines Kleinstadthauses, hart hinter dem kleinen Fluß, gezeugt wurde.

Diese unzureichende Antwort gebe ich auf die Frage, was eine Nachtigall ist, und ich wünschte, daß es mir besser gelänge zu beantworten, weshalb sie blau war, jene Nachtigall, die da aufflog, als ich mich gestern nacht aus der Umarmung einer Geliebten löste.

Meine Kindheit verbrachte ich auf der Sandheide, und es gab dort die Nachtigall nicht, doch ich ertappe mich bei einer Ungenauigkeit, wenn ich sage: «nicht», weil sich dieses «nicht» auf ein kurzes Menschenleben bezieht; denn als die Braunkohle, die wir aus dem Heidesand gruben, noch ein Schachtelhalmdickicht war, hat es dort Tiger und Bären gegeben, und weshalb sollte es dazumalen oder später nicht auch Nachtigallen auf der Heide gegeben haben? Ich schreib also, um genau zu sein: Als *mein* kleines Leben in dieser Heide begann, gab es die Nachtigall dort nur einen Frühling lang, und man hörte sie aus den Wacholdern hinter dem Friedhofshügel singen, und sie sang dort nachts, wenn diese Wacholderbüsche sich darin gefallen, Geistermenschen und Riesen vorzutäuschen.

Die Nachtigall war also um jene Zeit eine Fremde, eine Zugereiste in dem Landstrich, den ich meine Heimat nenne, und sie war dort ein Vogel von wer weiß woher, und die alten Kossäten hatten den Gesang dieses Vogels nie gehört, und wieder heißt das: jene Kossäten, die in jenem Frühling dort lebten, die an ihrem Leben die Zeit und die Welt maßen, denn jede Menschengeneration, die diesen Planeten gerade bevölkert, hält sich für *die*, um die sich der ganze

Weltenraum dreht. Der Erdenmensch ist «die Krone der Schöpfung», hieß es bislang, aber wenn Wissenschaftler und Weltraumfahrer demnächst erfahren werden, daß der Erdenmensch keine *Krone* ist, so werden wir ihnen vielleicht sagen: Also, daß wir von affenähnlichen Tieren abstammen, haben wir euch allmählich abgenommen, aber wenn ihr nun schon wieder höherstehende Affen entdeckt haben wollt als uns Menschen, dann schert euch zu ihnen, marsch, marsch!

Die alten Kossäten traten nachts in die Vorgärten, um ihr Wasser mit einigem Nutzen für die Obstbäume abzuschlagen, und sie hörten die Nachtigall singen, und sie fürchteten sich. Was war das für ein Vogel, der vor Übermut zur Nacht auf dem Friedhof sang, der den Toten die Ruhe nahm, der vielleicht mit seinem Gesang die Lebenden auf den Hof der Toten lockte?

Die Maiabende waren kühl, und der Wind wehte aus den schlesischen Birkenwäldern herüber, und man hörte die Signale der Fördertürme. Man vernahm die Laute der Lebendbegrabenen, die da unter der Erde die Kohlenadern der Heide auskratzten, und es verging viel Zeit von Signal zu Signal, und es lag viel Raum zwischen dem Verschwinden des leeren und dem Auftauchen des gefüllten Kohlenwagens, und dazwischen konnte man das Kichern der schüchternen Quellen am Mühlenberg und die tief hergeholten Töne der Nachtigall hören.

Ich war ein Junge, und ich war zwölf Jahre alt, aber als ich den Gesang des zugereisten Vogels hörte, fühlte ich, als ob mir's aus dem Weltenraum zugeweht worden wäre, was die Liebe ist; nicht die Liebe zur Mutter, nicht die zu den Brüdern, sondern jene Liebe, die etwas mit jeder Zelle des Körpers zu tun hat, denn ich näherte mich dem Zustand, den man mit dem Begriff *Pubertät* abtut. Aber was sind wissenschaftliche Begriffe in solchen Fällen? Wir sagen: «Instinkt», und wir sagen: «Komplex», wir sagen: «Sexualität», und wir bilden uns ein, damit alles erklärt zu haben, und wir sind so selbstsicher dabei wie die Kartenspieler, wenn sie behaupten, ein As zähle elf Augen.

Der Lehrer fragte uns, ob wir den Sprosser gehört hätten.

«Jenen Vogel, der in der Nacht singt?»

«Jenen Vogel!»

«Ja, wir hörten ihn, es war die Nachtigall.»

«Nein, es war nicht die Nachtigall, es war der Sprosser; übrigens hast du dich nachts herumgetrieben, wenn du ihn gehört hast!»

Der Lehrer erklärte uns, weshalb es nicht die Nachtigall, sondern der Sprosser war, den wir nachts gehört hatten, und die Erklärung war umständlich, und sie war unsicher, und nur abgefeimte Vogelkenner vermochten bei gut Glück den Unterschied von Nachtigall und Sprosser am Gesang zu erkennen. Der Lehrer erklärte, der Sprosser wäre vielleicht ein zu groß gewordener Familienangehöriger der Nachtigallen, und man nenne ihn deshalb auch die nordische Nachtigall, und alles wäre wissenschaftlich verbürgt, aber nicht ganz geklärt.

Aber ob Nachtigall ob Sprosser, ich spürte schon damals, daß nicht wichtig ist, wie etwas benamst wird, sondern ob es mit seinem Dasein große Gefühle in einem auslöst, die einem leben helfen.

Die Zeit verging, und das ist wieder ungenau, denn wir vergehen, und unser Heranwachsen ist der Anfang unseres Vergehens. Ich sage das nicht aus Trauer, nicht aus Wehmut, nicht aus Weltschmerz, nicht aus Lebensmüdigkeit. Ich sage es mit einer mir langsam zuwachsenden Neugier auf das, was kommen wird.

Ich war Handwerksgeselle geworden, und ich trug

meinen Gesellenbrief in der Tasche, und der war mir weniger ein Ausweis dafür, daß ich bestimmte Griffe des Bäckerhandwerks beherrschte, als ein Paß, der mir erlaubte, ungestraft Zigaretten zu rauchen, Bier zu trinken und Liebschaften zu beginnen.

Ich wanderte nicht mehr, «ein Sträußchen am Hute, den Stab in der Hand . . .», um nach Arbeit anzuklopfen, sondern ich fuhr, und ich benutzte die in einem Wasserkessel zu Dampfdruck und die in einem Stahlzylinder zu Radumdrehungen verwandelte Kohle aus unserer Heide, um mich zu den Meistern ziehen zu lassen.

Im Gepäckwagen hinter der Lokomotive reiste in einem verschließbaren Korb aus geschälten Weidenruten mein Oberbett. In dem Inserat in der Bäckerzeitung, auf das ich mich meldete, hatte man gefordert, daß ich mein «Oberbett» mitzubringen hätte. Hat man je einen Vogel, eine Nachtigall zum Beispiel, gesehen, der sein Nest mit sich schleppt, hat man je einen Affen gesehen, der seine Laubhütte umherträgt? Nein, das blieb dem Bäckergesellen vorbehalten, einer Spezies des vernunftbegabten Menschen, einem Edelstein aus der Krone der Schöpfung, und den Muscheln und sonstigen Niedertieren, und man darf gespannt sein, wie die Wesen, die im Weltraum zu entdecken uns bevorsteht, es in dieser Hinsicht halten.

Fast wäre der Schnellzug ohne mich an Bord in die Ferne gefahren. Die Ferne, die Ferne . . . für meinen Großvater war sie der Nachbarkreis, und für mich war sie Halbsachsen, das heißt, ich vertauschte eine Landschaft, in der man das Personalpronomen «mich» mied wie eine Kränzchenschwester ein Kraftwort, mit einer Landschaft, in der das Personalpronomen «mir» gemieden wurde wie ein Fluch unter Frömmlern.

Ich sprang auf den anfahrenden Schnellzug wie

ein Gepard auf einen zur Flucht ansetzenden Bison, und ich fuhr ins Leben hinaus, wie es heißt, als ob ich vorher nicht gelebt hätte, und als ob alle, die ich zurückließ, außerhalb des Lebens gestanden hätten.

Die Situation war filmgerecht, und der junge Mann, der mich in den fahrenden Schnellzug hineinzog, in jene Wohnung für Stunden, war ein Barbiergeselle, einer, der das Leben schon abschmeckte. Er verließ eine Lebensstelle, verließ unsere Kreisstadt, und er reiste in eine «größere Stadt» zu einem «besseren Meister», und er nannte sich nicht Barbier, und er nannte sich nicht Friseur, er nannte sich Bubikopfschneider, und er war ein begehrter Mann, und er stand hoch in Ansehen bei den Frauen, die ihr Langhaar, damals noch mit Skrupeln, vor ihn auf den Hackklotz legten. Er war eine Art milderer Scharfrichter, ein Sex-Appeal-Schaffender, ein schöpferischer Haarvernichter, und er trug selber einen Bubikopf, und sein Bubikopf war künstlich gewellt, und der Bubikopfträger war vielleicht ein Mittelmensch, nicht Mann, nicht Weib – ein Bubikopfschneider.

Er trug einen safrangelben Ledermantel, und der war aus vielen Trinkgeldern von Damen zusammengesetzt, die der Mittelmensch modernisiert hatte. Der Ledermantel des Bubikopfschneiders erschien mir als das Eleganteste, was die Welt zu bieten hatte, und er wurde für mich zu einem langen, langen Traum, und wer mich heute mit einer safrangelben Lederjacke umhergehen sieht, der halte mir zugute, daß sich die Hinwendung zu einem solchen Kleidungsstück in jenem Augenblick vollzog, da ich auf den Schnellzug sprang, um mich von der Heimat abtreiben zu lassen, in die ich fortan nur noch als Gast zurückkehrte.

Es gab keine Musik bei meiner Landung auf dem Kleinstadtbahnhof in der «Fremde», und es gab keinen roten Läufer bis zur Kutsche, die mich zum Präsidenten zu bringen hatte, und es wird diesen weichen Läufer niemals in meinem Leben geben, weil mir zum Diplomaten mehr fehlt als der Frack.

Ich war in einem Badeort gelandet – oder war ich gestrandet? Es war ein Eisenmoorbad, und man heilte dort die Kranken mit Moorschlamm, den wir daheim *Dreck* nannten, und da die Damen und die Herren nach solchen Schmutzkuren genasen und umhertollten, dachte ich nicht mehr ganz so abfällig von dem *klugen Mann* daheim im Lande der Sorben, denn dieser *kluge Mann* hatte Krankheiten mit Kuhmist geheilt.

Der Meister war freundlich zu mir, und das hatte seine Gründe, und es stellte sich später heraus, welche Gründe. Die Meisterin war nicht daheim, und auch das hatte seine Gründe, sie war zur Kur. Jawohl, sie war zur Kur in einem anderen Badeort, denn am Platze kannte sie die Ärzte, und die Ärzte kannten sie, und ihre Krankheit war nicht so beschaffen, daß sie im heimischen Badeort, gewissermaßen am heimischen Herd, repariert werden konnte.

Ich wurde also Lebensrätseln gegenübergestellt, aber für mich war damals vieles rätselhaft, und jeder Mensch war für mich eine Einmaligkeit und ein Rätsel. Später stumpften mich verschiedene Lebensereignisse ab, und ich fand alles weniger rätselhaft, und ich glaubte eine Weile, alle Menschen wären gleich, aber heute will mir scheinen, als ob ich in der Jugend mehr recht gehabt hätte und als ob ich, mit einigen Säcken voll Lebenskenntnis ausgerüstet, in die Gefilde der Naivität zurückkehren müßte. *Naivität?* – Muß ich erklären, was das ist, nachdem wir uns bereits über die Willkür und die Relativität der von Menschen geprägten Begriffe einigten?

Im Meisterhaushalt gab es eine sogenannte Haustochter, eine Art Haushaltsschülerin, und die mußte unter dem Kommando der Meisterin von früh bis spät schuften, und die Eltern der Haustochter zahlten den Leuten, die ihre Tochter schuften ließen, monatlich eine Geldsumme, und mit der Geldsumme bezahlten sie den Titel «Haustochter», weil sie es nicht hätten ertragen können, wenn man ihre Tochter *Dienstmädchen* genannt hätte, nein, lieber lieferten die Erzeuger einer solchen *Haustochter* noch ein Taschengeld überdrauf, damit die Haustochter ihre Kleider und ihr Unterzeug in Ordnung halten konnte.

In der Zeit, da die Meisterin auswärts kurte, war dem Meister die Ausbildung der Haustochter übertragen, und der Meister verabsäumte nicht, die Tochter des Hauses zu einer Zierde des Mittelstandes auszubilden.

Der Meister, der Lehrling, die Haustochter, das Tellermädchen, die Zugeherfrau, Hausknecht Läppchen und ich – wir hatten eine Bäckerei, eine Konditorei, ein Ladengeschäft, ein Kaffeehaus und eine Ziegenlandwirtschaft zu bewalten, und der Meister holte alles an Arbeitskraft aus uns heraus, was er kriegen konnte, und er tat es nicht schlechter und nicht besser als alle anderen Handwerksmeister des Städtchens, unter denen es als ehrenwert galt, alles aus ihren Leuten herauszuholen, was sie kriegen konnten, und einer, der es nicht getan hätte, wäre von ihnen für unfähig gehalten worden, einen Handwerksbetrieb zu leiten, und wer will, ohne geistige Not, für unfähig gehalten werden?

Mein künstlerisches Gewissen beginnt sich zu regen: Ist das, was ich hier erzähle, wichtig für den Existenznachweis meiner blauen Nachtigall? Oder ists gar nicht mein Gewissen, sind's die bekannten Fragen von bekannten Nützlichkeitsaposteln, die ich im Ohr habe, die Fragen jener besorgten Leute, die Auskunft von mir verlangen, weshalb ich wertvolles Papier, sozusagen reine Devisen, unnütz bekritzele?

Was Unnützlichkeit ist, habe ich am Beispiel des Lehms und des Seetangs nachgewiesen, und so darf ich, glaube ich, unangefochten weiter nach der blauen Nachtigall fahnden. Wo wird sie sich hernehmen?

Morgens um vier Uhr stand ich auf, bereitete in der Backstube die Teige vor und schickte den Lehrling den Meister wecken. Wir arbeiteten gemeinsam bis gegen sieben Uhr, und der Meister legte sich wieder schlafen, aber der Lehrling und ich schleppten, was wir produziert hatten, in Kiepen in die Stadt und verteilten es in den Häusern.

Dann arbeiteten wir weiter, arbeiteten über den Mittag hinaus und bis in den Spätnachmittag hinein. Wir fertigten aus pulverisierten Getreidekörnern, Wasser, Salzprisen und jacher Ofenhitze eßbare Gegenstände an, denen nicht mehr anzumerken war, daß sie aus pulverisiertem Getreide, Wasser, Salzprisen und jacher Ofenhitze gemacht waren. Wir färbten Butter rosarot und veilchenblau, blättergrün und steinpilzbraun und formten Frösche, Schwäne, Pilze, Rosen und Ornamente aus der gefärbten Butter und ließen sie auf die Menschen des kleinen Städtchens los, auf Gesunde und Kranke, und die Menschen standen unserer Kunst so aufgeschlossen gegenüber, daß sie die von uns gefertigten Gebilde einfach auffraßen, unsere Rosen zum Beispiel, die wir mit angehaltenem Atem gespritzt, in die wir unseren Feinsinn gelegt und durch die wir unserem Hang zur Schönheit Ausdruck verliehen hatten.

Am Frühabend verwandelte ich mich, und aus dem mehlverstaubten, teigverkleisterten, schokoladebeschmierten Bäcker und Konditor wurde ein geschniegelter Kellner: Ich trug eine dunkle Hose, in der ich jede Kirche hätte betreten dürfen, und ich trug eine weiße Jacke, mit der man mich in jede Sekte aufgenommen hätte, und ich band mir einen Schleifenschlips unter den Adamsapfel und dressierte meine Haarwellen, an die heute nicht einmal mehr Falten auf meiner Glatze erinnern. Ich spielte zwei verschiedene Rollen, denn ich sah die menschlichen Berufe wie Theaterrollen. Es machte mir Spaß, eine Anzahl von Rollen zu erlernen, und wenn ich sie beherrschte und wenn ich sie eine Weile gespielt hatte, reizten sie mich nicht mehr, und sie wurden mir langweilig, und wenn mich eine Berufsrolle zu langweilen begann, suchte ich nach einer neuen, bis ich den Beruf fand, in dem ich alle Rollen spielen durfte.

Ich bediente also die Gäste im Café und durfte zehn Prozent Aufschlag für Arbeit, Bedientenumsicht und Lauffleiß kassieren, und ich fühlte mich wie ein Artist, der den Tag lang im Stall gearbeitet hatte und der abends im Scheinwerferlicht einem hochverehrlichen Publikum die Tiere (in meinem Falle Frösche und Schwäne aus Buttercreme) vorzuführen hatte und der anschließend mit einem Teller umhergehen und sich sein Trinkgeld kassieren durfte.

Schon in meinen ersten Kellnertagen gewahrte ich, wie Zeit und Schaum miteinander korrespondierten: Je energischer der Zeiger der elektrischen Ladenuhr, die dem Schokoladenschrank als Krone eingearbeitet war, auf die Mitternachtsstunde vorrückte, desto eifriger sorgte der Chef und Meister für die Höhe der Schaumkronen auf den Bieren, die ich servierte.

Bis ein Uhr nachts hatte ich Gäste zu bedienen, und es gab solche, die auch dann noch nicht gehen wollten. Sie hatten getrunken und waren fröhlich, andere wurden ausfällig oder traurig, je, was der Alkohol von ihnen verlangte, und es war eigentlich ihre Privatsache, aber sie wollten auch nach ein Uhr morgens noch nicht gehn, lieber noch eins mit dem Kellner trinken, aber nicht gehn.

Endlich, wenn der letzte Gast gegangen war,

räumte ich die Tische ab, und manchmal verweilte auf einem Sessel oder in einer Sofanische noch ein wenig Duft von einer Dame, und er hing da selbstverständlich und dicht wie ein seidenes Tuch im runzelig gewordenen Tabakrauch, und er gaukelte mir ein kleines Versprechen vor, und er erregte mich trotz meiner Müdigkeit.

Ich lieferte die Geldsumme ab, die die Kellnerkasse, die Großmutter des Computers, addiert hatte, und was in meinen Taschen zurückblieb, wenn ich die Summe aufgezählt hatte, das war mein Wechselgeld, waren meine Prozente, und das war mein Trinkgeld. Weshalb eigentlich Trinkgeld, Trinkgeld und niemals Eß- oder Schlafgeld?

Oh, was war ich müde! Und damals glaubte ich, wer nie von früh um vier in einer Backstube und abends und in der Nacht als Kellner arbeitete und wer das nicht an fünf von sieben Wochentagen tat, könnte ermessen, wie müde ich war, aber ich täuschte mich, und ich werde darauf zurückkommen.

Solange abends die Apparate in beiden Kinos der Stadt schnurrten, war der Geschäftsgang träge, und es saßen nur wenige Gäste im Café, zum Beispiel der Sohn eines Gutsbesitzers, und der war Weltkriegsleutnant gewesen, und er machte keinen Hehl draus, daß er auf den nächsten Krieg wartete. Der Weltkriegsleutnant lehnte «Lichtspiele» ab. «Was sind das für Menschen, Kellner», fragte er, «die über Bilder auf einem rollenden Zelluloidstreifen lachen oder weinen?» Ich wußte es nicht.

«Es sind Menschen, die nicht richtig verpackt sind, kriegsuntaugliches Gelichter.»

Andere Gäste, die zur Zeit der Geschäftsträge im Café saßen, waren Liebespaare; ein durchreisender Kaufmann und eine frauenleidende Badedame zum Beispiel, die sich wie zwei Schmetterlinge auf einer besonnten Margeritenblüte trafen und die Fühler nacheinander ausstreckten; und wenn zwei oder drei Liebespaare im Café saßen, so hatte ich eine besonders ruhige Stunde, weil auch die Liebespaare eine ruhige Stunde benötigten. Es war, als ob solche Paare bei ihrer Zweimannliebe eine Art allgemeiner Menschenliebe mitproduzierten und als ob diese Abfallliebe auf mich überginge. Bis zum Freitag meiner ersten Kellnerwoche hatte ich eine Methode gefunden, nach der ich ein wenig schlafen konnte, wenn Filmgegner und Liebespaare das Café bevölkerten: Ich hakte das Anhängerband der Kellnerjacke in der Küche am Garderobenrechen fest, an dem die Zugeherin und das Tellermädchen ihre Tücher hängen hatten, ja, ich hängte mich in der zugeknöpften Jacke dazu, hängte mich neben den Wischtüchern auf, und diese Methode ließ nicht zu, daß ich umfiel, wenn ich einschlief, und ich schlief sofort ein, und ich schlief fest ein, und manchmal gewahrte ich vor dem Einschlafen, wie meine Knie einknickten, aber ich konnte nicht umfallen, weil ich hing.

Der Nachteil dieser Methode war, daß ich, wenn plötzlich «Kellner» oder «Ober» gerufen wurde, oder wenn mir das mitleidige Tellermädchen einen Schubs gab, weil ich den Ruf der Gäste nicht gehört hatte, nicht frei verfügbar war, weil ich am Garderobenrechen hing, und daß ich den Aufhänger meiner Jacke zerriß, und daß mir das zusätzliche Näharbeit verschaffte, die von der Schlafzeit abging. Für mich war das allemal eine Wiedergeburt: Ich mußte meine Rolle erst wiederfinden, und ich hatte vergessen, wo im Weltraum ich eigentlich hing.

Später ersetzte ich die leinenen Jackenaufhänger durch solche aus feinem, allerdings etwas graufarbenem Chromleder, doch das war in der Zeit, als die Meisterin schon aus der Kur gekommen war, und sie hatte etwas gegen diese Art von Jackenaufhängern, weil sie sich nach einer kleinen Schlaftour nicht wieder in den Jackenkragen hineinlegten, sondern eigenwillig wie Aufhänger von Räucherwürsten aufrecht standen, und so mußte ich die Methode, meinen fehlenden Nachtschlaf sozusagen in Pfennigbeträgen einzukassieren, aufgeben, weil die Meisterin nicht nur etwas gegen meine chromledernen Jackenaufhänger, sondern auch etwas gegen mich hatte, wie sich herausstellte, und was ihr an mir nicht gefiel, das war mein Blick, aber an meinem Blick war ich schuldlos, denn ich hatte ihn nicht gemacht, mein Vater und meine Mutter hatten ihn mir gemacht, und sie waren wohl auch nur blind handelnde Blickvermittler, wenn sie mich und meinen Blick sozusagen auf den Wink einer Nachtigall hin anfertigten.

Seid nicht ungeduldig, wenn ich meine Schlafgewohnheiten hier vor euch ausbreite; aber sie gehören zur Geschichte, denn von meinem Schlaf hing das Erscheinen der blauen Nachtigall ab, und ich schwör, daß ich das Nützlichkeitsprinzip der Kunst nicht verlasse.

Es wurde Sonnabend, und es wurde Sonnabend in einer Zeit, da ich mich an den Namen der Wochentage durchs Leben hangelte, und ich schätzte den Sonnabend damals so wie heute eine Frühherbstreise in den Kaukasus.

Die Badegäste des Ortes waren Rheumatiker, unterleibskranke oder unausgefüllte Frauen, erlebnishungrige, gutsituierte Handwerker und Gattinnen von mittelbestallten Beamten. Am Sonnabend trafen sich die Kurgäste im Festsaal des Kurhauses, und diese Wiedervereinigung (sie hatten sich am Freitag zum letzten Male gesehen) nannten sie Reunion, und das hörte sich fast so nett an wie heute «mai hoobi», und um diesen gesellschaftlichen Höhepunkt der Kurwoche nicht zu stören, schlossen wir sonnabends unser Café. Der Meister sagte: «Gehn auch mir auf die *Reunion*! Ich werde Sie dort einführen», und wir gingen dorthin. Ich wunderte mich, daß der Meister, der die Mittel hatte, wochüber soviel Mehl und Bier und all die Buttercreme- und Agar-Agar-Fruchttorten und uns, seine gemieteten Leute, in Bewegung zu setzen und in Vertretung Gottes, der eigentlich für unsere Ernährung zuständig war, zu versorgen, mit einem mittellosen, von Trinkgeld und Dienerprozenten abhängigen Handwerksgesellen zur Reunion ging, aber er hatte seine Gründe.

Ich vergaß, daß ich mich ausschlafen wollte, daß ich mich ausschlafen mußte; denn der Meister lud mich ein, und ich vergaß den Schlaf.

Auf den Tischen im Kurhaus ging es sehr weiß zu, und vom Musikpodium blinkte es verchromt; man hatte sie soeben neu entdeckt, jene blecherne Lure, die ein gewisser Herr Sax unnützerweise (da haben wir's wieder!) erfunden hatte, denn als er sie erfand, war ihre Zeit noch nicht gekommen, aber jetzt schien ihre Zeit gekommen zu sein, und sie blinkte von allen Bühnen und Musikpodien, und sie fand eine Weile später sogar Aufnahme in den konservativsten und barbarischsten Musikbanden der Welt, den Militärkapellen, denn sie hatte nicht das ordinäre Bedürfnis, mit einem Bein auf der Erde zu stehen wie ein Cello zum Beispiel; sie war wendig, vielverwendungsfähig, ließ mit sich umspringen und war glänzend beim Marschieren zu benutzen.

Ich trug eine kurze Jacke, die dort aufhörte, wo mein Gesäß begann, und die Jacke war schwarz, weil Schwarz Feierlichkeit ausdrückt, was ich nie in meinem Leben begriff und begreifen werde, weil meine sorbischen Mütter sich in weiße Tücher hüllten, wenn sie ernst und feierlich erscheinen wollten.

Das Gesäß und die dürren, ein wenig vom Mehlsackschleppen angekrümmten Bäckerbeine steckten in einer Hose, deren Beinlinge sich über den schwarzen Halbschuhen glockenförmig verbreiterten und so lang waren, daß ich wie eine fußlose Marionette auf dem Parkett stand.

Allen meinen Altersgenossen, die heute die Nasen rümpfen, wenn junge Leute in ähnlich geschnittenen Hosen durch die Straßen steppen, sei das ins Gedächtnis gerufen!

Ich tanzte Charleston wie eine Vogelscheuche im Wind, und auch daran erinnere ich meine gleichaltrigen Genossen mit Augenzwinkern, denn auch wir unterwarfen uns Moden, die vom Westwind ins Land geweht wurden, aber damals waren wir machtlos – und jetzt? Weshalb machen wir keine Moden? Gekrauste Stirnen, erhobene Zeigefinger und der Typ des gnatz-deutschen Oberlehrers haben keine Chancen, Jugendmode zu werden, und damit die Lehrergewerkschaft nicht erzwingen muß, daß diese Geschichte nicht gedruckt wird: Es gibt auch gute Oberlehrer.

Ich tanzte Charleston mit der Haustochter, und als ich dabei einen Blick auf das Meistergesicht warf, fand ich etwas, was man in Gesichtern von Mitmenschen findet, denen ein Zug oder ein Schiff vor der Nase wegfuhr, und ich tanzte fortan nicht mehr mit der Haustochter, von der ich nicht mehr weiß, wie sie hieß, von der ich aber erinnere, daß sie klein und blond und aus Wismar war und klangvoll mecklenburgisch sprach. Im übrigen lullten mich sächsische und halbsächsische Laute ein, und sie erschienen mir damals wie Taubengurren, und die Stimmen von Berliner Kurgästen, die zu hören waren, klangen wie Spechtgeklopf. «Det, det, det, det», und wenn ich selber sprach, so hörte es sich an wie die Verlautbarungen einer Dohle, die sich zwischen Tauben und Spechten in den Frühlingswald verirrt hatte.

Der Meister spendierte Wein, und das war der teuerste Wein des Hauses, denn der Meister war verpflichtet, «Zeche zu machen», um seine angezweifelte Zahlungskräftigkeit zu beweisen. Am Montag besuchten dann «die Herrschaften» von der Kurverwaltung unser Café und «fanden sich ab», und sie tranken bei uns Sekt, und ihre Damen verschlangen Fürst-Pückler-Eis – Portionen von Umfang und Höhe kleiner Granaten. Es gab viele Dinge auf der Welt, und es gibt sie, wie ich höre, in einem anderen Lande noch, die da beweisen helfen müssen, daß ein Mensch zahlungskräftig, kreditwürdig und in der Lage ist, sich seinen Lebensunterhalt von seinen Mitmenschen verdienen zu lassen, als da sind Kleider, Autos, Schmuck, seltenes Gestein und rare Metalle, und wenn gewisse Cliquen eines Tages übereinkämen, daß nunmehr Roßäpfel das Rareste und darum das Edelste auf Erden sind, so würden sie und ihre Damen nicht anstehen, auch diese Afterfrüchte von Vierbeinern in Gold und Platin einfassen zu lassen und sie als Schlipsnadeln, Krawattenknöpfe und Kolliers zu tragen.

Mir war es gleich, was ich auf meine schwelende Müdigkeit goß; denn Birnensaft erschien und erscheint mir bis heute wohlschmeckender als Wein.

Der Tanz im Kurhaussaal wurde von Soloeinlagen unterbrochen, und jene «Künstler», die sie produzierten, wähnten, daß ihre Soloeinlagen die Hauptsache der Reunion wären, deshalb behandelten sie die Musiker der Kurkapelle wie ihre Diener. Die Solointerpreten waren Rheumatiker, hielten sich zur Kur im Städtchen auf und stellten sich «hochherzigerweise» für die Verschönerung der Reunion zur Verfügung, und die Kurverwaltung gewährte ihnen dafür «hochherzigerweise» freie Sonnabendzeche, und das hatte zur Folge, daß ein Operettist mit platter Nase das obligate Lied des Analphabeten aus dem «Schweinebaron» sang und daß man es ihm glaubte. Ein anderer «Künstler», in dessen Glatze sich das Licht der Lüster spiegelte, sang eine Partie aus dem «Weißen

Pferd», und die Damen aller Leidensschattierungen verschlangen ihn samt seinem weißen Frack mit den Augen.

Mich ermüdeten diese Darbietungen. Ich begann einzunicken. Der Meister bemerkte es und bestellte Kaffee, und er quälte mich weiter mit seiner Reunion, aber damals fühlte ich mich nicht gequält, denn ich war neugierig auf alles wie ein halbjähriger Hund. Der Mokka-double-double, den der Meister bestellte, verwandelte mich für kurze Zeit in einen Marokkaner, und damit der südliche Impuls, den ich erhielt, mich nicht veranlaßte, wieder mit der Haustochter zu tanzen, stellte mich der Meister einigen Damen vor. Es waren Damen, die ich schon im Café bedient und von denen ich meine Kellnerprozente eingefordert hatte, aber jetzt war ich kein anonymer Kellner, sondern ein Mensch mit Familiennamen, ein Mann, der mit seinem Meister und dessen Haustochter eine Reunion besuchte, ein Teilnehmer am Kurleben der Stadt.

Vielleicht hätte ich damals nichts dagegen gehabt, ein Mann zu sein, von dem die Leute des Städtchens, die leidenden Frauen und die Mädchen auf den Elbwiesen, mehr Notiz nahmen, als sie es taten, aber das war mit der Anfertigung von Rosen, Fröschen und Schwänen aus Buttercreme nicht zu erreichen. Heute sehne ich mich oft in die Anonymität meines Kellnerdaseins zurück, und das ist natürlich, und das hat was mit Dialektik zu tun, und das ist das Leben.

Unter den Damen der Stadt, die mir vom Meister vorgestellt wurden, befand sich eine, die ich in unserem Café noch nicht gesehen hatte. Sie trug ein langes wasserehrenpreisfarbenes Ballkleid (Chiffon oder Crêpe de Chine). Eine schmale, edel wirkende Nase regierte ihr Gesicht, und die Flügel dieser Nase bebten wie die Flügel eines Schmetterlings an einer besonnten Hausmauer. Wenn die Dame lachte, zeigte sie in der Mitte der oberen Zahnreihe einen Goldzahn, und sie zeigte ihn mehr wie einen Goldring, wie eine Verzierung, weniger wie eine Notwendigkeit. Ich hatte damals etwas für Sommersprossen und Goldzähne übrig, und während sich die Vorliebe für Sommersprossen erhielt, verflüchtigte sich die für Goldzähne. Oh, wenn ich Listen über alles führen würde, was mir einmal sympathisch war, und auch über das, was mir im Laufe des Lebens sympathisch wurde, so würden sie einen Schnellhefter füllen und wissenschaftlich beweisen, daß der Mensch unterderhand und oft, ohne sich selber von diesem Vorgang zu verständigen, ein anderer wird.

Hinter dem Kurhaus lag der Park. In den Eichen, Buchen und Linden dort schliefen während der Reunion die Vögel. Saal und Park verhielten sich zueinander wie kommunizierende Röhren: Aber die Parkröhre lag im Dunkeln, und ihr Inhalt schien mit einer Chemikalie angereichert zu werden, die Frühlingsnacht hieß, denn die Tanzpaare, die aus der dunklen Parkröhre in die beleuchtete Saalröhre zurückkehrten, wiesen psychochemische Veränderungen auf.

Der Park hieß damals Kurpark, und wie er heute heißt, werde ich im Frühling erfragen gehn; noch früher hieß er Schloßpark, und in seiner Jugend war er die Erweiterung eines Gefängnishofes, denn das Schloß war ein Gefängnis gewesen, und in dem Gefängnis hatte eine Königin gesessen. Die Königin hieß Eberhardine, und sie war, wie damals üblich, von ihrem Manne zur Gefängnishaft verurteilt worden. Ihr Mann aber war der starke August aus Dresden, und der war katholisch geworden, um ein paßrechterer polnischer Herrscher sein zu können. Eberhardine aber blieb reformistisch, eine Sozialdemokratin der Gläubigkeit.

Auf dem Podium produzierte sich jetzt ein etwas krummbeiniger «Künstler», der sich Wangenvokalist nannte und seine schon faltigen Gesichtshälften mit zwei Holzlöffeln bearbeitete, und je nachdem, ob er nun die Wangen aufblies oder sie in mehr oder weniger tiefe Gruben verwandelte, muckerten Töne aus seinem Mund, die man bei gutem Willen als die Töne des Liedchens: «Du, du liegst mir im Herzen» entziffern konnte, und der Wangenvokalist hielt seinen Mund dabei so o-rund, wie jene aus Holz geschnitzten Männer im Folklore-Museum in Moskau, die eigentlich Bienenbeuten sind, und die Kurkapelle untermalte dieses Liedchen, das sich der krummbeinige Vokalist aus den Wangen prügelte, und hielt es ein wenig zusammen.

Mein Meister konnte sich nicht genügend über die Möglichkeit wundern, daß man das Fleisch seiner Wangen musikalisieren könne, und er sah in diesem Vokalisten einen hundertprozentigen Kunstschaffenden: «Können Sie von mir denken, was Sie wollen!» Sogleich versuchte er mit dem Teelöffel seine Wangen mit den schwarzen Bartstoppeln zum Klingen zu bringen, aber es gelang ihm nicht, nein, es gelang ihm lediglich, die Haustochter zum Lachen zu bringen, und das war auch nicht wenig wert. Mir schien, als hätte der Meister seine Wangen nur belöffelt, um die Haustochter zum Lachen zu bringen, denn er ließ nichts unversucht, ihre Sympathie zu gewinnen, und er suchte und suchte bei anderen Frauen, was er bei seiner Frau nicht gefunden zu haben schien, man mußte Mitleid mit ihm haben. Ich weiß nicht, weshalb mich das Mitleid mit dem Meister dazu bringt, wieder an Eberhardine zu denken; ich hatte doch mit Königinnen, ob Monarcho-, Himmels-, Bett-, Mode- oder Schönheitsköniginnen, nie etwas im Sinn!

Der starke August aus Dresden ließ durch seine Geheimpolizei verbreiten, die Landeskinder sollten ihre Landesmutter, die sich nicht rekatholisieren lassen wollte, die *Betsäule von Sachsen* nennen. Überdies ließ er das polnische Volk fordern, man solle der reformistischen Eberhardine die Einreisegenehmigung ins katholische Polen verweigern, und als das alles gediehen war, stellte August Eberhardine anheim, sich freiwillig ins Gefängnis zu begeben, damit sie vor dem «Volkszorne» geschützt wäre. Aber die Sache war die: Eberhardine sollte ihrem August und einer gewissen Gräfin von Cosel, auch anderen Damen und Müttern von zweihundertundfünfunddreißig August-Kindern aus den Augen gerückt werden, und um das dem Volke verständlich zu machen, glaubte August alles ins Ideologische transponieren zu müssen.

Eberhardine war gezwungen, die körperlichen Genüsse, die ihr zustanden, durch geistige zu ersetzen, und sie schwärmte für den verstorbenen Übersetzer, Liederdichter und Kirchenreformator Dr. Luther, und sie hing seiner Reformation an und träumte, träumte elbabwärts, träumte von der *Wittenbergisch Nachtigall.* Da war sie also, die Nachtigall, und ich weiß, weshalb ich auf Eberhardine zurückkommen mußte.

Aber jetzt zur Sache, zur Sache! denn l'art pour l'art ist schlimmer als die Cholera!

Hinter dem Kurpark floß die Elbe durch eine Landschaft aus Wiesen, und im Frühling, wenn sie sich wild erinnerte, daß sie einmal ein Urstrom gewesen war, benutzte sie diese Wiesen eine Zeitlang als Brautbett, und wenn der Brautrausch endete und die Elbe ihr Matronenleben wieder aufnahm, ließ sie Schlafgeldtaler in Form von Tümpeln in den Wiesen zurück, und aus diesen Tümpeln klangen die Glokkenrufe der Unken.

Ich tanzte stumm mit der Dame, die das lange wasserehrenpreisblaue Ballkleid trug, und ich wußte wohl, daß sich das nicht ziemte, aber ich war zu müde, und außerdem fürchtete ich, daß die Dame etwas hätte sagen können, was meine Vorstellung von ihr zerstört haben würde. Ich weiß bis heute nicht, ob es eine Stärke von mir ist, daß ich mehr in die Menschen, die mir begegnen, hineinlege, als in ihnen ist, oder ob es eine Schwäche von mir ist, nicht geduldig genug nach den großen Zügen bei ihnen zu suchen, die ich vorausahnte.

Es ging ohne Worte bei mir und der Dame und mit dem, was man landläufig Liebe nennt, voran, denn daß das möglich ist, versicherte der plattnasige Operettist mit kiloschweren Worten: «Lippen schweigen ...» und so weiter. Ich spürte jedenfalls, daß die Sympathie, die ich für die Dame empfand, nicht einseitig war und daß die Dame auch mich kreditwürdig in Sachen Liebe fand. Ich brachte sie nach dem Tanz an ihren Platz und verzierte meinen stummen Dank mit der Seidenschleife eines Lächelns. Es war ein echtes Lächeln, denn nach kurzer Kellnerzeit schaffte ich mir ein Ersatzlächeln, ein Zweitlächeln an, um das echte nicht so sehr abzunutzen, ein Kellnerlächeln. Und ich warf dieses Lächeln auch später, als ich kein Kellner mehr war, nicht in den Lumpensack, denn ich benötigte es immer wieder einmal, es wurde von mir verlangt, und obwohl wir unsere Gesellschaft doch revolutionierten, wird es heute noch dann und wann von mir verlangt.

Die Dame im wasserehrenpreisfarbenen Kleide erwiderte jedenfalls mein echtes Lächeln, und ihr Goldzahn leuchtete wie eine kleine Sonne aus ihrem Mund. – Darauf tanzte mein Meister einen Tango mit ihr, aber er tanzte ihn wie einen Marsch-Fox, und er tanzte auch den etwas schief, denn was der Statur des Meisters wirklich gemäß war, war Walzer rechtsherum. Er trug, nein, er zelebrierte auf seiner Oberlippe den Restposten eines Bartes, eine spätere Hitlerfliege, und auch der Marsch-Fox, den er tanzte, entsproß seinem halbmilitärischen Hang. Es war ein

Höflichkeitsakt, wenn der Meister mit der Dame im wasserehrenpreisblauen Kleide tanzte; doch er machte sie dadurch zu *meiner* Dame und Gespielin, was mich wiederum zwang, ein wohlerzogener Tanzbodenmensch zu sein und doch wieder mit der Haustochter zu tanzen. Ich stieg wieder aufs Parkett, und ich tanzte Tango mit ihr nach der Schnur, und die Tangophase, in der man seine Partnerin mit einem marionettenhaften Anrucken über die Tanzfläche reißt, schubst oder schleudert, als wäre man ein gebleichter Argentinier, beherrschte ich besonders gut. Ich steigerte diesen Tanzteil zu einem Kraftakt, der die Zuschauer fürchten ließ, ich würde meine Partnerin durch die Wand ins Freie befördern. Aber kurz vor dem Hindernis mäßigte ich den *run*, und ich blieb doch im Saal, bis der Rhythmus forderte, daß mich eine neue Welle packte, die mein Blut wieder argentinisierte. Die Haustochter aus Wismar legte sich, wie man in Fachkreisen zu sagen pflegt, in den Tango hinein, und ich fragte sie, wie sie sich fühle, und sie sagte, sie fühle sich fischfrisch, nur fürchte sie sich ein wenig, und sie sah dabei zum Meister hinüber, und ich tröstete sie und sagte ihr, daß sie nichts zu fürchten habe als sich selber. Damit war sie zufriedengestellt, und sie sagte, sie hätte mich gleich für einen gelehrten Menschen gehalten, und das schmeichelte mir. Ich hatte damals noch Respekt vor Gelehrsamkeit, und jetzt habe ich nicht mehr soviel Respekt vor Gelehrsamkeit, besonders nachdem einer meiner besten Freunde, den ich einmal kannte, Texte aus vierundzwanzig Büchern zitierte und abschrieb und daraus ein fünfundzwanzigstes Buch machte, für das er den Doktortitel erhielt, womit ich außer gegen diesen Freund gegen keinen Doktor sonst etwas gesagt haben will.

Ich arbeitete mich also durch den Reunionsabend. Nicht, daß es mich anekelte, nein, dazu war ich zu jung, aber ich war müde, und ich schlief ein, wenn ich mich setzte, und das war das Übel, denn jedes Vergnügen zerbröckelt, wenn der Körper durch Dienstverweigerungen bekanntgibt, daß man die ihm zustehenden Rechte mißachtet. Aber ich kam trotz meiner Müdigkeit mit der Dame, die mir der Meister als Haustochterersatz zugeschoben hatte, ins Gespräch; denn ich konnte sie nicht drei, vier Male zum Tanzen holen, ohne mich zu verlautbaren. Überdies wurde ich von ihr bei der Damenwahl engagiert, und es kam zwischen uns – fast ohne Worte – zu einer Vereinbarung, einem Abkommen oder einer Demarche, des Inhalts, daß ich die Sicherheit ihres Heimtransportes zu gewährleisten hatte, und ich weiß nicht mehr, ob die Dame mir das nahelegte oder ob ich mich aus Anstandsgefühl, trotz meiner Müdigkeit, dazu verpflichtet fühlte.

Gleich darauf mußte ich, wie man sagt, stehenden Fußes eingeschlafen sein, obwohl ich noch agierte, engagierte, vielleicht sogar tanzte. Als ich zu mir kam oder erwachte, wie man will, lag ich auf einer Bank, fast hätte ich «im Park» dazugeschrieben, doch es fiel mir rechtzeitig ein, daß das der Titel eines Tanzschlagers aus jener Zeit gewesen wäre («Auf einer kleinen Bank im Park») und daß ich damit in den Verdacht gekommen wäre, ein Plagiator zu sein. Man kann in dieser Hinsicht merkwürdige Dinge erleben, und kürzlich wurde ich Zeuge, wie ein Referent einen anderen Referenten bezichtigte, er habe einen Satz aus seinem Referat plagiiert, und der Satz hieß: «Ich habe die Probleme, die auf uns zukommen, herausgearbeitet.»

Die Bank stand unter Lindengesträuch in der Nähe des Deiches, und vom Flusse wehte Wasserduft herüber. Als ich meine Augen öffnete, jene Schlitze im Gesicht, die das Vordringen gewisser Lichtschwingungen zum Hirn ermöglichen, war es, ins allgemein

Menschliche übersetzt, ringsum dabei, Morgen zu werden, und hinter dem Deich gongten die Unken schon in ihren Tümpeln, und ich hörte über mir in den großen Lindenstrauchblättern jene Töne, die tief aus dem Blut eines Vogels perlten, die Triller der Nachtigall, wie ich sie als Knabe auf der Heide gehört hatte, und ob das damals nun der Sprosser gewesen war oder nicht, hier handelte es sich vielleicht sogar um eine Nachkommin jener Nachtigallen, die schon zur Zeit einer gewissen Exkönigin Eberhardine oder noch früher im Park geheckt hatten. Mag sein, daß mein Blick, als ich nach dieser Nachtigall in den Lindenblättern suchte, erst ein wasserehrenpreisblaues Kleid streifte, denn als ich die Nachtigall erblickte, war sie blau, und ich wunderte mich nicht darüber, denn mein Blick kam von hinter soviel Bergen unbewältigten Schlafes her, daß ich auch nicht erstaunt gewesen wäre, wenn die Dame, die meinen Kopf – schon wer weiß wie lange – in ihren Armen gehalten hatte, sich Nofretete oder die Königin von Saba genannt hätte.

Und als diese Dame nun bemerkte, daß ich erwacht war, beugte sie sich zu mir, und es war kein langer Weg von ihrem zu meinem Mund, und sie ließ mich nicht aus den Armen und beugte sich zu mir . . .

Es widerstrebt mir, zu beschreiben, was jeder auf seine Weise weiß, oder was jeder, der es nicht weiß, einmal auf seine Weise wissen wird. Ich spare aus und überlasse jedem die Möglichkeit, hinzuzufügen, was nur er weiß.

Eigentlich habe ich mein Versprechen erfüllt, wenn ich hier redlich niederschrieb, weshalb die erste Nachtigall, die ich zu Gesicht bekam, eine blaue Nachtigall war, aber ich spüre bis hierher an meinen Schreibplatz in der Kammer eines Pferdestalles die Unzufriedenheit von Lesern, die an perfekte Geschichten gewöhnt sind, die sich außerdem auf den vielzitierten Revolver berufen dürfen, den Tschechow erwähnt, jenen Revolver, der, wenn er in einer Geschichte an der Wand hängt, auch loszugehen habe. Diesen Lesern sei gesagt, daß mir am fortgeschritteneren Morgen jenes Sonntags nicht vergönnt war, in meinem Bett in der Gesellenkammer, dessen Benutzung mir vom Lohn abgezogen wurde, zu schlafen; denn als ich heimkam, war die Kammer von innen verriegelt, und als ich empört an der Klinke rüttelte, lugte die Haustochter beim Türspalt heraus. Sie war sehr unangezogen und wies drauf hin, daß sie mir bereits beim Tanz angedeutet hätte, sie fürchte sich. Ich konnte nicht verstehen, weshalb sie sich noch immer vor dem Meister fürchtete, obwohl sie jetzt in meiner Kammer und in Sicherheit war. Aber die Sache war die: Sie fürchtete den Meister nicht, sondern die Meisterin, denn der Meister war bei ihr, und sie waren beide in meiner Schlafkammer.

Die Haustochter erklärte mir, daß weder das Tellermädchen noch die Putzfrau oder der Hausknecht und nicht einmal der Lehrling etwas Schlechtes von ihr denken könnten, wenn der Meister im Laufe des Vormittags die Gesellenkammer verlassen würde und so weiter. Sie bot mir ihr Zimmer und ihr Bett an, weil niemand der Meisterin etwas berichten würde, der mich aus dem Zimmer der Haustochter kommen sehen würde, auch und so weiter.

Das Leben tritt uns zuweilen kompliziert entgegen, und hier hatte ich es mit einem Fall zu tun, in dem es verkompliziert wurde, und das war nur ein kleiner hausbackener Schlafzimmerfall; an die großen, überdimensionalen Fälle, die in die Weltdiplomatie hineinreichen, wage ich nicht zu denken.

Ich benutzte das Bett und das Zimmer der Haustochter nicht, sondern machte, trotz aller unvertilgter Müdigkeit, einen Spaziergang in den Park, und daß ich die Bank aufsuchte, auf der ich – wie mir schien – vor Wochen einmal geschlafen hatte, die Bank, auf der mir die blaue Nachtigall erschienen war, bewies, daß ich mich verliebt hatte. Jeder Verliebte glaubt, er könne, wenn er an den Platz zurückkehrt, an dem die Liebe ihn und er die Liebe packte, alles noch einmal und unversehrt wiederhaben, aber er kann es nicht wiederhaben, denn die Welt ist im Fluß, obwohl wir nicht wissen, in welchem.

Natürlich sah auch ich die Nachtigall nicht wieder, weder eine blaue noch eine graue, denn sie schlief auf irgendeinem dämmergrauen Plätzchen aus Blattschatten und ruhte sich von der Balz aus.

Ich sah später Nachtigallen, viele, viele Nachtigallen – in Sotschi am Schwarzen Meer, in Karelien, und dort war es womöglich wieder der Sprosser, und ich sah Nachtigallen auf Naxos und Santorin in der Ägäis, Nachtigallen in Kiew am Dnepr, und ich sah Nachtigallen in einer Mühle bei Wusterhausen an der Dosse und im Nikidskij Sad auf Jalta – viele hundert Nachtigallen, aber alle waren grau gefiedert, keine war blau, und ich war verwundert, daß ich nun, nach so langer, langer Zeit, wieder eine blaue Nachtigall sah, just als ich mich aus den Armen einer Geliebten löste; ich sagte es schon, und daß ich es wieder sage, zeugt von meiner Verwunderung.

Die Sache aber war die: Ich wollte eine Geschichte schreiben, und ich dachte tagelang an nichts als an diese Geschichte. Ich schlief wenig, und wenn ich schlief, so schlief ich schlecht, und zwei Tage schlief ich gar nicht, und alles, weil ich eine Geschichte schreiben *wollte.*

Damals brachte mich ein Meister, ein kleiner Auskenner, dadurch, daß er aus mir, seinem Gesellen, ohne Kosten für sich und sein Geschäft auch noch einen Kellner machte und indem er, wie ich später erfuhr, bei einem Marsch-Fox eine Dame charterte, die mich für längere Zeit im Moorbad halten sollte, in den ausgemergelten Zustand, in dem einem blaue Nachtigallen erscheinen. Wer aber versetzte mich nun, da ich mich ums tägliche Brot nicht mehr zu sorgen hatte, in den Zustand, dem blaue Nachtigallen entfliegen? Wenn es das Unterbewußtsein war, wie ich dem Zuruf von Gelehrten aus der Psychologenbranche entnehme, so ist dieses Unterbewußtsein der größte Ausbeuter, den ich je kennenlernte, und dazu einer, der es sich leisten kann, auf eine Geschichte zu spucken, die ich schreiben *wollte*, an der ich tagelang arbeitete und über der ich fast zusammenbrach, um zu einer Geschichte zu kommen, die ich schreiben mußte: Die blaue Nachtigall.

Nachsatz:

Für «Jugenderinnerungen eines alten Mannes» oder Memoiren halte ich mich noch zu jung, aber ich versuche seit Jahren einer Sache nachzuspüren, und die Sache ist: Woher kam jener Zustand von Poesie und Schwerelosigkeit in der Kindheit und in der Jugend, der uns so unwiederbringlich erscheint? Ist er nicht zurückholbar? Soll man ihn als endgültig verloren gelten lassen? Kann man ihn wieder herbeilisten, herbeitrotzen?

Die hier vorgezeigten Geschichten (einige liegen noch in der viel zitierten *Schublade*!) sind also Forschungsarbeiten. Zu einem befriedigenden Ergebnis bin ich bei meinen Erkundungen noch nicht gelangt, doch beginnt sich abzuzeichnen, daß jene Zustände der Schwerelosigkeit nur Augenblicke waren, in denen man außerhalb von Aktion und Reaktion stand: Man saß auf dem Handwagen des Großvaters und ließ Musik aus dem Weltenraum auf sich andringen; man lag am Rande eines Seerosenteiches und sog die

Geräusche des Sommertages ein . . . Es waren nur Augenblicke, aber sie durchstrahlten eine ganze «Zeitumgebung» mit ihrer Innigkeit.

Sollte man nicht, so frage ich mich, solche aktions- und reaktionslosen Augenblicke bewußt und mit dem Effekt von damals in sein Leben einbauen können?

Da ich nicht ablassen will, dieses Geheimnis zu ergründen, wird das hier ein «offenes Büchlein» bleiben, in das ich von Zeit zu Zeit weitere Forschungsberichte aufnehmen möchte.

E. S.

Zirkus Wind

Ich war dreizehnjährig, als das geschah, ja, etwa dreizehnjährig; denn ich besuchte schon die Stadtschule, und es stand für mich fest, daß ich weder Bäkker noch Vertreter für Viehlebertran, kein Kaffeekellner, kein Tierwärter, nicht Clown, nicht Expreßbote, auch kein Bereiter oder gar Hilfsarbeiter in Fabriken werden würde, sondern ein Künstler. Ich weiß nicht, ob es an den Verhältnissen oder an mir lag, daß ich all das wurde, was ich aufzählte, aber ein Künstler wurde ich nie, jedenfalls nicht einer, von dem die Leute sagen, wenn er ein Lokal betritt: «Ein Künstler, man hört es», auch nicht einer, von dem junge Mädchen auf der Straße sagen: «Ein Künstler, man sieht es!»

Die Kunst, die mir damals vorschwebte, war das Löwenbändigen. Ich wollte ein Künstler werden, der mit der Gefahr umgeht, einer, den keine Versicherung aufnimmt, weil er gefressen werden kann, ehe er genügend Versicherungsbeiträge abgeführt hat.

Ich konnte damals bereits die Ziege meiner Großmutter überreden, auf einer fünf Zentimeter breiten Latte zu wandeln, die ich über die Lehnen zweier Stühle gelegt hatte. Ich wußte außerdem, wie man Pferden beibringt, mit dem rechten Vorderhuf zu scharren und kleine Rechenaufgaben für einfältige Zuschauer zu lösen, und ich hatte einen kleinen Hundebastard dazu gebracht, auf den Vorderbeinen zu marschieren.

All diese kleinen Künste wurden mir einmal im Leben, wenn auch nur für kurze Zeit, nützlich; zu der Zeit aber, da unsere Geschichte spielt, züchtete ich in der Kellerwohnung meiner Pensionseltern heimlich weiße Mäuse, die ich sonntags und in den Ferien mit aufs Dorf nahm.

Es war in den Großen Ferien, als einer der beiden Poter-Brüder zu mir kam; ich glaube, es war der kleinere Bruder, ja, es war der mit den kurzen Beinen, dem man von den Beinlingen jeder gekauften Hose dreißig Zentimeter abschneiden mußte, um sie an die seines längeren Bruders, dem die Hosen stets zu kurz waren, anzunähen, eine Tatsache, die sogar in eine Sonntagspredigt unseres langen Pfarrers Saretz einging, als er den Gläubigen die «Weisheit der Vorsehung» nahezubringen gedachte.

Ja, jetzt weiß ich genau, daß es der kleine Poter war, der zu mir kam, weil ich mich an seine auseinanderstehenden Zähne erinnere, die ihn in den Stand versetzten, wie eine Ringelnatter zu zischen. «Winds Karle macht einen Zirkus auf, und wenn du ihm zwei weiße Mäuse schickst, wird er dir zwei Freikarten für seine Vorstellungen ausschreiben!».

Schön, ich war bereit: Zwei Mäuse – zwei Freikarten, aber jetzt muß man erst wissen, wer Winds Karle war:

Ich springe ein paar Jahre zurück und in die Zeit hinein, da ich zehn Jahre alt war: Damals kam ein kleiner Zirkus in unser Dorf, und die sechs Ponys, die den Packwagen und die Wohnwagen zogen, wurden uns abends in der Vorstellung herausgeputzt vorgeführt. Außerdem gehörten zu dem kleinen Zirkus ein Tanzbär, ein Steinbock, fünf Zwerghühner, sieben Meerschweinchen, eine Meerkatze und eine Schar gezähmter Pfauentauben.

Die Vorstellung fand im Gasthaussaal statt. Schlanke Halbzigeunermädchen zeigten uns, wie man auf einem dünnen Draht durchs Leben gehen kann, und das Schimmelpony, *Kluger Hans* genannt, hatte eine Dame aus dem Publikum zu suchen, die sich gern verliebt. Das Pony blieb vor Mina Poter, der Schwester der Poter-Brüder, stehen.

Dann produzierten sich die Halbzigeunermädchen als sogenannte Schlangenmenschen, und ein Tierbändiger, der uns als Mister Charlie angekündigt wurde, machte einen Bärenringkampf, und als Charlie eine Weile mit dem alten Bären gerangelt hatte, flüsterte er ihm etwas ins Ohr, worauf sich der Bär niederfallen ließ und Charlie zum Sieger erklärt wurde. Dieser Mister Charlie war blond, hatte tiefschwarze Augen, und unter seiner Nase lag ein Bärtchen von der Farbe einer Weizenähre.

Dann trat Mac Müllton auf, der Truppenchef; er hatte zuvor den *Klugen Hans* vorgeführt, aber jetzt wurde behauptet, Mac Müllton wäre ein «Lebender Springbrunnen». Es wurden zwei Eimer Wasser aus der Gasthausküche gebracht, die Müllton Glas für Glas in sich hineingoß, ohne zu schlucken; das Wasser versickerte in seinem Munde wie in einem Rattenloch auf dem Felde.

Als Müllton die Eimer geleert hatte, glich sein Leib einer Tonne, und um das zu demonstrieren, wurde dem Schnellsäufer ein eiserner Faßreifen um den Bauch gelegt, und als das geschehen war, verschluckte Müllton drei brennende Zigarren, brachte sie brennend wieder hervor, ließ sich Frösche reichen, die wir am Nachmittag im Dorfteich gegen Freikarten gefangen hatten, schluckte fünf Frösche, brachte auch die wieder lebend hervor, und dann wurde «das verehrte Publikum» gebeten, auf den erleuchteten Wirtshaushof zu treten, wo der Herr Direktor sich entleeren und eine Fontäne abgeben würde.

Wir gingen hinter dem wassergefüllten Müllton auf den Wirtshaushof, bildeten dort einen Kreis um ihn, und er stellte sich in der Kreismitte gegen einen eingegrabenen Pfahl, druckste, gluckste, und das Wasser entfloß seinem Munde in einem dünnen Strahl.

Die «verehrten Zuschauer» wurden gebeten, die Reinheit des Wassers zu prüfen und sich unter dem «Lebenden Springbrunnen» die Hände zu waschen. Der lange Poter, der, dem man immer die abgeschnittenen Hosenbeinlinge des jüngeren Bruders annähen mußte, wusch sich nicht nur die Hände, sondern auch sein schmales Mumiengesicht und bestätigte, daß es sich um einwandfreies Quellwasser handele.

Ein lebender Springbrunnen! Das hatte man in unserer kleinen Welt noch nicht gesehen! Mister Charlie trat vor und verkündete, daß er sich erlauben würde, ein kleines Trinkgeld einzusammeln, damit man der «Lebenden Fontäne» ein kräftiges Abendbrot zu speisen geben könne, denn sobald der letzte Tropfen Wasser aus Müllton heraus wäre, müßte er eine gute Mahlzeit zu sich nehmen, und diese Mahlzeit wäre die einzige, die Müllton tagsüber haben dürfte, wenn das Wasser bei der nächsten Abendvorstellung wieder sauber aus ihm herausfließen sollte.

Das machte großen Eindruck auf uns, und unsere Zehner klimperten gönnerhaft auf den Eßteller, den uns Mister Charlie mit bittenden Augen hinhielt.

Sodann erfuhren wir, wozu der Marterpfahl im Wirtshaushof eingegraben war: Mister Charlie, der Bärenbezwinger, der nun Mister Charlie Wind genannt wurde, sollte sich als Entfesselungskünstler produzieren, und der wasserleere Direktor ließ uns wissen, daß die Entfesselungskunst des Charlie Wind in allen großen Städten der Welt Aufsehen erregt hätte, in Paris, in London und in Groß-Luja, einem Dorfe, zehn Kilometer von unserem Dorfe entfernt.

Mister Charlie Wind trug ein blaßblaues Trikot (Strumpfhosen und Leibchen – alles aus einem

Stück, würden wir heute sagen), und das Trikot war nur verhalten sauber, wie man sogar beim gelben Licht der Petroleumlampen feststellen konnte, und das konnte nicht anders sein, weil Stricke und Ketten, die bereitlagen, nicht fett- und nicht rostfrei waren.

Die erste Strickschlinge legte der Truppenchef Charlie Wind selber um den Leib, dann aber wurden «beherzte Herren aus dem Publikum» gebeten, Mister Charlie Wind an den Marterpfahl zu fesseln.

In unserem Dorfe gab's außer dem Gutsherrn keine Herren, doch wenn ein Jahrmarktsausschreier oder ein Artist solche benötigte, tat man ihm den Gefallen, und in unserem Falle spielten die Gebrüder Poter, die tagsüber auf den Feldern des Gutsherrn arbeiteten, die Ersatzherren, und sie machten sich über Mister Charlie Wind her und fesselten ihn mit Ketten und Stricken.

Charlie Wind hatte eine Menge Luft in sich hineingepumpt, ließ nur wenig davon beim Ausatmen heraus und sah seiner Fesselung gelassen zu, nur die kleine Weizenähre von einem Schnurrbart zuckte ab und zu, wenn die Poter-Brüder die Fesseln zu hart anzogen. Einige Dorffrauen stöhnten vor Mitleid, und Mina Poter, die Gernverliebte, jammerte.

Als die Poter-Brüder zurücktraten, rief der Pichler-Karl, Immersäufer und Maulheld: «Habt ihr ihn richtig dingfest gemacht?» Die Poter-Brüder beschworen es: Dieser Mensch würde sich ohne fremde Hilfe nie im Leben abfesseln und von seinem Marterpfahl loskommen! Drei Flaschen Bier zur Wette, die dritte für den Künstler!

Der Truppenchef schlug Mister Charlie aufmunternd auf die Schulter: «Los!»

Wind rüttelte an seinen Fesseln. Alsbald fiel ein Teil der Ketten klirrend zu Boden, und es dauerte keine halbe Minute, da hatte Charlie die Arme frei, und dann war's nur noch eine Kleinigkeit für ihn, sich vollends abzufesseln.

Mister Charlie tat alles mit Grazie. Die mitleidigen Frauen faßten Sympathie für den geschmeidigen Helden. Wind streifte sich die Bauchschlinge ab und stieg aus dem an der Erde liegenden Wust von Ketten und Stricken, und Mina Poter, die Schwester der beiden Fesselmeister, trat auf ihn zu und hielt ihm einen kleinen Strauß Gänseblumen hin, den sie rasch auf dem Hofe der Gastwirtschaft zusammengepflückt hatte.

Wenn Charlie Wind ein weißer Zigeuner war, war Mina Poter mit ihrem krausen Blondhaar und den Lippen, die aussahen, als hätte sie ein Faustschlag zum Blühen gebracht, eine weiße Negerin. Charlie Wind nahm ihr den Gansblumenstrauß mit einer Verbeugung ab, und es kräuselten sich zwei verwandte Gedanken zu einem Wölkchen am Nachthimmel, als die beiden einander in die Augen sahen.

Die Dorfburschen grölten. Für sie war Mina Poter «eine Durchgezogene», und dennoch waren sie eifersüchtig, primitiv und roh wie die Stiere.

Freilich war Mina Poter nicht allzu jung mehr und ein Mädchen, das sich vor nichts in der Liebe fürchtete, doch sie liebte ohne Berechnung und auf nichts hin, während die Kleinbauerntöchter, deren Liebesverhalten die Dorfnorm bildete, sich nur gegen Sicherheit, auf Geld und Kleinbesitz hin vergaben.

Das Trikot von Mister Charlie Wind war nach seiner Entfesselung schweißnaß, und die Rostflecke darauf waren dunkler geworden; es sah aus, als hätte Charlie Wind Blut bei seiner Befreiung geschwitzt. Der Truppenchef überreichte Wind die bei der Wette abgefallene Flasche Bier und sagte im Tremolo eines Begräbnisredners: «Was ein' Anfang hat, muß ein Ende haben», und er sagte es ganz auf seinen und der Zuschauer begrenzten Augenschein vertrauend, und gemeint war, daß Charlie Winds Befreiung das Ende der Vorstellung gewesen war.

Charlie Wind trat ab und nickte Mina Poter zu, und Mina Poter nickte zurück, und wir, das geehrte Publikum, zerstreuten uns langsam und ungern, und wir blieben auf dem Heimweg mehrmals stehen, redeten und stritten über das, was wir gesehen hatten, und die Sterne und die Wolken über uns am Nachthimmel führten ihre Schauspiele auf, ohne danach zu fragen, ob wir sie bewunderten oder nicht.

Am nächsten Morgen stiegen die Bergleute wieder in ihre kohlegeschwärzten Manchesterhosen und huckten sich die Rucksäcke mit den Grubenlampen auf, und die Gutsarbeiter und die Kleinbauern trieben hinaus auf die Felder, und der kleine Zirkus reiste weiter.

Nichts bleibt ohne Eindruck auf der Welt, nicht die kleinste Handbewegung, nicht das schlichteste Wort. Auch der kleine Zirkus hinterließ Eindrücke im Dorf. In mir weckte er den Wunsch, Raubtierbändiger, vielleicht Bärenringer zu werden, Mirko Matzke übte sich auf den Stangen der Viehkoppel im Seiltanzen, und Alfred Meuke wollte Entfesselungsmann werden, und wir fesselten ihn an den Stamm einer kleiner Birke auf der Dorfaue.

Alfred kam nicht frei, und auch wir bekamen ihn nicht mehr los, seine Haut lief blau an, und er fing an zu schreien.

Meine kleine Großmutter (einen Meter und fünfundvierzig Zentimeter lang), von uns *Dorfdetektiv* genannt, kam; sie kam immer zur rechten Zeit, und sie sägte die Birke ab und befreite Alfred Meuke von seinen Fesselstricken und Ketten.

Eine Weile glaubten wir, die Eindrücke, die der Zirkus hinterlassen hatte, wären verblaßt, aber sie waren nur von der Oberfläche unseres Lebens verschwunden, um in der Tiefe weiter zu wirken.

Als ein Vierteljahr vergangen war, wurde gewispert, dann geflüstert und schließlich offenkundig: Mina Poter sollte ein Kind bekommen. «Gesegneten Leibes», bemerkte der Lehrer; «in anderen Umständen», tratschten die Dorffrauen; «vom Winde beschält», höhnten die schadenfrohen Dorfburschen.

Peter Poter, der Vater von Mina, war Zweitkutscher auf dem Gutshof, vertrat zuweilen den Leibkutscher und fuhr die korsettierte Gnädige oder die rothaarige Tochter in die Stadt. Die aufgeworfenen Lippen, das krause Haar und den langsamen Verstand hatte Mina von Vater Poter geerbt, dem zeitlebens eine halblange Tabakspfeife am Munde baumelte. Er hatte das Ende des Pfeifenstiels mit einem Gummi vom Patentverschluß einer Bierflasche beringt, damit ihm der kleine Räucherofen nicht aus dem Mund fiel, wenn er auf dem Kutschbock einschlief.

Auguste Poter ging mit straff nach hinten gekämmtem Haar einher, und ihre abgearbeiteten Hände waren feiertags bis in die Schrunden hinein saubergescheuert. Sie stand dem Leben staunend gegenüber: «Nein, was es nicht alles gibt!» Von der Mutter hatte Mina Liebestüchtigkeit und Bescheidenheit geerbt.

Mina gebar ein Mädchen, geradezu eine Elfe, der der Vater die dunklen Augen und die Mutter ihr Kraushaar mitgegeben hatten.

«Dein Kindsvater war wirklich wie der Wind. Deine Freude war kurz; deine Plage wird lang sein», sagten die Kleinbauerntöchter zu Mina.

«Wirds eure Plage sein?» fragte Mina. Auch wenn der Wind nur einmal durch die Kirschblüten fährt – die Kirschen werden rot und süß, dachte Mina, und das war die Philosophie, mit der sie lebte, während sie Ausschau nach einem hielt, der sich neben ihrer kleinen Tochter lieben ließ. Ihre Tochter Carla wurde von der ganzen Poter-Familie erzogen und war ein handsames Mädchen.

Und was war mit Charlie? Er zog mit dem kleinen Zirkus durch das Land Brandenburg, zog durch Mecklenburg bis zur Meeresküste und von dort wieder nach dem Süden, und in jedem größeren Dorf gaben sie eine Vorstellung.

Charlie war auf ein Halbzigeunermädchen aus, auf Amila, eine Tochter des Truppenchefs Müllton. Amila, sie sang so schön, wenn sie mit dem bunten Schirm auf dem Drahtseil tanzte, sie tanzte zum eigenen Gesang, und ihre Sprünge auf dem Seil waren leicht und so selbstverständlich wie die eines Bürgermädchens auf einem Fußsteig. Charlie träumte davon, er und Amila würden auf einem Schrägseil aus der Stadt Paris zum Eiffelturm aufsteigen.

Auch Amila liebte Charlie, das wußten alle bei der Truppe, aber die beiden trieben nur eine Augenliebe miteinander. Alle, die vermuten, das Leben in einer fahrenden Truppe wäre zuchtlos, irren: Charlie und Amila waren trotz ihrer Liebe so weit voneinander getrennt wie Sauhirt und Prinzessin.

Charlie hatte sich seinem Truppenchef Müllton verpflichtet, für Amila fünf Jahre um ein Taschengeld zu arbeiten und alle seine artistischen Fähigkeiten dem Unternehmen zur Verfügung zu stellen, um als vollwertiges Mitglied in Mülltons Familie aufgenommen zu werden.

Wenn Charlie in seinem Privatleben auch sparsam mit seinen Kräften umging, einem Liebesabenteuer, das sich ihm unterwegs bot, wich er nicht aus. Seine Liebe flammte in der Nacht auf wie eine Sternschnuppe, und nach dieser Nacht zog er weiter, arbeitete und wartete auf Amila.

Bisher hatte Charlie nie etwas von seinen Zufallsbräuten gehört, doch als sie nach Süden zogen und wieder in die Nähe von Sanddorf kamen, entsann er sich seiner Liebesnacht mit dem Mädchen, das aussah wie eine weiße Negerin. Er erkundigte sich nach ihr und erfuhr, daß sie ein Kind von ihm hatte.

Charlie hätte sich schweigend trollen und um Sanddorf einen Bogen machen können, aber er tat's nicht. Er wurde neugierig auf sein Kind, er hatte sich verdoppelt; er wollte das sehen.

In der Gutskate der Poters herrschte für einen Augenblick Ratlosigkeit, als Charlie Wind dort erschien, doch als Mina Mister Charlie um den Hals fallen wollte, warfen sich der Vater und die Brüder zwischen sie und den Zurückgekehrten. Charlie Wind, den die Poters hundertmal verwünscht und verflucht hatten, sollte Dresche für seine lange Abwesenheit haben, jene obligaten Prügel, die untreuen Schwiegern und Schwägern auch in vornehmen Familien verabfolgt werden, wie man aus der klassischen Literatur weiß.

Aber die Poters hatten vergessen, daß sie es mit einem Entfesselungskünstler zu tun bekamen, der Kampfgriffe und Tricks kannte, die ihn in den Stand setzten, auch mit drei Gegnern fertig zu werden. Charlie Wind schlug mit seinen Handkanten wie mit stumpfen Äxten um sich, und der Schlag, den Peter Poter auf seine Zweitkutschermütze erhielt, machte, daß der sich auf die Ofenbank setzte, die Augen verdrehte und Mühe hatte, sich wieder im Leben zurechtzufinden. Den Poter-Brüdern aber wurde von je einem Handkantenschlag der rechte Arm so gelähmt, daß sie wie eingewachsen und als müßten sie über etwas nachdenken auf der Stelle standen und zusahen, wie Charlie Wind ihre Schwester familienöffentlich küßte und sie, zusammen mit der kleinen Carla, auf den Arm nahm und schaukelte, als wären Tochter und Mutter zusammen drei Tage alt.

«Was willst du hier, du Lump?» kam es von der Ofenbank, auf der sich Peter Poter zu erholen anfing.

«Wenn ich ein Lump wär, wär ich nicht hier!» sagte Charlie Wind.

Ein Knurren als Antwort von der Ofenbank.

«Also, laßt uns Bruderschaft trinken!» Charlie zog ein flaches Fläschlein Schnaps aus einer Geheimtasche.

Als Peter Poter die Flasche sah, fing er an zu begreifen, daß nicht alles, was er soeben erlebt hatte, ein Traum war, und die Gebrüder Poter tranken linkshändig auf Charlies Wohl, und sie tranken reihum, doch Charlie tat nur so, als ob er trinken würde; er war ein Artist, ein Künstler; der Alkohol war sein Feind.

«Nein, was es nicht alles gibt!» sagte Auguste Poter und reichte Charlie die Hand. Charlie schenkte seiner Schwiegermutter die veilchenblaue Papierrose, die er am Rockaufschlag trug, eine jener künstlichen Blumen, die man auf den Rummelplätzen des Lebens gewinnt.

Auguste Poter dankte verlegen wie eine Jungfrau.

Charlie nahm seine Tochter Carla auf den Arm, küßte und küßte sie, warf sie hoch, fing sie wieder auf und flüsterte ihr zu: «Mach dich steif!», und Carla verstand sogleich, und Charlie trug sein Kind mit ausgestrecktem Arm wie eine Fahne durch die Katenküche der Poters.

Aber der Schnaps geht zu Ende, der Rausch verraucht, und der Mensch muß essen; er braucht Brot zur Erfüllung dieser Pflicht, und zum Brot braucht er, wenn's sein kann, Fett und dann und wann eine Scheibe Schweinehinterschinken.

Vorzeiten lieferte das dem Menschen die Natur. Er ging hinaus vor seine Tür, holte sich das Brot vom Felde, fing sich sein Zubrot im Walde, und die Felder und die Wälder gehörten allen, die auf Erden umhergingen. Wann geschah's also, daß sich die Menschen zu ihren Ungunsten veränderten? Wachten sie eines

Morgens auf, um zu erfahren, daß die Feldfrüchte und die Waldtiere ihnen nicht mehr von Himmelsherren geschenkt wurden, sondern daß sie sie jetzt von Herren der Erde durch Arbeit erwerben mußten?

Der Herr von Wülisch wünschte, daß alles, was zu den Poters gehörte, auf den Feldern und im Schlosse arbeitete, denn die Poter-Familie bewohnte eine Kate, die ihm gehörte, und da auch Mister Charlie vorerst gezwungen war, in dieser Kate einzuwohnen, ging er zum Gutsherrn, um seine Arbeitskraft anzubieten.

Der Gutsherr war ein Männchen, das mit meiner Großmutter zusammen ein vortreffliches Liliputanerpaar für eine Schaubude abgegeben hätte. Er hatte sich seinen Sessel mit Kissen polstern lassen, um über seinen Diplomatenschreibtisch sehen zu können. Seine Stimme war leise und vibrierte wie die unaufgezogene Feder einer Wanduhr:

«Welche Profession üben Sie aus?»

«Allround-Mann!» antwortete Charlie.

«Was habe ich darunter zu verstehen?»

«Einen Mann, der alles macht – im Zirkus.»

Zirkus? Hier war kein Zirkus. Was konnte der Poter-Schwiegersohn wirklich?

Entfesselungskunst, Schrägseillauf, Parterre-Akrobatik, auch könne er Pferden das Rechnen beibringen, erklärte Charlie, aber sein Ziel wäre, auf einem Schrägseil aus der Stadt Paris in Frankreich zum Eiffelturm aufzusteigen.

Herr von Wülisch schmunzelte. Er dachte an den Spaß, den es geben könnte, wenn er ein Drahtseil aus dem Gutspark zum Turmkopf der Kirche spannen ließe, um seinem Duzfreund, dem langen Pfarrer Saretz, während der Predigt einen Mann aufs Dach steigen zu lassen.

Herr von Wülisch sah Charlie aus milchblauen Augen an und machte eine Geste des Bedauerns. Keine

Verwendung für Peter Poters Schwiegersohn. Seinen Pferden das Rechnen beibringen lassen? Wozu? Sollten sie ihre Futterrationen ausrechnen und neben den zweibeinigen als vierbeinige Vorwürfe auf den Feldern umhergehen?

Die Audienz war zu Ende. Der Gutsherr nickte, und Charlie verbeugte sich wie früher, wenn er seine Nummer als Entfesselungskünstler beendet hatte.

Niemand wußte, was damals in Charlie Wind vorging. Man trifft im Leben auf Menschen, denen auferlegt zu sein scheint (und woher weiß niemand, auch sie selber wissen es nicht), anders auf sogenannte Lebenstatsachen zu reagieren als ihre Mitmenschen, und sie leiden von Zeit zu Zeit darunter, aber wenn sie sich zwingen, so zu sein, wie man es von ihnen erwartet, sind ihre Tage voll Unzufriedenheit und ihre Nächte voll Unruhe, und ihre Anstrengungen machen sie zu noch heftigeren Sonderlingen.

Auch Charlie Wind wollte damals ein *Normalmensch* werden, ein Bürger, ein Kleinbürger, wer weiß was, und da er einen starken Willen hatte und Wert darauf legte, ein Allround-Mann zu sein, gelang ihm sein Vorhaben eine große Weile.

Unser Dorf wurde zur Hälfte vom Gutsherrn und zur Hälfte vom Grubenherrn beherrscht, und die Arbeiter unseres Fleckens schieden sich in Ober- und Unterirdische.

Charlie Wind gesellte sich den Unterirdischen bei, wurde dort «eingemeindet» und nunmehr Winds Karle genannt.

Die Arbeit im Braunkohlentiefbau war Karle sympathisch; er hatte es dort, wie als Artist, mit Gefahren zu tun. Es machte ihm nichts aus, auf dem Rücken zu liegen und mit der Haue umzugehen, denn er war gewohnt, sein Brot schwer und in verschiedenen Körperlagen zu verdienen.

Nach einigen Wochen sah Karle aus wie jeder andere Grubenarbeiter, trug seinen Rucksack und hatte einen Vierzollnagel in die Krempe seines alten Hutes gefädelt, an dem er unter Tage seine Karbidlampe aufhängte.

Charlie war sparsam, trank und rauchte nicht, blieb auch unter der Erde seinen artistischen Grundsätzen treu und lieferte seinen Wochenlohn bei Mina Poter ab.

Mina legte wöchentlich einen Geldschein zum Kauf einer Wohnungsausstattung zurück, war glücklich, schien immer hübscher zu werden und verführte Karle, ein zweites Kind mit ihr zu zeugen. Als das geschehen war, sollte geheiratet werden.

Zur Hochzeit hätte Karle Wind am liebsten alle Arbeitskollegen von unter Tage geladen.

«Sie werden mein Erspartes vertrinken», jammerte Mina. Karle nahm Abstand von der Einladung, doch sogleich stellte sich heraus, daß der künftige Bräutigam nicht getauft war und vom langen Pastor Saretz den Ehesegen nicht bekommen konnte.

Mina drang auf Nachtaufe, und wieder willigte Karle ein, aber die Dorfburschen höhnten, Mina Poter heirate einen, der noch nicht konfirmiert wäre.

Peter Poter entlieh eine Kutsche vom Gutsherrn und fuhr Karle Wind zur Taufe. Taufpaten waren die Poter-Brüder. Eine Stunde später wurden die Heiratsformalitäten auf dem Standesamt erledigt, und Peter Poter fuhr mit dem Brautpaar zur Kirche. Trauzeugen waren die Poter-Brüder.

Soviel Sonderbarkeiten auf einem Haufen hatte die Kirchengemeinde noch nie erlebt.

Als das Hochzeitfeiern auf die Mitternacht zuging, mußte Karle Wind allen Verwandten zuprosten und den sogenannten Ehrenschnaps, einen weißen Kornschnaps, trinken; das war in Sanddorf und Umgebung üblich. Der Kornschnaps tat bei Karle Wind, dem Antialkoholiker, alsbald seine Wirkung, und als sich das Brautpaar für den «Erstbeischlaf» zurückzog, legte Karle den geborgten Zylinderhut auf den Fußboden, machte einen Handstand drüber, steckte seinen Kopf hinein und ließ sich wieder in den Fußstand zurückfallen.

«Was es nicht alles gibt!»

Die Gäste, vor allem die männlichen, klatschten Beifall. Sie wollten mehr Kunststücke sehen und womöglich den alten Charlie Wind aus dem Gehrock locken, aber Mina Poter zog ihren Mann hinweg; sie hatte es so eilig mit der Brautnacht.

Das zweite Mädchen der Winds kam zur Welt, und sie bezogen eine Grubenarbeiterkate. Guts- und Grubenarbeiterkaten ähnelten einander. Die Grubenarbeiterkaten lagen am Rande des Grubengeländes, die Gutsarbeiterkaten standen an den Feldrändern. Die Gutsarbeiter erhielten Winterholz, die Grubenarbeiter Braunkohlen auf Deputat; der Unterschied lag im Altersunterschied des Holzes um Jahrtausende.

Zwei, drei Jahre vergingen, Karle Wind kam geschwärzt von der Arbeit, säuberte sich daheim in einem kleinen Holzwännchen, und seine Mina schrubbte ihm mit einer Wurzelbürste den Rücken.

Wenn einer von Karles Arbeitskollegen seinen Geburtstag feierte, ging Karle, um ihn nicht zu kränken, nach der Schicht mit ins Dorfwirtshaus. Er trank aber nur Himbeerlimonade oder Malzbier. Wenn die Kollegen Karle zu einer Partie Billard einluden, bereuten sie es nach einer halben Stunde. Der ehemalige Parterre-Akrobat, Jongleur und Schlangenmensch verdrehte und bog seinen Körper so, daß er mit den schwierigsten Bällen fertig wurde und fast jede Partie gewann.

Mina Poter arbeitete seit der Geburt ihrer zweiten Tochter wieder in der Schloßküche. Wenn Karle Wind nach der Tagschicht heimkam, warteten die beiden Töchter schon auf ihren lieben Papa. Die kleine Carla machte übrigens schon einen Handstand auf dem Küchentisch, lief auf den Händen bis zur Tischkante, überschlug sich und kam federnd auf dem Küchenboden zu stehen. Vater Karle streckte seinen Arm seitlich, formte seine Hand zu einer Schale, und die kleine Verena machte einen Kopfstand darin.

«Du bist verrückt genug, die Kinder zu zerbrechen!» schrie Mina, wenn sie Karle bei der Dressur ihrer Töchter überraschte. Die Mädchen beruhigten die einfältige Mama, und ganz ernst war es wohl auch Mina mit der Angst nicht, denn sie sah ja, wie wohl sich die Mädchen beim Kopfstehen fühlten, und zuletzt gefiel Mina sogar, daß die Töchter etwas mehr konnten als andere Dorfmädchen, die noch nicht einmal ihre Lichter unter der Nase selber wegwischten.

Ganz und gar zu Zucker wurde Mina, als die ältere Tochter sie eines Abends mit einem Liedchen überraschte, das ihr der Vater beigebracht hatte:

Ich bin ein Fräulein aus Paris,
Deshalb so schlank, deshalb so süß;
Daß ich beim Kuß die Augen schließ,
Das ist so in Paris . . .

Karle Wind sang im Hintergrund leise die zweite Stimme, und Mina konnte sich nur wundern und wundern. Einfach reizend, diese Kröte von Carla!

Mina Poter wurde stolz auf ihr kluges Kind und veranlaßte es bei jeder Gelegenheit, «Das Fräulein aus Paris» zum besten zu geben.

Die Dorfkinder schleppten Carla in die Schule, und das Katheder wurde zur Bühne. Auch der Lehrer fand süß, daß ein Fräulein aus Paris die Augen schließt.

Eines Abends holte Carla die Mutter aus der Schloßküche ab, und es begab sich, daß die korsettierte Gnädige in der Küche erschien und über ihren hohen Busen hinweg das Erstlingskind ihrer Küchenmagd Mina betrachtete und ihm huldvoll die Wangen tätschelte: «Eijeijei, was für ein großes Kind schon!» Mina Poter wollte der Herrin beweisen, daß ihr Töchterchen nicht nur groß, sondern auch klug war, und forderte Carla auf, «Das Fräulein aus Paris» vorzusingen.

Carla war es langweilig geworden, immerzu dieses «Fräulein aus Paris» zu singen. Sie hatte inzwischen andere Lieder von ihrem Papa gelernt, und sie sang:

Es war eine herrliche Dame,
Die ging so stolz und adrett,
Doch alles war nur Reklame;
Im Bett war sie flach wie ein Brett . . .

«Pfui, Mina, was für ein gottloses Lied!» sagte die Herrin, Mina hielt ihrer Tochter den Mund zu, aber Carla sang wie die Puppe eines Bauchredners, wenn sie in den Transportkasten gelegt wird, hinter der Handfläche der Mutter weiter:

. . . da war sie gar nicht so herrlich,
Im Gegenteil, mager und spärlich . . .

Die Gutsherrin ging und warf Mina strafende Blicke zu.

Karle Wind fuhr trotz dieser Peinlichkeit fort, seiner Tochter Lotterliedchen beizubringen, und auf der Grube schien ihm die Gefahr, die seiner Arbeit an und für sich innewohnte, nicht mehr zu genügen. Er wurde verwegen, blieb noch im Bruch, wenn Streben und Stempel schon knackten, und holte die dann leicht erntbaren Kohlebrocken heraus, so daß ihm zwei Schlepper zur Hand gehen mußten, und seine Kollegen bewunderten ihn.

Eines Abends kehrten die Bergleute wieder einmal nach der Zweitschicht im Dorfwirtshaus ein, um Geburtstag zu feiern. Sie fanden die Gaststube von angetrunkenen Großbauernsöhnen aus dem Nachbardorf besetzt; an jedem Tisch saßen zwei, und je zwei Stühle waren unbesetzt.

Der Wirt bat die Bauernsöhne zusammenzurücken, doch die rückten nicht zusammen. Die Bergarbeiter stellten sich an den Schenkstock und beratschlagten, nur Karle Wind setzte sich zu zwei der Betrunkenen an den Tisch.

«Wer hat dich hergebeten?»

«Ich sah, daß der Stuhl frei war», antwortete Karle, und die Bergleute am Schenkstock lachten. Die Bauernburschen gaben einander Zeichen, sprangen auf und wollten Karle den Stuhl unterm Hinterteil wegziehen. Karle kannte die Kunst des Sichschwermachens, und er ließ die Bauern trecken und trecken, und als sie wieder einmal ausholten, daß ihnen die Stirnadern schwollen, stand er auf, und die Kerle fielen auf die Dielen, daß Funken aus ihren Hosenböden flogen.

Die zwei Großbauernburschen vom Nebentisch gingen auf Karle los, auch die zwei Gestürzten erhoben sich, doch die Bergarbeiter hielten sie nieder: «Zwei auf einen genügt!» Karle setzte seine Gegner außer Gefecht und stellte sie gegen die Wirtshauswand. Der furunkulöse Gastwirt schaltete das Licht aus und trompetete in die Finsternis: «Ruhe, oder ich mach vom Hausrecht Gebrauch!»

Als das Licht wieder anging, zahlten die Großbauernburschen und spien beim Hinausgehen seitlich über die Schultern. Das hieß: Hierher nie wieder!

«Sie hätten dir die Bude zertrümmert, wenn Karle Wind nicht gewesen wäre», sagten die Bergleute zum Gastwirt. Karle könne mehr als Brot essen, hieß es auch, und vielleicht brachte ihm der Gastwirt deshalb eine Schlackwurst.

Einige Tage später schickten die Großbauernsöhne Karle einen Unterhändler, der ihm mehr als eine

Schlackwurst versprach, wenn er sich ihnen anschließen und sonntags mit über die Dörfer ziehen würde, um gewissen Leuten zu zeigen, wer im Kreis das Reden hätte. Karle lachte sie aus, und sein Ansehen stieg bei Gott und den Menschen.

Ein weiteres Jahr verging, Kinder wurden geboren, Kinder wurden getauft, und es gab auch solche, die man nicht taufen ließ. Alte Leute starben, und nicht an allen Gräbern predigte ein Pfarrer; es gab auch Leichen, denen ein Redner der Freidenker die Abschiedsrede hielt.

Die Feldfrüchte gediehen von Jahr zu Jahr schlechter. Der Grubenherr grub dem Gutsherrn das Wasser ab, nicht nur sprichwörtlich. Die Herren prozessierten gegeneinander. Welcher Herr würde welchen Herrn fressen?

Der Grubenherr mußte den Kohlenabbau vorübergehend drosseln. Er ließ kurzarbeiten, wie man das nennt; er beabsichtigte, Leute zu entlassen, munkelte man. Die Bergleute erregten sich; die Egoisten forderten, die zuletzt eingestellten Kollegen müßten zuerst entlassen werden. Sie forderten es nicht, wenn Karle Wind es hörte, aber Karle erfuhr es. He, was? Er hatte sich gemüht, ein guter Bergmann zu sein. Hatten ihn die Kollegen doch nicht eingemeindet? Es war vielleicht Zeit, sich daran zu erinnern, daß er mehr als Brot essen konnte. Zudem berichtete der *Spremberger Anzeiger* um diese Zeit unter *Vermischtes*, ein Mann hätte die Niagarafälle auf einem Drahtseil überquert. Die Nachricht blies Karle Winds alten Traum wieder an, den mit dem Schrägseil, Paris und dem Eiffelturm. Unser Dorf hatte das einzige Mal etwas mit Paris zu tun, und das war, als ich dreizehn Jahre alt und in den Sommerferien daheim war. Schon glaubte ich, meine Mäuse umsonst verausgabt zu haben, da kam der kleine Poter und zischelte: «Der Zirkus fängt an!»

Wir hatten bis dahin mancherlei erlebt, was man heute *kulturelle Betreuung* nennt, ein Begriff aus der Ästhetik mit einem aus der Krankenpflege gekoppelt. Damals sahen wir Marionettenspiele, Artistik, Theater, und alles brachten uns umherziehende Truppen ins Dorf, auch zerschabte Filme, in denen jede Handlung bei Regen stattfand.

(Heute sind wir fortgeschritten fernsehkrank, und wenn Marionettenspieler auf unser Dorf kämen, um das «Puppenspiel vom Doktor Faust» aufzuführen, würden wir die Nasen rümpfen. Wir sind an hochqualifizierte Kriminalspiele mit Gruppen von Leichen gewöhnt.)

Wie gesagt, wir hatten mancherlei erlebt, aber bis dahin keinen eigenen Zirkus.

Nachdem Winds Karle am Sonnabendnachmittag von der Frühschicht gekommen war, zog er zum Anreißen durchs Dorf. Er trug einen Zylinderhut, den gleichen, den er sich zu seiner Hochzeit geborgt hatte. Sein weizenblondes Schnurrbärtchen war leis mit Schuhcreme geschwärzt, und die Wangen waren mit Aquarellfarben gerötet. Karle trug eine geliehene Trommel; auch trommeln konnte er, der Tausendsassa! Carla lief auf den Händen um den Vater herum; und die kleine Verena schrie: «He, hepp!»

Mutter Mina stand abseits an einem Gartenzaun und wußte nicht, ob sie die Faxen ihrer Familie bewundern sollte oder ob sie ihr peinlich sein mußten, besonders, als sich Karle im Schaubuden-Kauderwelsch vernehmen ließ: «Heut abend wird sich beehren Mister Charlie Wind und seine Truppe, den verehrten Herrschaften eine Galavorstellung darzubieten: Zauberei, Exzentrik, Hypnoserie, Akrobatik, Auftreten von Miß Carla, der kleinsten Soubrette der Welt. Kommen Sie, sehen Sie, staunen Sie!»

Es gingen Leute zu Mina Poter an den Zaun: «Ist's wahr, was er sagt, oder belügt er uns?»

Da wurde Mina stolz: «Es ist mehr als wahr. Du kannst ja wohl sehen, daß meine Tochter auf den Händen schneller zuwege ist als du auf den Beinen!»

Außer den Bettlägerigen kamen alle Dorfbewohner zur ersten Vorstellung des dorfeigenen Zirkus. Einige Bergarbeiter hatten sogar ihre Spätschicht abgebrochen, um die Kunst ihres Kollegen Charlie Wind zu sehen. Wer keinen Stuhl mehr bekam, setzte sich aufs Fensterbrett oder blank aufs Parkett. Es soll nicht verschwiegen werden, daß einige Dorfbewohner ihre achtzig Pfennige Eintritt für das Behagen bezahlten, das sie haben würden, wenn sich Winds Karle blamieren sollte.

Vor der Bühne war ein Berg aus Tischen und Stühlen aufgebaut. Er glich dem *Hatelmaberg*, den sich Gutsbesitzer *Puntila* in Brechts Volksstück aufbauen läßt, aber der Sanddorfer Möbelberg war um vieles höher als der *Hatelmaberg*; er reichte bis unter die Decke des Saales; außerdem hatte Charlie Wind unter jedes Tischbein und jedes Stuhlbein ein umgedrehtes Weinglas gestellt, und der Stuhl unter der Saaldecke wackelte nur auf drei Weingläsern.

Die Einstimmungsmusik kam aus einem Trichtergrammophon. Das Grammophon gehörte unserem Dorftischler. Der Tischler war ein Junggeselle und hielt sich den Apparat unter dem Motto: «Den Phonographen kannst du abstellen, eine Frau nicht!» Der Tischler ließ niemand an den Trichterapparat heran und setzte die Nadel selber auf die Platten. Eine gequetschte Männerstimme teilte uns mit, daß Lippe-Detmold eine wunderschöne Stadt wäre und daß es darinnen einen Soldaten gäbe, der in den Krieg marschieren müßte. Wohin denn sonst? Ein Berliner Couplet-Sänger ließ uns wissen, daß in fünfzig Jahren alles vorbei sein würde. Die Kleinbauern nickten bedeutungsvoll: «Ganz wahr, ganz wahr – in fünfzig Jahren ist alles vorbei.»

Bergarbeiter mit Rucksäcken und Grubenlampen prüften den Möbelberg; er schwankte in sich wie ein Heufuder. Man fand alles reell, Karle hatte Stuhlbeine und Gläser nicht mit geheimem Zigeunerleim zusammengekittet.

Aus dem Grammophontrichter kam das Marschlied: *Einzug der Gladiatoren.* Der Bühnenvorhang hob sich, und das bewirkte Peter Poter hinter den Kulissen. Winds Karle erschien und begrüßte das Publikum. Er trug eine Badehose. Die Badehose wurde von einer roten Schärpe gehalten. Die Schärpe war an der linken Schulter gerafft.

Nach der Begrüßung sprang Karle mit einem Vorwärtssalto von der Bühne in den Saal. Erster Beifall. Niemand hatte dem etwas krummbeinigen Winds Karle einen solchen Salto zugetraut.

Karle bestieg den Möbelberg und kletterte geschmeidig bis zur halben Höhe, und von da an erschwerte er sich den Aufstieg und machte bei jeder Gelegenheit einen Handstand. Die Leute fingen an, schwerer zu atmen, und als Karle unter der Saaldecke auf den Stuhl stieg, dessen Beine nur auf drei Gläsern standen, gab's wohl kaum jemand im Saal, der ihm nicht das Beste wünschte.

Die Grammophonmusik setzte aus, Karle nahm noch eines der Gläser fort und drückte auf dem Stuhl, der nunmehr nur auf zwei Beinen und zwei Gläsern stand, einen Handstand, und den verlegte er auf eine Hand, mit der freien Hand winkte er dem ächzenden Publikum zu.

Beifall, anhaltender Beifall, echte Begeisterung, wie sie bei uns Dorfleuten selten war. Charlie glitt dabei von seinem Möbelberg wie eine Eichkatz von der Kiefer.

«Gut und schön», sagte der Lehrer, «aber wer sich in Gefahr begibt, kommt darin um!»

Die Pfarrersfrau, die ausgesandt war, die Sittlichkeit des Programms zu prüfen, nickte dem Lehrer zu, doch sie klatschte trotzdem Beifall.

Der kleine und der große Poter, der mit den abgeschnittenen und der mit den angenähten Hosenbeinstücken, spannten ein mit Sandpapier bearbeitetes Grubenseil vom Schenkstock zu einer Empore unter der Decke, auf der die Musiker saßen, wenn auf der Bühne Singspiele aufgeführt wurden. Die Poter-Brüder zankten sich bei der Arbeit; einer bevormundete den anderen, und das Seilspannen glich einer Clown-Nummer.

Als das Seil gespannt war, verkündete Winds Karle von hinter den Kulissen in französischem Kauderwelsch, daß Monsieur Charles die Ehre haben würde, sich dem verehrten Publikum als Schrägseilläufer «ssu sstellen vor, ein klein Prob von sein gross Kunst!»

Zum Schrägseillauf trug Winds Karle eine schwarze Hose, und bösartige Leute behaupteten, es wäre die Bräutigamshose von Peter Poter, und die Bluse mit den Schulterpuffen, die er trug, wäre eine alte Kirchbluse von Auguste Poter. Winds Karle bestieg das Seil in gewöhnlichen Turnschuhen, und seine Balancierstange war eine geschälte Blautanne, die in der Fasanerie des Gutsherrn zufällig umgefallen war.

Wieder bekamen wir etwas zu sehen, was uns neu war: Einer ging ohne Treppe von unten nach oben und von oben wieder nach unten, und er sprang nicht, und er stürzte nicht, er ging. Es war, als ob einer auf Luft liefe.

Nach dem Schrägseillauf erschien die kleine Carla im geblümten Sonntagskleidchen mit einem Kranz Margeriten im Haar vor dem Vorhang, knickste, warf Kußhändchen ins Publikum und trug «Das kleine Fräulein aus Paris» vor. Hinter den Kulissen sang Vater Karle die zweite Stimme, während er sich für seine neue Nummer umzog.

Die Dorffrauen verfolgten mit schief gehaltenen Köpfen, halb gerührt, halb belustigt, Carlas Gesang, obwohl es kaum eine gab, die das Liedchen nicht schon kannte. Wer hätte Mina Poter eine so kluge Tochter zugetraut! «Ist schon fast intelligent», sagte der Lehrer und verwechselte, wie es heute oft geschieht, Dressur und Intelligenz.

Immer wieder kündigte Winds Karle mit anders verstellter Stimme und in einem anderen Kauderwelsch seine nächste Nummer an. Der Name Karl war, wie sich zeigte, für die Übersetzung in fremde Sprachen besonders geeignet: Carlos kam aus Spanien, Carlo aus Italien, Charles aus Frankreich und Charlie aus England.

Leute mit engen Köpfen gaben die Devise aus: Kleider machen Leute; wenn Winds Karle sie sich zunutze machte, war er entschuldigt; er wollte uns mit seinen wechselnden Kostümierungen von der Vielfalt seiner artistischen Kleinkünste überzeugen.

Beim Zaubern trug Karle wieder den Gehrock, den er zu seiner Taufe und zu seiner Hochzeit getragen hatte, auch der Zylinderhut war wieder dabei. Karle zeigte ihn leer vor, wandte sich für eine Zehntelsekunde vom Publikum ab und zog ein junges Kaninchen aus dem schwarzen Röhrenhut. Wieder gab's Leute, die in dem Zaubertier eines der Poterschen Stallkaninchen erkannt haben wollten, und der Zylinderhutbesitzer bat Karle, dem Hut außer dem Kaninchenwerfen auch das Ferkeln beizubringen, dann könnte er seine Zuchtsau abschaffen.

Wieder Gelächter wie bei einer Clownerie. Karle zog einem Burschen eine von meinen weißen Mäusen aus dem Ärmel und die andere aus der Nase. «Wer keine Läuse hat, hat Mäuse», rief Pichler-Karl. Wieder sang die kleine Carla eines ihrer Liedchen, und einmal traten die Wind-Töchter gemeinsam auf, und siehe, sie waren schon perfekte Artistinnen! Sie überschlugen sich, purzelten vor dem Vorhang umher, verrenkten ihre Glieder, hatten plötzlich beide Füße hinter dem Kopf, schlugen Salto nach vorn und nach hinten, und Auguste Poter, die durch den Türspalt in den Saal blinzelte, sagte: «Was es nicht alles gibt!»

Sodann trat Karle als Fakir auf, trug eine gestreifte Schlafanzughose, hatte sich aus einer Mullbinde einen Turban geflochten und nannte sich Al Karlim. Al Karlims Oberkörper war nackt bis auf die Tätowierungen, und er fuhr sich mit einer brennenden Fackel über die Haut, ohne geröstet zu werden. Er ließ einen Lampenuntersatz im Publikum herumgehen; man sollte sich überzeugen, daß er Petroleum enthalte. Karle trank das Petroleum, hielt sich ein Tuch vor den Mund, pumpte das Petroleum mit bauchtanzartigen Bewegungen wieder herauf, nahm das Tuch weg, hielt sich die Fackel vor den Mund und spie einen Feuerstrahl, daß man um den gemalten Wald auf den Kulissen bangen mußte. Karle gab drei solcher Feuerstöße von sich, und ehe sich das Publikum vom Staunen erholt hatte, lag er zwischen zwei Stühlen, auf dem einen Stuhl die Fersen, auf dem anderen Stuhl das Genick, und erklärte, daß er nunmehr ein lebender Amboß wäre.

Die Poter-Brüder schleppten einen schweren Feldstein herbei und zankten sich. Sie legten ein Stück Decke auf Karles Brust, die frei zwischen den beiden Stühlen schwebte, und auf das Deckenstück legten sie den Feldstein; Peter Poter erschien mit einem schweren Vorschlaghammer, und Karle, den großen Feldstein auf der Brust, bat beherzte Herren, den Feldstein auf seiner Brust zu zertrümmern. Niemand meldete sich; niemand wollte am Tode von Karle Wind schuld sein und sich strafbar machen. Jeder hatte seine eigene Familie zu ernähren.

«Nicht so zaghaft, nicht so zaghaft!» rief Karle unterm Feldstein hervor. Es meldete sich der zugereiste

Schmiedegeselle, er war ein viereckiger Kerl, ein wenig brutal im Gesicht. Aber auch der pochte vorsichtig, bis Karle ihn ermunterte: «Los, drauf, man drauf!»

Der Schmiedegeselle schlug zu. Beim zehnten Hieb zersprang der Stein in mehrere Stücke. Die Poter-Brüder räumten die Steinstücke weg, Karle verbeugte sich mit unverletzter Brust vor dem geschätzten Publikum, und die Wind-Töchter sangen den Bänkelsang vom Mädchen, das einen Räuber liebte: «Geld hab ich keins, kann leider dir keins geben, drum nimm mein Leben für dich hin! . . .»

Karle Wind brachte seinen Schwiegervater Peter Poter auf der Schulter von hinter den Kulissen hervorgeschleppt. Peter Poter war steif wie ein Pfahl, hypnotisiert! Leute aus dem Publikum durften sich überzeugen, wie gefühllos Charlies Schwiegervater geworden war, durften ihn mit einer Stecknadel stechen, und Karle brachte den starren Peter Poter mit einem leichten Fingerdruck ins Schwanken und fing ihn auf, bevor er umfiel. Es wurde gruselig, aber es blieb nicht gruselig. Karle bestrich Peter Poters Augenlider, und Peter Poter erwachte, sagte: «Guten Morgen!» und ging von der Bühne.

Karle hypnotisierte zwei Burschen und redete dem einen ein, er wäre ein Pferd, und dem anderen redete er ein, er wäre ein Hund. Die Burschen rannten auf allen vieren umher. Der Hund kläffte das Pferd an, und das Pferd keilte gegen den Hund aus. Die Leute lachten, klatschten, und der Pichler-Karl sprang auf, schrie bravo, verfehlte vor Begeisterung seinen Stuhl, knallte aufs Parkett, und man lachte über ihn.

Wie vor Jahren, als Charlie noch mit dem Zirkus Müllton reiste, endete auch diese Vorstellung mit der Entfesselungsnummer. Als die bereitgelegten Stricke und Ketten aufgebraucht und verfesselt waren, erklärte Karle, er fühle sich noch frei wie die liebe Luft.

Einige Kleinbauern liefen um Heuleinen nach Hause, und die kleinen Wind-Töchter erhielten Gelegenheit, auf einem Eßteller «ein Benefiz oder Trinkgeld ‹einzusammeln›. Zwanzigmarkscheine willkommen, und wer nichts gibt, muß nackt zu Bett!»

Die Leute waren gelockert, wurden ungeizig und gaben. Manche Spenderinnen strichen den Mädchen bewundernd, fast ehrfürchtig über das Haar.

Zum Schluß wurde die längste Kette gebracht, die es im Dorfe gab – die Ziegenkette des Schneiders, und auch die wurde noch um Charlie Wind geschlungen. Charlie sah aus wie ein Insekt im Spinnennetz und konnte seinen Kopf nur noch mäßig bewegen.

Die kleine Carla schlug die Trommel, und wiederum dauerte es nicht eine Minute, bis Charlie sich entfesselt vor dem «geschätzten Publikum» verneigte: «Das war das Ende der Vorstellung. Wenn Sie Ihnen gefiel, empfehlen Sie uns weiter; wenn Sie Ihnen nicht gefiel, behalten Sie es, bitte, für sich!»

Keine Bange vor übler Nachrede! Puppenspieler, Theatertruppen, Filmvorführer, auch kleine Zirkusse hatten unser Dorf besucht, doch die Künstler waren von irgendwoher gekommen und nach irgendwohin weitergezogen, waren keine Sässigen, keine Normalmenschen. Wie anders Winds Karle! Ein greifbarer Mensch vom Krempenhut über Rucksack und Grubenlampe bis zu den Hosenspangen.

Der kleine Dorfschneider, der mit der langen Ziegenkette und den großen Ohren, orakelte: «Niemand weiß, was in einem Menschen steckt, bevor der sich nicht offenbarte. Du lebst neben einem zwanzig und einundzwanzig Jahre, und er kommt dir vor wie ein normaler Mensch, auf einmal schlägt er einen tot, und da erst merkst du, du hattest es mit einem Mörder zu tun.»

Ein Mörder war ja nun Winds Karle nicht. Gewiß strömten ihm geheime Kräfte zu, und ob die nun von über oder von unter der Erde kamen, das war das Rätsel. «Wenn's von unten kommt», sagte der Schneider, «ist's Teufelswerk, wenn's von oben kommt, ist's Gotteswerk. Sag du was, wenn du was Besseres weißt!»

Karle Wind selber zerbrach sich den Kopf über die Herkunft seiner Kleinkünste nicht. Sein Ruf pflanzte sich fort. Die Bewohner des Nachbardorfes verlangten nach einer Zirkusvorstellung. Jawohl, nächsten Sonntag!

Karle arbeitete weiter im Bergwerk. Soviel die Kollegen ihn dort auch reizten, ein paar Kunststücke zum besten zu geben, er tat's nicht, obwohl es ihm schwerfiel, sich zu versagen. Wenn man ihn aus Willkür entließ, gut, aber einen Entlassungsgrund liefern, nein! Er wollte zeigen, daß er arbeiten konnte wie andere und daß das, was er sonst noch tat, überdrauf war, das Pfund, mit dem er gesegnet war.

Am meisten hatte Winds Karle es mir angetan. Ich befand mich tagelang in einem jener Schwebezustände, von denen her man das Leben, das hinter und vor einem liegt, anzuheben und zu verklären vermag. Es lebte ein Mensch unter uns, der etwas konnte, was andere nicht konnten, und ob es sich nun um Talmi-, Pseudo- oder Kleinkunst handelte, ich war drauf aus, Charlie Wind was abzulernen. Das Hypnotisieren hätte mich zum Beispiel in meiner Laufbahn zum Löwendompteur vorwärts bringen können. Ein Dompteur hypnotisierte seine Bestien, war unsere einfältige Ansicht. Auch das Feuerspeien beeindruckte mich und schien mir eine Kunst aus fernen Ländern zu sein.

So zogen wir am nächsten Sonntag mit unserem Zirkus ins Nachbardorf. Peter Poter saß vorn auf dem ausgeborgten Ackerwagen und kutschierte den geliehenen Brandfuchs. Hinter ihm saß seine Tochter Mina. Sie hielt die kleine Verena auf dem Schoß, und neben ihr hockte Klein Carla und hütete die Zigarrenkiste mit den weißen Mäusen, den Tierpark des Zirkus Wind.

Neben Carla lagen das Heubündel, die Futterration für das Leihpferd, das polierte Grubenseil für den Schrägseillauf, Fesselstricke und Ketten und der Vorschlaghammer von Peter Poter, falls man im Nachbardorf nicht geneigt wäre, einen Hammer an reisendes Volk auszuleihen. Auf dem Heubündel lagen zwischen angefeuchteten Wischtüchern die Blumenkränze für die Mädchen. Ein kleiner, aus Weidenruten geflochtener Korb enthielt Charlie Winds «Kostüm-Fundus».

Hinten auf dem Wagen saß mit herunterbaumelnden Beinen der Dorftischler, hielt das Grammophon auf dem Schoß und hatte sich den Trichter, um ihn vor Beulen zu schützen, auf den Kopf gestülpt.

Neben dem Fuhrwerk marschierten auf der linken Seite Winds Karle und die Poter-Brüder; auf der anderen Seite trabten die Freikarteninhaber: der Kleinbauer, der Karle Gehrock und Zylinderhut lieh, der Trommelverleiher und ich, der Mäuselieferant.

Winds Karle hielt Ausschau nach einem Feldstein, und als er einen passenden unter einem Brombeerbusch erspähte, wurde angehalten. Die Gebrüder Poter luden den Feldstein auf den Wagen und machten Molche, Regenwürmer und Käfer, die unter ihm gelebt hatten, heimatlos.

Es war ein milder Sommerabend. Regen konnte uns nicht überraschen, denn Mina Poter hatte, bevor wir losfuhren, daheim dreimal in die Regentonne gespien.

Winds Karle hatte seine Vorstellung durch Plakate popularisieren wollen, die er selber gemalt hatte. Die Rechtschreibekunst war allerdings die Kunst, die Karle am wenigsten beherrschte, deshalb hatte der Dorflehrer die Plakate entfernen lassen. Den Schulkindern sollte kein schlechtes Beispiel gegeben werden. Sie sollten nicht anfangen, Sonntag mit nur einem N und einem H in der Mitte zu schreiben, auch sollten sie nicht auf den Gedanken gebracht werden, daß Salto mortale etwas mit Mord zu tun hätte.

Was blieb Karle Wind übrig, als auch im Nachbardorf anzureißen? Es war übrigens wirksamer als Plakate, weil wir Freikarteninhaber mitzogen und Mundpropaganda für unseren Dorfzirkus machten.

Die Vorstellung lief ab, wie sie in unserem Dorfe abgelaufen war, aber diesmal bekam ich den Untersatz der Petroleumlampe in die Hand, als er zum Prüfen herumgereicht wurde. Ich suchte nach einem geheimen Schieber am Gefäß, aber ich fand keinen. Karle hatte also reines Petroleum getrunken!

Etwas später versuchte ich, während der Vorstellung hinter die Bühne zu kommen, weil ich gern gesehen hätte, wie Winds Karle Peter Poter in eine Puppe verwandelte. Es gelang nicht; die Gebrüder Poter bewachten die Tür zur Kammer neben der Bühne, in der Karle seinen Schwiegervater zu einem Stück Holz umformte.

In der Hypnosenummer gab Karle einem Bauernburschen eine nackte Zelluloidpuppe und suggerierte ihm, er wäre eine junge Mutter, und der Bauernbursche legte die Puppe trocken und stillte sie an seiner haarigen Männerbrust.

Makaber, makaber – es gab gekrauste Stirnen, und Fromme wollten an der Tatsache, daß Karle aus Männern Weiber machte, erkennen, daß er mit unterirdischen Kräften im Bunde war, doch die lachlustigen Zuschauer waren in der Überzahl, und sie schwemmten mit Gebrüll und Gewieher alle Bedenken fort.

Als die Leute zwei Dörfer weiter *ihre* Zirkusvorstellung haben wollten, tat der Fuhrwerksverleiher nicht mehr mit. Sein alter Brandfuchs brauche die Sonntagsruhe, müsse mutig für die Feldarbeit am Montag sein.

Jetzt machte Winds Karle, der in mir längst einen

«Verehrer seiner Kunst» erkannt hatte, mich zu ihrem Förderer. Wieder schickte er den kleinen Poter-Bruder als Unterhändler: Ob ich nicht mit unserem Bäckerfuhrwerk den Zirkustransport übernehmen könnte?

«Wenn Winds Karle mir zeigt, wie man Feuer speit!» sagte ich.

Der kleine Poter rannte auf seinen Wildkaninchenbeinen davon und kam sogleich zurück: Wind war einverstanden.

Ich bat meine Mutter, sie möge mit dem Vater verhandeln. Die Mutter war gütig und ging auch sonst auf meine Jugendträume ein, wenn sie nicht zu sehr überschäumten; sie fand, daß mir in meiner Laufbahn als Löwenbändiger ein bißchen Feuerspeien anstünde, und überredete den Vater, unser Fuhrwerk herzuleihen, und da wir zum Brotausfahren einen Planwagen benutzten, glich das Fuhrwerk, mit dem wir nun ins übernächste Dorf fuhren, schon eher einem Zirkusgefährt.

Alles ging gut. Karles Ruf, ein Tausendkünstler zu sein, pflanzte sich fort wie die Wellen im Teich nach dem Steinwurf, und sicher würde er eines Tages in Paris ankommen.

Am Mittwoch der nächsten Woche nisteten wir uns wie Verschwörer in einer alten Waschkaue auf dem Grubengelände ein. Ich glaubte, ich würde meinen Mund durch ein langes Training feuerfest machen müssen, und es irritierte mich, daß Karles Kunst mehr eine Sache der Finger war.

Karle übte geduldig mit mir, bis meine Finger das Feuerspeien beherrschten. Aber wer sich mit dem Teufel einläßt, den zieht er tiefer in die Hölle, denn Karle bat mich bei dieser Gelegenheit, ihn in die nächsten fünf Dörfer zu fahren, er würde mir dafür beibringen, die Hirne meiner Mitmenschen wie Instrumente zu benutzen.

Natürlich sagte ich zu; konnte ich erst hypnotisieren, war's bis zum Löwenbändiger nur noch ein Schritt.

Wie die meisten Menschen, die die Handfertigkeit, die sie soeben erlernten, die Philosophie, mit der sie soeben bekannt wurden, oder die Liebesbeziehung, die sie soeben eingingen, für so wichtig halten, daß sie ihre Umwelt daran teilhaben lassen müssen, gierte auch ich danach, mich als Feuerspeier zu produzieren.

Meine Eltern lehnten es ab, sich meine Kunst anzusehen. Der Vater fürchtete, ich könnte das Haus anzünden, die Mutter, ich würde mir die Lippen verbrennen.

Die Sommerferien waren vorüber, ich war werktags wieder in der Stadt. Als wir uns in der Schule unsere Ferienerlebnisse erzählten, erwähnte ich, daß ich von einem Fakir das Feuerspeien erlernt hätte.

Man verhöhnte mich, forderte mich auf, meine Kunst zu zeigen, aber wo hätte ich das in der Schule tun können, ohne für einen Brandstifter gehalten zu werden?

Eine Schwäche unseres Chemielehrers Etzold kam mir zu Hilfe. Etzold war ein alter Artillerieoffizier, Junggeselle und Weintrinker. An Tagen nach dicken Räuschen, die er sich vierzehntägig in den Gessnerschen Weinstuben anhalf, ließ er Chemie Chemie sein und erzählte uns seine Weltkriegserlebnisse.

An einem solchen Tage teilte der Klassensprecher mit, daß ich auf indisch Feuer speien könnte. Etzold sah einen Anlaß, seinen schweren Kopf zu schonen und formte das Feuerspeien zu einer Schulaufgabe um: «Kannst dus, wirds ne Eins, kannst dus nicht, wirds ne Fünf!» Er kratzte sich die Kriegsnarbe auf seiner geröteten Glatze, und die Mitschüler sahen mich herausfordernd an; nur meine besten Freunde glaubten an meine Kunst.

Der Lampenuntersatz wurde herumgereicht. Die Mitschüler beschnüffelten ihn, rümpften die Nasen, und Chemielehrer Etzold stellte fest, daß der Untersatz keinen Rotwein enthielt.

Die Fackel wurde angezündet. Ich verdrehte die Augen, konzentrierte mich, wie ich es bei Karle Wind gelernt hatte, dann trank ich das Petroleum auf einen Hieb, hielt mir ein Baumwolltuch vor den Mund, pumpte den Brennstoff durch entsprechende Bauchbewegungen aus dem Magen, hob die Fackel, nahm das Tuch weg, und aus meinem Munde schoß eine Feuerwolke.

Stille. Staunen. Chemielehrer Etzold ließ die Fenster öffnen; ich hielt mir schon wieder das Baumwolltuch vor den Mund und bereitete meinen zweiten Feuerstrahl vor. Auch der zweite Strahl erschien, und ich gab nach und nach fünf Flammenbündel von mir, und sie wurden breiter und mächtiger, und meine Mitschüler duckten sich immer mehr.

Ich genoß meinen Triumph, denn ich hielt damals Triumphe für etwas Bleibendes und wußte nicht, daß man sie unausgesetzt wiederholen muß und daß Leute, denen Einsichten wuchsen, das nicht leisten können.

Meine Mitschüler waren von meiner Kunst überzeugt. Chemielehrer Etzold bat um weitere Flammenspiele. Ich erklärte, das Petroleum wäre aufgebraucht. Etzold bot Petroleum aus seinem Chemiekabinett an. Ich dankte, meine Konzentrationsfähigkeit wäre mit fünf Flammenpaketen verausgabt.

«Zeig das Tuch!» Etzold riß es mir aus der Hand und entdeckte dünne Glasscherben. Ich hatte jedes Mal, wenn ich mir das Tuch vor den Mund hielt, eine Phiole Feuerzeugbenzin zwischen die Zähne geführt und zerbissen.

Etzold schüttete die Glasscherben erbarmungslos auf den Versuchstisch, griff sich den Lampenuntersatz und füllte den Rest des «Petroleums» in ein Probierröhrchen. «Wasser», sagte er.

«Es roch aber nach Petroleum», sagte einer meiner Freunde, der nicht wissen konnte, daß ich den Untersatz von außen mit Petroleum bestrichen hatte.

Etzold schrieb mir eine Fünf ein. «Für ungeschicktes Täuschen», sagte er, «beim Kommiß wären das drei Tage Bau!» Seine Kopfnarbe strahlte wie eine Kriegsauszeichnung.

Ich machte die erste Bekanntschaft mit dem ewigen Zwist von Poesie und Wissenschaft. Oder standen sich hier Pseudopoesie und Pseudowissenschaft gegenüber?

Etzold benutzte seinen Triumph, unabdingbar zu erklären, alle Fakirkünste wären Lug, Trug und Illusion, und alle sogenannten Wunder wären mit der Säure der Wissenschaft aufzulösen.

Aber auch Etzolds Triumph war kurz, die Schüler murrten, und der Klassensprecher fragte: «Aber was war mit dem Mann auf dem Jahrmarkt, Herr Etzold?»

«Schwindel auch das!» Etzold berief sich auf die Entlarvung eines Hungerkünstlers in Berlin. Die Arbeitslosigkeit verführte damals manche Menschen, mit ihrer Gesundheit zu aasen. Jener Mann in Berlin, der sich Jolly nannte, ließ sich tagsüber in einem Glaskasten als Hungerkünstler bestaunen, und nachts versorgten ihn Komplizen durch die Luftleitung des verlöteten Behälters mit flüssiger Schokolade.

Trotzdem, trotzdem – der Mann auf unserem Jahrmarkt war echt gewesen. Er ließ sich, in Abständen von einer Stunde, einen Meter tief in die Erde eingraben. Vorher rollte er seine Zunge ein, legte sich auf dem Bauch in die Grube, und wir alle, selbst die Stadtpolizisten, halfen die Erde über dem Begrabenen festtreten.

Wir warteten eine Stunde, während der Helfer des

Begrabenen mit viel Bummbumm und Trara die Jahrmarktsbesucher anlockte und abkassierte. Dann grub er seinen Kompagnon aus und schüttelte ihn wach. Der Ausgegrabene sprach mit uns und erklärte den Erwachsenen für ein Extrageld hinter der vorgehaltenen Hand sein Geheimnis.

Chemielehrer Etzold hatte die Begebenheit leider nicht wahrnehmen können; er wäre verhindert gewesen, sagte er, und wir wußten, daß sein Hindernis die Gessnerschen Weinstuben waren.

Ich erzählte Charlie Wind von meinem Mißerfolg. «Ein guter Artist läßt sich nicht hereinlegen. Eines Tages wirst du ihn hypnosieren und scheintöten», sagte er, und die Weizenähre seines Bärtchens hob sich.

Meine Touren mit dem Zirkus Wind wurden von Sonntag zu Sonntag länger, und es ging nicht mehr so gut wie ehedem: Der Dorftischler verlangte außer seiner Freikarte ein Tagesgeld. Karle behauptete, er könne kein Tagesgeld zahlen, und die Wind-Töchter mußten die Grammophonmusik mit ihren Liedchen ersetzen.

Einen Sonntag weiter forderte der Gehrockbesitzer Leihgebühr, seine Sachen würden beim Umherreisen nicht besser. Charlie verweigerte auch ihm ein Leihgeld und versuchte, mit Peter Poters Bräutigamshose auszukommen.

Dann wollte der Gutsherr angeblich nicht mehr dulden, daß sein Zweitkutscher Peter Poter im Zirkus seines Schwiegersohnes den Clown machte, und schließlich verlangten die Gebrüder Poter neben dem Abendbrot und dem Bier, das ihnen Charlie bei jeder Vorstellung zahlte, etwas Gage.

Gage? Wieso das? Gehörten sie nicht zur Familie? Charlie verhielt sich nicht besser zu seinen Schwägern, als sich Müllton einst zu ihm verhalten hatte; er geizte und hatte vor, seinen Zirkus zu vergrößern.

Als die Sonntagstouren sich zu Tagesreisen auswuchsen, weigerte sich Mina Poter, ferner mit auf die Fahrt zu gehen; sie käme weiter und weiter in die Welt hinaus, und schließlich würde man sie für eine Zigeunerin halten, und das sollte nicht geschehen, nein, sie und die Mädchen wollten seßhaft und ehrlich bleiben.

Der einzige, der Winds Karle treu blieb, war ich, und als ich seinen Zirkus die vereinbarten fünf Sonntage transportiert hatte, wartete ich auf den Hypnoselehrgang, doch mitten in der Woche fand der Schlepper Franz Ditschke, der sich in einem Querschlag die Hosen abziehen gegangen war, als er zurückkam, seinen Häuer Karle Wind leblos vor Ort liegen. Er prüfte den Arbeitsort, fand aber weder einen zerbrochenen Stempel noch niedergegangene Kohle und konnte sich nicht erklären, auf welche Weise Winds Karle zu Tode gekommen war.

Es war in der Nachtschicht, und Ditschke schleppte den leblosen Karle auf die Hauptstrecke, legte ihn auf einen gefüllten Kohlenhunt und ließ ihn mit dem Aufzug nach über Tage befördern.

Der Werksanitäter betastete und behorchte Karle und erklärte: «Leben tut er nicht mehr, aber ganz tot ist er auch nicht!»

Ein Grubenkutscher wurde herausgeklopft und mußte anspannen. Man polsterte den Vierzöller-Kohlewagen mit Heu, legte Winds Karle drauf, und der Kutscher fuhr mit ihm zur Kreisstadt.

Gegen fünf Uhr morgens hielt der Vierzöller vor dem Eingang des Kreiskrankenhauses, aber der Wagenkasten war leer. Die Krankenträger beschimpften den Kutscher: «Was bringst du uns eine Fuhre Heu? Sind wir eine Fouragehandlung?»

Karle Wind war zwei Tage verschwunden, da brachte mir der kleine Poter, der mit den abgeschnittenen Hosenbeinen, eine gewendete Lohntüte, die mit Roggenmehlkleister zugeklebt war. Der kleine

Poter versicherte, er könnte sich in die Beine beißen, aber er hätte die Tüte bei aller Aufregung vergessen, vielleicht enthalte sie eine Nachricht von Karle, zumindest meinen Lohn.

Es war weder eine Nachricht noch mein Lohn in der Tüte, jedenfalls damals nicht, als ich sie erhielt; es steckte ein Zettel drin, der Rand einer Tageszeitung, auf dem mir Charlie Wind in seiner arteigenen Orthographie mitteilte: «Sie hypnosiern sich selba!»

«Karle hat dich reingelegt», sagte mein Vater, und weiter sagte er glücklicherweise nichts. Die Mutter äußerte sich nicht zu der Angelegenheit; sie war oft von Zigeunern betrogen worden und hatte mir die Gutgläubigkeit vererbt.

Mina Poter weinte ihr Pensum herunter. Peter Poter wurde gehänselt: «Du als alter Kutscher hättest es wissen müssen, daß ein Pferd, das einmal durchging, es wieder versucht!» Abergläubische Weiber tratschten, Winds Karle wäre endlich vom Teufel geholt worden.

Mina Poter kam versuchsweise um Bergmanns-Witwen-Rente ein, aber die Herren von der Grubenverwaltung lehnten ab: Wenn der Bergmann Wind wirklich als Leiche aus dem Schachte getragen wurde, wo war je eine Leiche davongelaufen? Zudem hätte Wind am fraglichen Tage seine letzte Schicht gefahren, seine Arbeit wäre ihm am soundsovielten aufgekündigt worden.

Einen Monat nach Charlies Verschwinden traf Geld für Mina Poter ein. Auf der Postanweisung stand: «Im Auftrage des Herrn Charlie Wind, Allround-Mann, Artist engros, ambulant.»

Mina fing wieder an zu weinen. Ein toter Karle hätte sich leichter ertragen lassen als ein lebender draußen in der Welt, als einer, der sie verschmähte. Ach, hätte sie ihn mit seinem Zirkus nicht allein gelassen!

«Wolltest du wirklich eine Zigeunerin werden?» fragten die Kleinbauerntöchter.

Schließlich bekamen die Dörfler ein neues Ereignis zu bereden: Karle Pichler erhängte sich. Mina fing an, sich mit dem Witwer Metschke zu trösten; vielleicht pflückte sie jetzt für den, wenn es niemand sah, einen Gansblumenstrauß. Schließlich war Mina unbescholten; nicht sie hatte jemand verlassen, «sondern entgegengesetzt im Gegenteil», sagte Peter Poter.

Ich kam um den Triumph, meine Mitschüler in der Chemiestunde zu hypnotisieren. Zu gern hätte ich Etzold bewiesen, daß man sein Hirn auch anderswo als in den Gessnerschen Weinstuben paralysieren konnte.

In meiner Heimat erzählt man viele Geschichten von Charlie Wind, vielleicht schon Legenden, aber wer ihn erwähnt, muß Sanddorf erwähnen. Karl Wind hat mein Heimatdorf aus dem Alltag herausgehoben, denn dort hat er eine Weile gelebt und seine Künste spielen lassen.

Auch ich habe oft an Charlie Wind denken müssen. Hatte nicht auch ich mich entfesselt und entfesselt; hatte ich nicht meine Berufe, meine geistigen Standpunkte gewechselt und mich stets getrieben gefühlt, anderes zu leisten, als meine Umwelt von mir verlangte? Träume ich nicht noch davon, in Gedanken und Gefühlen auf einem Schrägseil von der letzten Dorfhütte zur Spitze des höchsten Radarturmes und von dort in unerforschte Höhen aufzusteigen, um verschlüsselte Nachrichten aus dem Kosmos zu empfangen und sie entschlüsselt weiterzugeben?

Nachtrag:

Ich vergaß zu erwähnen, daß ich noch einmal indirekt mit Charlie Wind zu tun bekam. Es war nach dem letzten Kriege, und ich war der Mann, der im Heimatdorf das Personenstandsregister führte, der Standesbeamte.

Eines Tages kam eine appetitliche Dame zu mir, blondhaarig und schwarzäugig, eine Dame, die man nicht vergißt, wenn man sie einmal sah. Sie war dürftig gekleidet; wir strotzten alle nicht wohlständisch damals. Die Dame bat um drei Geburtsurkunden, sie beabsichtigte zu heiraten.

«Ihr Name, Ihr Jahrgang, bitte?»

«Carla Wind, Jahrgang neunzehnhundertzweiundzwanzig.»

«Das kleine Fräulein aus Paris, die Artistin?» fragte ich.

Die Dame hob ihre Oberlippe. Ich erkannte das Lächeln von Charlie Wind: «Ich weiß nichts von Artistin und Paris, wir wohnten immer hier.»

Dagegen war nichts zu sagen, und ich sagte auch nichts, und ich fragte nicht weiter, doch ich wunderte mich, daß die Menschen nach dem furchtbaren Krieg und der großen Verführung, die sie hinter sich hatten, schon wieder so flott lügen mochten. Sollte Charlie Wind mit seiner Botschaft in der gewendeten Lohntüte recht gehabt haben, mit der Botschaft, die da hieß: «Sie hypnotisieren sich selber!»

Piešťany, im Mai 1974

Sulamith Mingedö, der Doktor und die Laus

Geschichten vom Schreiben

Man fragt mich oft: Wie kamst du zum Schreiben? Das klingt, als ob die Frager verabsäumt hätten, einen Kursus zum Schreiben von Erzählungen zu belegen, und willens wären, es nachzuholen.

Freilich gibts eine Schriftstellerschule, aber auch dort erfährt man nur, wie Goethe, Balzac, Tolstoi oder Rilke ihre Einfälle und Einsichten handwerklich meisterten, nicht aber, wie man der eigenen Einsichten schreibend Herr wird. Dazu muß jeder in sein eigenes unbekanntes Land, und ob ihn nun eine kleine Schreiblust sticht oder ein großes Talent plagt, er muß seinen Fleiß, seine Ausdauer und seinen Mut zu sich selber erproben.

Wie kamst du zum Schreiben? Ich überlege: Kam ich zum Schreiben? Kam es zu mir?

Aber bevor ich vom Schreiben erzähle, muß ich was übers Lesen sagen: Ich lernte lesen, als ich fünf Jahre alt war, nicht in der Schule, sondern beim Schankwirt-Schneider Gottfried Jurischka, und das war mein Stiefgroßvater.

Großvater Jurischka trat mit einem schwarzen Rollkragenpullover und einem gestutzten Oberbart in mein Bewußtsein. Zwischen Unterlippe und Großvater-Kinn klebte zudem ein einsamer Bartklecks, als wäre Jurischka beim Rasieren gestört worden.

In seiner Jugend wurde dem sorbischen Schneidergesellen die Niederlausitz zu eng, und er wanderte zur Bucht des Atlantischen Ozeans, «Nordsee» genannt. In Hamburg hielt er Ausschau nach Glück, und das kam ihm aus Amerika in der Gestalt der Tochter seines Meisters Lühr entgegen, die den Großvater um zehn Lebensjahre überragte und ihm um drei Kinder voraus war. Die erwartete Liebesentzündung fand statt: meine Großmutter der Feuerstein, mein Großvater der Zunder!

Gottfried Jurischka kehrte mit seinem Sack voll Glück ins Heimatdorf zurück, und das hieß Graustein; an der Kirche dort lag ein grauer Findling.

«Seht, den Gottfried: Amerikanerfrau und Rothautkinder!» hieß es im Dorf.

Ein Nachkomme dieser rotbärtigen Rothäute bin ich.

Großvater Gottfried gründete mit Nadel, Schere, etwas Zwirn und mageren Gesellenersparnissen eine Schneiderwerkstatt. Er mußte billig arbeiten, um den Konkurrenzschneider im Nachbardorf niederzuzwingen, und seine angeheirateten Rothäute wären verhungert, wenn ihm der Urgroßvater nicht einen Akker als Erbschaftsvorschuß vermacht hätte.

Großvater Gottfrieds schöne Amerikanerin mühte sich, spannte sich vor den Ziehwagen, legte sich das Karrband nicht um die Schultern, sondern um den Hals, und strangulierte sich. Mit blau-rotem Gesicht ächzte sie die Dorfstraße hinunter, und die Strohdächer der Dorfhütten wackelten vom schadenfrohen Gelächter der lieben Dörfler.

Die *Amerikanerin* wuchs schwer in der Sand-Heide ein.

Es begab sich, daß die Oberschenke des Dorfes frei wurde; Großvater Gottfried ließ sich den Rest seines Erbteiles auszahlen, pachtete die Schenke und hatte es nunmehr auch mit dem Wirt der Unterschenke als Konkurrenten zu tun. Zur Oberschenke gehörte die Posthilfsstelle mit einer Telefonvermittlung; dort saß Großmutter Dorothea, mehr als sie mußte, und genoß die Wortsendungen.

Großvater Gottfried stellte seinen Schneidertisch in die Gaststube, hockte auf und mußte nach einer Naht schon herunter, weil ein Gast einen Korn, dann eine Zigarre verlangte und unterhalten sein wollte. Der Gast ging, Großvater hockte wieder auf, besäumte ein Knopfloch, und das Telefon klingelte. Jemand wünschte mit Herrn von Wülisch auf Lieskau verbunden zu werden. Großvater verband, hockte wieder auf, besäumte zwei Knopflöcher, und es kam, bepackt wie ein Karawanenkamel, der Postbote aus der Kreisstadt. Großvater sortierte die Post, trug sie aus, kam zurück, band sich die blaue Männerschürze vor, zog Schaftstiefel an, ging auf den Acker und war sein eigener Knecht.

Die Zeit verging. Großvater Gottfried zeugte mit der «Amerikanerin» einen Jungen und ein Mädchen, die wuchsen heran, die *Rothäute*, die die Großmutter in die Ehe gebracht hatte, flogen in die Welt: Onkel Stefan hatte Fleischer gelernt und ging wieder nach Amerika. Tante Marga heiratete einen Bauern drei Dörfer weiter, und mein Vater lag in einem Schützengraben in Frankreich. Großmutter Dorothea, die «amerikanische Schönheit», rutschte, als ob sie eine frische Eisfläche abzuprüfen hätte, durch die Räume und schrie auf, wenn ihr ein Steinchen unter die Fußsohlen kam; sie hätte die Fußpein, hieß es.

Großvater Gottfried saß mürrisch und nähte, raunzte mit den Schenkenkunden, wenn sie ihn um ein halbes Nichts vom Tische holten, knurrte mit den Schneiderkunden, die ihm nur noch Flickarbeiten brachten, und wurde im Dorf «Brummer und Schießer» genannt, doch wenn Großmutter Dorothea den Spitznamen hörte, legte sie den Zeigefinger quer über die Lippen.

Ich kam jeden Morgen, gewaschen und gescheitelt, aus dem Kotten und zwitscherte mein «Gut' Morgen!» wie ein Vogel in den dunklen Wald. «Bist' schon wieder da?» Großvater Gottfried neigte sich vom Schneidertisch und ließ sich den Bartklecks bekūssen. Noch immer trug er den schwarzen Pullover, den er sich einst zugelegt hatte, um seemännisch auszusehen und der Großmutter zu gefallen. Jetzt war er alt, der Pullover, sein Gestrick war dünn, die talmisilberne Uhrkette schimmerte durchs Gewebe; denn unter dem Pullover trug Großvater eine Anzugweste, in deren Taschen die Uhr und die Kautabakschachtel steckten.

Herumsteher und Zugucker duldete Großvater nicht. «Jeder muß arbeiten, sonst gerät die Welt aus den Fugen», sagte er, deshalb sollte ich lesen lernen.

Großvater biß ein Stück Kautabak ab, schob es zwischen Wange und Zähne, brachte das ausgelaugte Tabakstück aus dem Mund, legte es in einen Aschenbecher und schob ihn mir hin. Der Aschenbecher war eine Seite meiner Lesefibel. «Emil Mieser, Eisenwaren en gros und en detail, Hauswirtschaftsartikel pp», las ich. «Was heißt en gros?»

«Een Groß hat hundertvierundvierzig Stück oder zwölf Dutzend», erklärte Großvater.

Und was war, wenn Mieser seine zwölf Dutzend Eisenwaren verkauft hatte?

Großvater wußte sich keinen Rat und erklärte mir lieber das PP hinter Hauswirtschaftsartikel. Dieses PP bedeutete für Großvater posten- und paarweis.

Das nächste Blatt unserer Fibel war ein Reklameplakat: *Miele-Fahrräder sind doch die besten.* «Mit wem streitet Herr Miele?»

Herr Miele streitet sich mit der Konkurrenz, erklärte Großvater.

Jetzt las ich, was auf der bedruckten Pappunterlage des Abreißkalenders einer Tuchfirma aus Cottbus stand: «Brumm, brumm, Brummer und, und Schießer, Brummer und Schießer. Hier steht dein Name, Großvater!»

Großvater Gottfried rutschte wütend vom Schneidertisch, ging in die Küche und zankte mit der Großmutter. Mein Leseunterricht war für diesen Tag beendet, und endgültig abgebrochen wurde er an jenem Tage, da ich den verzierten Spruch über dem Schenktisch entzifferte: *Sauft ihr Hunde, der Staat braucht Geld!*

Aber nun war meine Leselust angefacht. Ich las alles, was mir entgegenschwamm, auch die Briefanschriften, wenn Großmutter die Post sortierte.

In Mitteleuropa wurde zu jener Zeit mächtig gestorben. Die tapferen Deutschen aber fielen nur. Das war harmlos; wer fiel, konnte wieder aufstehn, aber es trafen mit der Post sogenannte Nachlaßpäckchen ein, karge Habseligkeiten aus den Hosentaschen der Gefallenen, in Leinwand verpackt und mit angefeuchtetem Kopierstift beschriftet, und die ließen es offenbar werden. Ich entzifferte die Schriftzüge der Kompaniefeldwebel und rannte, ein kurzgeschorener Todesengel, durchs Dorf, verständigte die Leute, und die Leute liefen mir weinend nach und holten die Nachlaßpäckchen.

Eines Tages wollte und wollte der Postbote ein Päckchen nicht hertun und sagte schließlich zur Großmutter: «Fassen Sie sich, Ihr Sohn, wie mir scheint, ist gefallen!» Ich rannte zum Kotten, rief's meiner Mutter über den Gartenzaun zu, und die Mutter fiel ohnmächtig zu Boden. Großvater Kulka, der Muttervater, der zu Besuch war, hob die Mutter auf und ging sich erkundigen. Mein Onkel Hugo war gefallen.

Man zankte mit mir. Ich erschrak und weinte und spürte was von der Magie des Lesens.

Als ich in der Schule lesen lernen sollte, maulte ich; ich konnte es. Ich langweilte mich und las die längeren Lesestücke im hinteren Teil der Schulfibel, die Beschreibung des Kaiserpaares zum Beispiel.

«Unser Kaiser Wilhelm und unsere Kaiserin Auguste Viktoria wohnen in Berlin . . .» Sodann wurden die Qualitäten des Kaiserpaares beschrieben, und zum Schluß hieß es: «Wir lieben unseren Kaiser.»

Das war neunzehnhundertundneunzehn. Der Kaiser war nach Holland raus, aber in unserer Schulfibel saß er noch. Wen's wundert, bedenke, daß es auch heut noch das Bestreben vieler Landesväter ist, sich in Fibeln mit dem Hinweis beschreiben zu lassen, daß gute Kinder sie zu lieben hätten.

Drei Jahre war ich alt, als der Großvater in seinem schwarzen Seemannspullover in mein bewußtes Leben trat; sechs Jahre war ich alt, als er starb. Ich sah ihn vor der Einsargung auf der Bahre liegen. Sein Knebelbärtchen hatte sich während einer Lungenentzündung weiß gefärbt. Er war die erste Leiche, die ich sah, eine lustige Leiche, denn Großvater hatte während des Sterbens den Mund geöffnet und nicht mehr Zeit gefunden, ihn zu schließen. Wollte «Brummer und Schießer» Dinge erzählen, die er uns im Leben verschwieg? Man band ihm die heruntergefallene Kinnlade mit einem zusammengefalteten Wischtuch hoch, und die Enden der Schleife standen oben am kahlgeschorenen Kopf wie die Haubenbänder der Witwe Bolte bei Busch.

Ich kannte ihn nur drei Jahre und verdank ihm, daß ich mich mit den altgriechischen Philosophen, mit Goethe und Schopenhauer, mit Jakob Böhme und Laotse, mit Engels und Salomo, mit Lenin und Tolstoi über die Jahrhunderte hinweg unterhalten kann. Magie des Lesens!

Fiebernd, verlaust, verdreckt, doch gesund, kam mein Vater aus dem Krieg, ließ sich, wie einst sein Stiefvater, das Erbteil auszahlen und eröffnete eine Dorfbäckerei in der Heide.

Hinterm Elternhaus gab es einen sanften grasbestandenen Abhang, über den sich wie ein Scheitel ein schmaler Fußsteig zog, der in einem versumpften Graben endete. Wir benutzten ihn als Abkürzungsweg, wenn wir aufs Feld gingen, und über den Graben sprangen wir.

Der reisende Kaufmann Kalaschke kannte die Tücke des schmalen Fußsteiges nicht, zumal ihn Hahnenfuß und Gänseblumen verharmlosten. Kalaschke fuhr auf dem Fahrrad, pfiff, stürzte, überschlug sich und stöhnte. Sein Musterkoffer war geplatzt, Haarschleifen, Pony- und Haarnadeln, Broschen und Kämme, Seifen- und Parfüm-Muster lagen im Sumpf. Wir sammelten sie ein, und Kalaschke stöhnte: «Mein Gott, mein Gott, was mach ich nun?»

Am Abend nahm ich ein Stück Pappe, schrieb drauf: «Achtung! Hier drott Giefahr!» und nagelte es an einen Pflaumenbaum am vermoderten Graben.

Meine Mutter, die meine frühen Bücher noch kennenlernte, behauptete, das wäre meine erste schriftstellerische Tat gewesen. Wenn sie recht gehabt hätte, wäre Schreiben gleich Warnen, aber Schreiben ist mehr. Meine Warnung von damals ist längst überholt; auf dem Grashang am hinterhältigen Modergraben legte mein Bruder einen Wundergarten an, und viele Blumen Mitteleuropas geben sich dort ein Stelldichein.

Mein Onkel Stefan, die Nummer eins der drei amerikanischen Rothäute, war, wie gesagt, nach Amerika zurückgegangen. «Er brauchte die Freiheit», sagte mein Vater. «Aber hier sitz ich, seine Mutter», barmte Großmutter Dorothea. Sie hatte es gern, wenn wir sie bedauerten, denn ihr erster Mann, unser echter Großvater Josef, hatte sich in Amerika erschossen. Das Sodbrennen hätte ihn so gepeinigt, erzählte die Großmutter, aber das Sodbrennen war eine rothaarige Klavierschülerin, erfuhren wir später.

Wer stirbt oder in die Fremde geht, wird für die

Hinterbliebenen mit der Zeit ein immer besserer Mensch. Die abträglichen Charaktereigenschaften eines Dahingegangenen bleiben im Sieb des Gedächtnisses.

Onkel Stefan wäre ein Virtuose auf der Mundharmonika gewesen, erzählte man uns; er hätte sein Harmonikaspiel mit einer Knochenrassel begleitet und indianisch dazu getanzt. Der Dorflehrer hätte die Kinder angehalten, ihn nicht sorbisch, sondern mit «Guten Tag» zu grüßen. Onkel Stefan hätte so artikuliert «Guten Tag» gewünscht, daß der Lehrer nicht dankte. Onkel Stefan hätte ein Gespenst verprügelt und den Esel des Bäckers aufs Dach getragen.

Von Zeit zu Zeit trafen Briefe vom Onkel ein, sogar Fotos; er hatte sich heraufgearbeitet, wie man (auch heute noch) zu sagen pflegt, aber was ist unten und was ist oben? Onkel Stefan, der ehemalige Fleischergeselle, besaß jedenfalls eine Farm. Die Fotos zeigten zwei rohe Holzhäuser in einer Felderweite ohne Baum und Strauch. Die Prärie, ganz klar, und für uns Kinder stand fest, daß die Prärie bis hinter das Foto Onkel Stefan gehörte. Eine andere Fotografie zeigte den Onkel zu Pferde. Er trug einen Cowboyhut und ähnelte unserem Vater Heinrich. Gereckt saß er auf dem Pferd und rauchte eine lange Pfeife. Onkel Stefans Pferd war vorn «angegriffen», wie die Pferdeleute sagen. Mein Pferdeverständnis war zeitig ausgebildet: Erklärlich, die Weite, der Wind, die Prärie – der Onkel konnte sein Pferd nicht schonen; allerdings blieb mir als Reiter bis heute ein Rätsel, wie der Onkel mit der langen Pfeife im Mund dahingaloppieren konnte.

Onkel Stefan teilte mit, er hätte eine Lehrerin geheiratet. Großmutter Dorothea schwoll vor Stolz. Weiter unten im Brief hieß es, die Lehrerin hätte zwei Kinder in die Ehe gebracht. Da seufzte Großmutter Dorothea, sie schien vergessen zu haben, daß sie drei Kinder in die Ehe gebracht hatte. Großmutter hatte überhaupt ein merkwürdiges Gedächtnis. Sie behauptete auch, wir alle wären rothaarig als Strafe für die Sünde des Großvaters mit der rothaarigen Klavierschülerin, und sie vergaß, daß auch sie rothaarig war.

Mir war recht, daß ich mit den Kindern von Onkel Stefans Lehrerin nicht verwandt war, denn das eine war ein dunkelblondes Mädchen mit einem Pagenkopf und hieß Mabel. Es stand für mich fest, daß ich Mabel heiraten würde.

«Wenn das Stefan wüßte!» hieß es, wenn Großmutter Dorothea mit meinem Vater oder mit Tante Marga in Streit geriet. Zuweilen wurde beschlossen, Onkel Stefan brieflich zu bitten, den Streit zu schlichten, aber mit dem Schreiben war's so eine Sache: Tante Marga beauflagte die Großmutter, und die Großmutter den Vater, und der Vater schrieb keine Briefe, aber so auf Neujahr herum wurde jährlich doch ein Brief fertig. Ich schrieb ein Gedicht für Onkel Stefan, in dem ich den Auswanderer tröstete, und legte es heimlich in den Neujahrsbrief. Ich kann das Gedicht noch heute, doch es scheint nicht besonders gut zu sein; Onkel Stefan erwähnte es in seinem Antwortbrief nicht.

Schreiben, Dichten wäre ein Ausdruck der Sehnsucht, wird gesagt; es ist mehr; es ist mehr!

In einer Dachkammer des väterlichen Hauses wohnte Hans, ein junger Bergmann. Er war Waise von Kind an, ein junger Mann mit gewelltem Haar, roten Wangen und Zähnen wie Klaviertasten. Wie andere Durchreisende, Zigeuner, Puppenspieler, Betteleute und Wanderarbeiter, war auch Hans unter die Flügel meiner Mutter gekrochen. Er lehrte mich das Mundharmonikaspiel; nicht das einfache Hineinblasen in die Harmonika, wie es meine Tante Marga betrieb, sondern das Spiel mit Zungenschlag aus den zum Schalltrichter geformten Händen. Wir spielten zweistimmig zu Bergmannsgeburtstagen auf, Walzer, Märsche und Charakterstücke, «Über den Wellen» und «Die Schlittschuhläufer» von Waldteufel, «Hoch Heidecksburg!» und «Alte Kameraden». Wenn der Bieralkohol in die Bergmannsköpfe stieg, tanzten die Männer auf unserem Hofe, und ihre Grubenlampen an den Rucksackriemen kreisten wie kleine Karussellgondeln. Zuweilen tanzte auch mein Vater mit wehender Bäckerschürze mit.

Jedes Dorf hatte seine Vereine, und jeder Verein hatte sein Stiftungsfest, doch in unserem Dorf wurde zudem jährlich ein Bergmannsfest, der Grubenball, gefeiert. Die Bergmannskapelle spielte den Sozialistenmarsch, die Bergleute zogen uniformiert durchs Dorf, und beim Platzkonzert bekam man die Moritat vom verschütteten Bergmann nach der Melodie «Rauh ist die See und der Sturm geht hoch» zu hören. Zum Grubenball wurden die Bergrentner, die Berginvaliden und alle Bergleute geladen, die nach anderswohin verzogen waren. Auch Martin Metschke wurde geladen, ein Junge aus unserem Dorf, der es «weit gebracht» hatte (was ist weit?). Er war Obersteiger in der Gegend von Eisleben, die «höchste Persönlichkeit», «profiliert» schreibt man heute, die unser Dorf hervorgebracht hatte. Er war mit einer flotten Frau verheiratet, mit einer, die nichts stehen ließ, und die verliebte sich beim Grubenball in unseren Kostgänger Hans. Martin Metschke mußte Extrabiere trinken und Extratänze tanzen und vergaß seine feine Frau.

Gefährlich an den Dorffesten waren die großen Tanzpausen. Mütter riefen ihren Töchtern nach: «Aber in der Großen Pause halt' euch hübsch beisammen!» Sie wußten, die Dorfmütter, daß ein Hengst, der sich drei Stuten nähert, bei keiner etwas erreicht.

Hans und die Frau des Obersteigers trafen sich in der Großen Tanzpause hinter einer alten Strohscheune, o weh, o weh! Die flotte Frau war stadtbleich und trug einen Herrenschnitt, und wer weiß, was sie hinter der Strohscheune trieben, unser Hans und die herrenschnittige Frau Obersteiger. Ihr Zusammentreffen blieb unbeobachtet, nicht einmal die alten Dorffrauen, die ringsum an den Saalwänden auf Bänken saßen, bekamen's zu wissen; obwohl sie dort als Ringrichter und Heiratsprophetinnen saßen, denen nichts entging; aber das Ungewöhnliche der Paarung Obersteigersfrau und Schichtlöhner schloß jeden Verdacht aus.

Der Tanz ging weiter. Es wurde Damenwahl ausgerufen. Die flotte Frau Lissy, diese blasse Platinfüchsin, holte ihren Martin, doch der war nicht mehr so gängig, wie man es zum Tanzen braucht; er schlug hin und zog seine Frau mit nieder, doch die Frau wurde sogleich von ihm befreit, denn man spielte den Abklatschwalzer und danach den Mondscheinwalzer, und das Tenorhorn schluchzte, und alle sangen das Lied vom guten Mond, der so stille durch die Wolken geht, und das Licht verlosch, und was jeder Tänzer gepackt hatte, das hatte er, und das küßte er, und ob Schicksal oder Fügung, unser Hans hatte die flotte Lissy, und die beiden wünschten sich, der gute Mond möge vier Tage lang so stille und in Finsternis seine Bahn ziehen.

Nach dem Grubenball ging unser Hans wie krank umher, und der Liebeskummer machte sich am Wangenrot des Jungen zu schaffen. «Er hat die Preschzeit», sagte Großvater, der Tierkenner. Ich fürchtete, man könnte auch mir ansehen, daß ich häufig an Mabel in Amerika dachte. Ich besah mich im Spiegel und stellte fest, daß sich an meinen Sommersprossen nichts geändert hatte; sie umtummelten nach wie vor wie braune Ameisen meine Nase bis zur Stirn hinauf.

Vierzehn Tage nach dem Grubenball blühte Hans auf und nahm mich beiseite: «Ich werde mich nicht verrechnen, wenn ich dich zu den zuverlässigen Männern zähle.» Ein zuverlässiger Mann von zehn Jahren! Das hob mich an. Ich hätte dem Teufel die Hosen ausgezogen.

Wir saßen auf dem knisternden Strohsack von Hansens Bett in der Dachkammer. Der Duft des blühenden Birnbaumes fuhr zum Kammerfenster herein, und die Bachstelzen trippelten über die Ziegel. Hans zog einen zerknitterten Brief aus einem rosa getönten Umschlag. «Lies, wenn du imstande bist!» Ich las.

«Lies laut!»

Ich las laut. Es war ein Liebesbrief von der Platinfüchsin. Sie könne Hans nicht und nicht vergessen, schrieb sie, und müsse immerzu an ihn denken, und die Flecke auf dem Briefpapier, das wären ihre getrockneten Tränen, schrieb sie auch, und unten, wo die Kreuze wären, hätte sie hingeküßt, und auch Hans sollte dort hinküssen, damit sie es spüre bis nach Eisleben hin, die Obersteigersfrau Lissy.

Millionen solcher Liebesbriefe wurden geschrieben, seit die Welt bestand, für mich war's der erste, den ich las. Tränen, Küsse, Schwüre und Seufzer – was konnte ich mehr verlangen?

Jetzt wußte ich etwas, was niemand wissen sollte. Hansens Hände hingen schlaff zwischen den Knien. «Nun bin auch ich so gut wie am Ende; ich habe keine Handschrift, du weißt.»

Und da schrieb ich meinen ersten Brief in Sachen Liebe, saß auf Hansens knisterndem Reisekorb, einen wackligen Nachtkasten als Schreibtisch. «Schreib geehrte, gnädige Frau Metschke», sagte Hans. Mir kam das zu fremd vor: «Heißt sie nicht Lissy und du?»

«Schreib, wie du denkst!»

Ich schrieb: «Hochverehrte Geliebte, auch ich bin

in der Plage der Sehnsucht, sitz in meiner Kammer und seh deinen Pagenkopf. Außen blüht die Birne, und der Kauz schreit Lissy, Lissy!»

Wohnstraße und Hausnummer hatte die Platinfüchsin nicht angegeben. Wir sollten «postlagernd» schreiben. «Verstehst du das?» fragte Hans.

«Das sind so Gewohnheiten», sagte ich und schrieb Lissys Namen und hängte jedem Buchstaben eine Schleife um, wie ich's bei den reisenden Kaufleuten gesehen hatte.

Wir betrachteten den Brief, wir bestaunten ihn. «Arbeit zieht Lohn nach sich», sagte Hans, holte ein Schlüsselchen aus seiner Geldbörse und öffnete seinen Reisekorb. Die geflochtenen Weidenruten knarrten, und ich durfte in das gehütete Behältnis sehen: lange Unterhosen, ein verwaschener Drillichanzug, zwei Ausgehhemden, die Bergmannsuniform ... Hans wühlte im Korb wie ein Bäcker beim Teigmachen in der Beute und brachte einen abgegriffenen Briefumschlag ans Licht der Welt, dem er fünf Postkarten entnahm. Er drückte die Postkarten an seine Brust und legte mir auf, ihn nicht zu verraten.

«Heilig, heilig, heilig!» schwor ich.

Hans zeigte mir eine nackte Dame, einen Leib wie aus kaltem Märbelstein, die Brüste freimütig gereckt, und dann sah ich es endlich, das aus Haaren geflochtene Schwalbennest über den Frauenschenkeln, ganz klar für mich – die Känguruh-Tasche – dort trugen sie ihre Kinder drin groß.

Mein erstes Honorar: Beschauliches Betrachten einer nackten Dame, einmal an einem Brunnen aus Pappe, zweitens mit einem Krug ohne Wasser, drittens auf einem Eisbärfell, viertens an einem Baume aus Gips, fünftens mit Kußhand und marmornem Lächeln.

«War auch das einmal deine Braut?»

Hans sagte nicht ja und sagte nicht nein, und es

schmeichelte ihm, daß ich ihm eine solche Braut zutraute.

Schrecklich, wenn Mabel sich in Amerika nackend fotografieren ließe! Ich wollte sie im nächsten Neujahrsbrief warnen.

Die Platinfüchsin antwortete und versicherte, sie hätte Hansens Brief ans Herz gedrückt. «Da kannst du sehn!» sagte Hans, als hätte *er* Lissy geschrieben.

«Zu lang, viel zu lang die Zeit bis zum nächsten Grubenball», seufzte Lissy im Brief, «viel zu lang, bis ich die Eule hör, die meinen Namen ruft!» Hans kratzte sich den Kopf. «Woher nun eine sprechende Eule nehmen?»

«Du, ich trag keinen Pagenkopf, Liebster, hast du denn noch wo eine?» schrieb Lissy.

Freilich, freilich, sie trug Herrenschnitt; ich hatte beim Schreiben an Mabel gedacht!

Wenn Hans während der Postzeit Schicht hatte, mußte ich ihm Lissys Briefe zustellen. Ich lief hechelnd über die staubigen Sandwege zur Grube, öffnete den Brief, rannte neben Hans beim Wagenabrücken hin und her und las vor. Lissys feurige Liebesbeteuerungen wurden vom Surren der Förderanlage und vom Läuten der Schachtglocke begleitet.

In meinen Antwortbriefen blieb ich Lissy nichts schuldig. Ich erfand einzig dastehende Liebesworte wie «flinkschnäblige Meise, Tau in der Wüste, dornlose Rose» oder «mein fünftes Rad am Großen Wagen überm nächtlichen Birnbaum».

Alles entwickelt sich, heißt es, zum Kulminationspunkt. Auch wir bekamen es mit diesem Punkt zu tun. Er erschien als ein kleines Stückchen Eisen, auch Schlüssel genannt, den Lissy im Schloß ihres Schmuckkästchens steckenließ. Der Obersteiger fand meine Liebesbriefe und las sie, weil er aus unserem Heidedorf stammte und kein Gentleman war.

Martin Metschke kam ins Dorf, Hochgericht gegen

den Schichtlöhner zu halten. Es war ein Sonntagmorgen im Vorsommer, und die Linde vor unserem Hause blühte. Ich saß auf der Hausbank, als sie kamen, und das Sonnenlicht spiegelte sich im glattgestriegelten Herrenschnitt der ahnungslosen Lissy. Ich stand auf und grüßte; nur die Platinfüchsin dankte freundlich.

Sie gingen ins Haus, und alles war ruhig. Ich hörte meinen Vater den Hans rufen, und ich hörte Hans pfeifend die Treppe herunterkommen, dann wurde es laut, und ich ging ins Haus.

«Was, unser Hans?» fragte meine Mutter, «der kann doch nicht schreiben!»

Martin Metschke bewies es mit einem Brief, und meine Mutter blickte mich an; die Platinfüchsin fing an zu schluchzen; ihre Tränen kamen wie aus einem Springquell, und sie zog sich ein Taschentuch aus der Hosentasche des Obersteigers, und Hansens schöne Zähne klapperten. Ich hielt's nicht mehr aus: «Ich habe die Briefe geschrieben!»

Es war wie im Kino, wenn's von der Totalen zur Großaufnahme umspringt: Alle sahen auf den sommersprossigen Bengel in kurzen Hosen und Holzpantoffeln. «Ich schrieb sie an Mabel», sagte ich.

Lissy schrie auf und spie. Ihr Speichel, Schaum, kleine Bläschen, rann langsam an Hansens roter Verführerwange herab. Die Platinfüchsin rannte hinaus, und Lindenduft drang von der Straße ins Haus.

In diesem Jahr kam Martin Metschke allein zum Grubenball. Man sagte, er wär sich zu rächen gekommen. Er mußte die Rache mit Schnaps befeuern. Man flößte ihm ein, und die Rache blieb stecken. Man schleppte Metschke ins Haus seiner Eltern. Er wäre von seiner Lissy geschieden, hieß es. Ich sah, was Worte für Wirrwarr stiften, wenn man sie unbedacht niederschreibt. Ich spürte, daß Schreiben wie Zaubern ist.

Ich war dreizehn Jahre alt, es war linde Februarzeit, und die Hunde paarten sich. Eines Mittags drückte sich mit einem Bettler zusammen ein Hund in den Kramladen der Mutter. Er tappte hinter den Ladentisch, setzte sich und war da. Meine Mutter gab dem Bettler, was des Bettlers war, und dem Hund gab sie einen Happen Käse. Der Bettler ging, der Hund ging nicht.

«Ihr Hund», rief die Mutter dem Bettler nach. Der Bettler winkte ab und verschwand.

Der Hund war mittelgroß, sein schwarzes Deckhaar war lockig, die braunen Hängeohren schwarz gerändert; sein Alter war schwer bestimmbar; er konnte bereits in Menschengesichtern lesen.

Meine Mutter ging in die Küche, der Hund blieb hinter dem Ladentisch. Ein Kunde kam, der Hund stützte die Pfoten auf den Ladentisch, gab Laut und legte sich wieder.

Meinem Vater gefiel der seltsame Ladendiener nicht; ich sollte ihn nach draußen bringen; als ich ihn packen wollte, fletschte er die Zähne; er wußte, wie es draußen war, und hatte sich deshalb ein Drinnen erobert. Von meiner Mutter ließ er sich anpacken, aber von der Stelle bekam sie ihn nicht, doch jedem, der der Mutter zu nahe kam, zeigte er die Zähne; der Mutter gefiels.

Ein Hund im Laden? Mein Vater verwies aufs Hygienegesetz. «Und der Gendarm, wenn er kontrolliert, bringt der nicht auch seinen gelben Schäferhund mit in den Laden?» sagte die Mutter. Es drohte ein Streit zwischen den Eltern auszubrechen.

Mein kleinerer Bruder öffnete die Türen vom Laden bis zum Hof, holte unsere Riesenkatze, die grau getigerte Tusnelda, und setzte sie vor dem Hund nieder. Die Katze sprang in den Hof, der Hund hinterher; der aufkommende Streit der Eltern war gelöscht.

Was unter dem Protektorat der Mutter stand, war geheiligt: Dem Zuläufer wurde im Hofe eine Hütte eingerichtet; nachts hockte er unter dem Fenster, hinter dem meine Mutter schlief, und verpaßte keinen guten Happen. Für Großvater war der Köter ein Prescher, der sich wieder davonmachen würde; aber der Hund blieb, wir nannten ihn Flock, und er verteidigte alle, die zur Familie gehörten, lief neben dem Fahrrad her, begleitete Großvater aufs Feld, und wenn der Wallach verrückt spielte, versuchte er ihn aufzuhalten, doch der Wallach wurde davon noch wilder, und Großvater fluchte.

Dreimal wöchentlich lieferten wir Brot in die Nachbardörfer. In den großen Ferien übernahmen mein Bruder und ich diese Touren.

Es war vergnüglich, unter der Plache zu sitzen, vor Regen, Wind und prallem Sonnenschein geschützt zu sein. Das Pferd schnaubte, das Ortscheit schlug im Takt gegen die Deichselzwinge, die Strangketten klirrten, und unter den Pferdehufen sprangen Staubwölkchen auf. Ich kutschierte, mein Bruder verkaufte, und eines Tages nahmen wir zur Kurzweil unseren Flock mit auf die Tour, obwohl uns Großvater gewarnt hatte, aber der Hund ging brav wie ein Zigeunerhund hinterm Wagen.

Wir kamen auf die Landstraße. Unser Brandfuchs mochte Autos nicht, und wenn sich eines näherte, versuchte er seitlich in den Chausseegraben zu springen. Ich zog ihm eins mit der Peitsche über, damit er das Abspringen vergaß, und er fing an zu galoppieren. Ich parierte. Flock preschte nach vorn und bellte. Ich gab dem Wallach die Zügel hin; er galoppierte gestreckt, der Hund fiel zurück, der Wallach keilte nach ihm; es wurde dramatisch, es wurde gefährlich.

Mein Bruder vertrug das flotte Fahren nicht, er legte sich bäuchlings in den Wagenkasten und drückte sein Gesicht in die verschränkten Arme. Ein Lastauto kam. Ein Wunsch durchzuckte mich: «Wenn das Auto den Hund nur packen wollte!» Schon hörte ichs heulen, dann nur noch Autogeratter.

Ich bekam den Wallach zum Stehen.

«Was ist?» fragte der Bruder.

«Wenn sie uns nur nicht den Hund überfuhren!» sagte ich.

Mein Bruder sprang vom Wagen und kam mit dem toten Hund zurück; ein dünner Blutfaden an seiner Schnauze, der Körper noch warm. Wir steckten Flock in den Heusack, banden den Sack von außen an den Wagen und weinten.

Ich quälte mich, nannte mich Hundemörder, denn ich hatte den Tod des Hundes gewünscht, und mein Wunsch hatte sich erfüllt. Zufall? Kein Zufall?

Die Großen Ferien waren zu Ende, ich war wieder in der Stadt und hockte in der Kellerwohnung der Pensionseltern. Vor den Kellerfenstern standen Buchsbäume; zur Freude für die Vorübergehenden; uns aber hielten sie die Sonne fern. Schatten und Sonne – zwei Pole des Lebens.

In der Kellerwohnung rochs nach Leuchtgas. Im «Papierkeller», dem Reich der Ratten, wurde der Inhalt der Papierkörbe gelagert, und wenn jemand durch diesen Raum kam, drang der Geruch von verschimmeltem Brot, verkommenem Dörrfleisch und säuernder Wurst in die Hausmeisterwohnung.

An den Wänden des Wohnzimmers hingen Antilopengehörne, an der Hängelampe baumelte ein Straußenei; es pendelte im Dampf der Mittagssuppen und schwebte wie eine weiße Bombe über meinem Kopfe, wenn ich am Wohnzimmertisch Schularbeiten machte.

Mein Pensionsvater hatte im sogenannten Deutsch-Südwest-Afrika beim Bau einer Eisenbahnstrecke mitgetan, und die Arbeit in der heißen Fremde war ihm vom Vaterland mit einer Hausmeisterstelle belohnt worden; er durfte sich Beamter nennen.

Wer die zehn Stufen zu uns in den Keller herabstieg, war sogleich ein bißchen in Deutsch-Südwest, und der Pensionsvater erklärte: «Wenn einer weiß, was Neger ist, so bin das ich. Was würde man sagen, wollt ich die Schulklassen mit Gesang fegen, aber der Neger, der braucht es: Gesang, Radau und dumdada, und das ist eben Deutsch-Südwest . . .»

Ich konnte den Vortrag des Pensionsvaters auswendig, und wenn mich jemand nach dem Sinn des schwebenden Straußeneis fragte, sagte ich: «Wenn einer weiß, was Neger ist, so ist das mein Pensionsvater . . .»

Mitte der zwanziger Jahre stillte mein Pensionsvater seine Sensationslust durch ein selber gebasteltes Rundfunkgerät. Er gehörte zu den ersten Rundfunkteilnehmern unseres Städtchens, war wieder Pionier und erlebte Abenteuer mit den Ohren. Abends lag er auf der Chaiselongue, den Kopfhörerbügel über der blanken Glatze, und lauschte. Die Pensionsmutter saß steil und streng unterm Straußenei, hatte die Kneiferbrille auf der Nase und las den Romanteil der *Berliner Morgenpost*, doch der Pensionsvater wollte sie zu Abenteuern verführen: «Minna, Minna, nimm den Hörer, auf dem Kamelrücken durch die Wüste, gleich gehts los!»

Minna war in die Liebesgeschichte des «Heidschulmeisters Uwe Karsten» verstrickt, sie wollte nicht auf den Kamelrücken, und der Pensionsvater ermunterte mich, aber auch ich wollte nicht in die Wüste; ich schrieb.

«Was schreibst du alleweile und schreibst; Strafarbeit wohl?» Mein Pensionsvater streifte den Kopfhörer ab, nahm mein Heft und las.

Ich schrieb eine Geschichte. Die Überschrift und drei beschriebene Seiten lagen schon vor. «Minna, Minna, er schreibt ne Geschichte!» Die Pensionsmutter löste sich aus dem Liebesroman und setzte den Kneifer ab. Sie mochte mich nicht. Ich schien ihr nicht ganz gelungen, ich war ihr nicht rüpelig genug. «Wie ich immer sage, kein richtiger Junge!» schnarrte sie, tat sich den Kopfhörer um und ging mit auf den Wüstenritt.

Die Lampe brannte. Das Gas strömte rauschend in den Lampenstrumpf. Ich schrieb, und ich schrieb viele Abende lang an der Hundegeschichte «Flock».

Es wird gesagt, der Schriftsteller schreibe sich etwas vom Herzen. Wenns das nur wäre! Schreiben ist mehr.

Was wir außerhalb des Schulunterrichts zeichneten und malten, brachten wir dem Zeichenlehrer, und der schickte, was ihm gefiel, an die Redaktion vom *Kunstblatt der Jugend.* Zeichnen war nicht das Fach, in dem ich glänzte, doch im *Kunstblatt* wurden auch Gedichte und Prosaarbeiten von Schülern veröffentlicht. Ich gab meine zerstrichene Hundegeschichte dem Zeichenlehrer, und dieser musische Mensch arbeitete sich hindurch. Es wäre die Sache des Deutschlehrers gewesen, aber der war in der Hauptsache «Patriot» und sang in den Feierstunden am lautesten «Deutschland, Deutschland über alles!»

Die Hundegeschichte wurde im *Kunstblatt der Jugend* veröffentlicht. Zum ersten Male sah ich meinen Namen gedruckt. Ich erlebte die Reaktionen der Mitmenschen, wie sie ein Schreibender immer wieder erlebt: Die einen stellen sich in Positur, als ob man nunmehr ein Fotograf wär; andere meiden einen, als ob man ein Denunziant wäre, noch andere sehen mitleidig auf einen nieder, und nur eine kleine Parte bleibt einem wohlgesinnt, weil man aussprach, was sie dachte.

«Siehste, Minna, gedruckt is er gewordn!» sagte mein Pensionsvater. Die Pensionsmutter rümpfte die Nase. Meine Mutter war stolz; mein Vater froh, weil nichts Abträgliches über ihn in der Schreiberei vorkam.

Ich sprang wieder ins Leben, verfing mich, löste mich und verfing mich aufs neue, lebte, vergaß meine gedruckte Geschichte, verlor sie gar, doch an einem Sommertag Ende der sechziger Jahre, als unser Wiesental in schlummerschwerer Nachmittagsstille lag und das große Chorkonzert in den Lüften schon von den Hummeln, Fliegen und Bienen bestritten wurde, während die Spatzen und die Zwerghühner im heißen Sand unter den Holunderbüschen an der Pferdekoppel badeten, fuhr unangemeldeter Besuch ein. Das Auto hielt, wo häufig uneingeweihte Besucher halten, an der Bachbrücke; behende Leute stiegen aus und umschwirrten unser Anwesen, um nach einem Eingang zu suchen.

Wir gingen hinaus. Der Mann der kleinen Truppe stellte vor: «Frau Elster vom Fernsehn, Frau Elster mit ihrer Familie.»

«Überraschungsbesucher» kommen selten ohne Wünsche. Sie wollen Ponys besichtigen, Bücher signiert haben, uns zur Mitarbeit einladen, interviewen, aushorchen, überprüfen oder gar vernehmen.

Frau Elster war zu meiner Überraschung ein Mann namens Taddäus Punkt. Er schleppte einen Folianten an, vermutlich Muster für Fernseh-Puppenspiele; ich glaube, ich war nicht sehr freundlich zu ihm, doch als er mir in der Stube das dicke Buch zuschob und aufschlug, wo das Lesezeichen steckte, sah ich die Hundegeschichte, die ich als Dreizehnjähriger geschrieben hatte. Der Foliant war der gebundene Jahrgang vom *Kunstblatt der Jugend* aus dem Jahre neunzehnhundertsechsundzwanzig. Frau Elster, alias Taddäus Punkt, hatte ihn in einem Antiquariat erstöbert.

Ein Hauch aus der Kindheit wehte mich an und bestärkte meine leise Erfahrung: Kein Lächeln, kein Seufzer, kein Wort und kein Wink gehen verloren auf dieser Welt.

Ich war zwanzig Jahre alt und arbeitete in einer Landbrotbäckerei in der Nähe von Cottbus. Vormittags buk ich Brot, nachmittags fuhr ichs auf einem motorisierten Dreirad in die Stadt und verkaufte es. Teig kneten, Brot backen, es Leuten verkaufen, die es sogleich verschwinden ließen – wars das, was ich mir wirklich wünschte? War das was für ein Leben lang?

Faust-Problem auf niederer Ebene; doch was ist niedrig, und was ist hoch?

Mephisto erschien:

Mein Meister mästete Schweine mit altbackenem Brot, das er aufweichte und mit Viehlebertran versetzte. Der Lebertranverkäufer nahm mich beiseite: «Was wirst du hier im Mehlstaub verkommen! Ein junger Mensch muß vorwärts und aufwärts!»

Ich glaubte noch an «vorwärts» und «aufwärts». Der Mann hieß Kuliak, war vierzigjährig, ließ sich den Kopf rasieren, hatte ein Boxerkinn und sah nicht nur skrupellos aus. Er war soeben Lebertran-Generalvertreter geworden, fuhr nunmehr ein Auto und nahm mich mit, um mich anzulernen. Sein Reden war wie Rummel-Raketengeknatter. Er stammte aus Hoyerswerda, sprach deutsch und sorbisch; beides gleich schlecht, gab den Kindern der Bauern Zucker, lobte die Schönheit der Frauen und Großmütter, bestaunte das Rindvieh, die Pferde, die Hühner – und welcher Bauer hört das nicht gern? Bei den Schweinen ging Kuliak mit seinem Lob sparsam um: «Deine Schweine machen mir Kummer, Nachbar! Alles Vieh platzt aus den Nähten bei dir, aber die Schweine, die liegen wie leere Tabaksbeutel. Fütterst du keinen Lebertran?»

Er hätte schon mal so was Weißes probiert, sagte der Bauer.

«Petroleum vielleicht, aber Lebertran nicht!» Kuliak holte ein Musterröhrchen aus der Tasche und kippte dem Bauern einen Tropfen auf den Zeigefinger: «Leck mal!» Der Bauer leckte.

«Merkst du, wie dir die Zunge zittert?» fragte ihn Kuliak.

Der Bauer glaubte es zu bemerken.

«Da sind so Dinger drin, Tetramine; es ist der Tran von einem Wal-Roß», erklärte Kuliak und zog ein Album mit Fotografien aus seiner Aktentasche: «Links siehst du Läuferschweine mit, rechts siehst du Läuferschweine ohne Lebertran gefüttert; alle zwölf Wochen alt. Was sagst du nun?»

«Wenns wahr ist, staun ich», sagte der Bauer.

Draußen erklärte mir Kuliak: «Nur bei der ersten Bestellung sind sie so zähe, da nimmste das Maul ein bißchen voller!»

Wir trafen auf eine Frau. Sie war allein daheim und hängte Wäsche auf. «So weiße Wäsche gibts nirgends auf der Welt nicht», sagte Kuliak und erkundigte sich nach dem Waschmittel. Die Bäuerin verwies auf ihre Arme. Kuliak bewunderte die Arme der Frau und lobte ihre «untadelige Figur». Langsam leitete er zu den Schweinen über und kreiste die Bäuerin mit Lebertran ein, doch die Frau wollte nicht an die Unterschrift. Kuliak wußte auch da Rat: «Tut doch nicht so und ziert Euch, man sieht doch, wer hier auf dem Hofe herrscht!»

Die Frau unterschrieb.

«Bei Frauen mußt du mit allem rechnen», erklärte mir Kuliak: «Ein junger Bauer übernimmt sich leicht auf dem Felde, die Frau kommt nicht zum ehelichen Recht! Was sollst nicht du ihr ein wenig zur Hand sein? Sie läßt sich prügeln fürs Unterschreiben, doch verraten, daß sie mit dir im Heu war – nie!»

Das Verkaufen von Viehlebertran war das leichteste Geschäft von der Welt, wenn man in die Welt sah wie Kuliak. Ich sah nicht wie er in die Welt, und soviel ich mich auch mühte, ein Verkäufer von seinem Schneid zu werden, es gelang mir nicht. Ich tauge noch heut nicht zum Agitator.

Ich kam zu einem Bauern. Sein Gesicht war wie aus der Rinde einer alten Pappel geschnitzt, die Wangen voll grauer Borsten, in den Mundwinkeln brauner Kautabaksaft: «Fein, daß du kommst!» sagte er. Mir hüpfte das Herz. Das Geschäft schien sich schnell zu entwickeln. Der Bauer führte mich in die Futterküche; dort stand die Bäuerin mit berußtem Gesicht vor dem Backofen; die Magd wedelte mit einem schmutzigen Tuch die Fliegen vom Küchentisch, das war wie Wellen vom Teich scheuchen. Aus dem Futterdämpfer wraste es, und es roch nach gekochten Kartoffeln. Auch der Knecht kam. Ich breitete meine Broschüren aus, pries meinen Lebertran, ließ das Fotoalbum von Hand zu Hand gehen, holte schließlich meine Tran-Proben hervor und bat den Bauern zu lecken.

«Ich bin doch kein Schwein nicht!» sagte der Bauer. Er hieß die Magd Schweinefutter anrühren und ließ mich meine Proben hineingießen.

Man kippte das Futter einem Kastraten vor, und der schleckte und schmatzte die Krippe leer, hob den Kopf, quiekte und wollte mehr.

«Das wars im kleinen», sagte der Bauer, «jetzt kommts drauf an, wie es im großen ist; hast du keinen Kanister zum Proben mit?»

Der Knecht lachte los. Er war so froh, daß nicht er diesmal der Narr sein mußte.

Gelang mir ein Auftrag, mißlangen zehn andere Versuche. Eine Witwe war noch vom Schmerz zermürbt und wollte mir etwas Gutes antun; ich war so dürr, so bäckerbleich. Sie rechnete etwas an den Fingern aus und erklärte sich bereit, mir einen Kanister Lebertran abzukaufen, wenn ichs einrichten könnte, daß er erst zwei Monate später einträfe. Ich wußte, ich konnts nicht einrichten, doch ich versprachs. Unterwegs reute mich die Kuliakerei. Ich zerriß den Auftrag der Witwe.

Ich entwickelte eine Verkaufsidee, arbeitete auf Feldern und Wiesen mit, erzählte Witzchen, sang selbstgedichtete Lieder, und langsam, langsam pries ich meinen Tran ... Die Bauern hielten auch das für einen Scherz. Sie luden mich zum Mahlzeiten ein; Tran bestellten sie nicht.

Mein Mut entschwand und wich meiner Wut. Es fing mich an zu gelüsten, Scheunen anzuzünden, Prügeleien anzufangen. Ich rauchte, betrank mich, trug mich mit Selbstmordgedanken.

Der Strick war schon da, der Baum ausgesucht. Es sollte an einer Chaussee geschehn ... Ich wollte nicht mehr zu den Bäckern zurück; ich wollte nicht wie ein Medium sein Od, Brote erscheinen und wieder verschwinden lassen; ich wollte nicht mehr für Bauern ein Narr sein. Die Ammern sangen. Ich wurde wunschlos ... Die Ammern sangen noch, als ich erwachte: *Wie, wie wärs, wie wärs, wenn du schriebst?*

Schreiben!

Ich besaß noch einen Geldbetrag aus der Bäckerzeit, für den ich mir hatte eine Schreibmaschine kaufen wollen, jetzt wollte ich ihn mit Schreiben verrummeln und mietete mich in einem Gasthaus am Rande einer Spreewald-Kleinstadt ein.

Ich schrieb einen Tag auf Befehl meiner Rachsucht; ich schrieb einen Tag auf Befehl meines Kummers; ich schrieb einen Tag auf Befehl meiner Zweifel. Gott war tot, und die Welt taugte nichts.

Und wieder die Frage: Wars das, was ich wollte? Was wollte ich denn, verflucht, was wollt ich?

Ich wollte einen Roman schreiben, las einen Pakken Familienromane und stieß auf ein Schema:

Man mußte eine Liebschaft beschreiben, und die Liebschaft mußte Schwierigkeiten durchlaufen, damit genügend Zeitungs-Fortsetzungen entstanden. Am besten, man setzte die Geliebte gesellschaftlich tief und den Geliebten hoch an. Die Überwindung des sozialen Gefälles ergab die Länge des Romans. Ein Künstler mußte vorkommen, ein Geiger zum Beispiel, auch ein fernes Land nahm sich gut aus, am besten Amerika, wo die Tellerwäscher zu Millionären heranwuchsen wie die Champignons auf dem Pferdemist.

Ich stellte ein Liebespaar her, einen Kaffeehausgeiger, Kreuzung Paganini mit französischem Friseur. Das Mädchen war der eigensinnige Sproß des Grafengeschlechts Görtz auf Würzberg.

Leider gelangs mir nicht, die Liebschaft genügend auszuwalzen. Es stürmte zu sehr bei mir mit der Liebe. Der Roman wäre mit zehn Zeitungs-Fortsetzungen zu Ende gewesen. Nichts.

Ich lag schlaflos im Wirtshauszimmer: Weshalb schrieb ich nicht von Menschen, die ich kannte? Ich fing neu an. Im Handumdrehen rutschte mir einer der hassenswerten Bauern aus meinen Lebertrantagen in die Handlung. Die Zeit relativierte sich. Alles was ich je getan hatte, lag in einer Vergangenheit, lag in einer Steppe, doch wenn ich mich umsah, blühte die Steppe; die fahlen Gräser traten zurück. Ich ging mit Menschen und Dingen um, die ich mir neu erfunden hatte; es wurde mir leicht, wies einer Daunfeder sein muß, wenn sie ein günstiger Aufwind packt.

Nach sieben Wochen gingen meine Ersparnisse aus. Ich mußte das Ende des Romans beschleunigen.

Das Geld für die Schreibmaschine reute mich nicht. Ich hatte einen Roman unterm Arm und ging wie ein Triumphator zu den Bäckern zurück. Andere Gesellen hatten eine Patenuhr oder einen Siegelring im Gepäck, ich hatte einen Roman.

Der große Shocking-maker Brecht behauptete, die Fabel jedes Romans lasse sich in einem Satz unterbringen. Mein Satz hätte lauten müssen: Bauernsohn zerwirft sich mit Stiefvater, geht in Stadt arbeiten und kommt zurück, nachdem Stiefvater Roman verließ.

Ich besorgte mir Zeitungen und Zeitschriften, in denen man Romane in Fortsetzungen abdruckte, weil ich meinen Roman anbieten wollte; beim Blättern stieß ich auf ein Inserat, das für mich gemacht zu sein schien: «Warum schreiben Sie nicht Romane? Haben Sie es schon versucht? Jeder kann schreiben. Schicken Sie uns Ihren Roman, wir beurteilen ihn und leiten ihn Redaktionen zu. Lektorat Lessing.» Die Geschäftsstelle des Lektorats lag in einer vornehmen Wohngegend Berlins. Ich schickte meinen Roman dorthin.

Nicht lange, und die Antwort traf ein. Ich las sie am einzigen Ort, an dem ein Bäckergeselle tagsüber ungestört sitzen kann. Herr Lessing, vielleicht gar ein indirekter Nachkomme meines großen Landsmannes aus Kamenz, teilte mir mit, daß sich mein Roman sehen lassen könne, daß man ihn aber niemand zeigen könne, weil er mit der Hand geschrieben wäre und Ausbesserungs-Spuren trüge. Herr Lessing erbot sich, das Manuskript in Maschinenschrift umsetzen zu lassen. Fünfhundert Mark für den Liebesdienst.

Ich wurde für meinen Roman zum Bettelmann. Meine Schwester leerte ihre Sparkasse, meine Großmutter holte etwas aus dem Strumpf, meine Tante hatte verheimlichtes Eiergeld, mein Großvater, meine Mutter, alle halfen mit, aus mir einen Romanschreiber zu machen und Herrn Lessing zu fünfhundert Mark zu verhelfen.

Es erübrigt sich fast zu erzählen, wie es ausging: Das Lektorat Lessing schickte mir einen Romandurchschlag, den ich meinen Geldleihern zu lesen geben konnte. Die einzige, die ihn las, war, glaube ich, meine Mutter. Alle warteten auf das, was geschehen würde. Es geschah nichts. Herr Lessing schickte den Roman zurück, ein Original, vier Durchschläge, und versicherte, er hätte ihn zahlreichen Zeitungsredaktionen angeboten, alle hätten ihn abgelehnt, und als Postskriptum teilte der Herr Lessing mit: «Unter uns, der Roman ist nicht flach genug.» Trost im Werte von fünfhundert Mark.

Ich weiß nicht, ob mein Roman flach, hoch, tief, lang oder breit war. Ich las ihn nie wieder. Er existiert noch und gilbt in einem der beiden Überseekoffer, die bei mir auf dem Hausboden lagern, angenudelt mit Schreibversuchen.

«Was macht dein Roman? Wann kommt dein Roman?» So fragten mich damals Tante und Schwester, so fragten sie alle; ich hielts nicht mehr aus. Ich flüchtete bis an den Niederrhein. Kaum war ich dort, da schrieb ich schon wieder. Ich grünte aus jeder Wurzelfaser. Ich war eine Quecke im ehrsamen Kornfeld.

Es gibt Schreiber, die schreiben wollen, und es gibt Schreiber, die schreiben müssen, heißt es. Eine Zeitlang gefiel mir die Klassifizierung; ich hielt mich für einen der Edlen, für einen von denen, die schreiben müssen, aber da wußte ich noch nicht, daß auch Graphomanen Leute sind, die schreiben müssen, Schreibkranke.

Jetzt ists an der Zeit, die Geschichte von meinem Freund und mir zu erzählen, von unseren Gesprächen und Freuden im Außenland. Er ist Kulturwissenschaftler, Doktor und Träger von drei, vier Titeln. Ich spare sie aus, weil ich der Titelsucht müde bin;

hieß es nicht einst, im Mittelpunkt stünde der Mensch?

Wir kennen uns von früher, der Doktor und ich; er war Rangierer, ich Fabrikarbeiter, dann war er beim Kreisrat Kultursachbearbeiter, ich Kreisredakteur in der gleichen Stadt. Er war schon damals mit einer forschenden Natur begabt, mit analytischer Kraft, nur mit Röntgenstrahlen vergleichbar; ich hingegen war stets nur – wie soll ich mich charakterisieren? – ein Lebensverbraucher.

Er ist untersetzt. Man kann ihn nicht mit einem Bohrer vergleichen, eher mit einem Bolzen zum Lochen. Wenn ich mich in eine Frau versetze, muß ich den Doktor als hübsch bezeichnen, ein Nasenloch für Ein- und Ausfluß gebläht, das andere schmal wie das Öhr einer Nadel. Was mich betrifft, so kann ich nur mit diesem roten Vollbart aufwarten.

Wir hatten uns lange nicht getroffen; man spezialisiert sich, verliert sich – vom Fortschritt gezwungen. Was ist er, wer mißt ihn, den Fortschritt? Es war in einem Außenland, und es war in einem Bad, in dem wir uns wiedertrafen, und wir litten beide an Knochen-Kränke, die man mit allerlei Mediziner-Latein wichtig machen kann, aber volkstümlich heißt sie Rheuma, und er hatte seines vom Sitzen, und ich hatte meines vom Reiten; das Leben hatte uns abgenutzt.

Wir trafen uns im Speisesaal des Sanatoriums; er war vor, ich nach dem Essen, und wir waren in Eile, jeder in der seinen – das Kurprogramm! Wir freuten uns rasch übers Wiedersehn und beseufzten auf einen Sprung die Tatsache, daß wir «nicht mehr die Jüngsten» wären.

Das zweite Mal trafen wir uns im sogenannten Spiegelbad. Ich saß schon bis zum Hals im geschwefelten Wasser auf einem gekachelten Sitzplatz der Männer-Massen-Badewanne; die Wassertemperatur betrug vierzig Grad, und es stand ein schwefeliger Dunst wie in einer Vulkanisieranstalt unter der Kuppel des Badehauses.

Der Doktor kam die gekachelte Treppe herunter; er war am Leibe zu füllig, ich nahm das befriedigt wahr, weil er doch – vom Frauenstandpunkt her – sonst ansehnlicher war als ich. Er erkannte mich nicht, er war brillenlos ins Bad gestiegen und ächzte; jeder ächzt in diesem Bad vor Wonne, weil es die Schmerzen lindert, wo man sie auch hat. Wir saßen, bis uns die Hitze zu Kopf stieg, dann fingen wir an umherzuwaten, zwei Amerikaner, drei Dänen, Tschechen und Slowaken, fünf Wiener, sechs Bayern, ein Scheich aus Kuweit, der Doktor und ich. Beim Schlendern im Wasser stieß der Doktor auf mich und erkannte mich ohne Brille. Wir setzten uns nebeneinander auf die Kachelstühlchen; das gelblich-grüne Wasser reichte uns bis ans Kinn, und der Doktor, der mir wohlwollte, fragte: «Schreibstn?»

«Über Schreiben», antwortete ich.

«Über Schreiben schreibste?» Er schien mirs nicht zuzutrauen.

Zwei Tage später trafen wir uns – wieder im Kurkostüm aus lauter Nacktheit – dort, wo die Schlammpackungen verabreicht werden. Der Doktor bekam Zelle acht, ich Zelle sieben, und sie kamen zu mir zuerst mit dem Schlamm, und sie kleisterten meine Liegestatt voll schwarz-grauer Masse und machten mir ein Unterbett, wenn man will. Unsere Zellen waren nur durch eine dünne Holzwand voneinander getrennt, und der Doktor kam um die Wand herum, sah zu, wie sie mein Lager beschlammten, und fragte: «Wiesn das überhaupt?»

Das Gespräch wurde unterbrochen. Ich mußte aufs Lager und wurde von oben mit Schlamm bepackt, schließlich in dunkle, dann in helle Leinenlaken gewickelt und zum Schluß in eine weiße Filzdecke aus

Schafwolle gerollt. All das geschah auch dem Doktor. Die Wärter schoben ihren Schlammkarren davon, es wurde still, wir lagen da – Mitteleuropäer im Kokon, und der Doktor hob seine Stimme, ließ sie über die Bretterwand klettern, und fragte: «Ich meine, wies mitm Schreiben so ist?»

«Das eben versuche ich rauszukriegen», sagte ich.

«Mit Schreiben was über Schreiben rauskriegen? Is ja wohl reine Empirie!»

Der Wärter kam und wischte mir den Schweiß von der Stirn, aus den Augenhöhlungen und erkundigte sich nach meinem Befinden. Ich nickte sparsam wie ein Mann mit Zahnschmerzen und wartete, aber der Doktor meldete sich nicht mehr. Er schien eingeschlafen zu sein – im Schlamm.

Es war mir verordnet worden, in einem mit Thermalwasser gefüllten Becken täglich eine Zeitlang zu schwimmen. Das war angenehm, aber ich ärgerte mich über die Angeber aus aller Welt, die Partys im Bassin abhielten, mit hochtrabenden Namen beim Gartenkellner Wermut bestellten, und mir, dem literarischen Schwimmer, den Weg verstellten.

Ich ging morgens um sechs Uhr zum Portier, ließ mir um ein Trinkgeld von fünf Kronen den Parkgarten aufschließen und hatte das Schwimmbassin für mich: Maimorgen, angefrosteter Wind von den Kleinen Beskiden herüber, aber das Wasserthermometer auf achtunddreißig Grad. Die Nachtigall sang noch, der Kuckuck rief schon. Jeder Windstoß voll Duft von blühendem Flieder. Das Wasser hellgrün und klar und Blütenblätter von Jasmin drauf.

Da hörte ich's schnaufen; der Doktor war hinter mir. Er hatte von seinem Zimmer aus gesehn, daß ich schon schwamm. Es ärgerte mich, daß er von meinem Trinkgeld nutznoß. Aus war's mit Nachtigall und Kuckuck. Der Doktor war aufgeräumt, setzte das Gespräch fort und fragte: «Wasn überhaupt die Kunst?»

«Weiß nicht!» ächzte ich zwischen zwei Schwimmstößen.

«Ich krieg das noch raus!» er hob sogar beim Schwimmen den Zeigefinger. «Ich kriege das raus, was Kunst ist, mußt du mir glauben!»

Ich muß ungläubig ausgesehen haben, denn der Doktor ging, etwas beleidigt, wie mir schien.

Ich schwamm noch eine Weile und wollt es nicht fassen, daß ein Doktor zum Glauben aufrief. Ich ging nicht zum Essen diesen Mittag. Ich aß in der Stadt.

Es hatte so ausgesehen, als sollten der Doktor und ich unsere alte Freundschaft im Sanatorium erneuern, aber wir waren nicht mehr die Menschen dazu. Jeder tat das Seine. Er forschte, ich schrieb. Mit diesen Tätigkeitsmerkmalen gingen wir wie mit Kainsmalen umher, auch im Sanatorium.

Ein viertes Mal trafen wir uns nach einem Schlammbad in jener Ecke des Bades, in der die Masseure herrschten. Es gab ihrer vier, und sie arbeiteten an Pritschen, die nebeneinander standen. Der Doktor lag auf dem Bauch, und ich lag auf dem Rükken, und wir wurden massiert. Ich rechnete nicht damit, daß der Doktor unser Gespräch in dieser Umgebung fortsetzen würde, doch als er auf dem Rücken lag, tat er's: «Wie fängstn an, n Roman zet Be?»

Er wollte es wissen, ich wollte ihm helfen und fragte: «Wie denkstn, daß ich anfang?» Mir wurden die Zehen gebogen. Ich ächzte. Dem Doktor fuhr man mit zwei Daumen an der Wirbelsäule auf und ab, doch er antwortete: «Erst mußt du, denk ich, den Schwerpunkt kennen, den ideologischen Schwerpunkt, denk ich.»

Ich stöhnte; der Masseur bearbeitete meine Oberschenkel mit den Handkanten. «Bei mir fängts meist mit unideologischen Leichtpunkten an», sagte ich.

Dem Doktor wurden die Waden geknetet; er bekam etwas Luft: «Bei deinem ersten Roman zet Be, was war denn da der unideologische Leichtpunkt?» fragte er und rümpfte die Nase.

«Es war, zet Be, eine Laus», antwortete ich.

«Nu fertig!» sagte der slowakische Masseur, als wäre er am Gespräch beteiligt gewesen.

Der Doktor ging. Er grüßte nicht. Er fühlte sich zum Narren gehalten.

Ich nahm mir vor, meine Behauptung beim nächsten Gespräch zu begründen, aber ich traf den Doktor im Sanatorium nicht mehr. Er war früher angekommen und reiste früher ab als ich. Es besteht kaum Aussicht, daß wir uns daheim je treffen. Die Spezialisierung! Ein Trost bleibt mir: Man liest sich zuweilen.

Puppenspieler zogen ins Dorf. Eine Frau mit blitzenden Südland-Augen und glitzernden Ohrgehängen kutschierte aus dem Wohnwagenfenster ein Ponygespann; ein Mann mit stehendem Schnauzbart saß auf dem Gepäckwagen, schwenkte die Mütze und sang:

Puppenspiel, Puppenspiel,
heute abend Puppenspiel . . .

Hinter der Gardine eines seitlichen Wagenfensters stand ein Mädchen mit schwarzen Locken, sah auf das Dorf und beobachtete seine künftigen Spielgefährten, uns Kinder. Mir wars, als hätte mich das Mädchen besonders lieb angesehen.

Abends bangten wir um die Schöne Genoveva, die, von ihrem Manne verstoßen, sich und ihr Kind im Walde von Wurzeln und der Milch einer Hirschkuh ernährte. Wir bebten um das Schicksal künstlicher Menschengebilde, die an Drähten hingen.

Im Nachprogramm kam das Puppenspieler-Mädchen auf die Bühne und nahm den Kaspar auf den

Schoß. Da saßen sie in der Puppenstube; der Kaspar war klein, und das Mädchen war groß, und die Rampenbeleuchtung ließ es mir noch schöner erscheinen.

«Wie heißt du?» fragte der Kaspar.

«Sulamith Mingedö», sagte das Mädchen, und das war mir ein Name wie aus Glockentönen gemacht. Sulamith sang mit dem Kaspar ein fremdes, ein sehr fremdes Lied, und ich bewog meine Schwester, sich mit Sulamith Mingedö zu befreunden, und meine Schwester befreundete sich mit Sulamith Mingedö, und wir holten sie für den Schulgang ab, schützten sie vor zudringlichen Fragen von Rüpeln und lernten von ihr das fremde Lied:

> Jede Rose, die wir sehen
> Steil am Heckenstrauche stehen,
> Muß doch mit dem Winde gehen,
> Löst sich auf, erlöst, im Wind . . .

Ob in der Religionsstunde, ob in der Rechenstunde, ich meldete mich fleißig: Sulamith konnte gern sehen, was ich alles wußte! Die Sonne schien in die Schulstube; die Blütenbälle der Geranien leuchteten auf; der Sonnschein fiel auf Sulamiths schwarze Locken, sie glänzten.

Der Lehrer ging lehrend durch die Klasse: «Da sagte der Herr so wundersam: ‹Welcher unter euch ist ohne Sünde, der werfe den ersten Stein auf sie . . .›» Der Lehrer starrte auf den Kopf der Mingedö, berührte ihren Scheitel mit seinem Stock und sagte mit ekelverzerrtem Gesicht: «Eine Laus!»

Die ganze Dorfschulklasse war von Zeit zu Zeit verlaust. Immer wieder erwachten Läuse auf unseren Köpfen, wie von der Sonne gezeugt. Kinder von Wanderarbeitern brachten sie uns mit, oder wir lasen sie bei Zigeunern auf. Wer Läuse hatte, wurde auf die Läusebank gesetzt. Sie stand an der dunklen Längsseite des Klassenraumes zwischen Ofen und dem

Landkartenschrank. Auf der Läusebank stand auch der Globus. Verlauste konnten wenigstens mit den Augen auswandern auf paradiesisch-läuselose Inseln. Sulamith Mingedö wurde auf die Läusebank gesetzt.

Wenn meine Schwester verlaust war, rieb ihr die Mutter das Haar mit Sabadillessig ein, stülpte ihr für drei Tage eine Kappe über, und es war damit getan, was gegen Läuse getan werden mußte.

Wir baten meine Mutter, Sulamith Mingedö die Sabadill-Kappe aufzusetzen. Die Mutter tat's nicht, es wäre ein Eingriff in die Angelegenheiten einer fremden Familie!

Sulamith rannte uns beim Schulschluß auf ihren dunkelbraunen Beinen davon, verschwand im Puppenspielerwagen und ließ sich nicht mehr sehen.

Ich prügelte mich für sie mit Jungen, die sie hänselten, und einmal schrie ich aus Verzweiflung im Bibelton: «Welcher unter euch ist ohne Läuse?» Ein großes Gelächter war die Antwort. In den Unterrichtsstunden sah ich zur Läusebank hin und konnte doch keinen Blick von Sulamith einheimsen. Im Religionsunterricht wurde viel von der Seele geredet; meine war wund. Der Lehrer ging groß und gewaltig durch den Klassenraum, ein alttestamentarischer Gott, den Menschenschmerzen nicht kümmern.

In unserem Hause herrschte «Pole Poppenspäler»-Stimmung. Wir besuchten die letzte Vorstellung der Mingedös und sangen das fremde Lied:

> Jede Rose, die wir sehen
> Steil am Heckenstrauche stehen . . .

Und die Mingedös zogen weiter. Wieder kutschierte die schöne Frau Mingedö, wieder schwenkte Vater Mingedö seine Mütze, diesmal zum Abschied. Sulamith sahen wir nicht. Die Menschheit teilte sich für mich in Läuselose und Verlauste.

Viele Jahre später. Ich war wieder in der Heimat, war Amtsvorsteher. Es war zwei Jahre nach Kriegsschluß. Kleine Feiern fanden statt. Ich sollte in der Schule über den Sinn dieses Tages sprechen, stand im Klassenraum meiner alten Dorfschule, sah die Bänke, zerrillt, zerschabt, in manchen Banktisch die Anfangsbuchstaben eines Namens geritzt. Über dem Katheder hing das Bild von Pieck. Ach, hätte es nicht dort gehangen; die Wand war verschmutzt von Bildern früherer Politiker!

Ich stand auf dem heiligen Podest, von dem aus man mich einst belehrte; sollte ich jetzt lehren? Mein lehren? Mein Blick fiel auf den Globus, der wie ein Symbol, halb zertrümmert, auf der Läusebank stand. Es saß dort niemand.

Als ich in meine kalte Amtsstube zurückkam, fing ich an, über die Läusebank zu schreiben. Sulamith Mingedö fiel mir ein, ich erinnerte mich an die Kinder der Wander- und Gutsarbeiter. Und die Geschichte von der Läusebank wurde von Tag zu Tag länger. Ich schrieb und schrieb, und manchmal schrieb ich, um meinen Hunger zu vergessen, und manchmal kam jene Schwerelosigkeit über mich, wie ich sie von der Kindheit her kannte, aus der das Schöne in Kunstwerken lebt . . .

Ich wurde Zeitungsredakteur. Die Geschichte von der Läusebank ging mit mir. Ich schrieb Reportagen, Berichte, Kritiken, redigierte und referierte, und nachts, wenn ich spät aus Sitzungen kam, schrieb ich «zur Erholung» an meiner Geschichte. Ich schrieb ohne Auftrag, schrieb überdrauf. Kunst ist immer ein Überdrauf!

Wenn ich zeitig ins Bett kam, stand ich um drei wieder auf, verschrieb meinen Sonntag, die Feiertage – drei Jahre lang dazu meinen Urlaub. Fotos aus jener Zeit zeigen mich bleich wie ein Bettuch, mit Augen wie Andersens Märchenhund.

Der Roman erschien vor fünfundzwanzig Jahren. Man liest ihn noch. Auf der ersten Seite ist von der Läusebank die Rede.

So kam ich zum Schreiben, so kams über mich. *Was* Schreiben ist, weiß ich immer noch nicht. Er wirds mir erklären, versprach mir mein Doktor. Ich weiß, es wird an dem Tage sein, an dem man künstliches Leben erzeugt; wir werden ihn nicht erleben, den Tag.

Piešťany, im Mai 1975

Meine Freundin Tina Babe

Es war auf der Pelztierfarm der Gräfin zu Wartenberg, auf der ich mir den Gesellenbrief für einen der Berufe erwarb, die ich im Leben hatte. Die Geschichte beginnt mit dem entschwindenden Grafen.

Er wurde in einer Sänfte auf die Farm getragen. Die Silberfüchse verschwanden in ihren Boxen, die neugierigen Sumpfbiber aber stellten sich auf die Hinterbeine und beobachteten die Prozession.

Die Sänfte wurde von zwei Männern getragen. Vorn trug sie der alte Diener Josef, in dessen rasierter Glatze sich das Sonnenlicht spiegelte, hinten aber trug die Sänfte der lange Diener Michel, der gern politisierte. Aber mitten in den Agitationsreden, die er uns Farmknechten zuweilen hielt, konnte geschehen, daß die Gräfin ihn rief.

«Mischel», rief sie, «Mischel.»

Und Michel, der soeben noch zu uns über die Würde des Proletariats gesprochen hatte, rief: «Ich eile, Erlaucht!»

Der Graf lächelte jedem Farmknecht zu, der an seiner Sänfte vorüber mußte.

Sein Lebenslicht war am Verblassen, seine Gliedmaßen bis auf den linken Arm waren bereits gelähmt, und alles an ihm war geschwächt, und die einen behaupteten, von der Syphilis, und die anderen behaupteten, von der Auszehrung. Der Farmleiter Sasuwski sagte, der Graf wäre verwurmt, aber auf das Einfachste, eine Wurmkur mit ihm zu machen, kämen die Leibärzte nicht.

Die Diener schleppten den Grafen in die Hütte des Farmleiters und beschimpften einander. Einer beschuldigte den andern, nicht Tritt zu halten, der Graf aber murmelte: «Frieden, Frieden, Frieden», die schaukelnde Sänfte verschwand hinter der Tür des Farmleiterhauses, und die Silberfüchse kamen allmählich wieder aus ihren Boxen, die Sumpfbiber schälten wieder Weidenruten und machten sich ans Fressen.

Von uns Farmknechten aber folgten den Grafenträgern: Max der Niederbayer und Nepomuk der Oberbayer, beide verfügten über bayerische Kurzpfeifen, Tabakspfeifen mit Porzellanköpfen, auf denen erlesene Landschaften zu sehen waren. Es ging darum, dem Grafen zu Wartenberg in der Farmhütte etwas vorzurauchen.

Den Tabak lieferte der Herr Graf. Es hätte leicht guter Tabak sein können, es wäre dem Grafen nicht darauf angekommen, aber er liebte den Geruch des Knasters, das Paket zu dreißig Pfennig aus dem Krämerladen des Dorfes.

Er holte dieses üble Rauchkraut unter dem Schutzleder seiner Sänfte hervor, und die Farmknechte stopften ihre Pfeifenköpfe voll. Der Graf beobachtete alles interessiert, und sein blonder Oberlippenbart hüpfte erwartungsvoll hin und her. Seine schmale Nase hielt sich fürs Schnüffeln bereit.

Die ersten Tabakwolken aus den Pfeifen der Knechte zogen durch die Hütte, und der Graf sog sie gierig ein. Er war ein Sekundärraucher, und er feuerte die Knechte an: «Raucht, raucht, Leute, solange ihr könnt und lebt, ich rauch nicht mehr, und ich leb auch nicht mehr, wie ihr seht. Ein Satz noch, und ich bin drüben.»

Der alte Diener Josef senkte den Kopf, als ob er weinen wollte über das Schicksal des Grafen, und der lange Diener Michel sagte: «Ja, ja, wir Menschen sind sterblich, nur die Gespenster leben und leben.»

«Geht das auf mich?» fragte der Graf. Nein, nein, Michel hatte nicht den Herrn Grafen gemeint, niemals. Und der Graf sog den Rauch ein, der jetzt dicht wie kleine Gewitterwolken aus den Pfeifen der Knechte kam, er drückte mit Zeige- und Mittelfinger gegen seine blau geäderten Schläfen, und es schien, als ob er damit seinen Zweitrauchergenuß steigere.

Die Gräfin kam auf die Farm.

Sie war dürr, hatte eine braune Hautfarbe, sie war rassig, und ihr Haar war schwarz.

Die Grafen zu Wartenberg hatten sie sich zur Blutaufbesserung aus dem südlichen Europa geholt, und wenn sie keine Gräfin gewesen wäre, hätte man sie leicht für eine Zigeunerin halten können, für eine edle Zigeunerin, aber was sage ich, für eine kultivierte Zigeunerin, denn auch die Zigeunerfrauen sind, solange sie jung sind, edel, so edel, wie es nur sein kann.

Aber war's aus der Welt, daß die Gräfin zigeunerisch angefärbt war? Die Liebe und die Paarung der Geschlechter kennen keine Rassen und Grenzen. Warum sollten wir es bei unserer Gräfin nicht mit solch einem Kind der Liebe, wie sich die Romanschreiberin Hedwig auszudrücken pflegt, zu tun haben?

Wenn beim Erscheinen des Grafen die Silberfüchse in ihren Boxen verschwanden, dann verschwanden beim Erscheinen der Gräfin die Nerze, und das muß was mit der Witterung zu tun gehabt haben. Wir konnten jedenfalls am Verhalten der Tiere ablesen, ob die Gräfin sich näherte oder ob der Graf genähert wurde.

Die Gräfin trug einen weißen Arbeitskittel, die Schöße dieses Kittels waren mit braunen Punkten übersät. Das waren die Spuren von Angorakaninchen, die sie auf dem Schoße gehalten und gekämmt und geschoren hatte, und jeden Tag ließ sie sich davon mindestens zehn oder zwölf Stück in den Salon bringen, denn sie war eine Tiernärrin, und die Farm und alles, was dazu gehörte, hatte sie sich als Privileg ausbedungen, als sie sich bereit erklärte, den schon in jungen Jahren maroden Grafen zu ehelichen, um mit ihm zwei Söhne zu zeugen, von denen einer unserm Leibkutscher Tittermann und der andere dem Farmleiter ähnelte.

Wir dachten, die Gräfin wäre auf die Farm gekommen, um das «Tabakkollegium» in der Farmleiterhütte auszuheben, aber sie kam zu uns herüber und sah mich an, und sie hatte einen sehr auffordernden Blick, und man fühlte sich, wenn sie einen eine Weile ansah, wie vergewaltigt.

«Heb deinen Arm», sagte sie. Sie pflegte uns alle zu duzen.

«Wieso den Arm?» fragte ich.

«Es wird dein Schade nicht sein», sagte sie.

Gut also, ich hob den Arm, denn in diesen Jahren war mir das Leben wie ein Abenteuer ... Kein größerer Spaß, als sich darauf einzulassen.

«Wer will einen Transport Angorakaninchen nach Thüringen begleiten?» fragte die Gräfin. Sie sah mich an und sagte: «Ich sehe, du hebst den Arm.»

«Nein, das ist nicht fair», sagte ich, «vielleicht hätte Lars der Finne den Arm gehoben, ich hob ihn aus reiner Gefälligkeit.»

«Nein», sagte die Gräfin, «du hobst den Arm zuerst.»

Und da wußte ich Bescheid, sie wollte mich los sein, ich hatte meinen Gesellenbrief in der Tasche, und ich hatte für vierzehn Tage den Farmleiter vertreten, als der ausgezogen war, einen neuen Silberfuchsrüden zu kaufen.

Die Gräfin konnte mich nicht mehr für den Lehrlingslohn, fünf Mark Taschengeld, freie Verpflegung und Station, beschäftigen, sie hätte mir mehr zahlen müssen, und außerdem hatte ich mich eines Tages mit dem Farmleiter geprügelt, weil er den Finnen Lars einen «arbeitsscheuen Wasserpolacken» genannt hatte. Sasuwski war einer von den zähen dürren Oberschlesiern, die durch die dicksten Verhältnisse gehen wie ein dünnes Messer.

Aber das Wertvollste an meiner Entlohnung war für mich, daß ich die gräfliche Bibliothek benutzen durfte. Es war dort nie jemand zu finden, und ich konnte mir heraussuchen, was mir paßte.

Und damals durchwanderte ich das Reich von Shakespeare. Ich arbeitete und staunte mich durch die Königsdramen hindurch. Die gewölbte Kutscherstube im linken Flügel des Schlosses, in der es widerhallte, wenn ich mir eine Textstelle laut vorsagte, unterstützte meine Studien, und das alte fränkische Schloß mit seinen meterdicken Mauern half meinen Vorstellungen von den Shakespearschen Interieurs mächtig auf die Beine.

Der Gräfin aber war der bücherlesende Farmknecht ein Rätsel und ein Reiz zugleich.

Ob es mein Glück war, daß ich den Kaninchentransport damals übernahm, weiß ich bis heute nicht.

Wenn ich alle Irrwege und alle Lebensstationen, die ich in Naivität oder Not in meinem Leben anlief, von heute aus betrachte, so ergeben sie das, was ich jetzt bin, mein jetziges Leben, und ich bin wohl nicht berechtigt, sie als Unglücksfälle zu bezeichnen.

Der Gräfin gegenüber machte ich damals aber noch Einwände.

Ich sollte zwei begüterten Damen, so sagte die Gräfin, in Thüringen eine Kaninchenfarm einrichten. Aber ich war nicht darauf aus, tage- und wochenlang Kaninchen zu kämmen, ich war kein Friseur.

«Halt das Maul, was man bei euch Mund nennt»,

sagte die Gräfin, «du wirst schon glicklich sein, du wirst fahren und wirst mir keine Schande machen.»

Und sie sah mich wieder so an, so zwingend, daß ich mich ein wenig mißbraucht fühlte, erotisch mißbraucht, und sie bestätigte es fast, und sie sagte, «ich hätte dich weiß Gott behalten, aber er ist eifersüchtig auf dich, der Sasuwski, nun weißt du». Also fuhr ich.

Es war Frühling, und es war Mai, und wer verändert sich in einer solchen Jahreszeit und in einem solchen Monat nicht gern? Nicht nur die Vögel ziehen aus südlichen Ländern ins liebliche Mitteleuropa.

Außerdem, was blieb mir. Ich mußte wohl nach dem hingehaltenen Strohhalm der Gräfin greifen. Ich wollte nicht arbeitslos sein.

Ich hatte so manchen Beruf, und alle sind nicht in einem geschriebenen Lebenslauf unterzubringen, und manchmal bin ich neidisch auf die geraden Lebenswege meiner Zeit- und Mitgenossen, aber das gilt nur für die kurzen Zeiten spießerischer Anwandlungen. Noch hat sich, meines Wissens, niemand die Mühe gemacht zu ergründen, ob die Besitzer der wirren oder die Besitzer der gradlinigen Lebensläufe mehr Ersprießliches für die Menschheit leisteten. Und um die Menschheit gehts uns doch wohl mit unserem Leben, nicht wahr?

Zwei Langholzfuhrwerke von der gräflichen Ökonomie fuhren mit je fünf länglichen Kaninchenkisten, in denen je fünf Häsinnen saßen, zur ländlichen Bahnstation. Die Häsinnen waren bereits trächtig, vom besten Rammler der Farm gedeckt.

Ich reiste mit den Kaninchen im Güterwagen, ich hatte einen kleinen Heuvorrat und zwei Säcke Möhren bei mir und eine Kanne, mit der ich die Wassernäpfe der Tiere füllen konnte.

Das eine und das andere der Tiere fühlte sich von den ungewohnten Geräuschen des Bahntransportes bedroht, und es fing an, in der Kiste zu rasen. Ich nahm es heraus, setzte es auf meinen Schoß und beruhigte es, bis seine Nase wieder im normalen Rhythmus auf- und niederging.

Auf den Stationen kamen Rangierer und Eisenbahner aller Gattungen, die als tüchtige Kaninchenzüchter bekannt sind, zu mir auf Besuch, und ich mußte erklären. Ich wurde nach woher und wohin gefragt, und ich kam mir vor wie ein Ausstellungsleiter.

In einer Ecke des Waggons stand mein Reisekorb, und der war schwer, denn meine wichtigsten Besitztümer waren Bücher. Es waren die Bücher, ohne die ich nicht glaubte leben zu können, und damals waren es andere Bücher als heute, ohne die ich nicht leben konnte, und wenn ich es recht bedenke, so sind es heute, da ich nur noch von Zeit zu Zeit reise, höchstens zehn Bücher, die mir so wichtig erscheinen, daß ich sie mir zu Reisegefährten wünsche.

Ich hatte die Tür des Waggons halb aufgerollt und sah hinaus.

In den Bahngärten blühte allenthalben der Flieder, und wenn wir auf den Stationen hielten, summte es in den Blütenkegeln der Kastanien.

Es war schwer für einen jungen Menschen wie mich, die Dämmerstunden und die Sternennächte zu überstehen, besonders wenn ich in der Ferne Mädchen auflachen hörte und wenn in allen Sträuchern der Frühling girrte. Aber ich konnte nicht weg, der Wagen war meine Heimat, sie konnte mir, sobald ich den Rücken wendete, entzogen werden. Ich stand stundenlang auf Abstellgleisen und konnte mich doch nicht wegrühren, weil nie herauszubekommen war, wann der Transport weiterging.

Nach zwei Tagen kam ich in Thüringen an. Thüringen ist bekanntlich nur einen Steinwurf weit von Niederbayern entfernt. Aber meine Fahrt im Güterwagen dorthin dauerte achtundvierzig Stunden.

So geht's mit manchen Erfindungen, die wir Menschen machen. Wir gedachten durch sie Zeit oder Kraft zu sparen, aber sie fangen an, sich aufzuspielen, sobald sie da sind, und kosten uns Kraft und kosten uns Zeit. Nicht alle natürlich, aber daß es einige tun, beweist, daß dem Menschen manche seiner Erfindungen aus den Händen gleiten, und darin liegt eine Gefahr, eine große Gefahr.

Nun war ich also in Thüringen, und die Stadt, in deren Nähe das Dörfchen lag, hieß Grottenstadt, und das Dörfchen hieß Blöwitz, und der Gutshof, auf dem ich anlangte, hieß der Buchenhof.

Der Buchenhof mit seinem großen Park und dem Gemüsegarten war nur noch ein Rest von einem ehemals stattlichen Gut.

Die Blutbuchen vor dem Portal funkelten im jungen Mairot, die Feldsteinmauer des Parkes war mit Hopfen, Efeu und vielerlei Schlingpflanzen umrankt, und hinter ihr lagen die Felder, die ehemals zum Gutshof gehört hatten. Der Vorvorbesitzer hatte sie an die Bauern des Ortes verkauft.

Der Boden war lehmig, und alle Pflanzen wuchsen zusehends darauf, und allenthalben war Üppigkeit in den Sträuchern und in den Bäumen.

Meine beiden Arbeitgeberinnen hatten den Buchenhof ein Jahr zuvor gekauft. Sie nannten mich ihren Farmleiter, aber die Farm, die ich leiten sollte, mußte erst aufgebaut werden, und das sollte ich tun, und es wurden mir ein älterer Tischlergeselle namens Wunibald Krümer und ein Hilfsarbeiter, ein alter Rentner mit Namen Mückeldei, beigegeben.

Ich war wild und voller Tatkraft, und ich fragte nicht nach dem Sinn meiner Tätigkeit. Es reizte mich, die Zuchtanlage, die man von mir erwartete, zu bauen und ganz nach meinen Vorstellungen, denn die Damen, von denen ich gleich reden werde, hatten keine davon, sie wußten nur, daß sie eine Kaninchenfarm haben und betreiben wollten. Sie hießen Elinor und Herma, und sie waren beide unverheiratet, aber man sollte sie Frau Herma und Frau Elinor titulieren. Weshalb das? «Sie sind Künstlerinnen», sagte das Stubenmädchen Jana.

Mit Familiennamen hießen die Damen Rasunke.

Sie waren die Töchter eines deutschen Zeitungsverlegers, der als Handwerksbursche nach Riga gekommen war und sich mit der berüchtigten deutschen Tüchtigkeit zum Millionär gemacht hatte. Jedenfalls hinterließ er seinen beiden Töchtern und einem Sohn je eine Million Gold-, Reichs-, Renten-, aber jedenfalls Mark.

Der Rasunke-Sohn drängte seine beiden Schwestern nach dem Tode des Vaters aus gewissen Gründen, die mit einer gewissen Revolution zusammenhingen, nach Deutschland, das er seine Urheimat nannte. Die Töchter probierten es hier und probierten es dort, lebten eine Weile in der Schweiz und versuchten nun in Thüringen Wurzeln zu schlagen, während Sohn Rasunke in Berlin wohnte.

Der Zeitungskönig Rasunke sah seine Lebensaufgabe darin, ein Kapital zu erwerben, aber schon seine Töchter sahen es nicht mehr als Lebensaufgabe an, dieses Kapital zu erhalten und von seinen Zinsen zu existieren, ohne zu arbeiten. Ihnen schien die Lebensform von Künstlerinnen angemessen zu sein, und jede von ihnen machte ihr Talent mit Hilfe des Kapitals zu einem Scheinberuf.

Es störte die Damen Elinor und Herma nicht, daß sie nicht sogleich Erfolge in der Kunst hatten. Welcher große Künstler hatte das? Sie konnten warten.

Frau Herma war Malerin und hatte bei Liebermann studiert. Frau Elinor war Kammersängerin, aber sie sang schon nicht mehr, denn jetzt war sie sechzig Jahre alt, und ihre Stimme war brüchig geworden.

In der Zeit, da ich sie kennenlernte, hatten sich die beiden Damen bereits mit Speckmauern umgeben, die die Beziehungen zu Männern, wenn nicht gerade ausschlossen, so doch mächtig erschwerten. Sie trugen Tag und Nacht lange Gewänder, unter denen sie ihre Leibesfülle zu verstecken gedachten, aber es gelang ihnen wenig, man kennt das.

Frau Herma, so erklärte das Stubenmädchen, wäre ihr Leben lang so gut wie keusch gewesen, hingegen wäre Frau Elinor als Kammersängerin nicht ganz ohne gewesen. Viele Herren hätten ihr den Hof gemacht, aber keiner hätte es bei ihr ausgehalten, denn wenn die Herren sich anschickten, liebestoll zu werden, wurden sie hinausgeworfen.

Auch die beiden Bedienerinnen, Jana das Stubenmädchen und Pepi das Küchenmädchen, waren Schwestern, und man hätte sie eigentlich nicht Mädchen nennen dürfen, sie waren Jungfern, und das Küchenmädchen Pepi war Mitte Dreißig, und das Stubenmädchen Jana war fünfzig Jahre alt. Sie waren Schwestern, oder sagte ich das schon, und sie waren katholisch; und sie stammten aus der Gegend von Nörtingen, und sie waren gläubig und waren fleißig und servil.

Was die Damen Rasunke auszeichnete: sie konnten nicht rechnen, sie knauserten mit Bargeld und waren freigebig in Sachwerten, und wenn sie mir für die Tätigkeit des Farmleiters fünfzig Mark Monatslohn zahlten, so konnte ich dafür essen wie ein Fürst, und sie kleideten mich auch fürstlich, und es gab andere Zuwendungen, von denen ich noch sprechen werde.

Als die Damen sahen, daß ich mit Eifer bei der Sache war, sparten sie nicht mit Geschenken, und sie statteten mich aus, denn ich war sehr heruntergekommen mit meiner Kleidung; die fünf Mark Lehrlingsgehalt bei der Gräfin hatten nicht mal für Rauchtabak gereicht.

Und wieder durfte ich, wie bei der Gräfin, die Bibliothek der Damen benutzen, und es gab in dieser Bibliothek viele von den Nationalsozialisten verbotene Bücher, die ich noch nicht gelesen hatte, und auch hier war ich wieder der einzige Benutzer der Bibliothek und schwelgte. Frau Herma die Malerin las höchstens Biographien von Kunstgenossen, und Frau Elinor las Partituren und Magazine.

Der Mai öffnete sich nach dem Juni hin, und es fiel Grün vom Himmel, viel, viel Grün, und jeden Tag kam neues Grün hinzu, der Holunder duftete, und wir bauten die Kaninchenfarm in den Gemüsegarten hinein, Wunibald Krümer der Tischler, Max Mückeldei der Rentner und ich.

Die ersten Häsinnen, die ich mitgebracht hatte und die wir in einer alten Scheune in Notquartiere gesetzt hatten, warfen bereits ihre Jungen.

Ich arbeitete bis hoch in den Abend hinein, denn die Tiere mußten ja auch gekämmt werden, ich drohte in Arbeit zu ertrinken, und es blieb mir so gut wie keine Zeit zum Lesen oder ein Tagebuch zu führen, aber immer dann, wenn ich das nicht konnte, wurde es bei mir kritisch. Lebensunlust stellte sich ein, und ich war bereit, alles auffliegen zu lassen, was mich am Lesen und am Schreiben hinderte.

Aber ich versuchte zunächst etwas anderes. Ich ging hin und bat die Damen, eine weibliche Hilfskraft einzustellen. O nein, sie wollten selber helfen, und sie wollten die Tiere kämmen und scheren. Ich sollte es ihnen zeigen.

Aber es vergingen vierzehn Tage, ehe sie ihre Arbeit antreten konnten, denn sie ließen sich erst großartige weiße Arbeitsmäntel anfertigen, und das zeigte wiederum, daß sie nicht rechnen konnten. Dann fingen sie an zu helfen, aber sie halfen nicht regelmäßig. Für sie waren die Arbeiten mit der Hand eine Art Morgengymnastik, die sie ausführten oder bleiben ließen.

Endlich entschlossen sie sich doch, eine Fachkraft einzustellen.

Es war ein Mädchen, und es kam aus dem Preußischen, aus Templin, wenn ich nicht irre, und das Mädchen war auch dort irgendwo in der Angorazucht ausgebildet worden, es war ein Mädchen von kleiner Statur, braune Haare, schöne dunkle Augen, sinnlich quellende Lippen, munter und quirlig, dabei kindisch, manchmal zu kindisch, eine zu zeitig aus dem Nest gefallene Heckenbraunelle, die noch nach Schutz und Anlehnung suchte und den Schnabel nach Futter aufsperrte, wenn wer vorüberflog. Ich nannte sie sogleich für mich Heckenbraunelle, und später sagte ich es auch so, daß sie es hören konnte. Aber ich konnte mich nicht mit ihr aufhalten, ich war ihr Herr Farmleiter, bitte.

Wir bauten unsere Kaninchenställe, dreigeschossige Kaninchenhäuser mit Lattenrosten und mit Raufen, die man von außen beschicken konnte. Ich lernte bei dieser Arbeit allerlei Kunstgriffe aus dem Tischlerhandwerk. Ich lernte das Abplatten der Leisten, ich lernte das Verschränken und das Versenken und Vernieten von Nägeln und wie man den Maschendraht so im Türrahmen spannt, daß er nicht umherflattert wie die Gardine in einem südländischen Bordell, wie Wunibald Krümer sich ausdrückte.

Wunibald war ein Kauz, war vierzig Jahre alt und war immer noch nicht verheiratet, aber alle alt gewordenen Mädchen im Dorf rechneten mit ihm, doch er nicht mit ihnen. Er lebte mit seiner alten Mutter und fürchtete, daß keine von den Frauen, die ihn umwarben, ihm den Sonntagskuchen so gut hätte bakken können wie eben seine Mutter.

Es kam vor, daß Wunibald mitten beim Nageln innehielt und daß er sich von vorne in die Hose griff und daß er auf dem Mittel- oder auf dem Ringfinger etwas ans Tageslicht brachte, das Endglied seines treu gehüteten Bandwurmes. Er betrachtete das Wurmglied und warf es dann in den kleinen Kanonenofen in unserer Werkstatt. Der Bandwurm brachte Wunibald auf absurde philosophische Gedanken.

Wenn wir Menschen nun so eingerichtet wären, hinten absterben und vorn immer wieder erneuern, da hätten wir ja bei der Langlebigkeit unserer Mutter Erde so etwas wie das ewige Leben erreicht.

Maxe Mückeldei winkte ab. Auch er hatte seine Absonderlichkeiten. Er schien sich in ständiger Eile zu befinden, aber das wirkte nur so, weil er sich mit ganz kleinen schnellen Schritten fortbewegte. Diese Schritte stellte er sofort ein, wenn seine Pfeife aufhörte zu brennen und zu rauchen. Ging die Pfeife aus, ließ er fallen, was er in der Hand hatte und stopfte erst neuen Tabak in den Pfeifenkopf, zündete ihn an, und dann gings weiter, und er hob den Stoß Latten oder die Rolle Dachpappe oder was er gerade in den Händen gehabt hatte wieder auf.

Die Farm wurde fertig. Wir hatten es schneller geschafft, als wir angenommen hatten, und zuletzt waren es vierhundert Boxen, die wir in die Welt und dorthin gestellt hatten, wo vorher nichts war.

Die Damen Rasunke kamen jeden Tag zu uns heraus, standen uns mit ihren langen Schleppmänteln im Wege und hatten hundert Fragen.

Ihre Schleppmäntel waren übrigens jeden Tag von einer anderen Farbe, einmal blau, einmal hellgrün, einmal rosa, je nach der Stimmung.

Frau Herma fragte: «Was machen Sie jetzt?»

«Wir nageln», antworteten wir.

Und am nächsten Tag fragte sie wieder: «Und was machen Sie jetzt?»

«Wir bohren», antworteten wir.

Und wieder einen Tag später fragte sie: «Und was machen Sie jetzt?»

«Wir spannen Maschendraht!»

Sie konnte einen verrückt machen mit ihren unnützen Fragen, aber sie wollte die Fachausdrücke für jede Handarbeit wissen.

Elinor war friedlicher, sie stand da im hellgelben Übermantel und klopfte mit ihrem Gehstock an die Stallfüße, sie war so gut wie nicht vorhanden, sondern irgendwo im Lande der Musik, und manchmal sagte sie: «Eijeijei, was werden sie es fein haben, die Angoraches.»

Beide Damen sprachen mit Zungen-R. Frau Elinor – die Kammersängerinnen-Sprache ist scharf –, wie wenn sich eine kleine Kreissäge ins Holz frißt. Frau Herma hingegen sprach das R sanfter, mehr so wie der Triller eines schon stimmlosen Kanarienvogels.

Wunibald, Mückeldei und ich, wir waren stolz auf unsere Arbeit, und wir hätten gern etwas Lob von unseren Damen gehabt, aber das konnten wir wohl nicht erwarten. Jetzt sollten wir vorläufig halt mit dem Bau der Ställe machen. Und wir machten halt.

Eines Tages riefen mich die Damen zu sich. Sie hatten Vertrauen zu mir gefaßt, sie ließen das durchblicken, und ich wußte nicht, ob das gefährlich war oder nicht.

Ich war ein Herumarbeiter, ein streunender Hund, dem nichts kostbarer war als seine Freiheit.

Die Damen baten mich, ihr Autofahrer zu werden.

Ich stutzte, Autofahren, das hatte ich schon immer lernen wollen, aber ich bat mir Bedenkzeit aus.

Die Bedenkzeit hielt ich nicht ein. Der Grund für meine schnellere Zusage war jenes Kaninchen-Fräulein aus Templin oder da woher, kurzum die Heckenbraunelle. Dieses girrende Vogeljunge, das nach Nestwärme suchte, und das in letzter Zeit bei mir.

Wir, die Farmerbauer und das Kaninchen-Fräulein, arbeiteten in einem aufgelassenen Gewächshaus. Rechts wir, die Farmknechte, links das Kaninchen-Fräulein. Die Damen konnten, wenn sie wollten, uns ständig aus dem ersten Stock des Buchenofes beobachten, wir saßen im Glashaus, das seine Glanzzeiten gehabt hatte, als der Buchenhof noch seine eigene Gärtnerei besaß.

Die Heckenbraunelle hatte nicht gelernt, die Wolle in Klassen zu sortieren, wie sichs gehörte. Ich mußte es ihr zeigen, erste, zweite und dritte Qualität und so weiter. Eines Tages, als ich demonstrierend über den Rücken einer Kaninchenhäsin fuhr, streichelte die Heckenbraunelle meine Hand. Ich reagierte nicht. Die Braunelle entschuldigte sich; war es Spiel, ein Versehen, kindliche Dankbarkeit, eine Liebesannäherung oder Raffinesse?

Die Tage gingen hin, und ich mußte mir all die Fragen von neuem stellen:

Die jüngere der beiden Katholikinnen, das Küchenmädchen Pepi, brachte uns alltäglich das Frühstück ins Glashaus, und das Kaninchen-Fräulein frühstückte mit uns, und wir saßen um die Hobelbank gruppiert. Die fünfunddreißigjährige Pepi hatte ein Auge auf Wunibald Krümer, ich sagte es wohl schon. Und wenn sie uns das Frühstück hinpackte, so ging sie nicht eher, als bis Wunibald ihr in die Augen gesehen hatte. Maxe Mückeldei und ich, wir beobachteten das Spiel, und wir neckten den guten Wunibald und behaupteten, er hätte wieder die am besten belegten Brote bekommen.

Da geschah es, daß die Heckenbraunelle von meinem Brot abbiß, das ich schon angegessen hatte, daß sie aus meiner Tasse trank, die ich schon angetrunken hatte. Und wieder tat sie es wie unabsichtlich und entschuldigte sich, als ich sie dabei ertappte. Im gleichen Augenblick glaubte ich zu bemerken, sie hatte gewünscht, daß ich sie ertappen sollte. Kompliziert sind die Anbahnungen von Liebesverhältnissen.

Und dann kam der Tag, an dems doch deutlich wurde: Die Braunelle und ich fütterten die Tiere auf Abend. Sie hatte mich nicht drum gebeten, aber ich half ihr, weil ein Gewitter aufzog, und sie schlug ihr Kapital aus diesem Liebesdienst.

Es zogen schwarze Wolkensäcke heran, die mit weißem Hagel gefüllt waren. Die ersten Hagelkörner prasselten auf die mit Teerpappe bezogenen Dächer der Ställe und flogen umher wie weiße Steinsplitter, und es zuckten Blitze hernieder. Die Braunelle schrie auf, als wäre sie verletzt worden, und rannte davon. Ich rannte hinterher, um ihr eventuell Hilfe zu bringen. Sie rannte in den Park hinein und dort zu einem Borkenhäuschen, und da jammerte sie nicht mehr, und es stellte sich heraus, daß sie den Schlüssel zum Borkenhäuschen besaß. Aber mein Erstaunen ging im Donnergetöse unter, und es blieb mir keine Wahl, ich mußte mit ihr ins Borkenhäuschen, denn nun wurde das Gewitter gewaltig und groß und weiß und schwarz und naß.

Im Borkenhäuschen standen zwei weiße Bänke, vielleicht saßen unsere Künstlerinnen dort abends und füllten sich mit guter Luft und guten Ideen, ich wußte es nicht so genau. Jetzt waren sie jedenfalls nicht dort, und es roch nach altem Holz im Häuschen, es roch nach der vergehenden Rinde der Fichten.

Die Braunelle setzte sich auf eine Bank, und ich setzte mich auf die andere Bank, aber gleich darauf gab es einen Einschlag, und sie flog, wieder wie unbeabsichtigt, schutzsuchend zu mir herüber, sie könne um Gottes Himmels willen die Blitze nicht ertragen, diese feurigen Äxte des lieben Gottes. Sie kroch unter den linken Flügel meiner Arbeitsjacke. Ich weiß noch heute, daß es nicht der rechte war, denn mein Herz fing an zu pochen, als es mit dem Kopf der Braunelle in gleicher Höhe und Wand an Wand lag. Muß ich noch deutlicher werden?

Als das Gewitter vorüber war, verließen wir das Borkenhäuschen, und die Braunelle duzte mich, ihren Herrn Farmleiter, und das war mir nicht ganz recht, aber ich hatte das Sie dort in der Borkenhütte verspielt.

Eigentlich wollte ich nicht geliebt werden wie ein Vater von seiner Tochter, sondern ich wollte geliebt werden wie ein Mann von seiner Frau. Aber man konnte sich das als Herumlungerer und Landstreicher nicht aussuchen, man gierte nach jedem Happen Liebe wie nach jedem Happen Brot.

Man hätte manches verzögern können, das ist richtig. Man konnte vielleicht mit etwas Gegenkraft und List hintanhalten, was auf einen hinzuwollte, aber ob man etwas verhindern konnte, ich weiß es bis heute nicht.

Aus ebendiesen Verzögerungsgründen sagte ich schneller zu, Autofahrer bei den Damen zu werden, als die Damen es erwarteten. Ich wollte weiter von der Farm weg, nicht mehr ganz so greifbar für die Braunelle sein, und die Damen ließen sich überreden, eine Frau aus dem Dorf einzustellen, die der Braunelle auf der Farm helfen sollte.

Auch Wunibald Krümer wurde wieder geholt. Er mußte neue Ställe bauen, denn die Damen hatten sich in den Kopf gesetzt, daß kein Tier getötet werden sollte, auch jene mit den schlechtesten Wollerträgen nicht. Alle Kaninchen sollten sich ihres Lebens freuen, umherhüpfen und die Farm füllen. Die Damen pachteten eine große Wiese, sie pachteten ein Stück Land für den Anbau von Kartoffeln und Rüben, und so mußte auch Maxe Mückeldei wieder her und mußte bei uns bleiben, und alles das zeigte, daß die Damen nicht rechnen konnten.

Ein Mensch, der von Jugend an rechnen mußte wie ich, sah mit einem Auge, daß die Einnahmen die Ausgaben niemals decken würden. Aber es war nicht meine Sache, die Damen von der Unrentabilität ihrer Farm zu überzeugen. Sie hätten sich wahrscheinlich auch von mir nicht überzeugen lassen.

Da sie mit ihrer Kunst nichts mehr verdienten, wie sie sagten (ich bezweifle, daß sie überhaupt je etwas mit ihrer Kunst verdient hatten), mußten sie ihr Kapital, von dessen Zinsen sie lebten, mit anderen Mitteln auf der Höhe halten, und dieses Mittel sollten die Kaninchen sein. Und die Kaninchen hatten sie als Kapitalvermehrer ausgewählt, weil sie damit gleich etwas Gutes tun konnten. Die Rheumatiker des Landes brauchten Unterwäsche aus Angorawolle, um mit ihren Schmerzen fertig zu werden.

Sie wußten nicht, die lieben Damen, daß ihre Angorawolle längst anderen Zwecken zugeführt wurde und daß sie Unterzeug für Görings Sturzkampf-Flieger lieferten und daß man deshalb das Kilo erster Qualität mit einigen dreißig Mark bezahlte.

Ja nun das Auto. Bisher hatte ein Kraftfahrzeugmeister aus Grottenstadt das Auto der Damen gefahren, und es stand auch bei ihm in der Garage. Die Damen telefonierten, wenn sie ihr Auto einmal sehen und in ihm spazierenfahren wollten. Aber der Meister hatte oft keine Zeit. Er konnte nicht alles in seiner Werkstatt liegenlassen und auf die Fahrwünsche der Damen eingehen. Die Damen fühlten sich schlecht bedient von ihm, denn sie hatten nun Wurzeln im Buchenhof geschlagen und hatten ihre eigenen Pläne und Wünsche, und die sollte ich ihnen erfüllen helfen.

Ich machte meine Fahrprüfung, die Damen bezahlten sie und betrachteten ihre Zuwendung sicher als ein Geschenk, und ich schleppe dieses merkwürdige Geschenk schon mehr als ein halbes Leben mit mir umher.

Es war mittlerweile Spätsommer geworden, ich sollte zunächst allein bergauf, bergab und Kurve um

Kurve durchs Thüringer Land fahren. Ich sollte sicher werden, wie die Damen sagten, dann erst wollten sie sich meiner Fahrkunst anvertrauen.

Sie schickten mich zum Beispiel nach Rudolstadt um zarte Möhren, oder sie schickten mich nach Weimar, um eine besonders gute Sorte Thüringer Rotwurst zu holen. Um Bratwurst wurde ich nach Jena geschickt, weil die Fleischer in Grottenstadt sie zu sehr salzten.

An anderen Tagen hatte ich Briefe auszufahren. Die Damen glaubten damit das Porto zu sparen, und es zeigte sich wieder, daß sie nicht rechnen konnten. Und ich brachte Briefe an den Theaterkapellmeister nach Rudolstadt, brachte auch einen Brief zur Dichterin Tina Babe, die in Weimar wohnte und die damit in mein Leben trat.

Tina Babe wohnte an einem steilen Hang und fast im Himmel. Ich sah es damals jedenfalls so, und es paßte so gut zu einer Dichterin, im Himmel zu wohnen.

Mein Auto blieb unten in der unbelebten Straße stehen, ich stieg ein paar Stufen bis zum Gartentor hinan, und dort läutete ich.

Es wurde von oben, also vom Himmel her, automatisch geöffnet, ich stieg viele Stufen hinauf und hinauf durch einen terrassenförmig angelegten Blumengarten, und es blühten darin alle Blumen der damaligen Blumenwelt.

Honigduft und die Gerüche fremder Länder umwehten mich, denn durch die Terrassen hatte ich den Duft nahe an der Nase, und ich hatte das Gesumm der Bienen und der Hummeln dicht an meinen Ohren.

Die Treppe endete auf einer Art Vorplatz, und von dort gingen einige Stufen zu einer Veranda hoch.

Am Eingang der Veranda stand ein Mädchen, eine Bedienerin im schwarzen Kleid mit weißer Tändelschürze und einem Pagenkopf und mit einer Nase, die an Keckheit nichts zu wünschen übrigließ.

Das Mädchen nahm mir den Brief ab und sah nach dem Absender. Der Absender war ein Monogramm aus drei Buchstaben, es waren die Initialen meiner Damen, lateinische Buchstaben, sehr verschlungen, durcheinandergewachsen wie die Zweige eines Strauches. An einigen Stellen trieben diese Buchstaben sogar Knospen und Blüten.

Das Monogramm war ein Werk von Frau Herma der Malerin, und das kecke Mädchen erkannte die Schutzmarke oder das Firmenzeichen meiner Damen sogleich.

Ich sah mich inzwischen um, um recht viele Eindrücke vom Haus der Dichterin zu bekommen.

«He, Sie», sagte das Mädchen, «sind Sie noch hier, reden Sie noch mit mir?»

«Hier bin ich», erklärte ich.

Das Mädchen könne Frau Babe jetzt nicht stören, sie wäre beim Konzipieren.

Meine Berufsneugier machte sich breit. «Konzipiert sie auch sonntags?»

«Danach haben Sie nicht zu fragen», sagte das Mädchen, «das steht Ihnen nicht zu.»

Freilich hatte ich als gewöhnlicher Chauffeur danach nicht zu fragen, andererseits wollte ich dem Mädchen auch nicht auf die Nase binden, daß mir das Dichterhandwerk sehr nahestand.

Es war mir nicht aufgetragen worden, auf Antwort zu warten, aber es wühlte doch ein bißchen in mir, daß ich mich von diesem kecken Pagenkopf so abspeisen lassen sollte. Ich packte ihn bei seiner Eitelkeit und fragte: «Was ist das eigentlich, konzipieren?»

Und richtig, das Mädchen fühlte sich sehr überlegen und sagte: «Ja, das ist eine schwierige Sache, und es darf kein Mensch dabei zuschauen, aber unsereiner genießt diesen Vorzug ab und zu. Ich muß mitten hinein, wenn Frau Babe konzipiert, weil manchmal der Kleinpapagei so aufdringlich schreit, und Fräulein Babe ruft mich, und ich muß ihn beruhigen.»

«Was tun Sie ihn nicht einfach hinaus, wenn er stört», sagte ich.

«Das ist es eben, er muß dabeisein, wenn Fräulein Babe konzipiert. Nur schreien darf er nicht. Deshalb weiß ich, was sonst kaum ein anderer Mensch weiß, nämlich wie konzipiert wird. Frau Babe schreibt jede zweite oder dritte Minute nur ein Wort hin, und das genügt. Manchmal bricht sie auch in Freudenrufe aus, sagt, ja, ja, so geht's und anders kann es nicht sein. Aber was steh ich hier und schwätz mit Ihnen über etwas, was keiner verstehen kann, der es nicht erlebt hat.»

Mir genügte es auch, und ich war auf dem Nachhauseweg sehr nachdenklich. Wahrscheinlich waren die meisten meiner Schreibversuche nicht gelungen, weil ich so wenig Wert auf das Konzipieren gelegt hatte.

Schmiegsam, biegsam, brünett und flink hatte die Heckenbraunelle bei den Damen erwirkt, daß sie mich sonntags bei meinen Probefahrten begleiten durfte. Und das, was man landläufig Liebschaft nennt und was mir nicht allzusehr gelegen war, entwickelte sich zwischen uns weiter.

Die Berg- und Talfahrten und das Vorüberziehen der grünen Nähe und der blauen Ferne weckten Kinogefühle in der Braunelle, denn sie war ein Kinokind, und wie im Kino faßte sie nach meiner rechten Hand, wenn wir so dahinfuhren, aber das war doch jetzt die Hand eines Steuermanns, und ich war ein Anfänger in dieser Kunst, und ich war noch nicht fähig, dahinzufahren wie ein ausgepichter Kavalier, die linke Hand am Steuer, in der rechten mein Mädchen.

Was blieb mir also übrig, als in eine Waldschneise zu fahren, um dort das Handstreicheln und die Abdrückerei hinter mich zu bringen und mir mit anderen Liebeskünsten eine ungestörte Weiterfahrt zu sichern.

Wer bewußt lebt, wird's wissen, daß wir durch solche Manipulationen, ob wir sie gewollt haben oder nicht, stetig dabei sind, Zukunft anzufertigen.

Dann kam meine Generalprobe als Chauffeur. Die erste Ausfahrt mit den Damen.

Fräulein Elinor ging ums Auto herum, und ich erfuhr, daß sie unter der Einbildung litt, das Auto müsse so blank sein wie ihr weißer Flügel im Konzertzimmer.

Das Stubenmädchen Jana wurde geholt. Jana mußte mir erklären, mit welchen Polituren sie den Flügel im Konzertzimmer putzte. Na gute Fuhre.

Frau Herma hatte nicht so viel am Äußeren des Autos auszusetzen. Sie stieg still ein, und obwohl das Auto noch in der Garage stand, saß sie dort und starrte gegen die Garagenausfahrt und meditierte. Manchmal meditierte sie nicht und seufzte, und ich hatte bald heraus, daß diese Seufzer ihrer Frau Schwester galten, daß es Lebenspunkte gab, an denen sich die Schwestern nicht einig waren.

Die Schwäche von Fräulein Herma war, sie fürchtete Explosionen und Feuersbrünste.

Sie saß vorn bei mir, und als wir ein paar Kilometer gefahren waren und Wärme aus dem Motorraum ausströmte, ließ sie mich anhalten. Es wäre vielleicht nicht alles recht, ich sollte nachsehen.

Ich öffnete die Motorhaube, faßte hier hin und faßte dort hin, wie man das so macht, wenn man nicht weiß, was man machen soll, und inzwischen kühlte der Motor ab, und ich wollte weiterfahren, aber Frau Herma blieb mißtrauisch, sie hätte genau gespürt, daß sich Hitze entwickelte, wie leicht könne etwas explodieren. Sie bewog ihre Frau Schwester auszusteigen.

Die Damen wollten in einem Waldgasthaus warten, ich sollte zur Stadt zurückfahren und meinen Wagen dem Kraftfahrzeugmeister vorweisen, der ihn vorher gefahren hatte.

Gut, ich tat das alles, und ich fuhr in die Stadt zurück, der Kraftfahrzeugmeister lachte, hob die Motorhaube auf und griff hier hin und griff da hin, so wie ich es getan hatte, er sagte, es wäre alles in Ordnung, und ich solle nur fahren, und ich müsse mich eben an solche Zwischenfälle gewöhnen.

Ich kam zu den Damen zurück, und der Motor war inzwischen natürlich wieder warm, wenn nicht heiß, und ich wies Fräulein Herma darauf hin. Und sie sagte: «Ganz so heiß wie vorhin ist er nicht», und auf Herrn Schmiermann, so hieß der Kraftfahrzeugmeister, könne man sich wohl verlassen.

Wir fuhren weiter, und die ganze erste Zeit, in der ich die Damen hin und her frachtete, durfte ich nicht schneller als im Vierzigkilometertempo fahren. Frau Herma schaute angespannt auf das Tachometer, und wenn dessen Nadel über die Vierzig hinauszugehen drängte, mahnte sie: «Sie werden uns zu Tode bringen, Herr Erwin.»

Aber wir lebten alle weiter Und wir fuhren einige Kilometer, da meldete sich Fräulein Elinor auf dem Rücksitz. Ihr musikalisch geschultes Ohr hätte Klopfgeräusche am Motor vernommen. Ich legte mich ein wenig nach vorn, um zu lauschen, und sogleich schrie Frau Herma: «Um Gottes willen, Sie bringen uns zu Tode.» Und Frau Elinor wünschte, daß ich anhielt.

Wieder stiegen beide aus, und sie klärten mich darüber auf, daß Klopfgeräusche gefährlich wären, und einmal hätten sie mit einem anderen Fahrer kurz vor einer Explosion gestanden. Ja, aber ich hörte doch nichts. Wäre ganz gleich, aber Frau Elinor wäre nun einmal damit begabt, Töne zu hören, die für gewöhnlich Sterbliche nicht existierten.

Die Künstlerinnenschwestern wandelten in ihren wehenden Mänteln, die eine in einem blauen, die andere in einem hellgrünen fürbaß, immer am Rande der Landstraße entlang, ich mußte, da wir uns schon Jena näherten, nach dorthin fahren, um den Wagen in einer Werkstatt überprüfen zu lassen. Kam mir schon lächerlich vor. Auch die Leute in der Werkstatt lachten über mich. Ich bat sie, mir um Himmels willen eine Rechnung auszustellen, damit ich meinen Damen vorweisen könne, daß der Wagen überprüft wäre.

Als ich zu meinen Damen zurückkehrte, die inzwischen gerötet und schwitzend den Rand von Jena erreicht hatten, fand Frau Elinor, der Wagen liefe jetzt völlig geräuschlos, man könne sich ihm anvertrauen.

So verging allmählich mein erster Tag als Herrschaftschauffeur, und ich hatte große Lust, den Buchenhof zu verlassen, aber die Bibliothek war's, die mich hielt. Ich hatte soeben die Bücher der Norwegerin Sigrid Undset entdeckt, verbotene Bücher damals, und ich gierte danach, sie alle zu lesen.

Nach und nach begannen mir die Damen als Autofahrer zu vertrauen. Vielleicht gewöhnte ich mich auch an ihre Eigenheiten. Wer hat keine Eigenheiten. Aber meist behandelt man die eigenen wie den vielzitierten Splitter im Auge aus dem Bibeltext.

Ich durfte nicht rauchen, weder beim Fahren noch wenn ich wartend im Auto saß. Es gäbe zu viele Explosionen auf der Welt, war die Meinung von Frau Herma.

Gut, ich versprach, nicht im Wagen zu rauchen, dafür verbat ich mir auch jeglichen Hinweis auf den Zustand des Motors oder des Wagens. Fräulein Herma hielt die Abmachung ein, Fräulein Elinor nicht, wir kommen noch darauf zu sprechen.

Wenn wir nach Weimar, Erfurt, nach Jena oder

nach Arnstadt fuhren und länger unterwegs waren, durfte ich auf Kosten der Damen irgendwo mahlzeiten gehen. Doch die Damen legten mir nahe, nicht gerade das gleiche Restaurant zu benutzen, in dem sie speisen würden.

Ich aß also, und sie speisten. Darüber war eigentlich kein Wort zu verlieren, denn weder im «Parkhotel» noch im «Elephanten» in Weimar hätte man mir, der ich mit meiner langen Lederjacke als Fahrer kenntlich war, etwas zu essen gegeben.

Andererseits hatten die Damen es gern, wenn ich mich «bildete». Fuhren sie nach Rudolstadt, nach Weimar ins Theater, so durfte ich mit ihnen sogar in der gleichen Vorstellung sitzen, auf einem schlechter bezahlten Platz natürlich, und so, daß sie mich bei der Hand hatten, falls sie die Vorstellung vorzeitig verlassen sollten.

Das war ja nun wirklich was für mich, und ich sah damals viele klassische Opern und Schauspiele, das alles war neu und die große Welt für mich. Ich war so erlebnishungrig in dieser Hinsicht, und ich stürzte mich hinein in diese Erlebnisse, und ich glühte vor Kunstbegeisterung und vergaß meinen Wagen und vergaß meine Damen, und ich erreichte den Zustand der Schwebe wie in der Kindheit. Alles war leicht, und das Schwere dieser Welt wurde uns nur von unsern Mitmenschen auf die Schultern gelegt.

Und zum ersten Male gewahrte ich, daß das Kunsterlebnis an Fäden anknüpft, die irgendwann zerreißen, wenn uns gesagt oder auferlegt wird, daß unsere Kindheit nun abgeschlossen sei.

Wenn ich heute an diese Erlebnisse von damals zurückdenke, merke ich, daß es zwei Kapitalistinnen waren, die sie mir verschafften. Es paßt nicht ganz in die Fibel der Marxisten.

Mein Parteischullehrer Allwissend würde entgegenhalten, keine Regel ohne Ausnahme. Vielleicht würde er auch sagen, sie zahlten dir zuwenig Lohn, spendierten dir generös Theaterkarten, aber du hast sie selber bezahlt.

Ich müßte gerechterweise eingestehen, ich wüßte nicht, ob ich meinen Lohn, den sie mir mehr gezahlt hätten, verwendet haben würde, um ins Theater oder in die Oper zu gehen.

Diese Heckenbraunelle, sie ging mir als Mitverbraucherin meiner Monatslöhne fleißig zur Hand, trug sie ins Kino, zerrte mich mit hinein.

Ja, das Leben, es richtet sich immer noch nicht nach den Vorschriften, die wir ihm in unseren Fibeln machen.

Aber wir werden es schon noch zwingen, würde mein Parteischullehrer Allwissend sagen, sich kurz umdrehen und mich stehenlassen.

Frau Elinor war die Ungeduldige und die Herrscherin auf dem Buchenhof, obwohl sie sich kaum um irgend etwas Praktisches kümmerte. Das bestätigten sowohl Jana das Stubenmädchen als auch Pepi das Küchenmädchen.

Diese beiden Damen gingen im Haus beständig in Strümpfen umher, die meine Aufmerksamkeit herausforderten. Es waren Strümpfe, die nicht nur auf der Wade eine Naht hatten, sondern auch auf der rechten oder auf der linken Seite, und dort war es eine Zickzacknaht vom Fuß her bis unter den Rock.

Ich konnte mir nicht denken, daß sie diese Strumpfmode aus ihrer Heimat Nörtingen mitgebracht haben sollten. Aber wir waren noch nicht so vertraut miteinander, daß ich danach zu fragen wagte.

Die Launen von Frau Elinor wechselten wie die Wolken am Himmel an einem Tag mit unbeständigem Wetter. Es konnte schon sein, daß sie noch ab und zu an die Liebhaber dachte, die sie damals vertrieb.

Man konnte übrigens leicht feststellen, wenn sie schlechter Laune war, weil sie dann schon morgens Beethovens «Wut auf den verlorenen Groschen» in ihren weißen Flügel hineinhieb. An solchen Tagen ging ich sogleich in die Garage, brachte dem Auto an irgendeiner Scheibe einen leicht wegwischbaren Fleck bei. Dieser Fleck war sozusagen der Mittelpunkt einer Schützenscheibe, auf die sich Frau Elinors schlechte Laune oder Wut richten konnte.

Es klappte ausgezeichnet. Sie ging sofort auf diesen Fleck los und sagte: «Gräßlich, gräßlich, man verkommt im Schmutz.»

Ich sorgte mit einem bereitgehaltenen Lappen, daß Frau Elinor nicht im Schmutz verkam, stieg ein, und wir fuhren los.

Vergaß ich diesen Schmutzfleck anzubringen, so ging Frau Elinor bei schlechter Laune so lange um das Auto herum, bis sie irgend etwas fand, und wenn es unterm Auto war.

Nicht selten betrank sich auch Elinor, wenn sie übel gelaunt in die Welt hinausfuhr, unterwegs. Sie schwankte dann auf das Auto zu, es gab viel Geseufz und Gestöhn, bis sie sich hinten auf dem Rücksitz mit ihrem Stock verpackt hatte, und der Duft der starken Schnäpse, die sie sich einverleibt hatte, quoll nach vorn. Unterwegs schlief sie dann ein, und oft hatten wir zu viert zu tun, sie daheim wach zu kriegen und aus dem Auto zu bugsieren. Oben in ihrem Zimmer riß sie sich vor Ungeduld alle Knöpfe von den Blusen, und sie nahm die Schere und schnitt sich die Strümpfe von den Beinen.

Deshalb also die merkwürdigen Strumpfnähte bei den Hausmädchen, deshalb als Autoputzlappen bei mir nur zerschnittene Damenstrümpfe.

Niemand soll denken, daß ich die Launen von Frau Elinor aus reiner Servilität hinnahm. Ich hatte andererseits meine Vorteile von ihr, denn sie konnte sich sehr bemüht um mich zeigen. Alles, was die Oper, den Gesang, überhaupt die Musik betraf, erklärte sie mir. Ich konnte in dieser Angelegenheit zu ihr kommen, ob am Morgen oder am Abend, und wenn sie mich aus dem Gedächtnis eine Opernarie summen hörte, bei der mir einige Töne fehlten, nahm sie mich sogleich mit ins Musikzimmer und spielte mir die entsprechende Stelle vor.

Manchmal sang sie mir auch vor. Dabei rötete sich ihr Gesicht, besonders wenn es in die höheren Tonlagen ging, und ihre Stimme wurde dann zittrig und brüchig.

Möglich, daß sie sich gern vor mir produzierte. Ich war ein Laie, sie hielt mich für nachsichtig. Gewiß verhalf ich ihr zu angenehmen Erinnerungen an ihre große Kammersängerinnenzeit. Ich jedenfalls lernte bei ihr, mich im Bereich der kultivierten Töne zurechtzufinden.

«Meine Universitäten» heißt ein Buchtitel von Gorki, bei mir müßte er «Meine Kunstschulen» heißen, und die Leiterin einer solchen Kunstschule war für mich Fräulein Elinor.

In den Augenblicken, in denen mir Frau Elinor vorsang, meinte ich, etwas von der Tragik ihres Lebens zu spüren. Was war schon ihr Reichtum. Er stillte die Sehnsucht nach dem Unbestimmten, die in ihr rege war, nicht. Jene Sehnsucht, die in jedem Menschen mehr oder weniger summt, und so mancher, der arm ist an Gütern, ist der Erfüllung dieser Sehnsucht näher als der Reiche.

Irgendwann in ihrer Kinderzeit mußte Frau Elinor erfahren haben, daß diese ziehende Sehnsucht sich stillen ließ, wenn sie es mit Musik zu tun hatte, und sie fühlte sich gedrungen, für das Reich der Musik, in dem sie sich geborgen und glücklich fühlte, missionieren zu gehen, und sie wurde Kammersängerin.

Jetzt im Alter litt sie darunter, daß sie ihre Missionstätigkeit einstellen mußte, weil ihre Stimme versagte.

Ich erfuhr nie, was der Musikwelt Frau Elinor als Kammersängerin bedeutet hatte.

Im Salon lag in einer besonderen Vitrine, stets sorgsam eingeschlossen, ein Album. Dieses Album enthielt die Fotos aus der Glanzzeit von Frau Elinor, außerdem war darin alles versammelt, was Zeitungskritiker je über ihren Gesang geschrieben hatten. Das Stubenmädchen Jana versprach mir immer wieder, sie würde mich bei Gelegenheit in dieses Album sehen lassen. Leider ergab sich, solange ich auf dem Buchenhof war, diese Gelegenheit nicht. Deshalb bin ich bis heute darauf angewiesen, blind zu glauben, daß Frau Elinor eine große Kammersängerin gewesen war.

Mein Eintreffen im Hause Rasunke, also im Buchenhof, gab den Damen wieder Gelegenheit, für ihre Künste zu missionieren.

Frau Elinor ließ zum Beispiel verbreiten, sie wolle stimmbegabten Mädchen des thüringischen Landes unentgeltlichen Gesangsunterricht geben. Die Mädchen müßten sich aber verpflichten, nur Oper oder Kammer zu singen, niemals Operette oder Gassenhauer.

Alsbald fanden sich singwillige und singwütige Mädchen ein. Frau Elinor prüfte sie hart, und sie lebte auf, und sie hörte es gern, wenn man sie Frau Meisterin nannte.

Jene Damen, bei denen sie herausgefunden hatte, daß sie begabt wären, wurden meiner Obhut als Allesfahrer anvertraut. Ich holte sie aus ihren Heimatörtern und fuhr sie auch wieder dorthin zurück, auch das alles war unentgeltlich für die Mädchen. Es war ein großer Vorteil für sie alle, daß die Damen nicht rechnen konnten.

Ich tat also einen gewaltigen Schritt in den Kunstbetrieb dieser Welt hinein und hatte es fast tagtäglich mit angehenden Kammer- und Opernsängerinnen zu tun. Eines ergab das andere. Es wurden außerdem kleine Konzerte auf dem Buchenhof arrangiert, und ich hatte auch Geigerinnen, Cellistinnen, überhaupt Musiker, zu fahren.

Mit Frau Herma und ihrer Malerei ging es nicht so gut. Wie gesagt, sie war eine Schülerin von Liebermann, und Liebermann war ein jüdischer Bürger Berlins und deshalb für die Neogermanen ein Hersteller entarteter Kunst, und deshalb war auch die Kunst von Frau Herma Rasunke, Schülerin des Meisters Liebermann, unerwünscht.

Frau Herma also sah etwas betrübt auf das sich entwickelnde Leben im Musiksalon ihrer Frau Schwester, und sie verbrachte mehr Tageszeit in ihrem Atelier unterm Dach als drunten im Salon oder im Musikzimmer.

Als Frau Elinor das zu bemerken begann, richtete sie es so ein, daß ihre Gesangsschülerinnen, überhaupt die Angehörigen ihres Musikkreises, des öfteren große Lust verspürten, zu Frau Herma hinaufzusteigen, um sich deren Bilder anzusehen.

Für ihre Kunstausübung hatten sich die beiden Schwestern den Tag sozusagen geteilt. Am Vormittag sollte nach Möglichkeit nicht musiziert werden, und es sollte Stille im Park und im Hause herrschen. Das war die Zeit, in der sich Frau Herma in Inspiration befand, so sagten jedenfalls die Hausmädchen.

Ich versuchte sie über diesen Inspirationszustand von Frau Herma auszuhorchen, aber die Mädchen wußten nichts Genaues. Nur Jana das Stubenmädchen wollte einmal beobachtet haben, daß Frau Herma still dagesessen habe, lange Zeit still dagesessen, bis es sie plötzlich überfallen hätte, dann hätte sie losgemalt, und ihre Augen wären fast geschlossen gewesen.

Gleichwie, Frau Herma schien darunter zu leiden, daß sie ihre Bilder nicht mehr öffentlich zeigen durfte.

Es fällt einem Künstler wohl schwer, das, was er schuf, der Öffentlichkeit vorzuenthalten, denn er schafft in der Regel nicht für sich allein. Wenn er auch nicht belehren will, es auch nicht soll, so möchte er doch seine Mitmenschen in ihren Hoffnungen bestärken und ihnen zu verstehen geben: seht, der Thronfolgerwechsel in Persien und die Zusammenkunft internationaler Führer, sie sind nicht von allzu großem Ewigkeitswert, sie sind nicht so erquickend wie die Welt, in der ich für Stunden weilte und von der ich euch hier einen Zipfel zeige.

Frau Elinor kannte also den Kummer ihres «Schwesterleins». Die Damen redeten oft und gern in diesen Verkleinerungsformen voneinander. Man muß dabei an ein persönliches Gewicht von einhundertneunzig Pfund und den Umfang einer mittleren Dorflinde denken.

Es war viel Heuchelei dabei, wenn Gesangsschülerinnen und alles, was zum Musikkreis gehörte, treppauf stieg, um die Bilder von Frau Herma zu bewundern.

Es gab solche unter ihnen, die da sagten: «Hier kann ich nur noch schweigen», und das wäre ehrlich gewesen, wenn sie es bei diesen Worten hätten bewenden lassen, aber sie erweiterten den Satz und sagten, sie könnten nur noch schweigen vor Staunen, und das war gelogen, weil sie nichts von dem verstanden, was dort gemalt war.

Dann gab es solche, die beim Betrachten der Bilder angelesene Wendungen von sich gaben und über Perspektive, Mittelgrund und Fernenstaffelung redeten, sie gingen auf die Bilder zu, und sie entfernten sich wieder von den Bildern, und sie kniffen die Augen zu, und sie rissen die Augen wieder auf, und sie taten alles, was man machen mußte, um für einen Gemäldekenner zu gelten.

Nein, Frau Herma empfing nicht sackweis Segen von den Betrachtern ihrer Kunstwerke. Leute, die wirklich von ihrer Kunst angerührt wurden, gab's selten. Die machten dann auch nicht viel Worte, sondern drückten ihr stumm zum Schluß die Hand und dankten für das innere Erlebnis, das sie gehabt hatten.

Herrschaften, die im Auto umhergefahren werden, halten den Kraftfahrer zuweilen für ein Autoteil, sie unterhalten sich in seiner Gegenwart ungezwungen in der Annahme, daß der Autolenker so und so nichts verstünde.

Und so hörte ich denn auch, wie eine Violinistin und eine Gesangselevin sich im Auto über die Malkunst des Fräulein Herma austauschten.

Die Geigerin gehörte zu den Menschen, die nichts außer sich selber gelten lassen. Ihre Nase war stattlich, und ihre Naslöcher waren wie angekrempelt.

«Ich finde nicht sehr zeitgemäß, was wir von Frau Herma zu sehen bekamen», sagte sie, «sie hat sich nicht sonderlich von ihrem jüdischen Lehrer entfernt.»

Was sollte die Elevin darauf antworten. Sie war gedrungen, Dankbarkeit nach allen Seiten hin auszusprühen, gegen die Geigerin, die sich nicht zu schade war, mit ihr, einer Anfängerin, zusammen zu musizieren, aber auch gegen Frau Elinor, die ihr den Gesangsunterricht umsonst verabreichte.

«Ach, ich bin so dumm», sagte sie, «und ich weiß nicht, was dieser Itzig malte, von dem Sie sprechen.»

«Glück für Sie, ein Glück, meine Beste», antwortete die Geigerin.

Solche Schlangen also krochen durch den Buchenhof.

Meine Wartezeit als Autolenker nutzte ich, um mich «zu bilden».

Bildung und sich bilden, diese beiden Begriffe schienen mir was zu wiegen in der Welt, jedenfalls in der Welt der sogenannten Gebildeten. Und ich mußte noch drei Jahrzehnte durchs Leben laufen, um zu erkennen, wie hohl und wie unnütz das meiste war, auf das die Gebildeten als ihre Bildung pochten . . .

Aber damals hatte ich stets eine kleine Bibliothek im Auto versteckt, und ich las, und ich suchte nach dem Stein der Weisen, und wenn ich ihn schon gefunden zu haben glaubte, erwies er sich nach einigen Tagen oder Wochen als rechte Klamotte.

Aber ich war gezwungen, die Stunden, die ich im Auto verbrachte, zu nutzen, denn die Enden meiner Tage, so freudig als Feierabende bezeichnet, waren zerbröckelt und gehörten mir nicht oder nur selten, denn ich mußte mich auf Abruf bereithalten und Gesangsschülerinnen und musikinteressierte Gäste umherfahren, dazu kam, daß ich mich von der Farm nicht so weit entfernt hatte, wie ichs mir wünschte, als ich Autofahrer wurde.

Die Liebelei mit der Heckenbraunelle war daran schuld.

Ich hatte mich mehr darin verstrickt, als ich vorgehabt hatte. Sie war wie ein Kind, und man konnte sie schwerlich zurückweisen, wenn sie einen umschmeichelte und umgirrte, und ich sprang immer wieder ein, wenn sie auf der Farm irgend etwas versehen hatte.

Sie arbeitete dort nicht so ernst, wie es erforderlich war. Alles, auch jene Arbeit, artete bei ihr zu häufig in Spiel und Tändelei aus, und die Tiere bewiesen, daß die Heckenbraunelle ihnen untreu war, mit einem schlechten Aussehen, und es verdarb eine Menge Wolle an ihnen und verfilzte.

Manche Stunde, die mein Feierabend hätte sein können, verbrachte ich deshalb damit, der Braunelle zu helfen und die Tiere wieder in Ordnung zu bringen.

Frau Herma genügten mit der Zeit die von Frau Elinor zugewiesenen Bewunderer von Bildern nicht. Vielleicht fühlte sie, wieviel Unehrlichkeit dort zu ihr die Treppen hoch ins Atelier getragen wurde. Sie war drauf aus, sich einen eigenen Zirkel zu schaffen, und ich bekam noch mehr Gäste zu transportieren. Ein Mitglied des neuen Zirkels von Frau Herma war Tina Babe die Dichterin.

Es war ein heiliger Augenblick für mich, als ich sie das erste Mal sah. Sie war schlank und dunkelblond, und sie trug eng anliegende «Unterkleider», bei jedem Besuch, den sie auf dem Buchenhof machte, eines von anderer Farbe. Zum Unterkleid jeweils ein Überkleid, das gerundete Schöße hatte und einem Herren-Cut ähnelte und mit der Farbe des Unterkleides kontrastierte. War das Unterkleid von hellgelber Farbe, so war das cutartige Überkleid rot. Frau Tina Babe trug eine lange Kette. Sie bestand aus Kugeln, die aufgefädelten Sperlingseiern glichen. Die Kette endete im Gürtel, und es war eine winzige Uhr an ihr befestigt.

Die Uhr an der langen Kette gehörte eigentlich einer Mode an, die zur Zeit meiner Geburt im Schwange war. Mir schien, Frau Babe betonte damit, daß sie *ancien* gerichtet war.

Wenn ich Frau Babes Gesicht von heute aus betrachte, so hatte es viel Ähnlichkeit mit dem Gesicht einer durchgängigen Geschäftsmannsfrau. Frau Babe war so alt noch nicht, vielleicht fünf oder sieben Jahre älter als ich damals, allerhöchstens, um es balzacisch zu sagen, eine Frau von dreißig Jahren.

Es hat ja etwas auf sich mit dem ersten Eindruck, den ein Mensch auf uns macht. Denn bei dieser ersten Begegnung sind noch Kräfte im Spiele, die die Wissenschaft mit den Begriffen Instinkt oder Intuition ins Tierische oder ins Metaphysische verlegt. Jedenfalls hatte unser Verstand noch keine Gelegenheit, an unserem Urteil herumzubessern. Auch ich korrigierte meinen ersten Eindruck von Frau Tina Babe und versuchte ihn mit dem verstandesmäßigen Argument abzuschwächen, man könne die Vergeistigung und die Innerlichkeit eines Menschen nicht immer aus seinem Gesicht erlesen.

Genug, ich läutete an der Babeschen Pforte, und nach einer Weile stieg Frau Tina Babe aus ihrem Blumenhimmel herab, und sie hielt sich steil wie eine Königskerze, jedenfalls sah ich sie so in meiner überhitzten Phantasie damals. Immer zwei Treppenstufen hinter ihr folgte das kecke Mädchen. Es trug Frau Tina Babes Täschchen und eine Mappe mit Manuskripten.

Ich war kein Ausbund an Höflichkeit, was meine Fahrgäste anbetraf. Servilität war nicht meine Sache, und sie ist es auch heute noch nicht, das wird mir angekreidet, damals wie heute, aber schließlich lebe ich, ohne mir den Vorwurf machen zu müssen, geleckt zu haben, wenn wer geleckt sein wollte.

Das Mädchen mit der Plecknase war empört über meine Unhöflichkeit, ich aber flüsterte ihr zu: «Du bist doch da, kleine Gans.» Sie stampfte mit den Füßen über soviel Unerhörtheit.

Nein, auch für die Vertreterin der Dichtkunst ließ ich mich nicht zur Liebedienerei herab, obwohl ich mein ganzes Leben lang damit liebäugelte, in die Dichterfamilie einzuheiraten. Ich grüßte, das war alles, und Frau Babe nickte huldvoll. Sie trug ein blaues Unterkleid und ein knallgelbes Oberkleid. Und das kecke Mädchen war besorgt, daß der Cutschoß fast faltenlos auf den Sitz zu liegen kam.

Wir fuhren durch den Septembersonntag. Das angegangene Nußbaumlaub duftete aus den Gärten. Weimar, die liebe Stadt, in der sich mein Kunstverständnis damals auszubilden begann, lag unter blauem, wolkenlosem Himmel.

Es sah nicht aus, als ob Frau Tina Babe von der Hölle etwas wußte oder erahnte, die sich da auf dem Ettersberg aufgetan hatte. Und vielleicht wußte sie, die in hehren Welten lebte, es auch wirklich nicht.

Man hat später der deutschen Bevölkerung insgesamt den Vorwurf gemacht, sie hätte von den Todeslagern unbedingt gewußt oder wissen müssen. Ich bin nicht so sicher, ob es nicht auch heute Dinge geben könnte, von denen ich nicht wüßte, von denen ich nicht sprechen dürfte, ohne der Lüge bezichtigt zu werden.

Frau Tina Babe sagte auch unterwegs kein Wort, vielleicht konzipierte sie, vielleicht dichtete sie, vielleicht bildete ich mir das nur ein. Auch ich sagte natürlich nichts, nicht einmal ein Wort über das Wetter oder über die Schönheit der Septemberlandschaft, nein, ich hatte nicht die Absicht, die erhabene Stimmung, in der sich Frau Tina Babe befand, zu stören.

Als sie vor dem Portal des Buchenhofes ausstieg, zu meiner Ehre sei gesagt, daß ich ihr nicht einmal die Tür öffnete, nickte sie wieder huldvoll, ich hatte, obwohl wir über eine Stunde im Auto zusammensaßen, ihre Stimme nicht gehört, nicht einen Seufzer von ihr.

Die Zeit verging, und die Zirkel meiner beiden Damen roulierten. Ich transportierte Kunsterzeuger beiderlei Geschlechts hin und her, ich hörte dies und das im Auto, und ich «bildete und bildete» mich, erfuhr was über Dominante und Septimenakkord, etwas über die Schwierigkeit, das hohe C zu singen, und daß man sich indisponiert fühlt, wenn man keine Lust hat. Ich schlug eifrig im Lexikon nach und war immer ein wenig überrascht und enttäuscht, wenn sich die komplizierten sprachlichen Begriffe als etwas entpuppten, was man landläufig viel einfacher hätte sagen können.

Wenn ich abends nicht unterwegs war, wußte die

Braunelle immer was für mich auf der Farm, das zu tun war. Und eines Abends, als ich spät von dort kam, flüsterten mir die Hausmädchen zu, der Bruder der Damen wäre aus Berlin gekommen. Er wäre in den Buchenhof gestürmt und hätte sie fast umgerannt, so eilig hätte er es gehabt, in den Salon und zu den Damen zu kommen.

Nun warteten die beiden Dienerinnen schon seit einer Viertelstunde mit dem Servieren des Abendbrotes. Die Damen hätten das entsprechende Glockenzeichen noch nicht gegeben.

Na, die Welt wird nicht einstürzen, dachte ich. Der Bruder ist zu Besuch gekommen, die Wiedersehensfreude hat den Damen den Abendbrothunger verschlagen. Ich aß jedenfalls zu Abend, und auch die Braunelle ließ sich nicht aufhalten.

Auf einmal wurde Sturm geläutet, und daß es sich um Sturmgeläut handelte, wußte Jana, die es schon erlebt hatte, weil einmal so geläutet worden war, als Frau Elinor betrunken vom Stuhl gefallen war.

Jana flehte mich an, mit ihr nach oben zu kommen, sie ahne Schlimmes, sagte sie. Und da sie stets gut zu mir war, sogar meine Wäsche reparierte und meine Krawatte plättete, ging ich mit ihr nach oben. Das Küchenmädchen und die Braunelle folgten uns, alle vier gingen wir nach oben.

Inzwischen wurde zum zweiten Mal Sturm geläutet, und Jana riß die Tür zum Salon auf, und da saß der Bruder der beiden Damen, und der war im Gegensatz zu deren Fülle dürr und abgezehrt, und die Haut an seinem Hals war schlapp und lappig, er trug die Uniform von Hitlers Sturmabteilungsmännern, braun und gelb, von den Stiefeln bis zum Jackenkragen. Er saß in einem der schönen eierschalenfarbenen Ledersessel und hatte sich die Mündung seiner Pistole an die Schläfe gelegt.

Mir war, als wäre ich zu spät in eine Kinovorstellung gekommen, das Ende des Films wäre schon heran. Der Held erschießt sich, doch sehr langsam, weil erst gezeigt werden muß, wie die Kriminalpolizei rennt, um bei der Verhinderung des Selbstmords zur Stelle zu sein. Hier in meinem Falle kam ich mir wie ein Kriminalkommissar vor.

Als ich erschien, fingen die Damen sogleich an zu schreien und auf ihren Herrn Bruder zu deuten, denn sie glaubten wohl, ich hätte nicht gesehen, in welcher Aufmachung der dasaß.

Ich kam nicht mehr dazu, den Selbstmörder zu hindern, denn als er mich sah, legte er seine Pistole auf mich an, und die Sache sah immer gefährlicher aus, doch ich kann nicht sagen, daß ich besonders aufgeregt war, da war etwas, was die Wissenschaftler als metaphysisch bezeichnen, mit im Spiele.

Ich glaubte nicht an die Echtheit der Pistolenfummelei. Dieser Parteigenosse Rasunke, Führer eines SA-Trupps oder was er immer sein mochte, sah mir zu sehr wie ein Operettenheld aus. Ich habe nie etwas von Pistolen verstanden und verstehe bis heute nichts davon, doch diese Pistole erschien mir reichlich grob und lang, mir war, als hätte ich sie auf Fotos aus dem ersten Weltkrieg gesehen, ein Biest von der Länge eines Seitengewehrs.

In diesem Augenblick konnte ich auch gewahren, wie unintelligent eigentlich die Braunelle war. Sie versteckte sich hinter mir, hielt sie mich denn für eine grobe Feldsteinmauer?

«Geh weg», sagte ich und versuchte sie abzuschütteln, aber sie verstand nicht, wie es gemeint war. Ich hatte sogar noch Zeit, mich ein wenig zu erschrekken, weil ich die Braunelle geduzt hatte und weil unser Liebesverhältnis im Hause nicht bekannt werden durfte. Der Erfolg meiner Warnung endete damit, daß die Braunelle von hinten unter meine Jacke kroch.

Alles das muß von außen her ziemlich weinerlich ausgesehen haben. Jetzt weinten alle, sogar der Herr Bruder weinte über sich. Nur ich konnte mich nicht entschließen.

Der Bruder stand weinend auf, ohne zu vergessen, die Pistole auf mich gerichtet zu halten, und so machte er sich aus dem Staube. Er schlug die Salontür zu, und wir hörten das Getrapp seiner Stiefel auf der Treppe, und wieder erwies sich, daß mein Schreck nicht allzu groß war, denn ich ging ans Fenster und sah hinunter aufs Portal, und ich sah den Herrn Bruder hinausgehen und im Herbstgedämmer verschwinden.

«Er ist hinaus», sagte ich und ging hinunter, um das Tor abzuschließen, und ich hörte hinter mir die Erlösungsschreie von fünf Frauen. «Er ist gegangen, er ist hinfort.»

Schön und gut, aber was war das nun für eine Kriminalkomödie. Die Hausmädchen erzählten sie mir. Die Damen jedoch schienen mir keinerlei Erklärung schuldig zu sein. Vielleicht war ihnen der Vorfall auch allzu peinlich:

Bruder Rasunke hatte seine vom Vater erhaltene Million verjubelt, er war ein Lebemann, er war Frauenheld und Spieler, seine Familie aber litt Not. Die Damen Elinor und Herma hatten schon oftmals eingegriffen und hatten den darbenden Kindern etwas zukommen lassen, den Neffen und Nichten, «die armen, armen Kinderches!», pflegte Frau Elinor zu sagen. Brüderchen Rasunke hatte Spielschulden, er brauchte Geld und wollte es sich durch eine Erpressung verschaffen. Er hatte angekündigt, er würde sich vor den Augen der Schwestern erschießen, wenn sie nicht sogleich ins Scheckbuch greifen würden.

Die Damen verließen den Buchenhof zunächst nicht mehr, sie verurteilten sich selber zu Hausarrest, weil sie fürchteten, ihr lieber Herr Bruder könnte ihnen irgendwo auflauern, sich sogar vor ihr Auto werfen und sie zu seinen Mörderinnen machen.

Also bekam mein Auto Ruhe, nicht aber ich. Ich mußte mit Wunibald Krümer und dem alten Maxe Mückeldei die Feldsteinmauer, die den Buchenhof umgab, mit einem Stacheldrahtaufsatz erhöhen. Wir stellten in Abständen von fünf Metern drei Meter hohe Pfosten hinter die Mauer und spannten ein Gewebe von Stacheldraht zwischen diese Pfosten. Der Buchenhof bekam das Aussehen einer belagerten Zitadelle.

Ich muß schon sagen, auch ich war nicht ganz sicher, ob Brüderchen Rasunke nicht mit einem Heerhaufen von Sturmabteilungsmännern zurückkommen würde, denn er war ja wohl irgend so ein Führer, so ein beschissener Goldfasan oder so etwas, wie sie um jene Zeit mit ihren Abteilungen überall herumtrampelten.

Die Damen fühlten sich sicher hinter ihrem Stacheldraht, obwohl er wenig Sicherheit geboten hätte, wenn Brüderchen Rasunke wirklich mit einer Horde zurückgekommen wäre.

Frau Elinor spielte früh, mittags und abends Beethovens «Wut über den verlorenen Groschen» und verlud ihre Wut über den verkommenen Bruder in dieses Spiel.

Frau Herma zeichnete, wenn ich nicht irre, die «Festungsanlagen» vom Borkenhäuschen aus. Es mußte ihr irgendeine Befriedigung verschaffen.

Die Heckenbraunelle war unzufrieden mit meinem Verhalten bei den abendlichen Ereignissen. Ich hatte es ihr ermöglicht, sich allerlei «gute Filme» anzusehen. Nun hatte sie viele Muster von Helden in sich, und sie hatte deshalb von mir erwartet, daß ich dem Eindringling die Pistole entreißen würde. Sodann hätte nach ihrer Meinung ein Zweikampf stattfinden sollen. Sie ließ das durchblicken, die Braunelle.

«Ich glaube fast, du würdest nicht einmal kämpfen, wenn ein anderer käme, mich dir wegzunehmen», sagte sie.

Ja, das sagte sie, und es war der Augenblick, in dem in ihr das girrende Kind, die Heckenbraunelle, von einem Teufelsweibchen abgelöst wurde.

«Und wenn dieser Lumpiak mich erschossen hätte?» fragte ich.

Die Braunelle versicherte, sie hätte dann sehr, sehr um mich geweint, und das war wieder kindlich.

Nein, ich dankte sehr. Ich hatte nicht den Ehrgeiz zu sterben, damit ein kleines Mädchen weinen konnte.

Jedenfalls, von diesem Tage an kühlte sich unser Turteltaubenverhältnis ab. Erschießen lassen würde ich mich nur für eine Frau etwa wie Tina Babe, wenn sie etwas jünger gewesen wäre.

Nun hatte ich sie schon zum dritten Male gefahren, und wir hatten immer noch nicht das leiseste Gespräch miteinander geführt. Wir lebten von Schwingungen, die hin und her gingen, so glaubte ich jedenfalls.

Zuweilen beobachtete ich sie im Rückspiegel. Ich war langsam sicherer in der Fahrkunst geworden.

Frau Babe saß da und bewegte die Lippen, nach einer Weile aber schüttelte sie unwillig den Kopf, dann bewegte sie die Lippen wieder und sah verzückt drein bis zum nächsten Unwilligkeitsausbruch. Gewiß dichtete Frau Babe, sie fühlte sich nicht belästigt von meiner Anwesenheit, und es machte ihr nichts aus, daß ich die Luft im Auto mit ihr teilte. Meine Anwesenheit störte sie nicht beim Aufschwung in jene hehren Höhen, in denen die Dichtungen eingeschichtet und eingelagert sind wie Seidenballen in einem Versandhaus für Damenstoffe.

Was hatte Frau Babe eigentlich geschrieben? Die Hausmädchen sagten, einen Goethe-Roman. Ich fragte in der Buchhandlung nach ihm, und man sagte mir, er wäre ausverkauft. Sie wäre nun einmal die Dichterin der Heimat, oder es wäre hier die Heimat, aus der die Dichterin herausgewachsen wäre. Der Prophet gälte nichts in seinem Vaterlande, hatte ich früher gehört, aber Frau Tina Babe war gewiß so beschaffen, daß sie diese Norm außer Kraft gesetzt hatte.

Es war mir übrigens ganz lieb, daß ich Frau Babes Buch nicht zu kaufen bekam. Ich hatte nur so gefragt, denn ich hatte kein Geld. Die Heckenbraunelle sorgte dafür, daß meine Monatsgehälter nicht in der Brieftasche verschimmelten, und ich hatte ihr meine drei letzten Mark für einen Kinobesuch gegeben.

Ich versuchte mir das Buch von Frau Babe auf andere Weise zu verschaffen, und ich faßte mir ein Herz, bat Fräulein Herma darum, es mir zu leihen. Fräulein Herma aber hatte das Buch von Frau Babe nicht und verwies mich an Fräulein Elinor. Fräulein Elinor erklärte, das mit einer herzlieben Widmung versehene Buch wandere von einer ihrer Gesangsschülerinnen zur andern, sie wüßte im Augenblick nicht, wo es sich befände. Sodann erklärte sie mir, es hätte seine Schwierigkeiten mit dem Babe-Buch, man hätte nur rechten Genuß von seiner Lektüre, wenn man seinen Goethe genau von vorn und hinten kennen würde. Daran hätte es eben auch bei ihr und auch bei ihrer Frau Schwester Herma gefehlt, und sie hätten deshalb das Lesen von Frau Babes Buch bisher immer verschieben müssen.

Mit Goethe hatte ich meine Erfahrungen. Als ich neun Jahre alt war, verpflichtete mich der zweite Dorflehrer, der ein Wunderkind in mir sah, «Dichtung und Wahrheit» zu lesen und vor der Dorfschulklasse über den Inhalt zu sprechen. Ich plagte mich durch die beiden Bände, und ich heulte oft dabei, und meine Mutter tröstete mich, sie hätte es als Schulmädchen schwerer gehabt, weil sie das Alte Testament hätte lesen müssen.

Das Ende meiner Goethe-Lektüre war, daß ich meinen Mitschülern etwas von einem Jungen erzählte, der Wolfgang hieß und der mit seiner Schwester zusammen Porzellangeschirr zerschmissen hätte, ganz aus Mutwillen und freien Stücken. Daraus aber folgte, daß meine Mitschüler den jungen Goethe für einen tollen Kerl hielten.

Später, als ich das fünfte Jahr in die Dorfschule ging, quälte man uns mit «Hermann und Dorothea». Wir lasen dieses vaterländische Epos dreimal, und wir analysierten es dreimal. Dieses Analysieren und Abtöten von literarischen Kunstwerken wird noch heute, wie ich höre, in der Schule mit preußischem Eifer betrieben, und ich muß mich ernstlich fragen, wo denn da der Fortschritt in unserem pädagogischen System steht.

Die Bemerkung von Frau Elinor setzte jedoch damals meinen Bildungseifer in Szene. Ich nahm mir vor, meine Herrinnen baldigst mit meinen Goethe-Kenntnissen zu überholen und mich schnellstens in die Lage zu versetzen, den Roman von Tina Babe lesen zu können.

Inzwischen gerieten der Buchenhof und seine Herrinnen auf merkwürdige Weise in die Strömung der Zeit, und die war nationalsozialistisch.

Auf den Feldern zwischen der Stadt und dem Dörfchen Blöwitz hatte man Kasernen gebaut. Keine Preußenstadt mehr ohne Kasernen, und jetzt war auch Thüringen preußisch, es war nicht mehr nur das grüne Herz Deutschlands.

Die Kasernen von Grottenstadt sollten demnächst eingeweiht werden. In der örtlichen Tageszeitung wurden die Bürger des Kreises aufgefordert, schöne Dinge und Kunstgegenstände zur Ausschmückung der Offiziersräume und der Kantinen zu stiften.

Da machte sich zu meinem Erstaunen auch auf Frau Herma. Sie malte ein Hitlerbild.

Hatte sie diesen dunklen Arier je gesehen? Ich glaube nicht. Sie malte ihn von Postkarten und nach Fotos.

Wir waren jetzt etwas vertrauter miteinander, die Rasunke-Damen und ich. Ob sie nun mit mir oder ich mit ihnen, es war nicht so genau festzustellen. Dann und wann wurden im Auto sogar politische Meinungen gewechselt.

Die Damen ließen durchblicken, daß sie ihre Heimatstadt Riga meiden müßten, weil ihnen die Diktatur, die dort herrsche, nicht gefiele.

«Und nun», fragte ich, «was denn nun.»

Das war vielleicht ein wenig zu vorlaut von mir, nicht wohlgebildet genug für das Empfinden meiner Damen. Ich bekam zunächst keine Antwort, aber ich war es gewohnt, daß zwischen Fragen und Antworten in unserem Falle oft Kilometer lagen. Und auch in diesem Falle bekam ich nach etwa drei Kilometern von Fräulein Elinor eine Antwort.

«Man wird sehen», sagte sie, «wenn uns der Herr Hitlerrr nicht zu nahetritt . . .»

Frau Herma schwieg. Ihr war wohl der Herr Hitler schon zu nahegetreten, aber Frau Elinor schien das im Glücke ihrer wieder aufgelebten Musikmission vergessen zu haben. Auch ich schwieg nun, denn ich hätte von mir reden müssen, und es schien mir nicht angebracht, den Damen zu sagen, was ich mit Hitler oder seinen Leuten abzumachen hatte.

Aber eines wußte ich aus solchen Kilometer-Gesprächen, die Damen haßten alles Preußische und alles Militärische. Schon das allein war mir sympathisch.

Ihre Abneigung gegen Uniformen schien nach dem Vorfall mit dem verkommenen Herrn Bruder noch zugenommen zu haben. Und deshalb wunderte ich mich, als das Stubenmädchen Jana immer wieder in der Küche erzählte, Frau Herma male jetzt Hitler. Malte sie auch den Diktator in Trance? Jana konnte darüber nichts sagen.

Der Herbst war da. Sturmtage und Blätterflug, auch die Laublandschaft im milden Thüringen wurde kahl, Nebelmorgen und Sternennächte, glühende Sternsplitter flogen durch den schwarzen Weltenraum. Ich wanderte durch Goethes Welt. Der «Faust», der «Faust», er machte mir zu schaffen, besonders der zweite Teil. Es zeigte sich, daß ich nicht genug von der alten Klassik wußte, auch da mußte ich mich also umtun, und das alles, um dermaleinst mit Gewinn den Goethe-Roman von Frau Tina Babe lesen zu können.

Frau Hermas Hitlerbild wurde fertig. Nur Jana hatte es ein- oder zweimal gesehen. «Schreckliche Augen», sagte sie, «wie die Augen von Pater Sadani, der uns auf Erbsen knien ließ.»

In der Stadt wurden die den Kasernenstuben zugedachten Kunstgegenstände in den Schaufenstern geeigneter Geschäfte ausgestellt. Da gab es manches Stück, das bewies, wie durchwachsen sein Erzeuger oder seine Erzeugerin von der nationalsozialistischen Idee war.

Es gab Sofakissen mit ausgestickten Hakenkreuzen, ferner Adler in Stickerei- und Laubsägearbeit, Münchner Bürgerbräukeller, aus Streichholzschachteln zusammengeklebt, und immer wieder Adler aus Stahl und aus Holz, aus Blech und aus Pappe. Ein Zeichenlehrer hatte Fenstervorhänge mit völkischen Sinnsprüchen niederschmetternder Art versehen.

Alle bis dahin unbekannten Maler und Bildhauer des Kreisgebietes ergriffen die Gelegenheit, auf der Stiftungswelle mitten ins Publikum hineinzureiten.

Da gab es das Bild eines Parteigenossen, der die Berufsbezeichnung akademischer Kunstmaler führte.

Das Gemälde, das er für die Ausstattung der Kasernen gestiftet hatte, trug den Titel *Aufbruch der Nation.* Es zeigte Trupps von tabakbraunen und begräbnisschwarzen Marschierern, die, die Augen geradeaus, marschierten und marschierten, nach links natürlich. Links stund der Feind.

Um diese Zeit setzte sich in mir der Ekel vor symbolträchtigen kleinstädtischen Obermalern für alle Zeiten fest. Und ob auf diesen symbolträchtigen Bildern nun nach links oder nach rechts marschiert wird, mein Ekel vor solcher Afterkunst ist nicht zu beheben.

Eines Nachmittags übergab mir Frau Herma ihr Hitlerbild. Es war schön verpackt und verklebt, ich hatte es in die Bulwersche Buchhandlung am Markt zu bringen. Dort sollte das Bild im Schaufenster aushängen.

Der Tag verging. Frau Hermas Hitlerbild hing im Schaufenster, und die Menschen in der Stadt schienen durch das Vorhandensein dieses hunderttausendsten Hitlerbildes nicht ärmer, nicht reicher, nicht froher und nicht unfroher, nicht beschwingter und nicht unbeschwingter geworden zu sein. Die Leute hatten sich längst daran gewöhnt, daß allüberall in Läden und Gastwirtschaften, in Schulen und Amtsstuben, in Anwaltsbüros und auf dem Arbeitsamt, selbst in der Geschäftsstelle der städtischen Müllabfuhr, sogar in der Badeanstalt das Fotoporträt des beliebten Parteiführers hing. Es kam auf ein Bild mehr oder weniger in der Stadt nicht an.

Und doch schien's, wie sich zeigte, auf das Hitlerbild von Frau Herma sehr anzukommen, denn am Abend telefonierte der Buchhändler.

Der städtische Obermaler hatte gehofft, mit seinem Aufbruchsbild ohne Konkurrenz zu bleiben. Nun aber hing dort der Hitler von Frau Herma.

Der akademische Kunstmaler wußte natürlich, daß

Frau Herma eine Schülerin von Liebermann, also die Schülerin eines Juden gewesen war und daß sie der Reichskunstkammer, oder wie die sich nannte, nicht angehörte und nicht ausstellen durfte.

Der akademische Kunstmaler Adlerstar erkannte sogleich, obwohl er Hitler nie gesehen hatte, daß der Führer auf dem Bild von Frau Herma zu blaß und zu riesenäugig angelegt und daß sein Blick zu starr und zuwenig arisch wäre. Der geliebte Führer sähe auf dem Bilde aus wie ein semitischer Hypnotiseur, behauptete der Sekteneiferer Adlerstar.

Er ging sogleich hin und überzeugte den Zeichenlehrer von seiner Ansicht, und der Zeichenlehrer überzeugte andere Herren aus dem Lehrerkollegium, und die Überzeugung, Hitler sähe auf dem Bilde der Frau Herma aus wie ein semitischer Hypnotiseur, pflanzte sich fort.

Jener Zeichenlehrer, der die Fenstervorhänge mit den niederschmetternden völkischen Sinnsprüchen geliefert hatte, fand, das Gesicht des geliebten Führers wäre nicht sanft genug, wäre ungütig, der geliebte Führer blicke auffordernd, wenn nicht gar nötigend auf seine Beschauer.

Der akademische Parteigenosse und der Parteigenosse Zeichenlehrer sammelten einen Trupp von SA-Leuten um sich, die sie rasch über die Verwerflichkeit des ausgestellten Hitlerbildes von Frau Herma «aufklärten». Die Dilettanten sahen natürlich sofort den geringen völkischen Wert dieses Hitlerporträts ein.

Die Buchhandlung war bereits geschlossen, und der Kampftrupp begann seine Demonstration mit Gemurmel und Gemurr vor dem Schaufenster. Etwas später pochte man gegen die Schaufensterscheibe, man tat es so lange, bis der Buchhändler erschien, inzwischen blieben natürlich Passanten stehen.

Ein Auflauf entstand, aber der Kern des Auflaufs

war eben jene aufgeklärte Kampfgruppe. Nicht der akademische Kunstmaler Adlerstar, nicht der Zeichenlehrer verlangten die Entfernung des Hitlerbildes vom Buchhändler, sondern das tat der Führer des SA-Trupps. Der SA-Truppführer ließ keinen Zweifel offen, daß man gegen dieses Produkt entarteter Kunst tätig werden müßte, wenn es nicht entfernt werde.

Der Buchhändler begann zu zittern, erst innerlich, dann äußerlich, auch das Bild zitterte, als er es aus dem Fenster nahm.

Er brachte es nach hinten in seine Wohnung, aber die «Demonstranten» vor dem Schaufenster gingen nicht. Sie hatten Ähnlichkeit mit einer Hundemeute, der man den Köder entzog. Der Köder lag im Kasten, aber der Geruch schwebte noch. Die Meute verspürte Lust, den Kasten, in dem der Köder versteckt worden war, zu stürmen.

Der Buchhändler hatte Frau Herma beim ersten Telefonanruf gebeten, das Bild abholen zu lassen, beim dritten Anruf bat er nicht mehr, sondern forderte. Frau Herma sagte naiv, daß es sich doch um eine Stiftung für die Kasernen handele. Der Buchhändler wollte nichts davon hören, ob Stiftung für die Kasernen oder nicht, er müsse um das Heil seines Geschäftes fürchten. Mit deutschem Gruß Heil Hitler! Das Bild aus dem Haus, sofort!

Also mußte ich hin und das Bild holen.

Ich fuhr mit meinem Auto an den Hintereingang der Buchhandlung. Die Frau des Buchhändlers händigte mir das Bild unverpackt aus. Der Buchhändler beschwichtigte vor dem Haus die Meute und teilte ihrem Anführer mit, daß das Bild sich nicht mehr am Orte befände. Ich hörte, wie man vorn schrie, also dann auf nach Blöwitz!

Ich hatte von Grottenstadt nach Blöwitz vier Kilometer zu fahren, und ich überlegte, ob es nicht angezeigt wäre, das Bild unterwegs zu verbrennen, aber dann überdachte ich, was passieren könnte, wenn etwa Soldaten aus der Kaserne oder SA-Leute, die als friedliche Zivilisten umherwanderten, mich beim Verbrennen des Bildes betreffen würden. Man würde mich für den Schänder eines Hitlerbildes halten, für einen «Kulturbolschewisten».

An diesem Abend hatte ich eine Menge Einsichten über den politischen Mißbrauch von Kunst: Ein Künstler, der einen Politiker malt, wie er ihn sieht, läuft immer Gefahr, mit den Anhängern des politischen Führers uneins zu werden, die den politischen Führer gemalt haben wollen, wie sie ihn gern sehen möchten. Sowie der Künstler eine im Schwange befindliche politische Persönlichkeit abmalt, ist ihm verboten, Schillerndes oder Unheroisches zu liefern.

Aus jener Nacht stammt auch meine untilgbare Aversion gegen Kampftrupps von Dilettanten, die man gegen Werke der Kunst einsetzt.

Es war still in jener Nacht, und der Geruch von schwelenden Kartoffelkrautfeuern kam herüber von den Feldern.

Ich trug das Hitlerbild in den Buchenhof. Die Frauen empfingen mich bebend, nur die Braunelle war nirgends zu sehen.

Ich durfte zum ersten Male Frau Hermas Bilderkammer betreten. Dort standen ihre Bilder gerahmt in Reihen, eines hinter dem andern auf dem Fußboden, meterlange Reihen nebeneinander. Man konnte Bild für Bild nach vorn kippen und von schräg oben einen Blick draufwerfen.

Frau Herma hatte sich in den Kopf gesetzt, das Hitlerbild zwischen ihren anderen Bildern zu verstekken. Die Bilder, die ich «umblätterte», zeigten Landschaften und Menschen aus Frau Hermas lettischer Heimat. Sie mußte diese Heimat, die sie angeblich aufgab, weil dort eine Diktatur herrschte, sehr geliebt haben. Sie schien mein Erstaunen zu erraten.

«Da konnte ich noch malen», sagte sie wie entschuldigend, «und wenn ich hier male, male ich doch nur immer das, immer wieder das.»

Und tatsächlich, das liebliche Thüringen hatte ihr bisher kein Bild abgelockt. Sie war also ein Gewächs jener lettischen Landschaft, ob nun ihr Vater ein Deutscher gewesen war oder nicht.

Diese Tatsache berührte mich, und etwas wie Mitleid stieg in mir auf. Jawohl, ich sage es ganz offen, es rührte mich an, dieses Schicksal, und ich riet Frau Herma davon ab, das Hitlerbild zwischen diese Bilder zu stecken. Die randalierenden Sturmabteilungsleute waren möglicherweise unterwegs. Man mußte das Hitlerbild, falls sich die Zerstörungslust der Leute gesteigert hatte, greifbar, vielleicht in der Diele, aufstellen. Die Kerle mußten es bei der Hand haben.

Ich muß sagen, daß sie das Bild ihres geliebten Führers zerstören würden, belustigte mich ein wenig. Frau Herma willigte ein. Das Bild wurde in die Diele gestellt.

Eine Stunde verging. Wenn man in die Nacht hinauslauschte, hörte man die Zugvögel unter den Sternen entlangziehen.

Dann erschien tatsächlich der SA-Trupp vor dem Gartenportal des Buchenhofes. Er war schon etwas kleiner. Einige Parteigenossen waren wohl marschmüde geworden. Der erwartete Überfall auf den Buchenhof fand nicht statt. Man begnügte sich damit, mit Straßenteer an die Portalpfosten zu schmieren. Abwechselnd David-Sterne und Jahve-Augen. Auch einen Sprechchor hatte der Parteigenosse Deutschlehrer unterwegs eingeübt. «Judenkunst, Judenkunst hat den Führer uns verhunzt!» Ja, das war recht zweideutig und wenig treffend.

Nach einer halben Stunde zogen die Schreihälse ab.

Wo der von Frau Herma gemalte Hitler blieb, weiß ich nicht. Jedenfalls stand er am nächsten Morgen nicht mehr in der Diele, wo ich ihn hingestellt hatte. Nun, das war nicht meine Sache. Gern gewußt hätte ich, ob Frau Herma das Hitlerbild wirklich als Karikatur angelegt hatte oder ob sie ihr beim Abmalen der Postkarte unterlaufen waren, diese Augen von Mantelknopfgröße, überhaupt dieses Gesicht von der Farbe einer weißen Wand?

Oder hatten ihr vielleicht die von Frau Elinor zugewiesenen «Kunstbetrachterinnen» nicht mehr genügt? Litt sie mit ihren Bildern, die ungesehn und unerkannt in der Kammer unterm Dach des Buchenhofes schmachteten? Hoffte sie mit dem «Geschenk» das Wohlwollen derjenigen zu erringen, die ihr zur Aufnahme in die sogenannte Reichskulturkammer verhelfen konnten? Ward ihre Demut von der Eitelkeit gefoltert?

Viele Fragen. Frau Herma beantwortete sie ihrem Autolenker nicht, sie beantwortete sie niemand und ließ sich nichts anmerken.

Jene völkische Geigerin aber, von der ich bereits erzählte, verlautbarte im Auto, und diesmal zu einer anderen Gesangsschülerin: «Es war mir immer nicht ganz geheuer, zum Bilderansehen in Frau Hermas Atelier zu steigen. Ich fühlte es, und ich behielt recht. Sie hat den jüdischen Einfluß ihres Meisters nicht abzuschütteln vermocht. Sie hat dieses destruktiv Jüdische übernommen und hat unseren Führer bewußt so verzerrt gemalt, das sag ich Ihnen.»

Die Sonne ging auf und unter, obwohl sie sich uns Menschen nicht mehr allzu häufig zeigte. Der Winter kam gekrochen.

Ich hatte die zentrale Warmwasserheizung zu versorgen. Der Ofen stand in der Diele, links von meinem Zimmer, wenn ich heraustrat, und mein Zimmer lag am Hintereingang des Buchenhofes. Als der Buchenhof noch Gutshof war, war das die Gesindestube gewesen, und etwas von der Tradition hatte sich erhalten, auch das jetzige kleine Gesinde saß am Abend bei mir.

Das Stubenmädchen las Geschichten von katholischen Heiligen, das Küchenmädchen stickte, und ich war immer noch mit meinem Goethe beschäftigt und war jetzt mit «Wilhelm Meister» unterwegs. Es lag mir dran, auch die Braunelle zu beschäftigen.

Ich hatte ihr Bücher von Turgenjew ausgesucht, sie las eine Weile darin und sagte dann: «Nein, russische Liebesgeschichten will ich nicht, die Namen sind so schwer zu merken.» Außerdem dauerte es ihr zu lange, bis etwas mit dem Liebespaar geschah. Auf diese Weise kriegte sie mich des öfteren herum, mit ihr Sechsundsechzig zu spielen, obwohl ich mein Leben lang etwas gegen Kartenspiele hatte, weil man die Lebenszeit, die einem zugeteilt ist, nicht sinnloser herumbringen kann.

Die Braunelle hielt aber auch beim Sechsundsechzigspielen nicht lange aus. Ich spielte ihr nicht leidenschaftlich genug. Sie war schnell und grausam im Urteil. Ich wußte es eigentlich von Anfang an, denn ihre Kleinfinger waren gebogen wie Raubvogelkrallen. Ich sah es gleich, als sie kam, aber später übersah ich es. Die Lust auf sie, die allmählich in mir anwuchs, verdeckte es.

In ihr Zimmer war ich nie hinaufgestiegen. Es war eine Mansardenstube im dritten Stock des Buchenhofes, und das Haus war alt, und die Treppen knarrten, es konnte kein Mensch sich von einem Stock in den anderen bewegen, ohne daß alle im Hause mit dem Ohr daran beteiligt waren.

Wenn die Braunelle und ich es noch eine Weile gut haben wollten, mußten wir beim Sechsundsechzigspiel ausharren, bis die Hausmädchen um neun Uhr zu Bett gingen. «So laßt uns gehen», sagte Jana das Stubenmädchen Abend für Abend, «damit wir morgen froh am Tagwerk sind!» Dieser Aufforderung folgte nur Pepi das Küchenmädchen. Die Braunelle blieb bei mir, wir riegelten uns ein und hatten es gut miteinander wie das Marderpärchen im hohlen Baum.

So war es im Herbst und im Vorwinter. Aber dann fing die Braunelle an, sich immer häufiger zu langweilen, weil sie lesen sollte und weil ich nicht immerzu Sechsundsechzig oder Halma mit ihr spielen konnte und wollte. Sie verabschiedete sich beleidigt, ging, noch bevor die Hausmädchen gegangen waren, und sie stampfte die Treppe hinauf, daß sich das Stubenmädchen duckte und sagte: «Herr des Himmels, sie wird die Damen erschrecken!» Nachher war alles ruhig, und wir hörten, wie das rinnende Kondenswasser in den Heizkörpern gluckerte und klopfte, und das Umwenden meiner Buchseiten wurde zu einem großen Geräusch in der Stille.

Das Stubenmädchen Jana seufzte von Zeit zu Zeit. Wahrscheinlich, weil es ihr nicht gegeben war, so heilig zu werden wie die Heiligen in ihrem Buche. Pepi das Küchenmädchen hielt ab und zu ihre Stickerei mit ausgestrecktem Arm von sich weg und schaute sie aus der Entfernung an wie der Maler sein werdendes Bild. Sie schien zufrieden zu sein mit dem roten Klatschmohn und den blauen Schwertlilien, die da unter ihren Händen aus Stickgarn entstanden waren.

Und wenn die beiden Hausmädchen gegangen waren, so war ich allein, und niemand störte mich mehr, und niemand hatte mehr Forderungen an mich, und zuweilen ging ich noch eine Weile in den Park, umwanderte den Buchenhof und sah zu den Kemenatenfenstern im dritten Stock hoch, und dort brannte Licht. Die Braunelle schlief noch nicht, sie wird Weihnachtsarbeiten machen, dachte ich, deshalb stieg sie so früh hinauf, wie konntest du das übersehen.

Es waren noch vierzehn Tage bis Weihnachten, und auch für mich wurde es Zeit, an ein Geschenk für die Braunelle zu denken. Aber mein Geld war zu Ende, und ich sollte erst neues bekommen, wenn das Jahr und der Monat zu Ende gingen, aber dann war Weihnachten vorbei.

Freilich war die Braunelle in Schuld, wenn ich kein Geld hatte, denn sie verstand es nach wie vor, es mir mit ihren kindlichen Wünschen und ihrem lieben Lächeln aus der Tasche zu ziehen.

Dann hatte sie zum Winter wieder einen Pelzmuff nötig gehabt, und das war einzusehen. Es war so nötig, daß sie draußen auf der Farm ihre kleinen Hände ab und zu in einen kleinen Pelzmuff stecken konnte, um sie zu erwärmen. Nun, ich hatte ihr den Muff gekauft, und sie trug ihn nicht auf der Farm, sondern wenn sie ins Kino ging. Sie war eben ein unberechenbares Mädchen.

Trotzdem konnte ich ihr zu Weihnachten nicht nur meinen Händedruck schenken. Gut, ich würde ihr etwas Geistiges schenken. Gedichte, nicht im Laden gekauft, eigene Anfertigung. Ich hatte ja eine ziemliche Menge Gedichte im Vorrat. Nicht wenige davon waren gerade in der Zeit meiner Liebelei mit der Braunelle entstanden. Es konnte also ganz gut ein bezügliches Geschenk werden, wenn ich diese Gedichte schön in Block- oder Schwabacher Frakturschrift abschrieb und sie zu einem Büchlein zusammenband.

Über all das dachte ich nach, als ich abends vor dem Zubettgehen noch einmal durch den Park wanderte. Ich kam in die Nähe des Borkenhäuschens, und da hieß es mit einem Male «Halt!».

Es stand einer vor mir und fuchtelte mit einem langen Messer oder einem Säbel, jedenfalls mit so einem Ding, wie es die Hitlerjugend damals trug.

Es war der Sohn des Nachbarn, der Sohn des Ortsbauernführers, denn nicht nur das Reich hatte einen Führer, sondern jeder Gau, jeder Kreis und jeder Ort. Sie alle hatten ihre Kleinführer. Und sicher hatte auch jede nationalsozialistisch durchgestaltete Familie ihren Familienführer.

Der Sohn des Nachbarn war mir durch seine gelbe Gesichtshaut und sein schwarzes drahthartes Haar aufgefallen. Er war ein weitläufiger Nachkomme jener Hussiten oder Hunnen, die einst in Thüringen sitzen geblieben waren. Nein, er war durchaus kein Germane, aber weshalb auch, er konnte sich mit seinem «nicht-arischen Aussehen» auf seinen Führer und auf seinen Propagandaminister berufen.

Ich sah dieses Jugendmesser da im Mondlicht blitzen, und ich sagte zu dem Kleinführer: «Steck weg, du bist hier auf fremdem Grundstück.»

«Aber wir haben die Macht», antwortete er.

«Ja freilich», sagte ich, «du hast vielleicht die Macht über das Vögelchen dort im Borkenhaus, aber nicht über mich. Also steck weg, sonst muß ich dir dein Messerchen abnehmen», sagte ich, und ich ging.

Es hätte noch gefehlt, daß ich mich mit diesem Jungen gestritten und vielleicht ein bißchen handgemengt hätte, zumal ich wußte, daß das der Braunelle wohlgetan hätte.

Das Licht hinter ihrem Mansardenfenster brannte nur, um mich irrezuführen, sie sollte ihren Kitzel nicht haben, obwohl es mir auf ein paar Ohrfeigen wirklich nicht angekommen wäre, aber ich hatte etwas Ähnliches schon hinter mir, und es hätte mir das gleiche passieren können.

Der Bengel trug eine Uniform, und wenn ich ihn in seinem Aufputz geohrfeigt hätte, so hätte mir das als ein Angriff auf die Partei des großen Führers angelastet werden können.

Ich hatte mein Verhältnis zur Braunelle bis dahin

zwar immer als Liebelei betrachtet, und ich hielt es auch, soviel ich weiß, für nichts Größeres, aber die Eifersucht fragt nicht, mit welchen Begriffsnuancen wir unseren natürlichen Paarungsdrang belegen. Sie ist mit einem Mal da wie eine geisterhafte graue Ratte.

Ich hatte mir mancherlei beigebracht und war auch in der Kunst der Selbstbeherrschung nicht unerfahren, und nun saß ich in meiner Gesindestube und versuchte all diese Mittel einzusetzen, mit deren Hilfe der Mensch sich selber näherzukommen trachtet. Aber sie verschlugen nicht.

Du wirst jetzt schlafen, unbedingt schlafen, redete ich mir zum Beispiel ein, und morgen früh, wenn du erwachst, wird alles weit zurückliegen, und es wird dir sein, als hättest du die Braunelle in einem früheren Leben gekannt. Du hast ein paar dumme Stunden mit einem unreifen Vogelmädchen verbracht, und du mußt diese Stunden vergessen.

Aber der Schlaf kam nicht. Im Gegenteil, angespannt lauschte ich in die Nachtstille hinein, ich wollte die Heimkehr der Braunelle nicht verpassen, ich wollte ihr beweisen, daß sie mich nicht betrügen konnte. Als ob ich etwas davon gehabt hätte, nun, da schon alles geschehen war. Aber die Braunelle kam und kam nicht.

Als es auf den Morgen zuging, brannten mir die Augen, und als mein Wecker klingelte, stand ich auf, doch ich wagte nicht, mich zu waschen, vielleicht konnte es sein, daß ich beim Geplätscher das Heimkehren der Braunelle verpaßte.

Und dann kam sie. Aber sie kam die Treppe herunter wie jeden Morgen, und sie begrüßte mich liebreizend und zwitschernd wie jeden Morgen, und ich fühlte plötzlich den Hohlraum an jener Stelle in der Herzgrube, den die graue Ratte Eifersucht ausgefressen hatte.

Es war dort jetzt ganz schmerzstill. Die Stelle dort fühlte sich an wie ein ungefülltes Loch. Es mußte erst wieder unenttäuschtes Leben hineinfließen. Ach, was für ein alter Esel war man doch, man ging umher und bezichtigte ein halbes Kind der Untreue.

Und das Loch, das die Ratte Eifersucht in meine Herzgrube gefressen hatte, füllte sich wirklich wieder mit Naivität und Lebenszuversicht, und ich ging geheilt umher, aber nur für zwei Stunden. Ach, welches Auf und Ab an Gefühlen man erlebt, wenn man sie nicht in der Gewalt hat!

Zwei Stunden später ertappte ich die Braunelle, als ich auf die Farm ging, um mich vom Zustand der Tiere zu überzeugen, wie sie mit ihrem Hitlerjungen flötete und turtelte, und das durch ein Astloch im Bretterzaun, dort, wo die Farm an das Grundstück des Nachbarn grenzte.

Sogleich fing die Eifersucht wieder an zu nagen. Und wenn die Eifersucht einem, den sie befiel, irgend etwas einbringt, dann eine erhöhte Scharfsinnigkeit. Eine Sinnigkeit von der Schärfe eines Rasiermessers. Denn was mir in der ganzen durchwachten Nacht nicht eingefallen war, jetzt wußte ich es: Die Braunelle hatte sich den Schlüssel vom Hauptportal beschafft. Es war ganz leicht für sie, zu kommen und zu gehen, so daß ich sie nicht hören konnte. Und jetzt wußte ich auch, weshalb sie abends, wenn sie die Gesindestube vorzeitig verließ, so besonders laut zum ersten Stock hinaufstieg. Sie tat's, um uns zu täuschen und wieder zurückzurennen und zum Hauptportal in den Park zu laufen.

Was für ein Naivling, was für ein Trottel war ich, was für ein betrogener Liebhaber aus einem Molièrestück!

Und die Braunelle war so freundlich zu mir und so girrend wie immer, nur nicht ganz so anschmiegsam, aber es konnte sein, daß sie auch so anschmiegsam war wie sonst und daß mir den Mangel nur meine Eifersucht vortäuschte.

Um meine Abende zu überstehen, malte ich meine Gedichte, zu denen jetzt noch einige Entsagungsgedichte kamen, auf lose Blätter, und ich legte mich ganz in diese Arbeit hinein, um der Eifersucht wenigstens einigermaßen zu entfliehen, und es wurden dreißig oder vierzig Blätter, und ich heftete sie zu einem Büchlein zusammen und versah das Heft mit einem Deckel, den ich zu allem Überfluß mit Wasserfarben aus meinem alten Schultuschkasten bemalte. Ich weiß es noch wie heute, daß ich eine geknickte Rose, eine Rose mit geknicktem Stiel, auf den Umschlag malte, jawohl.

Niemand soll denken, daß ich vorhatte, dieses Stück Kunst oder Kunststück der Heckenbraunelle auf Weihnachten zu schenken. Nein, sie hatte meine Männchenehre gekränkt, und auch das kommende Weihnachtsfest steigerte meinen Verzeihungswillen nicht zu Exzessen. Ich hatte nicht daran gedacht, sie zu heiraten, das gestand ich gerechterweise. Aber gab ihr das das Recht, das Männchentier in mir so zu behandeln, als hätte es sie in keiner Weise befriedigt?

Wieder gab ich mir einen Ruck. Nun mochte alles sein, wie es wollte. Ich hatte meinen Plan, und ich hatte nicht vor, wie ein Tiermännchen mit Krallen und Zähnen zu kämpfen, vielleicht gar mit verlängerten Händen von Barbaren, also mit Pistolen oder Messern. Ich hatte vor, meine Niederlage im Tierreich geistig aus der Welt zu schaffen, und ich machte Frau Tina Babe zu meiner recht Geliebten.

Sie wurde die Gestalt, an der ich mich satt zu trösten suchte, und ich nannte sie in der Verblasenheit eines notdürftig von der Eifersucht Geheilten «eine Gräfin des Geistes».

Und ich versuchte mir vorzustellen, wie Tina Babe auf all das gelassen herabsehen mochte: Was tummelt ihr euch dort in den Niederungen herum, ihr kleinen Halbtiere? Ich arbeite am künftigen Menschen, jeder meiner Blicke ein Blick in die Ferne, aus der die dichterischen Gegebenheiten zu erwarten sind. So, dachte ich, muß Frau Tina Babe denken, unbedingt. Ein Festtag für die ganze Männerwelt, wenn sie sich einem Manne zuneigte. Und da es mir um Trost ging, war ich nicht kleinlich, der Mann, dem sie sich zuneigte, konnte ohne große Schwierigkeiten auch ich sein.

So kam Weihnachten heran, und die Braunelle war unbefangen wie immer, nur daß sie keinen Abend mehr in der Gesindestube blieb, und daß sie jetzt, da sie wohl doch ahnen mußte, daß ich alles wußte und daß ich litt, keinerlei Mitleid zeigte, keinerlei Erbarmen.

Sie ging wie immer mit Gepolter nach oben, um das Licht einzuschalten und sich dann treppab zu schleichen und zum Hauptportal zu entschwinden. Ich stellte sie nicht zur Rede, das wäre mir zu kleinlich gewesen, das wollte ich erst tun, wenn ich meinen Plan ausgeführt haben würde.

Sie aber ließ nicht nach, mich mit dem alten Liebreiz zu bedenken. Und sie beschenkte mich sogar zu Weihnachten, und sie steckte mir ein behäkeltes Taschentuch in die sogenannte Kavaliertasche meines neuen Anzuges, den ich von den Damen bekommen hatte.

Sollte ich mich beschämen lassen? Ich gab der Braunelle ein Buch, das ich mir selber zu Weihnachten geschenkt hatte. Es waren Goethes «Wahlverwandtschaften», und ich schrieb eine Widmung hinein, die da hieß: «Nichts nutzet das Klagen, wenn es zu spät ist». Das hörte sich ein wenig wie klassisch an, aber es war ein Aphorismus von mir.

Während der Feiertage war ich Chauffeur und nur Chauffeur, aber das war mir recht. Es fanden einige

Konzerte und ein literarischer Abend statt. Frau Elinor führte ihre dressierten Singschnäbel vor.

Das Land lag im Schnee und war lieblich bedaunt. Der Himmel war herrlich verhangen, man lebte in einem Wolkenzelt. Ich war unterwegs und unterwegs und fuhr durchs thüringische Land, und die Heimlichkeit der Landschaft rührte mich nicht an. Ich war beschäftigt, meine unkräutigen Gedanken niederzuhalten, bis endlich meine Stunde kam: Ich holte Frau Tina Babe ab. Und die Gezeiten schienen sich zu meinen Gunsten zu gestalten. Frau Tina Babe sagte die ersten zwei Worte zu mir.

Und sie sagte die Worte zu mir, ohne daß ich ihr dazu Anlaß gegeben hätte. «Gesegnetes Fest», sagte sie.

Ich dachte einen Augenblick nach. Mein Gegengruß sollte es in sich haben. «Frohe Weihnachten in Worten und Werken», sagte ich schließlich.

Mir wars, als hätte sie aufgelacht, doch als ich mich nach ihr umsah, zupfte sie die Decke zurecht, die ich ihr mit Feiertagsaufmerksamkeit, die ich mir leistete, über die Knie gebreitet hatte.

Auf der Hinfahrt zum Buchenhof wurde nichts weiter geredet, ich wagte mich noch nicht an die Ausführung meines Planes, dazu benutzte ich die Rückfahrt. Die Kampfkraft, mit der ich mich hätte auf meinen Nebenbuhler stürzen müssen, gab mir den Mut zur Ausführung.

Ich offenbarte mich Frau Tina Babe, und ich holte weit aus dabei, sagte ihr, daß Unbescheidenheit nicht zu meinen Qualitäten gehöre, aber wir wären ja nun schon einige Male mitsammen gefahren, und die Tatsache gäbe mir den Mut, ihr zu sagen, daß ich seit meiner Kindheit literarisch interessiert wäre.

Ja, ich sagte all die Worte, die ich heute oft selber zu hören bekomme, wenn ein Leser sich mir vorsichtig nähert.

Ich ging weiter, ich offenbarte Frau Babe, daß ich mit neun Jahren mein erstes Gedicht geschrieben hätte, ein Gedicht auf einen Onkel in Amerika, und daß ich seither von Zeit zu Zeit immer einmal Gedichte anfertigen würde, sozusagen als Begleitmusik für innere Kämpfe. Dann ging ich noch weiter und fragte, ob Frau Babe vielleicht die große Güte hätte und so weiter. Dabei übergab ich ihr schon, mit der rechten Hand über die linke Schulter langend, meinen Gedichtband mit der geknickten Rose auf dem Deckel.

Was sollte Frau Babe tun. Sie konnte nichts anderes tun, als mir den Band abnehmen, es war Winter, und die Straßen waren glatt, und sie konnte nicht verantworten, daß ich als ihr Fahrer die Arme gekreuzt hielt.

Sie nahm das Buch vorsichtig mit Daumen und Zeigefinger, so wie man etwas anpackt, was einem Ekel einflößt, oder etwas, was man für kostbar hält. Bestimmend ist der Gesichtsausdruck, der diese Geste begleitet, doch ich konnte Frau Tina Babes Gesicht nicht sehen, ich mußte auf die Straße passen, gerade deshalb geschah's wahrscheinlich, daß mein Wagen ins Schleudern geriet.

Es war am Eingang von Rudolstadt, es gibt dort ein glattes Würfelpflaster. Der Wagen kam darauf mächtig ins Rutschen, und ich saß machtlos am Steuer, und wir, Frau Tina Babe, ich und das Auto, rutschten dreimal hin und her, von einer Bordkante der Straße zur andern, und der Wagen schlug an die Bordkanten, und schließlich bekam ich ihn doch wieder in die Gewalt, und Frau Babe bat mich anzuhalten.

Ich hielt an und sah, wie blaß sie war, und jenes Würfelpflaster in der Einfahrt von Rudolstadt, wenn man von Grottenstadt herüberkommt, existiert noch heute, und alljährlich, wenn ich im Sommer Thüringen bereise und drüberfahre, denke ich an Frau Tina Babe.

Der erste vollständige Satz, den Frau Tina Babe damals zu mir sagte, wurde ihr von einem Schreck abverlangt, von einem Schreck, an dem die Stadtverwaltung von Rudolstadt schuld war, deren Beamte Weihnachten feierten und die Straßen ungestreut ließen.

«Es ist mit dem Leben ein eigen Ding», sagte Frau Babe, «denn soeben gewahrte ich, wie sehr es oft in den Händen eines Mitmenschen liegt, und dieser Mitmensch waren jetzt Sie. Ich weiß nicht, soll ich Ihnen danken, oder soll ich Sie schelten? Ich wage nicht zu entscheiden, deshalb danke ich Ihnen lieber.»

Ja, das waren nicht Worte eines anschmiegsamen Plappermäulchens, es waren weise Worte. So schiens mir damals: die Worte einer Dichterin.

Und nachdem sich Frau Tina Babe derart über das Leben geäußert hatte, kam sie auch auf die Dichtkunst zu sprechen, und sie sagte, auch mit der Dichtkunst wäre es so ein eigen Ding.

Diese Wendung mit dem «eigen Ding» kannte ich aus Goethes Gesprächen mit Eckermann. Nun freilich, Frau Babe stand Goethe sehr nahe, wie ich vermutete. Man schreibt keinen Goethe-Roman, ohne Goethe nahe zu sein.

Der Dichter müsse die Fähigkeit besitzen, fuhr Frau Tina Babe fort, zurückzutreten und aus der Klassik heraus auf die Heutigkeit zu sehen. Das grobe Heute müßte erst durch das Sieb der Klassik. Ob ich das verstünde, wollte sie wissen. Ich verstand es in diesem Augenblick, glaube ich, nicht.

Aber Frau Babe offenbarte sich schon weiter. Um der Klassik nahe zu sein, sagte sie, lebe sie in Weimar, der klassischen Musenstadt, und daß sie klassische Musenstadt sagte, tat mir ein bißchen weh, verdunkelte das Bild, das ich mir von Frau Tina Babe gemacht hatte, ein wenig, denn dieser Begriff «klassische Musenstadt» war für mich verwandt mit Apfelkuchen und Schlagsahne.

Ich ließ mir meinen Schreck über das abgeschmackte Wort aus dem Sprachschatz der Bildungsbeflissenen nicht ankennen. Wie konnte ich, denn noch hatte sich Frau Tina Babe nicht zu meinen Gedichten geäußert. Aber sie äußerte sich gleich darauf, und sie versicherte, sie würde sie sich zu guter Stunde ansehen. Ich mußte ihr aber versprechen, daß wir Freunde bleiben würden, wenn sie meine Gedichte nicht so gut fände, wie ich vielleicht erwartete. Das würde nichts besagen, sie wäre ein individueller Einzelmensch.

Und als sie das sagte, bekam ich wieder einen kleinen Schreck, denn der individuelle Einzelmensch war für mich der weiße Schimmel. Auf keinen Fall wäre, so sagte dann Frau Babe, sie die ganze Welt. Wenn ihr meine Gedichte auch nicht gefallen sollten, meiner Geliebten könnten sie trotzdem alles, alles sein. Nun, da irrte Frau Babe. Meiner Geliebten waren diese Gedichte nichts, sie sang vielleicht mit ihrem Hitlergeliebten jetzt «Es zittern die morschen Knochen». Frau Babe streckte mir ihre Hand hin, und ich gab ihr die meine und gelobte, ihr Freund zu bleiben, auch wenn es mit meinen Gedichten bei ihr nicht gut ausgehen sollte.

Frau Babes Hand war kalt, wie ich mich erinnere, und sie war auch ein wenig feucht, und Frau Babe schloß sie nicht, es war weniger ein Händedruck als ein Händeberühren, es war ein lascher, mir sonst unsympathischer Händedruck, aber meine Eitelkeit und der Gedanke, daß Frau Tina Babe jetzt meine Freundin wäre, täuschten mich darüber hinweg.

Ich sage es offen, der Himmel war sehr hoch, und er war vielleicht sogar hehr, als ich heimzu fuhr. Die Luft war so milde, und man hatte das Gefühl, die Sonne stand hinter den Wolken und wärmte schon.

Weihnachten verging, und Neujahr kam, und die Eifersucht belästigte mich nur noch im Zusammenhang mit meiner Eitelkeit, nämlich wenn ich daran dachte, daß ich mich hatte von der Braunelle betrügen lassen.

Sie war auch in der Neujahrsnacht nicht zu Hause, nur das Licht im Mansardenfenster, das ihr beim Betrügen half, dieses unschuldige Licht, es brannte und flimmerte über den Park hin.

Sie kam erst um die Fütterungszeit nach Hause, und sie war sehr zerzaust und ausgeteilt, als sie mir ein gutes neues Jahr wünschte. Um den Hohn, der für mich darin steckte, zu unterlaufen, sagte ich: «Doch, doch, es wird ein gutes Jahr, ein gutes Jahr für mich.»

Und ich dachte daran, daß ich jetzt Frau Tina Babes Freund war und daß meine Gedichte, in denen meine Unzufriedenheit mit der Welt und die Sorgen und der Liebeskummer abgelagert waren, ihre Wirkung auf Frau Babe nicht verfehlen würden.

Wir fuhren in den Januar hinein, und es war, als sollte ich für meine Herzenstapferkeit belohnt werden. Die Braunelle fing an, ein anderes Liedchen zu summen.

Von einem Tag auf den andern war ich für sie nicht mehr irgendein Arbeitskollege oder gar ein Pfosten im Farmzaun, sondern wieder ein Mensch, ein Mitmensch, vielleicht sogar ein geliebter Mitmensch, dem man mit blankgeputzten und samtweichen Worten zu begegnen hatte.

Später erfuhr ich, daß der Stimmungsumschwung seinen Grund hatte.

Zu Beginn des Winters hatten die Damen es untersagt, noch irgendeines der Angorakaninchen zu scheren, vielleicht hatten sie davon gehört, daß man Schafe tunlichst nicht im Winter schert. Aber Schafe sind keine Kaninchen, Schafe grasen draußen in der Feldmark und müssen den Winterstürmen widerstehen. Die Kaninchen sitzen in geschützten Ställen, und ihre Wolle reift, und wenn man sie ihnen nicht abnimmt, verfilzt sie. Es hilft kein Kämmen und kein Bürsten mehr, wenn ihre Wolle vier Monate alt und überreif ist.

Nun stand sie da, die Braunelle, und war ratlos, und sie sah bekümmert drein wie ein Kind, und sie holte die sanftesten Augenaufschläge aus ihrem Schmeichelfundus, als sie mich bat, ihr zu helfen. Ich fiel auf sie herein, und ich gesteh, ich würde auch heute wieder auf sie hereinfallen, denn es gelingt mir trotz meines Alters noch immer nicht, bei Mädchen gemachten von echtem Liebreiz zu unterscheiden.

Ich sprach mit unseren Damen und überzeugte sie von der Unrentabilität, die ihr Verhalten heraufbeschwor, und daß die Tiere unbedingt geschoren werden müßten.

Es fiel nicht leicht, die Damen zu überzeugen, die ihr Leben lang nicht hatten rechnen müssen, außer beim Kartenspiel ein wenig. Nur als ich fürderhin jegliche Verantwortung für die Kaninchenfarm ablehnte, entschlossen sie sich, die Tiere scheren zu lassen.

Und Frau Herma kam selber mit auf die Farm und schor mit, und so standen wir denn alle auf der linken Seite des alten Gewächshauses und schoren. Die Scheren klapperten, und die Münder plapperten, wie auf einer australischen Schaffarm.

Die Braunelle wußte es so einzurichten, daß ich neben ihr stand oder sie neben mir, wie man will, und daß sie Gelegenheit hatte, mir dann und wann mit einem lieben Blick, und liebe Blicke waren bei ihr durchaus wohlfeil, zu verstehen zu geben, wie sehr sie es schätzte, daß ich ihr geholfen hatte.

Es war mir nicht sehr wohl dabei, neben der Braunelle zu stehen und mit ihr zu arbeiten wie früher, denn ich hatte noch nichts von Frau Tina Babe über meine Gedichte gehört. Und ich war anfällig für wohlfeile Liebesblicke. Ich war froh, als der Schuß fiel.

Jawohl, es fiel ein Schuß, und es sprangen Glassplitter umher, und der Schuß war aus einem Sechs-Millimeter-Tesching gekommen und war durch ein Astloch im Zaun der Farm abgegeben worden, und der die kleine Bleikugel mit Hilfe von Pulverdampf geworfen hatte und ins Dach des Gewächshauses schoß, war der, auf den die Eifersucht übergesprungen war, als sie mich verließ. Nun wars seine Eitelkeit, die revoltierte, als er mich neben der Braunelle arbeiten sah.

Ich muß sagen, daß mir in diesem Augenblick weiter nichts einfiel als die Redensart, wer im Glashaus sitzt, soll nicht mit Steinen werfen. Sie kam mir aber mit eins abgeschmackt vor.

Wenn einer aus einem Glashaus mit Steinen wirft, war doch er der erste, der das Glashaus zertrümmert, nicht der, der dann widerwirft. Oder hatte ich diese Redensart bis jetzt nie verstanden?

Genug davon. Es war ein Schuß gefallen, und die Frau aus dem Dorfe, die beim Scheren half, schrie: «Ein Schuß, das war ein Schuß!»

Und damit wußte es auch Frau Herma, daß es ein Schuß war. Vielleicht hätte sie es sonst für einen Buchenzweig gehalten, der aufs Glasdach gefallen war.

Die Frau stürzte hinaus, und Frau Herma eilte hinterher. Ich sah die Braunelle an, und sie war blaß. Sie wußte wohl, worum es sich hier gehandelt hatte, doch sie wollte erkunden, wie ich den Schuß aufgenommen hätte.

Ich war so ruhig wie damals, als Brüderchen Rasunke mit der Pistole herumfuchtelte.

«So», sagte ich zur Braunelle, «und jetzt die Tiere

in den Stall, sonst wird noch eines getroffen.» Und ich nahm den Weidenkorb und sammelte die Tiere ein.

Ich ging mit dem Korb hinaus und auf die Farm zu, aber da kam die Braunelle gelaufen und wollte mich zurückhalten.

«Ach», sagte ich, «nun soll ich mich auch noch fürchten vor deinem Feigling.»

Und da weinte sie. Aber das half nichts, in mir war nichts mehr zu rühren.

Als ich ins Haus kam, war Frau Herma dabei, den Gendarmen zu alarmieren. Es durfte wohl auch in diesem Staat nicht erlaubt sein, mitten im Frieden auf Menschen zu schießen, behauptete sie. «Es ist kein Frieden», sagte ich, aber es ging mir darum zu verhindern, daß der Gendarm ins Haus kam, denn dann konnte nicht ausbleiben, daß er sich eingehend mit meinen Personalien beschäftigte.

Ich erklärte deshalb Frau Herma lieber, daß dieser Schuß auf dem Gipfel eines Liebesdramas abgegeben wurde, daß nun der Höhepunkt dieses Dramas überschritten wäre und daß man nicht fürchten müsse, es mit Toten zu tun zu kriegen, sondern höchstens mit Tränen. Eine Eifersucht, der ich über Weihnachten und Neujahr das Hausrecht bei mir abgesprochen hätte, wäre nun auf meinen Nebenbuhler übergesprungen.

Kurzum, ich erzählte Frau Herma alles, was die Damen von mir und der Braunelle nicht wußten, und ich bat um meine Entlassung, es täte mir leid, es wäre mir peinlich, aber ich müßte gehen.

Die Damen schienen sich an mich gewöhnt zu haben, vielleicht so, wie man sich an ein Wolltuch gewöhnt, das auf der Haut kratzt, aber doch schützt, und Frau Herma beriet mit Frau Elinor, denn auch die hatte mich eingestellt und ein Wörtchen mitzureden.

Frau Elinor sagte ein über das andere Mal: «Gräßlich, wie gräßlich!» Und nun drang auch sie darauf, daß der Schuß geahndet werden müsse. Nicht nur der Gendarm, sondern die Kriminalpolizei sollte geholt werden.

Es blieb mir nichts übrig, als die Damen ein wenig wissen zu lassen, daß die Sache keinesfalls zu meinen Gunsten ausgehen würde, wenn man den Zaunschützen zur Rechenschaft ziehen würde. In jedem Staate gäbe es solche, die Recht hätten, und Rechtlose, und solange die Welt bestünde, würden diese Rollen von Staat zu Staat vertauscht, und in diesem Staate, den sie vor sich hätten, wäre ich nun einmal ein Rechtloser. Ich hätte es ihnen nicht verschweigen sollen. Auf jeden Fall würde man schon beweisen, daß ich diesen Schreckschuß zu Recht nötig gehabt hätte.

Und damit ging ich, und die Damen rührten sich nicht mehr, sie unternahmen auch nichts in der Angelegenheit mit dem Schuß. Vielleicht waren sie sogar froh, einen «politischen Sträfling» ohne Aufwand losgeworden zu sein, ich weiß es nicht.

Auf dem Arbeitsamt fragte man mich, ob ich etwas von Pferden verstünde, und das durfte ich mit gutem Gewissen behaupten, und ich bezog eine Stelle, wo ich es mit Pferden zu tun hatte, und ich ritt Tag für Tag, Woche für Woche und Monat für Monat junge Pferde zu, die man aus der ungarischen Pußta geholt hatte, und es machte mir Freude, mit diesen ungebärdigen Tieren Tag für Tag in ein besseres Einvernehmen zu gelangen. Aber es war eine harte Arbeit, die keine Sentimentalitäten duldete und nicht allzu viele Gedanken an eine gewisse Braunelle aufkommen ließ, und in den Nächten schlief ich wie ein Stein im Moos.

Aber da beginnt schon wieder eine neue Geschichte, ehe ich die alte ganz zu Ende erzählt habe.

Außer der Geburts- und der Wahlheimat gibts eine dritte, die Arbeitsheimat, und meine war für einige Jahre Grottenstadt, und als ich nach dem Kriege aus meinem tschechoslowakischen Versteck nach dorthin zurückkehrte, arbeitete ich in einer Gärtnerei, und ich lobte meinen krummen Lebensweg, weil er mich fürs erste dorthin geführt hatte.

Es war Juni, Sommersanfang, und was meine Brotkarte nicht hergab, wuchs auf Beeten und Bäumen, und ich beschloß, überdies Kaninchen zu halten, sie mit Raingras und Unkraut zu «mästen». Mir fiel die Rasunkesche Angorakaninchenzucht ein, deren Samen ich einst aus Niederbayern ins Thüringische gebracht hatte.

An einem Sonntagvormittag besuchte ich die Damen. Eschen und Eichen waren junigrün behangen, als wären nie Flieger mit Spreng- und Brandbomben über sie hinweggefahren, und die Blutbuchen gossen ihr sinnlichrotes Laub über das Portal des Schlößchens aus, nur die Mauer und der Stacheldrahtzaun, mit dem wir sie damals erhöhten, hatten Lücken.

Vor dem Borkenhäuschen stand eine von den zwei weißen Bänken, die etwas mit einem gewissen Gewitter zu tun gehabt hatten; ihre Farbe blätterte ab, aber was tats der Bank, und wen hinderte es beim Draufsitzen?

Frau Herma saß, meditierte, besah etwas in den Sträuchern oder malte ohne Leinwand und Pinsel in Trance. Ich grüßte. Sie sah auf und erkannte mich. «Nein, wirklich, sind Sie es?»

Sie hatte schon erfahren, daß ich zurück war und daß ich mich in der Nähe niedergelassen hatte, und sie war mitteilsam und locker und so, wie ich sie früher nie erlebt hatte.

Sie spräche jetzt wieder russisch, erzählte sie, aber früher war nie die Rede davon gewesen, daß sie Russisch sprechen konnte. Doch ja, der russische Ortskommandant wohne in ihrem Hause, ein gebildeter Mensch übrigens.

Mancherlei wäre geschehen: Frau Elinor wäre gestorben, auch Jana das Stubenmädchen wäre tot und zu ihren Heiligen gegangen. Mancherlei wäre gekommen und mancherlei wäre gegangen, und das Küchenmädchen Pepi hätte seine Ehre verloren, und nicht in eigner Absicht, leider. Der Ortsbauernführer vom Nachbarhof wäre abgeholt worden, sein Sohn im Kriege geblieben.

«Er hat zu aufdringlich geschossen», sagte ich.

Frau Herma verstand nicht. Sie sprach wieder vom russischen Ortskommandanten. «Denken Sie, er schätzt meine Bilder, er stellte sich vor sie und schützte sie, wirklich! Ja, wir sprechen jetzt viel Russisch», wiederholte sie. «Nicht ausgeschlossen, daß ich eines Tages ohne Gefahr mein Riga wiederseh, meint er, und dann werd ich malen, werd alles, was sich aufstaute, herausmalen, wirklich!»

Sie sagte es schwärmerisch, und ich konnte mir vorstellen, wie sie als zwanzigjähriges Mädchen ausgesehen haben mußte. Sie blickte durch die zerschlißne Parkmauer in die Felder, als sähe sie schon, was da in Zukunft zu malen wäre.

Ich wollte mich entfernen, aber sie fuhr herum: «Ich habe Ihnen etwas zu übergeben, fällt mir ein.»

Sie ging mit mir zum Buchenhof, und sie ging recht mühsam und trug hohe Schnürschuhe, deren Schäfte ihr bis an die Waden reichten. Ihr dunkelblaues Mantelkleid war unregelmäßig verkürzt; vielleicht hatte sie etwas abschneiden müssen – die Nachkriegsnot!

Ich wartete in der Diele und saß dort in einem der alten Ledersessel, die sich schon pellten. Am Ofen der Warmwasser-Heizung fehlten einige Teile. Weder Frau Herma noch Pepi schienen es bemerkt zu haben; es war erst Juni. An der Tür der Gesindestube fehlte die messingne Klinke.

Mir war, als ob nicht ich es gewesen wäre, sondern irgend jemand, der dort hinter der Tür einige törichte Stunden verbracht, verbangt und in Eifersucht zugebracht hatte. Irgendeinem halbreifen Kerl war das widerfahren, der noch nichts von größerem Leid ahnte, das ihm bevorstand.

Und die Braunelle? Ich hätte Frau Herma fragen können, wohin sie aus diesem Nest geflogen war, doch ich tat es nicht, nicht nur, weil von ihr nur noch das Zwitschern als leise Erinnerung in mir war, sondern weil mir Frau Herma etwas Zusammengeheftetes, mit einer ungeschickt gemalten, geknickten Rose auf dem Deckel, übergab.

Wenn wir vom Tode sprechen, drücken wir uns häufig lächerlich gewählt aus. Auch Frau Herma tats. «Und auch Frau Tina Babe weilt nicht mehr unter den Lebenden», sagte sie. «Ich sollt Ihnen etwas zu dem Heft hier ausrichten, wirklich, aber es fällt mir nicht ein. Nun, Sie werden vielleicht wiederkommen!»

Es war mir peinlich, und ich versagte mirs, in Frau Hermas Gegenwart im Heftchen zu blättern. Ich hatte das gereimte Liebesweh dort im Heft gewiß längst überholt, und was ich jetzt wollte, waren Kaninchen, und ich bat Frau Herma geradewegs um eines oder zwei.

Frau Herma erschrak. Wars meiner prosaischen Nachfrage wegen? Nach einer Weile erklärte sie sich bereit, mir zwei Kaninchen abzulassen, jawohl, «abzulassen» sagte sie. «Aber Sie müssen sie mir bezahlen!» Sie drang geradezu darauf, und ich konnte merken, wie sie besonders in meinem Falle ihre Zucht «rentabel zu gestalten» versuchte. Der Erfolg meiner früheren Predigten!

In der einen Hand den Karton mit den Kaninchen,

in der anderen einen Band selbstgebackener Gedichte, so zog ich zu meiner Arbeitsstelle – eine Nachkriegsfigur wie aus dem Katalog.

Schon am Ende des ersten Nachkriegsjahres zog ich weiter. Ich hatte keine Gelegenheit mehr, mit Frau Herma zu sprechen und erfuhr nicht, was von Frau Tina Babe über meine Gedichte auszurichten war.

Als ich in einer schlaflosen Nacht doch in dem Heftchen blätterte, entdeckte ich neben vielen der Gedichtzeilen Bleistiftzeichen. Es waren Striche wie vom Morse-Alphabet, und die wechselten mit nach oben offenen Halbkreisen. Frau Babe hatte die Hebungen und Senkungen meiner Verszeilen nachgezählt und hatte meine Gedichte verworfen. Sie paßten in kein Schema der Poetik, waren weder Jamben noch Trochäen, keine fallenden oder steigenden Joniken, nicht einmal Molossen, sondern irgendwelche Bastarde.

So wars also mit mir, und so blieb es mit mir bis auf den heutigen Tag! Empfindliche Akademiker und ebensolche Dichter werfen meiner Prosa angewidert vor, sie wäre unzulässig poetisch und lyrisch durchsetzt.

Zwanzig Jahre vergingen, und seit zehn Jahren fahre ich jeden Sommer nach Weimar. Ich wohne dort im berühmt-berüchtigten Hotel *Elephant*, das ich früher nur betreten durfte, um dem Hausdiener das Gepäck der Damen Rasunke zu übergeben. Dankbar gehe ich durch das alte Weimar und dringe in die von großen Geistern gewürzten Winkel, in jene Winkel, die mir damals schon gut gesonnen waren, und ich gedenke jener Zeit, da mir nur erlaubt war, in einer Kutscherherberge zu nachtmahlen.

Nie vergesse ich, den Friedhof zu besuchen, auf dem die zu Staub zerfielen, deren Werke groß genug sind, bis in unsere Zeit herüberzureichen. Und neben jenen liegen auch andre, die nur zu ihrer Lebzeit galten, und an der langen Friedhofsmauer fand ich eines Tages auch die Grabplatte von Frau Tina Babe, die vermeinte, mit ihrer Dichtung die damalige Heutigkeit klassisch zu durchdringen. Ich gedachte ihrer; sie war meine Freundin, so war's ausgemacht, und ich zog meine Mütze.

Aber noch immer hatte ich nichts von Frau Tina Babe gelesen. Ein Freund von der Universität in Jena kam mir zu Hilfe: Er schickte mir leihweise aus der Universitätsbibliothek einen von Frau Tina Babes Goethe-Romanen. Ich sage *einen*, denn Frau Tina Babe hat schrecklich viele geschrieben. Es geht aus dem Verzeichnis des ehemals angesehenen Münchener Verlages hervor. Der Roman, von dem ich rede, behandelt Goethes Liebschaft zur Frau von Stein, und es gibt da eine Stelle, die ich mir herausschrieb:

«. . . Sie senkte den Kopf, daß die dunklen Locken nach vorn stürzten, vorbei an den schmalen Schläfen und Wangen. Leise sagte sie: ‹Du weißt, daß du mich schwach machst mit solchen Worten, Wolf. Du bist der Mann, den ich liebe – und bist – Gott sei's geklagt! ein Dichter. Und mit dieser doppelten Waffe, mon cher, streckst du mich nieder.›

‹Gilt es heute am Hofe von Weimar wohl gar als Anklage, Dichter zu sein?›

‹Nicht so! Aber doch als Gefahr für die Herzen der Frauenzimmer – insonderheit das meine, dem eine seltsame Sucht innewohnt, sich dem tödlichen Pfeil des Wortes hinzugeben.›

‹Dieu merci, denn welche Waffe bliebe mir armem Betörten wohl anders sonst gegen dich, geliebteste Frau?›

Er bog ihre überzarte Gestalt zu sich hin und suchte mit seinen blanken Augen die ihren, die sich grau verschleiert, mit dem etwas ratlosen Blick der Kurzsichtigen, gegen ihn hoben.

Charlotte von Stein lächelte. Und mit diesem Lächeln glitt ein unendlicher Charme über ihr schmales und zu scharfkantiges Gesicht.

‹Lieber Bezwinger!› sagte sie. ‹Kaum, daß ich mich deiner zu wehren glaube, so finde ich mich tiefer nur in dich verstrickt als je zuvor.›

Seine Augen wurden dunkel und gingen über sie, die er in seinen Armen hielt, weg, als wollten sie fremde Worte in der Ferne lesen . . .»

Na, gute Fahrt!

Ich werde die Geschichte von meiner Freundin Tina Babe ohne Moral und Nutzanwendung, mit nichts als einem Lächeln schließen.

Piešťany, im Mai 1976

Grüner Juni

Es ist Kriegs-Ende, das Ende des zweiten Krieges, den ich erlebe. Ich habe Dokumente gefälscht und mich fünf Monate vor Kriegs-Ende aus dem Soldatenstand entlassen. Ich habe Zivilzeug angezogen, das ich schon ein Jahr lang in meinem Gebirgsjägerrucksack umherschleppte, und ich lebe bei einer deutschen Bäuerin in Böhmen, versteckt und unversteckt, je wie die Verhältnisse es erfordern. Ich gehöre zu den Leuten im Ort, die die weiße Fahne auf den Kirchturm tragen, als die Amerikaner anrükken. Ich werde von meiner Bäuerin hinter Rüben versteckt, als die Deutschen noch einmal zurückkommen und die weiße Fahne vom Kirchturm holen. Und als die Deutschen abziehen, schaffen wir die weiße Fahne wieder auf den Kirchturm, und die Amerikaner ziehen ein. Unheldische Taten, an denen ich beteiligt bin, und ich tue diese unheldischen Taten in der Gegend von Oberplan, in der Gegend, in der der Stifter Bertl, ein weitläufiger Schriftsteller-Verwandter von mir, gelebt hat, der auch kein Held nicht war.

Die Amerikaner nehmen mich nicht gefangen, weil die Antifaschisten des Ortes bescheinigen, daß ich schon längere Zeit als Zivilist unter ihnen lebte, und ich bleibe frei. Vielleicht wird einmal Zeit sein, über das alles zu reden, vor allem darüber, daß ich dann doch noch erschossen werden sollte, obwohl ich nicht gern von Krieg und Kriegstaten rede. Diese Abneigung bildete sich in der Kindheit bei mir heraus, weil der Vater und die biertrinkenden Bergarbeiter im Laden meiner Mutter vom Krieg als von ihrem *größten Erlebnis im Leben* erzählten und das besonders, wenn sie angetrunken waren. Und sie erzählten davon, was sie mitgemacht hatten, und was alles sie ausgehalten hatten, und wie durabel sie waren, nicht totzukriegen. Und eben, sie waren die reinsten Helden, obwohl sie, bevor sie mit dem Biertrinken anfingen, um die Wette bezeugten, standfest sozialdemokratisch zu sein – Sozialdemokraten und nie wieder Krieg!

Es ist Juni, und ich behäufle bei meiner Bäuerin in der Nähe von Oberplan die Kartoffeln. Es ist Juni, der grünste Monat des Jahres, und ich fühle mich wie wiedergeboren, und ich, der das zweite Mal das Ende eines Krieges erlebt, kann mir nicht vorstellen, daß die Führer der Völker noch einmal aufeinander losgehen und Leute in Kriege jagen werden.

Es kommt eine Nachricht zu mir auf das Kartoffelfeld der Bäuerin Sauheitl, und die Nachricht besagt: die Amerikaner haben einen Zivilistentransport nach Thüringen zusammengestellt; Frauen und Kinder, die bei den Bombardierungen nach Süden geflüchtet sind, sollen in den Norden zurückgebracht werden, und ich darf mit.

Ich fahre in einem Lastwagenkonvoi bis in die Gegend von Jena und lasse mich dort in einem Dorf absetzen. Es ist immer noch Juni und ein sonniger Tag, und *die Luft ist voller Lerchenlaut*, und es wäre mir wohl, wenn die fünf Worte aus einem Gedicht von mir wären, aber sie sind aus einem Gedicht von Storm.

Die Heimatsucher, die auf dem Last-Auto hocken bleiben, rufen mir *Viel Glück* zu, und es steigt noch jemand aus einem anderen Auto, und als sich die blaugrauen Gaswolken des Amerikaner-Autos verzogen haben, sehe ich eine Frau bei mir stehen, und die Frau ist sehr schlank, sehr blond, trägt schwarze

Reithosen und Langstiefel, und jeder Zoll an ihr ist arisch. Sie wäre die Tochter eines Dorfpfarrers, erzählt sie, und ich möge sie einmal besuchen, wenn ich wieder *Tritt gefaßt* hätte.

Ich besuchte sie nie, weil ihre Blondheit mir zuwider war, aber doch vergesse ich sie auch nie, weil sie eine Pfarrerstochter war und schwarze Reithosen anhatte, wie sie die arischsten der Arier trugen.

Ich komme nach Grottenstadt, doch die Frau, von der ich mich vor zwei Jahren verabschiedete, ist nicht mehr meine Frau. Es ist zu einer Scheidung gekommen; sie haben sich scheiden lassen; sie sind voneinander geschieden worden, und mehr so Formulierungen hält die Umwelt für jene Leute bereit, die einst Eheleute waren und nicht mehr zusammengehören.

Damals forschten die Scheidungsrichter noch nach der Schuld. Wahrlich, ich sage euch, stets sind beide Partner unschuldig. Hinter Mißehen steht das Leben, das hat seinen Lieferplan, und das braucht Menschen von bestimmter Geistes- und Charakterbeschaffenheit. Es treibt die heterogensten Partner zueinander, um zu Menschen zu kommen, die es braucht. Es treibt die Frau auf den Mann hin und den Mann in die Frau hinein. Und wenn mir einer sagt: ich sehe nichts Besonderes an und in den Kindern, die ich zeugte, so sei ihm erwidert, er möge nicht nur an sein kurzes Leben hier vor dem Vorhang denken, in dem er schon nicht mehr erfährt, wer da aus der vierten Generation seiner Nachkommen aufsteht und andeutet, was das Leben mit ihm gemeint haben könnte.

Menschenpaarungen werden von Staatsbeamten abgesegnet und zu Ehen erklärt, die wieder geschieden werden können. Aber es gibt unter den Geschiedenen Leute, die können die ihnen vom Leben auferlegte Zeugungsstunde nicht und nicht vergessen, und die rennen nach der Scheidung wieder zueinander und werfen sich übereinander. Und daß ichs nicht vergeß bei meinem gelehrten Gerede: es kann auch sein, daß nur einer der Partner mit der Sehnsucht nach jener ihm vom Leben vorgeschriebenen Zeugungsstunde beflucht ist und sich nach seinem Partner hinsehnt, nach seinem Partner, der schon nichts mehr von ihm weiß, und es kann sein, daß ich so ein Befluchter bin.

Ich hätte mein Nachkriegsleben an jeder Stelle des Landes aufnehmen können, hätte nach Österreich gehen und dort eine Heimat haben können, aber meine einseitige Sehnsucht verhilft mir zu Ausreden: In Grottenstadt werden die bürokratischen Unterlagen über mein Vorkriegsleben aufbewahrt, ohne die ich nichts und niemand bin, rede ich mir ein, und außerdem ist mir bei der sogenannten Ehescheidung das Sorgerecht für meine beiden Söhne zugesprochen worden.

Der letzte Flieder des Jahres blüht, in den Vorgärten der Villen, die noch heil sind, blühen die Rosen, und auf den von Fliegerbomben zertrümmerten Häusern wächst das erste Mal Unkraut. Ich gehe am Saale-Ufer entlang, und der Schatten der Pappeln legt sich mir schwer auf den Gebirgsjägerrucksack. Ich gehe zu den Häusern der Armen, aber sie, die Geschiedene, wohnt nicht mehr dort. Hat sie wieder geheiratet? Schweig still, vernunftloses Herz!

Sie wohnt jetzt in der Stadtmitte auf dem Hinterhof des Rathauses. Eine Art Hausmeister kommt mir entgegen und befragt mich. Ich will zu Frau Soundso, und ich nenne meinen eigenen Familiennamen. Der Hausmeister weiß sogleich Bescheid. Eine dumme Freude durchfährt mich. Ich freue mich, daß diese Frau meinen Familiennamen noch nicht abgelegt hat.

In ihrer Wohnung werden Sie sie nicht finden, sagt der Hausmeister, und er zwinkert mit dem rechten Augenlid. Ich kann nicht erkennen, ob es sich um ein neurotisches Zwinkern oder um ein Zeichen handelt. Sie finden sie dort drüben auf der amerikanischen Wache, sagt der Mann und weist über den Hof, und wieder das Augenzwinkern, und als ich mich noch einmal nach ihm umsehe, zwinkert er wieder. Es ist doch keine Neurose. Der Hauswart hält mich wohl für ihren Mann, für ihren Heimkehrer; er hat Mitleid mit mir.

Ich stehe vor der Tür des Wachlokals und höre drinnen Männer und Frauen durcheinander reden und lachen, und ich klopfe an, aber mein Anklopfen wird nicht gehört. Ich öffne die Tür vorsichtig, denn soviel weiß ich, ich bin hier nicht erwünscht. Qualm von verbrannten Zigaretten wirbelt mir entgegen. Der Raum ist blau geraucht. Trotzdem sehe ich sie auf dem Schoß eines Soldaten sitzen, und auf dem Schoß eines anderen Soldaten sitzt eine andere Frau. Und die Frau, die einmal meine Frau war, ist bestürzt und hüpft vom Schoß des Amerikaners. Sie ist verwirrt, und sie erklärt ihren Leuten da drinnen in ihrer Verwirrung, daß ich ihr Mann sei. My husband, sagt sie, und der Amerikaner, dessen Schoßkind sie war, springt auf: Husband hin, husband her, was habe ich, ein deutscher Kraut, in seinem Wachlokal zu suchen? Er weist mich herrisch hinaus, und er will mich packen, doch sie stellt sich zwischen uns und sagt zu dem Amerikaner, der so aussieht, als wäre er die Kriegszeit über mit Säuglingsnahrung verpflegt worden: Not more, sagt sie, not more my husband. Nichts mehr, gar nichts, you understand, sagt sie, und so flott Amerikanisch spricht sie schon.

Habe ich geschrien oder gesungen? Bin ich ein Hofsänger? In den Fenstern der Hinterhofwohnungen ringsum erscheinen Gesichter. Sie verschwinden, wenn ich hinaufsehe. Ich drehe mich einmal um mich selber, als wollte ich mir in den Gebirgsjägerrucksack gucken.

Sie kommt heraus zu mir, sie ist ein Stückchen in *Camel*qualm geräuchertes Amerika und doch appetitlich wie eh und je. Sie hat Rouge auf den Lippen, und die Abgrenzungen vom Rouge sind zerküßt. Sie hat eine *Carmen*locke auf der Stirn, und die Locke ist neu für mich, sie scheint aus dem Himmel der Freuden auf sie herabgefallen zu sein.

Der amerikanische Sergeant beobachtet uns durch den Türspalt. Drinnen in der Wachstube kichert die andere Frau. Ich sehe nur diese Frau hier, die mit der Carmenlocke; ihren Haaransatz, habe ich ihn nicht vor Jahren gestreichelt?

Ich frage nach unseren Kindern. Sie weiß nicht, wo sie sind. Sie müßte sie erst suchen, aber sie hat keine Zeit jetzt.

Noch immer hat sich meine Hoffnung nicht erkältet; ich bitte sie um Quartier, für eine Nacht wenigstens. Der Sergeant hinter mir räuspert sich und ruft: Amy! Sie, die früher Amanda hieß, sieht mich mit dem Augenaufschlag an, mit dem sie mich stets besiegte: Es geht nicht, sagt sie. Ich soll den nächsten Tag kommen und mir die Jungen ansehen, sagt sie. Übernachte bei den Kaplans! sagt sie.

Die Kaplans wohnen in einem der kleinen Häuser hinter dem Dammtor. Das Haus ist der zwerglige Vorposten einer Fabrik. Ein gewitzter Grottenstädter hat die Fabrik im ehemaligen Garten des kleinen Hauses hochgezogen. Der Fabrikant läßt Steinbaukästen für Kinder herstellen. Albert Kaplan ist sein Chauffeur, sein Faktotum, sein Allesmacher. Martha Kaplan näht in der Wohnküche um Kleingeld für die Ärmsten der Armen, macht aus weiten Röcken enge Blusen, verlängert, verkürzt, fältelt und kraust, kurzum, sie ist der schneidernde Engel für die Frauen der Nichtshabenden. Albert ist stolz auf seine Martha. Martha ist die Tochter eines Tischlermeisters aus der Gegend von Querfurt. Ich sehe sie gern, ihrer geschickten Hände wegen, obwohl ihr Wesen ein wenig verschnörkelt ist, verschnörkelt wie die Wohnungseinrichtung, die ihr der Herr Vater in die Ehe schmiß.

Die Freundschaft mit den Kaplans brachte uns jene Frau ins Haus, die sich jetzt im Amerikanischen übt, sie war, wie man das heute nennen würde, *modebewußt* und ließ fortwährend bei Martha Kaplan etwas ändern, kräuseln, raffen oder straffen. Daheim mußte *ich* leider darauf achten, daß wir als Familie auch kochkäse-, quark- und pflaumenmusbewußt blieben.

Geh mal mit zu den Kaplans, hieß es einst. Nette Leute, die Kaplans, hieß es, und ich ließ mich verleiten und ging mit zu den Kaplans, schon um dem Ruf entgegenzuwirken, der sich in der Nachbarschaft über mich ausgebreitet hatte, und der da besagte, ich wäre nicht ganz richtig im Kopf. Meine Nachbarn leiteten das von meinen abendlichen Schreibereien ab, die ich nach ihrer Meinung für nichts und wieder nichts, für nein und nimmermehr betrieb.

Albert Kaplan hat einen Klumpfuß, und sein rechtes Bein ähnelt dadurch einem Ausrufzeichen. Albert spricht schnell, und er spricht heiser, und er macht mich alsbald zu seinem Freund, und er hälts nicht aus, wenn ich nicht jeden zweiten Abend bei ihm in der Küche sitze.

Martha Kaplan sieht ein wenig kritisch auf Alberts Vielrederei herunter. Manchmal ergreift sie einen von Alberts in der Küche umherschwirrenden Sätzen und biegt ihn zurecht wie eine ihrer Haarnadeln. Albert sagt zum Beispiel von seinem Chef, der sei lieb wie ein Esel, und Martha schreitet ein: Einen Chef mit einem Esel vergleichen, das kannst nur du, sagt sie zu Albert, weil deine Eltern Eselvermieter unter der Wartburg waren. Martha dünkt sich von weit her zu sein, und Querfurt ist für sie eine Metropole. Bei uns in Querfurt wird das so gemacht, kann Martha sagen, und wie man es in der Gegend von Querfurt macht, ist für Martha die Norm.

Kaplans verzogener Sohn ist der Besitzer von vielen *Ausschußsteinbauklötzen*. Auf den wackligen Dielen von Kaplans Häuschen baut er Schlösser und Paläste, und er wird wild und beißt die Erwachsenen, wenn seine Schlösser zusammenfallen. Manchmal schenkt Wilhelmchen unseren Jungen einige von seinen Bausteinen ab. – Kleine-Leute-Freundschaft.

Die Frauen sprechen über ihre Themen in der Gegend der Nähmaschine, und wir, die Männerabteilung, konferieren in der Nähe des Spülbeckens. Hauptredner ist Albert. Es kommt ihm darauf an, für das, was er von sich gibt, gelobt zu werden. Wenn ich zu dem, was er *herausstellt*, schweige, lobt er sich selber, und wenn ich ihm nicht Gerechtigkeit zubillige, wird er selbstgerecht, und wenn er etwas gesagt hat, was er für wichtig hält, sieht er in den Spiegel über der Abwäsche und streicht sich mit der rechten Hand von vorn nach hinten übers iglige Haar. Albert hält fast alles für wichtig, was er sagt. Ich kenne damals die Wesensarten von Rednern noch nicht. Heute dagegen kenne ich viele, und manche erinnern mich an Albert. Ich sehe, wie sie leiden, wenn sie auf ihrem Rednerpult den heimischen Spiegel vermissen, nachdem sie einen Satz gesagt haben, den sie für wichtig halten.

Auf dem Dachboden der Steinbaukastenfabrik hält sich Albert Tauben: Orientalische Roller. Ich kann Albert keinmal besuchen, ohne seine Tauben anzusehen. Ich verstehe von daheim her dies und das von Tauben, weiß zum Beispiel, wann der Täuber die Taube beim Brüten ablöst, weiß, daß sich Tauben schnäbeln, bevor der Täuber die Taube in Liebe tritt, und ich werde für Albert immer unentbehrlicher.

Orientalische Roller sind Purzeltauben. Sie überschlagen sich im Fluge, rollen von vorn nach hinten oder von hinten nach vorn, rollen sogar seitlich ab. Sieh mal den Schwarzen, und wie der purzelt, kann Albert sagen, und er hält das für wichtig, und er greift in die Tasche und holt seinen Taschenspiegel heraus und besieht sich.

Ich weiß nicht, ob die Kaplans noch leben, und wenn sie leben, wo sie leben, ich aber sitze seit dreißig Jahren in Grünhof und züchte orientalische Rollertauben. Aus welcher Tiefe unseres Vorlebens unsere Vorlieben doch kommen, die heutzutage *Hobbies* genannt werden müssen, wenn man von Deutschen verstanden werden will! Wir sind, obwohl Russisch verbündet, in der Sprache, in den Moden und Tänzen amerikanisiert, und wer das abstreitet, ist ein Blindling.

Manchmal laden uns die Kaplans zum Sonntags-Essen ein. Ich meine, ihr müßt euch einrichte, müßt spoare, sagt Albert vorsichtig, ich will euch nich beleidige, aber ihr müßt noch dies und das anschaffe, also eßt ihr Sonntag bei uns mit, da spoart ihr eine Mahlzeit, sagt er, und danach besieht er sich im Spiegel über der Abwäsche.

An solchen Sonntagen müssen wir schon am Vormittag bei den Kaplans eintreffen, und ich muß Albert beim Auspressen der geschnitzelten Rohkartoffeln für die unerläßlichen Thüringer Sonntagsklöße beistehen. Es genügt, wenn ich die Trockenheit der von ihm ausgepreßten Kartoffelschnitzel lobe. Ich würde den Sonntagvormittag lieber dazu verwenden, ein bißchen zu schreiben, aber Freundschaft ist Freundschaft, und ich muß sie halten, weil Martha für jene Frau, die jetzt einem Sergeanten aus Oklahoma gehört, ein neues Kleid näht, preiswert, fast umsonst.

Und doch – Freundschaften sind anfällig, sie kriegen Krankheiten, eine kleine Influenza, die rasch vorübergeht, manchmal eine Angina, die längere Zeit zum Ausheilen braucht, aber auch schwärende Wunden, die schwer oder gar nicht heilen: Eben jenes von Martha Kaplan preiswert genähte Kleid gefällt meiner damaligen Frau nicht; es ist ihr zu flach oder zu glatt in der Brustgegend oder so was. Und Martha sagt: Du hast eben in dieser Gegend zu wenig. Das ist, wie ich meine, für eine Frau eine ähnliche Beleidigung, wie wenn ich zu einem Mann sage: Weshalb rasierst du dich eigentlich, die paar Federn in deinem Gesicht stören keinen Menschen.

Seit jenem Sonntag geht meine damalige Frau nicht mehr zu den Kaplans, aber ich muß zu den Kaplans gehen, Albert holt mich ab. Niemand kann die Qualitäten seiner Purzeltauben so würdigen wie ich. Unterwegs aber sagt Albert: Du kommst nun immer und kommst und bist die freundschaftliche Treue in Person, und sie kommt nicht und geht ihrer Wege. Ihr paßt nicht zusammen, an deiner Stelle würde ich mich laßt scheide! sagt er und besieht sich im Taschenspiegel. Albert fürchtet wohl, daß mich meine Damalige mit der Zeit zurückhalten wird, und daß ich nicht mehr zu ihm und seinen Tauben komme. Nichts zu fürchten, ich bin imstande, Freundschaften über längere Zeiten auszuhalten, auch wenn sie einseitig sind. Stöße von Freundesbriefen auf meinem Schreibtisch beweisen es noch heute.

Ganz selbstlos wars, wie ich mich jetzt erinnere, doch nicht, wenn ich auch ohne meine Frau willig mit Albert zu den Kaplans ging. Albert war damals für mich, was heute für viele Zeitgenossen Radio und Televisor sind, von denen sie sich, ohne es zu bemerken, mit einem Wust aus Pseudo-Fortschritt, Pseudo-Neuigkeiten und Ungeheuerlichkeiten die eigenen Gedanken verschütten und versanden lassen. Ich ließ mir von Albert damals bewußt die eigenen Gedanken vertreiben, denn meine Gedanken, sie wollten aufge schrieben werden, und sie peinigten mich, weil ich daheim nicht mehr die Ruhe fand, sie aufzuschreiben, außerdem fehlte mir das erste Mal im Leben die Kraft dazu. Wir arbeiteten, gleich als der Krieg ausbrach oder ausgebrochen wurde, täglich zwölf Stunden in der Fabrik, und ich brauchte eine Stunde für den Hinweg und eine Stunde für den Rückweg, weil ich, statt mir eine Wochenkarte für die Eisenbahn zu kaufen, Kinokarten für meine damalige Frau kaufte, um sie bei guter Laune zu erhalten.

Albert kam beim Erzählen so schön von einer Nichtigkeit in die andere, und ich ließ, wie schon gesagt, meine eigenen Gedanken, die Peiniger, bewußt von ihm zersetzen.

Ich habe jene Frau, die jetzt bemüht ist, eine Amerikanerin zu werden, nie so fest in ihren Vorsätzen gefunden wie dennmals. Nein und nein, sie geht nicht mehr zu den Kaplans, und Alberts Redereien sind für sie *Gequassel.* Die Weigerung der Amateur-Amerikanerin führt alsbald dazu, daß auch Martha Kaplan zu der Meinung gelangt, wir passen nicht zusammen, wir sollten uns scheiden lassen.

Die Vorschläge der Kaplans in dieser Richtung fangen mir an zu mißfallen. Ich setze eine Weile aus, zu ihnen zu gehen, aber dann treiben mich andere Umstände zu ihnen: Ich muß mir den Handwagen der Kaplans borgen, um Holzabfälle aus dem Sägewerk für uns heranzufahren. Und dann muß ich mir die Säge und ein Beil von den Kaplans borgen, denn alles das haben wir nicht, nicht Hammer, nicht Zange, und wir konnten es uns bei meinen zweiundzwanzig Mark Wochenlohn nicht kaufen, und ich muß es mir leihen und die Leihgebühr wieder mit regelmäßigen Besuchen bezahlen.

Als der Krieg schon in Fahrt gekommen ist, hängt unter dem Spiegel in der Klein-Leute-Küche der Kaplans eine Weltkarte, und die Weltkarte ist mit Fähnchen bepflanzt, mit Fähnchen auf Stecknadelspitzen, und Albert verbringt mindestens eine halbe Stunde jeden Abend damit, seine Fähnchen zu verpflanzen und dabei zu reden und zu reden, und ich höre ihn immer wieder sagen: Wo wir die Hauptstadt haben, da sind wir auch. Albert sitzt mit den arischen Eroberern in Paris und hat dort sein Stecknadelfähnchen gehißt, und er sitzt mit ihnen in Warschau, in Athen, in Bukarest, und er sagt: So sind wir eben, wir Deutschen. Er hat auch die Frontlinien mit Fäden markiert, mit weißen Fäden, wie ich mich erinnere, und er hat tagtäglich sein Getu, die Fronten nach dem Muster zurechtzurücken, das ihm das Leben der lieben Deutschen draußen in fremden Ländern vorschreibt. Und alles Getu wird von Alberts Gerede begleitet, und ab und zu sieht er in den Spiegel.

Ich soll also zu den Kaplans gehen, sagt die heranwachsende Amerikanerin, und sie empfiehlt es mir mit angehobenen Mundwinkeln, mit jenem Mundzug, den man höhnisch nennt.

Und ich gehe wirklich zu den Kaplans. Wohin soll ich sonst gehen? Ich brauche ein Unterkommen, wenigstens für eine Nacht.

Die Kaplans sind ein bißchen abgemägert, aber sie sind wohlauf, und sie haben ihre Freude an mir. Ich verschaffe ihnen Glücksaugenblicke: Haben wirs nicht immer gesagt, triumphieren sie, ihr paßt nicht zusammen. Es gibt ja so Menschen, die Glücksaugenblicke haben, wenn sich ihre Voraussagen bestätigen. Habe ich nicht immer gesagt, daß er fähig ist, seine eigene Mutter zu erschlagen? Nun ist es geschehen, können so Leute sagen und triumphieren.

Die Kaplans freuen sich und triumphieren über meine Geschiedenheit oder wie man das nennt. Sie tun so, als wären wir, sie und ich, von jetzt an fürs Leben vereint, und sie zehren an dieser Vorfreude, bis Albert sagt: Morgen mußt du dann aufs Arbeitsamt!

Er streicht sich von vorn nach hinten übers Strubbelhaar und sieht in den Spiegel über der Abwäsche. Ich wollte eigentlich erst meine Söhne besehen gehen, aber Martha verbietet es mir geradezu. Zuerst aufs Arbeitsamt! befiehlt sie, es ist der Lebensmittelkarten wegen.

Bevor ich am nächsten Morgen zum Arbeitsamt gehe, muß ich mir Alberts Tauben ansehen. Albert läßt mir damit eine Wohltat angedeihen: Hast so lange keine anständigen Roller gesehen, armer Hund, sagt er. Orientalische Roller sind das Salz in Alberts Lebenssuppe, und ich bewundere Alberts Roller, und ich handle mir damit sein Wohlwollen für den nächsten Tag ein. Ich bewundere vor allem die Rotschecken unter den Tieren, von denen Albert behauptet, er habe sie im Laufe der Zeit erzüchtet. Ich widerspreche ihm nicht, um ihn wohlwollend zu erhalten. Ich werde mich nicht hinstellen und von Alberts rotscheckigen Tauben wie ein Wissenschaftler behaupten, sie wären eine Mutation; das fehlte gerade, und was wäre damit besagt und bewiesen?

Auf dem Arbeitsamt sitzt ein Mann, dem hats ein Bein weggerissen. Man hat ihn gewiß auf diesen Platz gesetzt, als zuletzt alle zweibeinigen Männer für den sogenannten Sturm des Volkes eingezogen wurden. Jeder Mann wurde benötigt, um das Leben des besessenen Arierführers in seinem bombensicheren Bunker in Berlin um eine hundertstel Sekunde zu verlängern.

Der Arbeitsanweiser mustert mich. Die Narben in seinem Gesicht lassen ein wenig Freundlichkeit durchschimmern. Dann starrt er auf meine Karteikarte und liest halblaut die Litanei meiner Berufe herunter: Bäcker, Pelztierzüchter, Farmer, Land-Arbeiter, Veterinärgehilfe, Bereiter, Kraftwagen-Lenker, Chemie-Fach-Arbeiter undsoweiter undsoweiter. Und was sind Sie nun wirklich? fragt er.

Schriftsteller, sage ich. Schreiben Sie *Schriftsteller* als neuen Beruf in meine Karteikarte.

Aber das sind Sie doch nicht, sagt der Mann.

Aber das möcht ich von jetzt an sein, antworte ich.

Der Mann mustert mich wieder. In seinen Augen glimmt Mitleid auf. Er sieht in mir einen Hirngeschädigten, und er geht auf meinen Größenwahn ein, er will mich nicht zum Widerspruch reizen. Es gäbe aber in Grottenstadt keine einzige Schriftstellerei. Damit hatte der Mann recht. Die einzige Schriftstellerei mit mehreren Gesellen lernte ich erst später kennen; es war die vom gewitzten Augsburger, in die ich sechs Jahre später eintrat, weil er mich dazu einlud.

Der Mann redet sanft mit mir. Wir waren in jener Zeit alle etwas sanfter und halfen einander, wenn es anging. Sie müssen ja, sagt der Mann, bis sich Arbeit als Schriftsteller für Sie findet, von etwas leben. Bis neunzehnhundertundzweiundvierzig, steht hier, waren Sie Chemie-Fach-Arbeiter, aber Ihr Betrieb ist zerbombt. Sie haben, steht hier, mit Landwirtschaft und Pferden zu tun gehabt. Ich würde Ihnen raten, in die Landwirtschaft zu gehen. Dort gibts zur Zeit die meisten freien Stellen. Vor allem, sagt er, und jetzt wird er deutlich, werden sich Ihre Nerven nach der Verschüttung, oder was Sie sonst durchgestanden haben, wieder erholen. Außerdem finden Sie dort einigermaßen zu essen, und Sie schlagen zwei Fliegen mit einer Klappe.

Drei, sage ich.

Wieso? fragt er.

Sie haben drei Fliegen aufgezählt, antworte ich, und damit scheint sich für ihn zu bestätigen, daß ich wirr und voll Widerspruchsgeist bin, und er bescheinigt mir, daß ich Arbeit suche und Lebensmittelkarten zu beanspruchen habe, und ich freue mich, daß ich mit meinen Lebensmittelkarten wenigstens in

Martha Kaplans Augen ein normaler Mensch sein werde.

Meine Söhne fallen mir nicht um den Hals. Der jüngste kennt mich so gut wie gar nicht, und der ältere hat mich so gut wie vergessen. Ihre Mutter, wie dankbar muß ich ihr sein, hat ihnen vorsichtig beigebracht, daß ich ihr Vater sei, und ich bin froh, daß sie wenigstens diesen Dienstgrad für mich anwenden.

Wir bauen uns in einem Wäldchen vor der Stadt aus Zweigen ein Vogelnest, in das wir alle drei hineinpassen. Ich bin der Altvogelvater und fliege um Futter aus. Ich sehe vielleicht in meinen hellen Manchesterknickerbockers einem Bussard, einem von der hellen Art, nicht unähnlich. Ich fliege also, bringe mich außer Sicht und ziehe die kleine Hausmacherhartwurst, die mir Frau Sauheitl, meine Versteckswirtin, mitgab, aus der Hosentasche, schneide eine Scheibe und dann eine zweite ab, fliege mit ausholenden Flügelschlägen zum Nest, zu meinen Jungvögeln zurück und bin bemüht, mir den Vatertitel zu verdienen: Ich stopfe meinen Söhnen die Wurstscheiben in die Münder, fliege wieder davon, schneide im Versteck wieder von der Wurst ab und fliege zurück und stopfe die Jungen. Sie heißen übrigens Arne und Jarne. Ich weiß nicht mehr, welcher von den Jungen damals die Frage nach der Altvogelmutter stellt. Ich beantworte sie elegant: Die Altvogelmutter wird zur Zeit von einem Vogelhändler gefangengehalten.

Auf dem Rückweg in die Stadt stelle ich fest, daß ich mir den Vatertitel noch nicht verdient habe. In den Sympathien der Jungen stehen die *Onkels* an der Spitze: Gehst du mit Onkel Henry nach Kalifornien? fragt Arne, oder gehst du mit Onkel Jim nach Texas? Texas, antwortet Jarne, und sie unterhalten sich über ihre Ausreise, und ich spiele in der Zeit, die wir die Zukunft nennen, keine Rolle für sie. Es hilft auch nicht, daß ich aus meinem Brotbeutel ein Stück von der Schinkenschrote ziehe, die mir meine Lebensretterin als Wegzehrung mitgab. Ich sehe sie in diesem Augenblick mit ihrem straff nach hinten gekämmten Haar, mit dem Mittelscheitel und dem Knoten im Nacken, der dort liegt wie eine etwas zu breit gelaufene Bäckerschnecke. Ich denke an sie und daran, daß sie katholisch war, und daß sie alles Gute, was sie mir antat, in der Hoffnung tat, daß man ihrem Sohn, von dem sie keine Nachricht hatte, in der Kriegsfremde das gleiche Gute tun würde.

Ich gehe Arbeit suchen. Mein Weg ist von Rosen bekränzt, von einfachen, nach Kindheit duftenden Heckenrosen, denn es ist immer noch Juni. Ich gehe Arbeit suchen, ich bin unterwegs zu angebotenen Knechtstellen in den Bergen. Ich habe zehn Angebote in der Tasche, und ich will die Stellen in den Bergen zuerst belaufen, weil in den Bergen die Gesundheit zu Hause sein soll. Ich bin nicht krank, aber ein Vorrat an Gesundheit kann nicht schaden. Der Kuckuck ruft, doch was soll ich auf das Geld in meiner Börse klopfen, es wird demnächst ein Untertan des Dollars und wertlos sein.

Ich komme in das erste Dorf, das mir mein Stellenverzeichnis benennt, und es ist alles da, was zu einem Gebirgsdorf gehört: Häuser, Höfe, eine Schule, eine kleine Kirche, Touristenbänke, geschnitzte Ortstafeln, wegweisende Figuren mit übergroßen Zeigefingern, und die Bauern fahren Heu ein. Ich gehe zu dem Bauerngehöft, in dem die freie Stelle hocken soll, und das Hoftor ist weit geöffnet, der Hof will mich umarmen, aber der Hofhund bellt und macht Kettengeklirr. Ich gehe, nur ein bißchen zum Spaß und um meiner guten Laune zu gefallen, auf den Hund zu, und der zeigt mir seine Zähne, und alle Zähne in seinem Maul sind vorhanden. Die Hundezüchter in der Stadt würden ihn zum Zuchthund stempeln, wenn er von Rasse wäre.

Die Bäuerin steht in der Küche. Sie ist dünn und krumm wie ein Türkensäbel, und sie ist angeschmutzt. Sie kann sich vielleicht nicht waschen, ihre rechte Hand steckt in einem Verband, mit der linken Hand schmiert sie Quark und Butter auf Brote, und eines der Brote wird gewiß meines sein, wenn die Stelle schon besetzt sein sollte.

Die Stelle ist so gut wie besetzt. Ein von den Amerikanern früh entlassener Gefangener kam von hinten, von Franken her, übers Gebirge und hat sie besetzt, und besetzt ist besetzt, aber ich soll warten, bis der Bauer mit der Heufuhre heimkommt; es ist möglich, daß er einen zweiten Knecht einstellt, weil die Frau mit ihrer bösen Hand nicht mit ins Heu kann. Die Bäuerin wickelt den schmutzigen Lappen herunter und zeigt mir die schwärende Wunde auf dem Handrücken, und sie giert auf Zuspruch, auf Tröstung.

Woher die eiternde Wunde?

Von allein geworden. Die Bäuerin drückt Eiter aus der Wunde und wischt ihn mit der blanken linken Hand ab, und mein Verlangen nach einem der Quarkbrote verschwindet.

Der Bauer fährt zweispännig mit der Heufuhre in den Hof. Pferde und Fuder sind von Fliegen umwimmelt. Dicke Bremsen ziehen mit in den Hof ein. Pferde sind mir stets wichtiger gewesen als manches andere. Das eine Pferd ist ein überalterter Wallach, das andere eine nicht viel jüngere Stute, sie hat einen Senkrücken, und sie dreht auf der rechten Hinterhand; zwei Pferde, die der Krieg als unbrauchbar ausspie. Ich kriege den Heuduft zu fassen, oder kriegt er mich zu fassen? Und über dem Heuduft schwebt ein Überdrauf Poesie. Und wieder die Frage: Packt sie mich, oder packe ich sie? Hinter dem Heuwagen geht im Militär-Makohemd mit feldgrauen Hosen der Mann, der meine Arbeit gefunden hat, und er grinst schadenfroh.

Die Bäuerin nimmt mich beiseite und empfiehlt mir, ich möge mich bei ihrem Manne *einkroatze* und mit *abloade.*

Ich helfe Heu abladen, nicht, weil ich noch auf die Knechtstelle hoffe, sondern um mir die Naslöcher mit Heuduft zu füllen; Heuduft ist Kindheit, Heuduft ist Frieden.

Der Bauer ist trocken, der Bauer ist braun, einer von den Thüringern mit schräggestellten Augen, einer von den Hunnen her. Er bedankt sich nicht für meine Mithilfe, er ist es gewohnt, daß Fremde bei ihm mithelfen. Vor drei Monaten waren es noch ausländische Kriegsgefangene, denen er die Arbeit für ein wenig Essen hinwarf; jetzt ists der Mann in der grauen Hose, jetzt bin ich es, jetzt sind es wir, die *Kriegsverlierer. Er* hat den Krieg nicht verloren, er hat getan, was er konnte, hat Fressen an die Front geliefert, und die Kerle draußen haben die Kraft, die ihnen aus dem Fressen kam, benützt, um vor den lumpigen Russen davonzurennen.

Der Wagen ist leer, die Bäuerin und der Bauer tuscheln miteinander. Ich nehme mir eine Handvoll graugrünen Grassamen von der Wagenunterlage und stecke ihn mir als Wohlduft in die Tasche.

Die Bäuerin versucht offenbar ihren Mann davon zu überzeugen, daß er mich einstellen soll. Sie wikkelt wieder ihre schwärende Hand aus, zeigt sie dem Bauern und jammert. Die Stimme des Bauern fährt wie eine Stichflamme in ihr Geklage: Hab ich dir nich gesacht, druff seeche sollste?

Die Frau geht ins Haus und kommt mit zwei Broten für mich zurück. Ich nehme sie, ich bin nicht so, ich lasse mich belohnen und mache den Dorfhunden, die mich begleiten, mit den Broten eine kleine Freude.

Am Abend muß ich, ohne etwas erreicht zu haben, wieder bei den Kaplans zukehren. Sie sehen mir erwartungsvoll ins Gesicht. Es ist immer noch das Gesicht, das mir die Kriegsverhältnisse aufzwangen. Es hat noch keinen Grund für ein friedensmäßiges Lachen oder Lächeln gefunden, es fand noch keine Gelegenheit.

Noch keine Arbeit gefunden, nein!

Die Kaplans scheinen zu befürchten, daß ich den Ausdruck einer kleinen Überdrüssigkeit in ihren Gesichtern erhascht habe; sie schalten sogleich auf freundschaftliche Duldsamkeit um. Wird ja woll werde, sagt Martha und macht sich an Bratkartoffeln zu schaffen.

Albert erwartet mich in der Männer-Ecke beim Spülbecken. Er prahlt mir vor, daß ihn der Krieg hier in der Steinbaukastenfabrik sozusagen auf eine Lebensstellung gesetzt hat. Er hat alles hoch- und zusammengehalten, er, als Versehrter, wie er sich nennt. Der Chef, immer noch in amerikanischer Gefangenschaft in Italien, schreibt ihm Briefe wie einem Kompagnon. Kinder wirds immer geben, schreibt der Chef, selbst wenn es viele Bastardkinder geben wird, sie werden nach Steinbaukästen gieren. Lieber Albert, schreibt der Chef weiter, sobald ich wieder heim bin, werden wir uns friedensmäßige Modelle, Häuser, Villen und Rathäuser und sowas laßt anfertige, und Bunkers, Festungen und Westwalls vorläufig nicht mehr, lieber Albert.

Da kannste sehen, welches Vertrauen! sagt Albert, und er zieht seinen Kamm aus der rechten Gesäßtasche, stellt sich vor den Spiegel und fährt sich durchs Haar. Neu ist, daß er einen Schritt näher an den Spiegel herantritt und seinen rechten Augwinkel mustert. Dort ist ihm eine kleine Warze gewachsen.

Albert versucht mir zu erklären, in welcher Gegend Italiens sein Chef gefangengehalten wird. Die große Weltkarte mit den Fähnchen, hast du sie nicht mehr? frage ich und erkenne meine Ungeschicklichkeit: Albert sieht mich so mißtrauisch an, wie er soeben die Warze in seinem Augwinkel ansah. Er will nicht mehr an seine Rolle als Kriegs-Optimist erinnert werden. Morgen wird sich denn enne Arbeit for dich laßt finde, sagt er.

Am nächsten Morgen ist der schöne grüne Juni vom Landregen verhängt. Für mich darf der Regen nicht da sein, ich muß Arbeit suchen und finden. Es fällt mir der alte Lodenmantel mit dem Webfehler ein, der vom Großvater her. Es wird von ihm noch die Rede sein.

Hoffentlich hat ihn die Frau, die auf dem besten Wege ist, eine Amerikanerin zu werden, nicht in die Lumpen geworfen. Ich habe einen Grund, schon morgens zu ihr zu gehen, und ich gehe zu ihr: Meine Söhne haben soeben ausgeschlafen und begrüßen mich in viel zu kurzen Hemden. Ich muß nicht nur nach Arbeit, sondern auch nach längeren Hemden für sie suchen. Sie betteln mich um Schokolade an. Für einige Augenblicke bedaure ich, daß ich nicht aus Texas bin.

Der fehlerige Lodenmantel vom Großvater ist noch da, ebenso mein dunkler Anzug mit den Nadelstreifen, mein Bräutigamsanzug, die schwarzen Halbschuhe, die dazu gehören, auch einige Bücher sind noch da, wohl jene, die sich schlecht verkaufen ließen. Der ganze Schopenhauer von Reclam zum Beispiel und der Tolstoi in Halbleder, den ich mir als junger Mann erhungerte. Ich bin Besitzer von silbernen Schätzen, und ich nehme mir vor, sie abzuholen, sobald ich eine Bleibe habe. Nun aber brauche ich den Lodenmantel, weil es regnet und: Auf Wiedersehen!

Ich steige wieder ins Gebirge hinauf und vergesse Schritt bei Schritt die Heckenrosen am Wegrand, und daß sie gestern da rosa auf mich einredeten und dufteten. Es gehen krumme Gedanken in mir um. Weshalb muß ich Arbeit bei anderen suchen, weshalb verrichte ich nicht Arbeit, die sich mir aus Eigenem anbietet? In meinem Kopfe drehen sich Gedanken wie Spiralnebel zusammen, werden reif und wollen aufgeschrieben sein. Aber wer würde mir und meinen Söhnen für das, was ich aufschreibe, etwas zu essen geben? Der zweite Mann in mir ist wieder erwacht. Es ist jener Mann, der sich nicht damit abfinden konnte, daß er Esau Matt sein sollte, als er noch ein Junge war. Dieser inwendige Mann geht mit mir umher. Manchmal rührt er sich wochenlang nicht. Nun ist er gestorben, denke ich dann, und auf einmal ist er doch wieder da und in der Regel dann, wenn ich was tue oder was tun soll, was andere von mir verlangen, und dann ist er mir ein rechter Aufsack, dieser zweite Mann. Andererseits ist er derjenige, der mich errettet, der mir die Welt verzaubert, wenn ich umherhinke, umfallen und am liebsten sterben möchte.

Ich komme in ein triefendes Dorf. Wieder Bauernhäuser, wieder eine Kirche, eine Schule, aber alles von dieser Regenlasur überzogen. Ich frag mich zu dem Bauern durch, bei dem nach der Aussage des Arbeitsamt-Mannes eine unbenutzte Arbeit umherliegen soll.

Der Bauer hat Augenbrauen, die reichen bis in die Stirn hinauf, und nach unten wuchern sie in die Augenhöhlen. Es ist kein Wetter zum Heueinfahren, und der Bauer schnitzt an einem neuen Heubaum, der alte ist ihm zerbrochen. Kannste mitn Fuhrwerk foahre, fragt er mich.

Ich kann.

Verstehste was von Pfäre?

Ich nicke. Mein Herz fängt an zu hüpfen. Der Bauer mißtraut mir, er führt mich in den Stall. Es stehen zwei Pferde im Stall, zwei dunkelbraune. Ich soll sagen, welches die Stute und welches der Wallach ist. Es sind zwei Wallache. Der Bauer scheint zufrieden zu sein. Hoffentlich hört er mein Herz nicht pochen. Ich soll ihm meine Hände vorweisen, sagt er, Handflächen nach oben. Ich weise ihm meine Hände vor. Schreiberhände, sagt er. Ich soll auf dem Arbeitsamt Bescheid sagen, sie möchten ihm einen schicken, der arbeiten kann.

Es widerstrebt mir, dem Bauern meine Hände anzupreisen. Schreiberhände, das habe ich oft gehört, sogar von meinem Vater. Schreiberhände, deshalb konnte ich auch, nach der Meinung des Vaters, nicht Haus- und Hof-Erbe werden. Soll ich mich vor diesem Bauern für die mir vom Leben verordneten Hände entschuldigen? Warte nur, warte, der Wind wird sich drehn, sagt der Mann in mir, der nicht Esau Matt sein will.

Es will dunkel werden in mir: wenn das der Frieden ist, auf den die halbe Menschheit hinwartete! Aber der Himmel scheint mit der Dunkelheit, die sich in mir ausbreiten will, nicht einverstanden zu sein. Ein leiser Wind zerfetzt die Regenwolken, Himmelsblau drängt sich in die Wolkenrisse, der Regen hört auf, die Sonne ist da und läßt das Junigrün aufleuchten. Ich bin zwischen zwei Dörfern in einem Waldstück. Der Waldboden ist mit feingefiederten Blättern bedeckt, zwischen den Blättern rote Pünktchen: reife Walderdbeeren. Ein Bibelspruch aus der braven Kindheit fällt mir ein: *Sie säen nicht, sie ernten nicht, und Gott ernährt sie doch.* Ich ernte und esse Walderdbeeren, bis deren Duft mir aus den Hautporen dringt. Meine Hoffnungen kommen wieder nach vorn: Auf meinem Laufzettel ist noch eine arbeitverheißende Stelle am Stadtrand verzeichnet, ein sogenanntes Obstgut. Schon auf dem Abweg erkenne ich es: Obstbäume, so weit ich sehen kann: Kirschen, Äpfel, Birnen, Beeren, schräg am Berghang, und die frühen Kirschen röten sich schon. Wieder fällt mir etwas aus der Bibelzeit der Kindheit ein. Es ist vielleicht nicht ganz schlecht gewesen, daß mir ein gewisser Lehrer Rumposch den Bibel-Inhalt mit dem Haselstock einprügelte. So muß der Garten Eden ausgesehen haben, denke ich.

Mitten in allem Obst und seinen Bäumen steht nicht gerade ein Schloß, doch immerhin eine Villa im Jugendstil, und der, der sie bauen ließ, dachte gewiß während der Bauzeit an ein Schloß und überredete den Baumeister, hier ein Türmchen und dort eine Verzierung anzusetzen.

Alle Regentropfen an den Baumblättern wiederholen die Junisonne mit Geglitzer. Rechts vom Eingang auf zwei Pfosten eine weiße Tafel. Sie ist so groß wie der Schneidertisch meiner Mutter. Ich kanns nicht lassen, mir immer wieder Vergleiche aus der Kindheit heraufzuholen, um sie als kleine Wärmequellen in meinem manchmal kühlen Erwachsenenalltag zu benutzen. Auf der weißen Tafel wird mir mit schwarzen Buchstaben aus Ölfarbe erklärt, daß ich im Begriff bin, ein beliebtes Ausflugsziel der Grottenstädter Bürger zu betreten. Wenn ich auch als Mittelloser hier in Grottenstadt gelebt habe, ein Bürger dieser Stadt muß ich trotzdem gewesen sein; mein Name steht schließlich im Einwohnerregister, aber mein Ausflugsziel war dieses Obstgut nie. Bürgerliche Ausflugsziele sind mit Kaffee und Kuchen verbunden, und der Erwerb von Kaffee und Kuchen setzt Geldbesitz voraus, und Geld besaß ich nicht, und aus diesem Grunde konnte ich mir, als ich Bürger dieser Stadt war, auch nie die berühmten Höhlen von Grottenstadt ansehen. Ich sah Leute aus ganz Deutschland und viele Ausländer zu den Grotten pilgern. Für mich waren sie nicht vorhanden.

Es gehört noch nicht hierher, aber es gehört zu meinem Erzählstil, deshalb verlautbare ich gleich jetzt, daß ich in diese Grotten erst fünfzehn oder sechzehn Jahre später steigen werde, und ich werde in Grottenstadt sein, um kaukasischen Literaturprofessoren die Baracke in den Saalwiesen zu zeigen, in der ich damals wohnte, als mich manche Grottenstädter für asozial hielten, und ich werde mich schämen müssen, weil die Steinbaracke noch immer im luderigen Zustand dastehen wird, und weil noch immer Menschen drin wohnen werden, und weil noch immer derselbe Wucherer, Arier und Erbhofbauer von einem Wirt dort die Miete kassieren wird, ohne den Unterschlupf im geringsten bewohnbarer gemacht zu haben.

Ich steige Treppen. Die Treppenstufen erzählen mir mit ihren ausgedellten Mittelteilen, wie vielen kaffeelüsternen Besteigern sie sich demütig hinhielten. *Wiedereröffnet*, stand unten am Eingang auf der weißen Tafel. Was wird man jetzt ausschenken? Ein Getränk mit Ersatzzucker namens Alkolat, das in Mode ist? Es soll nicht meine Sorge sein. Meine Sorge soll sein, daß ich hier Arbeit kriege. Mit meinem Lodenmantel über dem linken Unterarm sehe ich womöglich aus wie ein vornehmer Herr auf dem Spaziergang. Die Treppe wird rechts und links von Buchsbaumsträuchern begleitet, und die sind barock beschnitten, und jeder Strauch sieht aus wie ein Häufchen zusammengerechten Grüns. Ich tauche meinen grünen Lodenmantel in das Gezweig eines Buchsbäumchens und stecke meine Hände, damit sie nicht wieder falsch Zeugnis gegen ihren Herumträger ablegen, in die Hosentaschen.

Ich nähere mich der Veranda, in der man einst brasilianischen Kaffee ausschenkte. In ihrem Innern scheint noch ein wenig Geklirr von Porzellangeschirr aufgehoben zu sein.

Es kommt mir ein Mann entgegen, der mit einem Knifflergesicht in die Welt sieht. Er bekniffelt auch mich. Er geizt mit seinen Worten, als ob jedes eine Mark wert wäre, und nennt sich Gaststättenpächter.

Um Arbeit soll ich zum Obstgutbesitzer von hinten ins Haus gehen.

Am Hintereingang der Villa treffe ich auf eine sommerbraune Frau, beredsam, dunkel und etwas ägyptisch. Mit ihrem Blick tut sie mir ein bißchen was an. Ich ziehe die Hände aus den Hosentaschen und bringe sie hinter dem Rücken unter. Ich erkenne in den Augen der Frau ein Einverständnis. Sie scheint mich bereits in ihre innere Abteilung für sympathische Menschen eingewiesen zu haben. Glatzige Blondheit und ägyptische Dunkelheit scheinen miteinander zu sympathisieren. Sie fragt mich, ob ich alles machen würde, wonach ein Garten verlangt; mit Mist umgehen zum Beispiel. Sie sucht nach meinen Händen, und ich weiß nicht, wo bleiben mit ihnen, aber da sagt sie, daß wir nachsehen gehen wollen, ob der *Vati* schon zu Mittag schläft. Der familiäre Ton, in dem sie mit mir umgeht, macht mich sicherer. Meine Hoffnung schlägt grün aus. Ich nehme meine Hände vom Rücken und zeige sie aller Welt.

Der *Vati* ist ein kleiner Mann, ein Knoten. Er liegt auf einer Chaiselongue und liest. Seine Augen gehen mit naiver Erwartung im Buch umher, als sollte ihm gleich verkündet werden, *was die Welt im Innersten zusammenhält.* Neben der Chaiselongue stehen die Gartenschuhe des Mannes und sind sehr fehl am Platze. Sie sind von außen gepolstert mit ausgetrockneter Lehmerde, und ihre Schuhzungen hängen seitlich heraus wie die Zungen von schwitzenden Hunden.

Der Mann erhebt sich langsam und sagt mir, daß er Höhler heißt, nachdem ich ihm versichert habe, daß ich Matt heiße. Er begrüßt mich und lädt mich ein, dieselbe Chaiselongue wie er zu besitzen. Aber die Frau schiebt mir einen Stuhl zu. In ihrem Gesicht ist die Freundlichkeit einer Septembersonne, und sie empfiehlt mich ihrem Manne, obwohl sie mich nicht kennt. Sie bleibt noch eine Weile und greift von Zeit zu Zeit in das ein, was man heute ein *Kadergespräch* nennt.

Der Mann verschafft sich einen akustischen Fragebogen von mir, und obwohl ich immer wieder bestrebt bin, meine Hände nicht an diesem Einstellungsgespräch teilnehmen zu lassen, erklärt er, wie ein Landarbeiter sähe ich nicht aus. Wie nur soll ich mich tragen und halten, damit man mir ansieht, daß ich es seit Jahren mit den gröbsten Arbeiten aufnahm? Der Mann, dieser Vati, holt mich aus meinem Gehader und versichert, daß man manchem Manne nicht ansähe, was er zu leisten vermag, und er meint auch sich ein bißchen damit. Er ist Studienrat, und ob er es noch ist, weiß er nicht, aber bisher war er es. Erst jetzt sehe ich die Menge von Büchern. Der Raum ist so gut wie mit Büchern tapeziert, und ich merke alsbald, daß ich es mit einem Mann zu tun habe, der heute junge Menschen belehrt und morgen schon überprüft, ob seine Belehrung bei denen Fuß gefaßt hat, ein Mann, der die Erfolge und Mißerfolge seiner Belehrungen mit Zensuren versieht. Die Zensuren beziehen sich eigentlich auf ihn, doch er schiebt sie jenen zu, die er belehrte. Er fragt mich nicht, ob ich Land umgraben, Spargelbeete anlegen oder Möhren behacken kann, er befragt mich nach Büchern. Ich sähe so aus, als ob ich dies und das gelesen haben müßte, sagt er, und er glaubte, mich mit seiner Menschenkenntnis zu verblüffen.

Die liebe Frau, in der Zigeuner- oder Ägyptergene anwesend sein müssen, geht davon. Sie ist nicht mehr nötig. Wenn der *Vati* von Büchern spricht, sagt sie, kann ich gehen, und *ich* weiß, daß ich angestellt bin.

Der Studienrat fragt mich, ob ich Nietzsche gelesen habe.

Ja, ich habe mich schon in der Jugend mit dem *Za-*

rathustra herumgeplagt. Ich bekunde frei und offen, daß mir an Nietzsche mißfiel, was mir an allen Philosophen mißfällt: Ein jeder ist auf sein System aus, in das er die ganze Welt hineinzubiegen versucht.

Der Studienrat fragt mich, ob auch ich der Meinung wäre, daß Nietzsche an allem schuld sei, was jetzt über uns hereingebrochen wäre.

Ich weiß es nicht und versichere, daß ich es durchdenken werde, und der Studienrat ist einverstanden. Es ist eine Grundlage, sagt er, wir werden weiter drüber reden, sagt er, und wann ich anfangen könnte, hier auf dem Obstgut und im Garten zu sein. Ich sage ihm, daß es mir am liebsten wäre, wenn ich sogleich meine wenigen Sachen aus der Stadt heraufholen und hierbleiben könnte, und ich erkläre ihm, wie es mir geht und so und so.

Der Mann trägt nicht nur den Titel eines Rates, er weiß auch Rat: Sie haben die Wächterhäuschen, die Gartenhäuschen, in der Plantage gesehen, sie sind beide noch frei, sagt er, Sie können einziehen, und Sie werden dort schöne Abende vorfinden, auch schöne Morgen, aber die Abende sind schöner, sage ich Ihnen. Das ist poetisch gesagt, und das imponiert mir, und so werde ich Plantagenarbeiter, und es ist mein zwölfter oder dreizehnter Beruf; ich weiß es nicht genau, ich muß erst nachzählen.

Ihr wißt, daß seit meiner Kindheit zwei Menschen in mir sind. Der eine, den ich den Hauptmenschen nennen will, damit er etwas zu schmunzeln hat, treibt Handarbeit und versucht, sich in der Welt zurechtzufinden, die ihr die Wirklichkeit nennt, und er läßt sich knechten und beleidigen. Mein anderer Mensch aber versteckt sich hinter dem Wirklichkeitsmenschen und benutzt jede Gelegenheit, hervorzulugen und zu erproben, ob ein bißchen Zeit für ihn da ist, oder ob seine Zeit ganz und gar gekommen ist. Er kommt hervor und tröstet mich zum Beispiel, wenn es mir in der Schule bei Lehrer Rumposch nicht gelingt, an einem frei hängenden Strick emporzuklettern. Er lächelt, als wüßte er etwas Besseres, wenn die Eltern mich tadeln und sagen, ich sei nicht so wie die anderen, und ich wäre so rasch beleidigt, und ich wäre so leicht verletzlich, und mein Gefrage sei ein bißchen wie unnormal. Oft, wenn die andern lustig sind, ist dieser zweite Mensch in mir traurig, und er zweifelt, ob je die Zeit kommen wird, da auch er, wie ein wirklicher Mensch, unangefochten umhergehen kann.

Ihr wißt auch, daß dieser zweite Mensch in der Kellerwohnung eines Hausmeisters an verschiedenen Abenden heraustritt und das Leben eines Hundes beschreibt. Es ist die Geschichte eines zugelaufenen Hundes, den ich daheim auf dem Dorfe getroffen habe, und der sieht mich so demütig an, und er wedelt, und sein Wesen verfolgt mich bis in die Kellerstube der Hausmeistersleute, und ich muß immerzu über ihn nachdenken, und ich stelle mir die Erlebnisse vor, die dieser Hund als Streuner gehabt haben muß, und ich schreibe sie nieder, und ich muß es tun, und nach der Niederschrift ist mir, als hätte ich einen Auftrag erfüllt, den mir die demütigen Blicke des Hundes überbrachten. Die Geschichte bewirkt, daß mich einige Menschen zwei oder drei Tage lang mit bedauernden und andere Menschen mit bewundernden Blicken besehen, denn jedermann kann die Geschichte lesen, sie wird in einer Zeitschrift gedruckt, die in ganz Deutschland, das damals noch nicht Großdeutschland ist, erscheint, und *jedermann* sind in der Kleinstadt Grodk Mitschüler und ein paar Damen aus dem Lyzeum, die die Zeitschrift mithalten, und auch die Hausmeistersleute und meine Eltern lesen die Geschichte, und der Großvater sagt: Sich moal an, der Jungatzko!

In mir verursacht das Erscheinen von dem, was ich mir ausdachte, weder Stolz noch Erhobensein; höchstens einen Fingerhut voll Erstaunen. Der zweite Junge, der aus mir herausgetreten war, ist wieder verschwunden, als er die Schulwandtafel sah, auf der französische Vokabeln standen, die er lernen mußte, und zwei Dreiecke, von denen er zu beweisen hatte, daß sie gleich groß wären. Die Geschichte, die der unsichtbare Junge in der Welt der Wirklichkeit abgeliefert hat, wird rasch vergessen, sie verliert ihre fremden Leser, nur der Junge, der in der wirklichen Welt umhergeht, liest sie manchmal noch, und er lebt weiter in der Kellerwohnung, in der es mittags so dämmerig ist wie abends und im Winter so wie im Sommer, und aus dem Papierkeller von nebenan quillt der Dunst von durchfettetem Zeitungspapier und säuerlich sterbendem Brot. Und der unanpackbare Junge fängt an zu begreifen, daß er und der anpackbare Junge gar nicht zwei allzu getrennte Wesen sind. Hat der sichtbare Junge durch seine Begegnung mit dem Hunde nicht das Garn herangeschafft, aus dem der unsichtbare Junge das Netz seiner Geschichte strickte?

Und daß die beiden Jungen so getrennt voneinander nicht waren, wurde auch zwei, drei Jahre später, in der Zeit meiner gewaltigen Balz, auch Pubertät genannt, deutlich und deutlicher. Die beiden Jungen arbeiten in dieser Zeit sehr offensichtlich zusammen, um die Mädchen, auch das andere Geschlecht genannt, auf sich aufmerksam zu machen. Der sichtbare Junge trägt die Gedichte und das Gedachte, die Liedlein und die Leidlein, die der unsichtbare Junge macht, wie der Fasanenhahn sein Prachtgefieder umher, und wenn in den Liedlein von großen Einsamkeiten die Rede ist, so sind es jeweils die zwei, drei Wochen, die zwischen zwei Mädchen liegen, und es kommt die Zeit, in der sogar beide Jungen darauf verzichten, mit selber erdachten Liedlein aufzuwarten, und der unsichtbare Junge erhebt keinen Einspruch, wenn der wirkliche Junge vorgefertigte Balzlieder verwendet, um seinen Gefühlen Ausdruck zu geben. Der gesamte Junge tanzt und kräht und will Sänger werden, will Schauspieler werden, aber noch lieber der Mann am Schlagzeug, der von Tanz zu Tanz fährt und die Mädchen mit einer erleuchteten großen Trommel (damals waren so Trommeln Mode) auf sich aufmerksam macht.

Aber nun fort von den beiden Jungen! Sprechen wir wieder von Esau Matt. Ich schäme mich dieser Zeit nicht, sie hat sein müssen, und wenn auch der anpackbare Junge darin die Oberhand zu haben schien, irgendwo lag wer auf Lauer, und das war doch wieder der unanpackbare Junge, und der steckte all diese Erlebnisse auf einen Drahtspieß, ihr wißt, so einen Drahtspieß, wie ihn früher die Kleinkaufleute benutzten, um die aufgeschriebenen Wünsche ihrer Kunden zu sammeln.

Später wurde mir deutlicher, daß das, was mich da spaltete und trieb und trieb, etwas aufzuschreiben, eine Kraft war, die keinen Namen hat, und daß, wer den wissenschaftlichen Ehrgeiz hat, sie zu benennen, in die Hochstapelei stolpert, weil diese Kraft nur für den, den sie antreibt und belästigt, einen dunklen Namen hat, und weil dieser Name sich nicht mitteilen läßt. Jedenfalls geht diese Kraft mein Leben lang bald als Trösterin, bald als Belästigerin, bald als fliegendes Roß und bald als Pack-Esel, bald als Himmel und bald als Hölle mit mir:

Da ist die Fabrik, in der wir neben künstlicher Wolle vielerlei widerliche Gerüche erzeugen. Wir erzeugen die Mißgerüche nicht bewußt, sie entweichen bei einem chemischen Prozeß, der sich während unserer Arbeit vollzieht.

Ich fange in dieser Fabrik als Hilfsarbeiter an, und ich muß jene Bottiche, in denen der chemische Honig, Viskose genannt, hergestellt wird, ausspritzen.

Und das ist meine Arbeit. Die Bottiche sind je so groß wie eine Rentnerstube, und sie sind rund, und der Viskose-Honig wird mit Preßluft aus ihnen herausgedrückt, aber an den Bottichrändern bleibt stets eine Schicht kleben, und sie klebt dort und erstarrt und ist zäh, und ich muß sie mit einem Wasserstrahl, hinter dem der Druck von, ich weiß nicht wieviel, Atmosphären steht, von den Bottichwänden losspülen. Der Schlauch, mit dem ich das bewerkstellige, endet in einem metallenen Strahlrohr von einem halben Meter Länge, und wenn der Schlauch unter Druck steht und das Strahlrohr freikommt, wird er zu einer gefährlichen Schlange, die einen Menschen umhaut und ihn zum Kentern bringt. Das Strahlrohr tost in Mannskopfhöhe umher, aber man kann nie erkennen, wo es sich aufhält, weil alles voll Wasser ist, und wenn man das Rohr einfangen will, kann man es an den Kopf kriegen, und das kann zu einer Gelegenheit werden, früher als gewünscht zu erfahren, wie sich das Sein auf der Gegenseite des Lebens ausnimmt.

Einmal kommt mir der Schlauch aus, und sein Strahlrohr schlägt mir gegen das rechte Schienbein und fällt mich. Im Nu sind die zehn Arbeitskollegen, die die Rührwerke an den zwanzig Maschinen bedienen, von der eisernen Bühne und sind in Deckung, und alles, was zu tun ist, fällt mir zu. Mein Schienbein schmerzt, als wäre ein Lastauto drüber hingegangen, ich stehe mühsam auf und überführe mich, wo der Schlauchkopf mit dem Strahlrohr seine Tänze aufführt. Ich sehe, daß er sie in der Nähe des Absperrhahns vollführt, und ich zögere und warte drauf, daß sich die Schlauchschlange aus der Nähe des Absperrhahns entfernt, aber sie hat es nicht eilig, und meine Kollegen beschimpfen mich aus ihren Verstekken heraus, und die einen schimpfen mich einen Feigling, und die anderen beschuldigen mich, ich hätte Mordabsichten auf sie.

Diesen Schlauch nun mit all seinem Druck, der ihm innewohnt, klemme ich mir bei meiner Arbeit unter die rechte Achselhöhle, und ich beuge mich durch eine Luke in den Bauch des Viskose-Bottichs, und ich säubere dessen Wände, und die erstarrte Viskose pellt sich von ihnen wie eine lederige Tapete. Ein Mischgestank aus den Dünsten von Schwefelkohlenstoff, Ätznatron und feuchtem Zellstoff steigt zu mir auf, und ich muß ihn einatmen, ob ich will oder nicht. Ein halber Liter Vollmilch ist die Maske, die mich vor den Auswirkungen des Schwefelkohlenstoffes schützen soll, aber mir ist Milch von Kindheit an ein widerliches Getränk. Ich versuche es in dieser Zeit noch einmal mit ihr, schalte meine Vernunft ein und versuche es mit ihr, doch sie bleibt nicht in mir, diese Milch, nicht im kalten und nicht im warmen Zustand, und ich nehme die tägliche *Deputat*-Milch meinen Kindern und jener Frau mit nach Hause, die später so drauf aus ist, eine Amerikanerin zu werden.

Wenn ich einen dieser Bottiche gesäubert habe kommt der nächste an die Reihe, und von den zwanzig Rührbottichen ist stets einer leer und muß gesäubert werden, und alles hat fließend zu geschehen. Unser Fließband ist weiß, zuerst weißer Zellstoff und dann weiße Zellwolle.

Ich erzähle das vielleicht zu ausführlich und setze mich der Gefahr aus, daß meine Leser diese Stelle meiner Ausführungen ungelesen lassen oder überhaupt aufhören mit dem Lesen, weil ihnen heutzutage Romane, immer wieder Romane angeboten werden, in denen es um Produktions- und Leistungssteigerungen in der Industrie geht, und weil es sogar Romane gibt, in denen Produktion und Leistungssteigerung die höchsten ethischen Kategorien sind, an denen die Über- und Unterhelden gemessen werden, und es kommt nicht drauf an, daß sie leidlich und guten Herzens sind und geistig etwas abstrahlen, sondern daß sie produktionswillig und produktionstüchtig und gute Zuarbeiter für Maschinen sind. Und das eben ist schriftstellerische Falschmünzerei und Verlogenheit von Leuten, die nie in einer Fabrik an Maschinen standen. Ich weiß es, daß man bei dieser Arbeit ohne ein geistiges Überdrauf nicht auskommt. Ich habe es erfahren, und ich mußte mir damals mein geistiges Überdrauf aus mir selber beschaffen, und das ging in dem Falle, von dem ich rede, so zu:

Aus dem Rührbottich steigt beim Geknatter, mit dem der druckschwere Wasserstrahl die Viskoselappen von den Wänden fetzt, ein Mann, und der Mann ist mein verkleidetes Ich. Das Schwefelkohlenstoffgas scheint meine Phantasie aufzupulvern, und ich benutze es, oder es benutzt mich, ohne daß ich es weiß, wie eine Droge. Der Mann, der mir da einkommt, schafft sich dreizehn schwarze Doggen an und dressiert sie (Doggen sind damals meine Lieblingshunde!). Besonders in den Nachtschichten denke ich mir je ein tüchtiges Stück vom Lebenslauf dieses Mannes aus, und ich fühle mich gedrungen, es tagsüber niederzuschreiben.

Ich wohne damals, wie ich euch schon sagte, in einer erbärmlichen Unterkunft, im Viertel der Asozialen, am Rande von Grottenstadt. Jede Stadt hat eine Ecke mit zwei, drei Häusern, in denen ihre Ärmsten wohnen, fast jedes Dorf sogar.

Es gibt, wie gepredigt wird, anständige und asoziale Proletarier, und für die anständigen Proletarier war ich ein Asozialer, und sie sagten von mir: Kann er nicht etwas häuslicher sein und sich verhalten, wie ein Mann in seiner Lage sich zu verhalten hat? Was sitzt er herum, hebt den Ursch nicht vom Schemel und schreibt, als ob ein Heruntergekommener wieder hochkommen könnte, wenn er dasitzt und teures Papier vollschmiert und so tut, als ob er ein Aufschreiber wäre oder einer werden könnte? Kann er nicht lieber in seiner Freizeit gehen und etwas dazuverdienen zu seinem Hilfsarbeiterlohn? Ein Verrückter, so hieß es bei meinem Scheidungsprozeß. Er schrieb und schrieb, und was er schrieb, war nicht zu gebrauchen, und wer das von mir sagte, muß ich wohl nicht erwähnen.

Aber auch von ihr sagten die Selbstgerechten unter den Proletariern: Muß sie daheim hocken und den Jungen hudern? Kann sie nicht wenigstens als Stundenputzfrau gehen? Nein, sie konnte es nicht. Sie war gelernte Verkäuferin für Eisen- und Porzellanwaren, und als ich sie kennenlernte, war sie *Diva* in einem Laientheater, und sie hatte ihren Namen Amanda in den Künstlernamen Aimée umgewandelt. Ich verdachte es ihr nicht, wenn sie nicht zu einer Stundenputzfrau absteigen wollte. Ich liebte sie ja *irgendwie*, um mich intellektuell auszudrücken. Ich habe nie ein Wort gehört, was treffender kundgibt, daß einer zur Kaste der Pseudo-Intellektuellen gehört, als dieses *irgendwie*.

Wir bewohnen ein barackenähnliches Häuschen mit einem Pultdach. Es klebt mit seiner Rückwand an einem Felshang und zieht Feuchtigkeit aus dem Hang, und obwohl ich sie immer wieder streiche, sind die Stuben streifig gemasert von der Nässe, und im Winter sind sie frost-silbern tapeziert.

Von einem kleinen Flur tritt man in die Küche, und die Kochmaschine, die dort steht, ist die einzige Wärmequelle für die Wohnung, und der Küchentisch ist unser einziger Tisch.

Die Stube hinter der Küche nenne ich unsern Ruheraum. Schlafzimmer kann man nicht dazu sagen, erklärte eine selbstgerechte Nachbarin, es fehlen die Nachttische. Wir haben keine gekauft, als wir unseren Schlafkoben bestückten, weil meine Frau eine Frisierkommode benötigte. Diese Frisierkommode ist übrigens nicht ganz und gar unnütz, sie beschützt auf der einen Seite unseren zwergeligen Wäschevorrat und auf der anderen Seite meine Bibliothek, die, um es journalistisch auszudrücken, mehr als zwanzig Bücher in sich hat.

Den dritten Raum können wir nicht nutzen, wir haben keine Möbel für ihn, er kommt uns aber entgegen, wenn wir selbstgerechten proletarischen Besuchern erklären müssen, weshalb er leersteht. Er hat *zwei* feuchte Wände, und eben, er hilft uns unsere Armut zu verreden, denn rings um das Armenviertel sind die Leute reich, großdeutsch reich. Die Arier, die uns regieren, sehen es nicht gern, wenn wir nicht am großdeutschen Reichtum teilnehmen.

Ein ehemaliger Schulfreund von mir, der Sohn eines Postschaffners, mit dem ich einige Jahre auf dem Gymnasium verbrachte, setzt sich vor, mich in alter Anhänglichkeit zu besuchen. Ich beschwöre ihn, von seinem Besuch abzustehen, und die Briefe, die ich ihm schreibe, arten zu Drohbriefen aus. Ich kann dir kaum Nachtquartier anbieten, schreibe ich ihm.

Du weißt, ich bin bescheiden und mit jeder Art Nachtquartier zufrieden, schreibt er zurück. Ich kann nichts mehr einwenden. Karle, mein Schulfreund, ist nicht nur bescheiden, sondern auch klein von Gestalt, er ist nicht großdeutsch, aber er ist deutsch, und er ist jetzt Leutnant und steht vor dem Ereignis, Oberleutnant zu werden, und meine Frau und ich sollen in den Genuß gebracht werden, ihn in Leutnantsuniform zu besehen.

Der kleine Leutnant, er war der beste Reiter, trällert meine Frau, die einstige Diva, und wird recht lebendig, als sie hört, daß Besuch kommen soll.

Der kleine Karle hat noch immer sein frisches Gesicht mit einem Hauch von Röte und ein paar furchtsam sich versteckenden Sommersprossen an den Nasenflügeln. Er geht mit uns in Grottenstadt umher, und meine Frau fühlt sich durch den Dienstgrad unseres Freundes mitangehoben. Ich muß Obacht geben, daß sie mich nicht dazu verwendet, den Kinderwagen zu schieben, in dem unser Sohn liegt. Jede heutige Frau wird behaupten, daß ich das hätte tun können, ja sogar müssen, immerhin war ich ein Mann ohne Dienstgrad und Achselstücke, aber ich mochte das nicht, und ich mochte es auch später nicht, und es kostete mich viel Überwindung, jene Korbwägen in den Einkaufshallen, nachkriegsamerikanisch auch Supermärkte genannt, zu schieben.

Der kleine Karle ist ein Mensch, der sich gern mitteilt, und beim heftigen Erzählen kommt ihm immer wieder einmal der Schleppsäbel außer Kontrolle, und der Säbel ist mindestens eine Nummer zu lang für ihn und mischt sich beim Gehen zwischen Karles kurze Beine. Vielleicht gibt es überhaupt keine so kleine Säbelnummer, wie Karle sie für seine Gestalt nötig hat. Aber was ist, nach Karles Befinden, ein Leutnant ohne Schleppsäbel?

Der Abend kommt heran, und nachdem wir Abendbrot gegessen haben, wird weiter erzählt. Karle sitzt auf einem Küchenstuhl, und meine Frau sitzt auf einem Küchenstuhl, und ich sitze auf dem Klapphocker, in dem unser Waschbecken verborgen ist. Damit sind unsere Sitzgelegenheiten verausgabt, und ich bin froh, daß nicht zwei Leutnants aus meinem früheren Leben zu uns auf Besuch gekommen sind.

Nun, der Tag war lang, auch ihr werdet müde sein. Zweimal hat Karle schon sein Zubettgehen angekündigt, aber uns fällt es schwer, ihm, dessen Naturell auf gehobenes Kleinbürgertum eingestellt ist, unsere Schlafordnung bekanntzugeben. Wir lassen Zeit vergehen, und wir lassen es so weit kommen, daß unser übermüdeter Gast aufsteht und durch unseren Ruheraum hindurchgeht und die Tür der dritten Stube öffnet, weil er meint, daß sich dort ein Fremdenzimmer befindet. Ich stürze ihm nach und verweise ihn auf seine angekündigte Bescheidenheit und bringe ihm bei, daß er sich eigensinnigerweise zum Gast von Unterproletariern gemacht hat, und daß er sich deshalb in das eine unserer Ehebetten legen muß, und daß er erst mal einschlafen soll, und daß wir nach einer Weile im Finstern folgen werden, um uns in das übriggebliebene Bett zu legen.

Unser Karle besteht diese harte Bescheidenheitsprüfung ohne Naserümpfen, und ich bin ihm dankbar. Ich liege noch lange wach und bewundere ihn, bewundere, wie schön und erfolgreich er sein Leben plant. Er hat eine Freundin, aus ehrbarem Mittelstand, aber er gedenkt sie erst zu heiraten, wenn er Oberleutnant geworden ist, und er gedenkt nicht, ihr vorher ein Kind zu machen. Und ich liege nun hier neben ihm als Lebens-Plansünder. Es kommt mir sehr entgegen, daß Karle mich unvermutet flüsternd fragt, ob ich immer noch Gedichte mache, und ich sage ihm meine beiden jüngsten Gedichtanfertigungen auf, und auch das tue ich flüsternd, und Karle flüstert zum Schluß: Ich habe mir fast gedacht, daß du diese Spielerei nicht lassen kannst.

Ich erzähle das mit jener versteckten Lust, mit der ein ehemaliger Dieb erzählt, der seit zwanzig Jahren nichts mehr gestohlen hat. Ich erzähle es aber auch ein wenig zum Gedenken an den kleinen Karle, der ein paar Jahre später wohlverheiratet und als Hauptmann an der Ilmensee-Front umkommt, und gewiß ist es nicht sein Schleppsäbel gewesen, der ihn zu Fall brachte, auch nicht die Fehl-Lehre vom *Volk ohne Raum*, auch nicht, daß er durch seine Geburt zufällig ein Deutscher war, sondern weil er deutsch fühlte, weil er sich verpflichtet fühlte, deutsch zu fühlen.

Es muß erwähnt sein, daß ich in dieser armutsvollen Zeit eine Schreibmaschine besitze. Ich habe sie mir auf Abzahlung gekauft, als ich noch ein lediger

Ausfahrer und Kaninchenfarm-Leiter bei den Damen Rasunke war. Auf der Maschine schreibe ich mit der Fertigkeit einer mittelguten Stenotypistin nieder, was mich bedrängt, doch was ich niederschreibe, gleicht niemals dem, was vorher in mir war und mich bedrängte. Ich bemerke das stets erst nach einigen Tagen, und ich weiß nicht, woran es liegt, und ich bin ein Zeitchen lang unglücklich.

Die Schreibmaschine ist in jener Zeit der Armut oft in Gefahr, sich in Kinderspielzeug, in Kinogeld oder in Frauenkleider zu verwandeln. Ich bewahre sie jedoch davor, und ich habe Auseinandersetzungen mit meiner Frau, habe Zänkereien mit ihr, und die Nachbarn sind auf ihrer Seite. Was soll einem Manne wie mir eine Schreibmaschine? Doch ich setze meine Meinung durch, lieber keine Handschuhe, lieber die Hände in den Hosentaschen, aber die Schreibmaschine bleibt; sie scheint mir zu der Kraft zu gehören, die mich zwar oft bedrängt, aber auch oft beseligt. Mit der Maschine geschrieben, scheint, was aus mir heraus will, mehr Gewicht zu haben und verfestigter dazustehen, wenigstens für die erwähnten zwei, drei Tage.

Als der Mann mit den dreizehn Doggen aus dem Rührbottich in der Zellwollfabrik steigt, ist Winterzeit. Ich nehme mir vor, seine Erlebnisse und alles, was er vorhat, in einem *erfolgreichen* Roman unterzubringen. *Erfolgreich* heißt für mich damals, auf andere Weise als durch den Verkauf einer Schreibmaschine zu dem zu kommen, was von mir verlangt wird: Kinderspielzeug, Modekleider, Kinokarten, vielleicht ein paar Bücher für mich.

Ich beziehe unsere dritte Stube, um diesem Mann mit den dreizehn Doggen zu einem pseudo-literarischen Leben zu verhelfen. Aus zwei angemoderten Kisten, die in der dritten Stube noch vom Vorgänger stehen, klopfe ich mir einen Hocker und einen Maschinentisch zusammen. Hammer, Zange und Säge borgt mir Albert Kaplan. Der ungehobelte Maschinentisch hat zwei Fächer, eines für Papier, ein anderes für die Manuskriptablage.

Und dann sitze ich in meiner Freizeit in dieser Stube, und die zwei Feuchtwände glitzern, und nach zwei Stunden Schreibarbeit bin ich verklammt. Zu einem Versuch, Maschine in Handschuhen zu schreiben, kommt es nicht, ich sagte es schon, ich hatte keine Handschuhe. Am Küchenherd entklamme ich mich wieder und unterhalte mich mit meinem Sohn. Es zeigt sich, daß es mir an Vokabeln fehlt, längere Gespräche mit ihm zu führen. Meine Frau verklagt mich dieserhalb, und ich bin froh, nach einer halben Stunde wieder in meine Arbeitsstube gehen zu können, um dort den Rest von Glauben, den mir diese Frau noch entgegenbringt, zu zerschreiben, denn sie ist im Recht, sagen alle lotrechten Nachbarn, singt der Chor der kleinbürgerlich Selbstgerechten und stößt mich in Schuld, und es ist niemand da, der mir beisteht oder erkennt, daß ich mit meiner absurden Arbeit bestrebt bin, meiner Familie zu einem hübscheren Leben zu verhelfen.

Neben unserer Barackenbehausung liegt hinter Bretterzäunen unter hohen Pappeln und Eichen der Städtische Schlachthof. Jeden Morgen dringt von dort Rindergebrüll zu uns herüber, das jeweils mit einem flachen Schlag beendet wird, und das sogleich durch ein zweites, ein drittes und durch ein zwanzigstes und ein fünfundzwanzigstes Rindergebrüll ersetzt wird, und jedes Gebrüll endet mit diesem halbtönernen Schlag, der mit dem Rücken einer Axt auf der Rindshirnschale erzeugt wird.

Später kommen die schrillen Schreie der Schweine herüber. Sie enden mit einem etwas gedämpfteren Schlag, und die Gedämpftheit des Schlages hat ihren Grund in den fettgepolsterten Hirnschalen der

Schweine. Kuh-muh, sagt unser Junge, wenn die von Todesfurcht durchzitterten Schreie der Kühe zu uns herüberkommen, und klack, tot sagt er, wenn jener flache Schlag kommt, und eine ähnliche Erklärung gibt er ab, wenn die Schweine verenden. Der Deibel mag wissen, woher er das kennt. Vielleicht hats ihm die alte Frau Schnappauf aus dem Nebengebäude beigebracht, die alte Frau Schnappauf, zu der ihn meine Frau hingibt, wenn das Wetter schlecht ist, wenn sie ihn nicht zum Einkaufen mitnehmen kann. Jedenfalls hört der Junge Tausende von Tieren sterben, ehe er Kühe oder Schweine kennengelernt und gestreichelt hat, und das Todesgebrüll der Tiere ist für ihn nichts anderes als das Heulen der Feuersirenen und das Schlagen der Turmuhren, das bei günstigem Wind aus der Stadt zu uns herüberkommt.

Das Schlimmste ist das Sterben der Lämmer. Es ist ein hilfeheischendes Geschrei, das ohne einen Abschlußschlag endet, und unsereiner weiß, daß dem Lamm nun die Gurgel durchschnitten wird, und in mir steigt zwangsmäßig die Erinnerung an meine Farmerzeit herauf, und ich weiß, daß nun das Lammblut durch das Gebüsch der Halswolle rinnt, und wie es auf den Zementboden des Schlachthauses tropft, und ich empfinde es als eine Vergünstigung, daß nur einmal wöchentlich Schafe geschlachtet werden.

Ich kann im Schlachthof eine Stunden-Arbeitsstelle für nach Feierabend haben und ausgeschälte Tierknochen und Kadaver verladen. Die selbstgerechten Proletarier meiner Umgebung, die vorhaben, mich mit Stichelreden zu einem arbeitsamen Familienvater zu erziehen, können nicht verstehen, weshalb ich die Arbeitsstelle so in der Nähe nicht annehme, und weshalb ich mich nicht auf die Tierknochen stürze, sondern faulenze und zu meinem blanken Vergnügen Papier und Farbbänder verbrauche. Sie reden mir immer gründlicher ein, daß ich ein mißglückter Mensch bin, und ich bin, von wer weiß woher, gezwungen, es auf mich zu nehmen. Ich *übersehe* den auffälligen Anschlag am Schlachthoftor, in dem dringend nach Hofarbeitern verlangt wird.

Wenn ich beim Schreiben den Lodenmantel mit dem Webfehler, den vom Großvater, überziehe, halte ich es eine halbe Stunde länger aus. Schließlich besinne ich mich auf eine Joppe, die daheim auf der Heide noch vorhanden sein muß. Meine Mutter hat sie mir einst nach einem Schnitt aus *Vobachs Modenzeitung fürs deutsche Haus* genäht. Da war ich Untersekundaner, und Joppen waren große Mode. Die Mutter hat die Joppe sogar mit einem Kragen aus den Fellen zweier Silberkaninrammler eigener Zucht versehen. Es handelte sich um Nachkommen der Silberkaninchen vom alten Postschaffner Anders in Grodk, wie ihr wißt. Er ist nun lange tot, aber mein Joppenkragen und die Silberkaninchen sind zwei Dinge, die meine Gedanken zu ihm hin- und zurückleiten und machen, daß ich an ihn denke und eben, er ist schon lange tot.

Als ich damals auf der Heide die Joppe zum ersten Male anziehe, sehe ich aus wie ein Sohn von Gutsbesitzer Wendland, behauptet mein Großvater. Und wie sehe ich jetzt aus?

Ich lasse mir die Joppe schicken. Der Pelzkragen hat sich in Motten verwandelt und ist davongeflogen. Ich reiße den Rest herunter und ziehe die Joppe unter den Lodenmantel und kann noch eine halbe Stunde länger vor der Schreibmaschine sitzen, ehe ich verklamme.

Der Mann, mit dem ich es zu tun habe, hat seine dreizehn Doggen inzwischen dressiert. Sie führen alles das aus, was in einem Zirkus, in einer Pferdefreiheit, passiert. Ich zäume die Doggen prachtvoll auf. Es kostet mich nur wenig Phantasie, weil ich das Geglitzer meiner zwei Stubenwände beschreiben kann. Und so hat alles sein Gutes.

Ich geb mir viel Mühe mit meinem Roman, soviel Mühe, als ich kann, und es wird Frühling, und es wird Sommer beim Schreiben, und ich spare die Zeit ein, mich zwischendurch aufzutauen, und werde widerwillig sogar ein paßrechterer Nachbar für die Selbstgerechten unter den Proletariern, da ich Stundenarbeit in einer Gärtnerei fürs Wochenende annehme, um dort das Kinogeld für meine Frau zu verdienen und sie bei Zufriedenheit zu erhalten; denn wenn ich schreibe, bin ich wie verreist, und sie sitzt wie eine Seemannsfrau in der Küche und wartet auf meine Rückkehr. Ich muß sie also entschädigen, und ich entschädige sie am besten mit dem Kino, denn sie glaubt an das Kino und wartet zäh darauf, daß auch einmal ein Glück, wie es ihr die Schauspieler dort vorführen, zu ihr kommt, und daß es ihr bei ihrer Schönheit zusteht. Ich aber schwelge in dieser Zeit schreibend, und es erreichen mich, wenn sie im Kino ist, keine Wellen der Unruhe und Unzufriedenheit durch die Wände.

Eines frühen Nachmittags komme ich von der ersten Schicht, und es kommt mir ein Boxerhund entgegen. Der Boxerhund ist krank, und ich pflege ihn in einem Holzschuppen gesund, aber später verkauft ihn die Frau in meiner Abwesenheit für gutes Geld, weil sie sich in den Kopf gesetzt hat, einmal wie unarme Menschen auf Reisen zu gehen und an die Warthe zu ihren Verwandten zu fahren.

Einmal richte ich mir heimlich im Holzschuppen eine Versuchstierzucht ein, um mit dem Verkauf der Tiere mein Einkommen ein wenig aufzubessern, aber die Frau alarmiert den Hauswirt, und ich muß meine Versuchstiere töten und in die Saale werfen.

Um meinen Sohn von dem Gebrüll und Gedröhn, das aus dem Schlachthof zu uns herüberdringt, ein wenig abzulenken, erwäge ich, ihm einen Wellensittich zu kaufen. Ein Arbeitskollege hat mir einen aus seiner Zucht *weit unter Preis* angeboten. Ich erwäge, ob ich das Geld für einen Sittichkäfig und für Sittichfutter erübrigen kann, und ermittle, daß ich das nicht können werde. Aber welch ein Glück, da meldet sich ein Singtier in unserer Küche, das sich selber und kostenlos versorgt, ein Heimchen. Seine Höhle ist ein Loch hinter der Scheuerleiste beim Küchenherd, und dort beim Höhleneingang sitzt und singt es. Horch, horch! sagt unser Junge und sitzt still, und er lernt zu lauschen. Unser Heimchenvogel ist treu, und er singt und singt, und ich bilde mir ein, die Göttin der Romanschreiber hat ihn mir hinter die Scheuerleiste gesteckt. Und warum soll es eine solche Göttin nicht geben?

Mein Weib fühlt sich allerdings zuweilen vom Gesang unseres Heimvogels gestört, besonders wenn sie die Melodien nachsingt, die sie nach ihren Kinobesuchen heimbringt, und sie treibt unseren Erdvogel mit dem Geklingel des Feuerhakens in seine Höhle.

Ich bilde mir ein, daß etwas Heimchengesang in meinen Roman einging. Ich könnte nachsehen gehen, ob es so ist. Der Roman liegt in meinem Archiv, aber ich habe keine Zeit, ich muß schreiben. Jetzt schreiben, immer schreiben!

Als ich damals die letzten Kapitel meines Romans schreibe, lebe ich nicht mehr mit jener Frau zusammen, die jetzt den gewagten Versuch unternimmt, eine Amerikanerin zu werden. Ich bin in eine andere Kleinstadt gezogen, aber ich arbeite noch immer in jener Zellwollfabrik, von der ich euch erzählte.

Ich biete damals meinen Roman mit dem sensationellen Titel *Dreizehn Doggen* nirgendwo an. Es bewahrt mich ein Mann davor, und dieser Mann ist ein Inder. Er heißt Tagore, und sein Vorname ist für mein halbsorbisches Maul schwer auszusprechen: Rabindranath. Ich betone diesen Vornamen auf der letzten Silbe, und ich lese ihn zum ersten Male in der *Berliner Morgenpost.* Da bin ich Gymnasiast in Grodk und kann nur indirekt an dem teilnehmen, was sie in Berlin treiben. Fürs Hinfahren und Zusehen habe ich kein Geld. Jetzt ergeht es mir ähnlich, ich gucke mit einem Televisor über die Mauer in den Westteil Berlins, und der Televisor ist meine *Berliner Morgenpost* von damals. Fürs Hinfahren und Ansehen fehlts mir nicht nur an Geld, sondern auch an höherer Erlaubnis. Mich hat nun einmal das Leben in diesem Deutschland abgesetzt, und ich habe auch nie ernstlich versucht, mich zu rühren und den Umkreis meiner Geburtsheimat zu verlassen. Ich hatte nie die Neigung. Also scheint dieser Fleck Mitteleuropas wohl zu mir und ich zu ihm zu gehören. Er scheint mich, und ich scheine ihn zu brauchen, und je älter ich werde, desto gewisser wird mir das.

Tagore ging damals backenbärtig und langhaarig im weiten indischen Gewand demütig durch Berlin, soweit man das mit Hilfe von willigen oder unwilligen Journalisten durch eine Zeitung erfahren kann. Noch immer wußte ich nicht, ob ich seinen Vornamen richtig aussprach, wenn ich den Betonungsdruck auf die Endsilbe *nath* legte. Kein Mensch in meiner Kleinstadt konnte es mir sagen, und der sogenannte Rundfunk kam eben erst in Verkehr. Heute freilich weiß ich von einer Minute zur andern, wie der Name des Filmschauspielers ausgesprochen wird, der soeben in Amerika die Regierungsgewalt übernahm.

Auch ein Buch von Tagore kriegte ich als Gymnasiast nicht zu packen. Journalisten behaupteten, er wäre weise, sehr weise, aber manche Journalisten erzählen sogar von Massenmördern, daß die weise wären, und sie tun im guten Glauben, was von ihnen verlangt wird. (Ich war selber Journalist.) Bei Tagore hatten sie mit ihrer Behauptung übrigens Glück. Es stellte sich nichts Gegenteiliges heraus, und er ist wirklich ein Weiser. Als ich endlich sein erstes Buch lese, das da *Lebensweisheit* heißt und dessen erste Kapitelüberschrift lautet: *Was ist Kunst?* habe ich soeben meinen zweiten Roman, den von dem Mann mit den dreizehn Doggen, beendet, und ich lese dieses Kapitel über die Kunst, und es wird mir bewußt, daß ich nicht nur ein Schreibschaffender, sondern ein schreibender Künstler zu werden habe, und weniger darf es nicht sein. Zum ersten Male, scheint mir, habe ich etwas von den Erfordernissen der Kunst begriffen. Aber begreifen, etwas leise erkennen und etwas ausführen – oha, oha!

Aber wenn ich nach einem mißlungenen Schreibversuch daran zweifle, es je zu zwingen, so bläst mir der Weltwind am nächsten Tage die Zweifel davon, und ich bin sicher, ich werde es schaffen, und ich tröste mich damit, daß ich Schreiberfahrungen gesammelt habe, die in meinem Innern versinken und sich dort an einem unbeobachteten Fleck, unbelästigt von meinen Gedanken, in Instinkte verwandeln. Es ist jener Platz in meinem Innern, an dem sich auch die Erlebnisse meiner pflichtlosen Kindheit aufhalten.

Ich lese meinen Doggen-Roman erst nach dem *großen* Kriege wieder, und da schäme ich mich, im Gegensatz zu heute, für ihn. Konvertiten schämen sich ihres alten Glaubens und schämen sich der vermeintlichen Fehler, die sie unter seinem Zwange veranstalteten, und ich war, als ich mich meiner ersten Schreibversuche schämte, ein Konvertit. Ich war ein Glaubender in Sachen Politik geworden und ein Unsicherer, ein Ungesicherter in Sachen Kunst, und ich mußte erst wieder einer werden, der sich seiner Vergangenheit nicht schämt, sondern sich über sie wundert, sich über alles im Leben wundert.

Ich behandelte in diesem Doggen-Roman damals kein Anliegen, das mich zwang, es schreibend zu klären. Er enthielt außerdem keine gewachsene Poesie, sondern eine aus blumigen Wörtern hergestellte Scheinpoesie; kurzum, er ist nach dem Rezept der Fortsetzungsromane geschrieben, die damals in Tageszeitungen abgedruckt wurden. Er war etwas, was sich verkaufen lassen und Geld einbringen sollte. Er sollte mir und der Familie aus der Armut heraushelfen, er sollte mir bei meinen Nachbarn, die mich unter dem Beifall meiner Frau für einen unfähigen Menschen und Hausvater halten, etwas Respekt und Aufmerken eintragen. Sie sollten von mir sagen, stellte ich mir vor: Ein bißchen was scheint er zu können, der Kerl! Man soll es nicht glauben, aber manchem bringt auch brotlose Kunst Erfolg ins Haus.

Jetzt fällt mir ein, daß ich meine damaligen Versuche, in das Geheimnis des künstlerischen Schaffens einzudringen, zu arg niedermache und schmähe. Mein Gedächtnis raunt mir zu, daß ich den Roman von den dreizehn Doggen unterbrach, als mir die Frau jenen Boxerhund, den ich gesund gepflegt hatte, hinter meinem Rücken verkaufte. Ich bin enttäuscht, und ich schreibe nieder, was ich mit diesem Boxerhund erlebte, um meiner Traurigkeit Herr zu werden, und diese Geschichte enthält ein wirkliches *Anliegen* von mir. Ich befreie mich mit ihr von meiner Enttäuschung und von Voreingenommenheit gegen die Welt. Damals allerdings sehe ich in dieser Geschichte nicht etwas, was mich künstlerisch ausweist, sondern wähne, daß sie zu Persönliches enthält, weil in ihr auch von den Tränen die Rede ist, die aus mir tropfen, als ich im Winkel des Holzstalles vor dem leeren Lager des Hundes stehe.

Ich bin tatsächlich in den Keller gestiegen und habe im Archiv nachgesehen und war überrascht von der Tatsache, daß dort drei Geschichten von Hunden aus meiner Aufschreiber-Lehrzeit liegen. Jene Hunde-Geschichte, die ich als Dreizehnjähriger schrieb, dann der Roman von den dreizehn Doggen und schließlich die Geschichte des Boxerhundes.

Und ich sehe (ein bißchen stolz auf mich), daß ich damals, wie es in der Kunst zu sein hat, das Leben des Boxerhundes hoch ansetzte, daß ich aus ihm eine Kreatur machte, die für die Existenz der Welt unerläßlich war. Die Geschichte war, stelle ich heute befriedigt fest, aus dem Bereiche meines Kunstinstinkts *heraufgequollen*.

Es gibt, bis ich aus meinem tschechischen Versteck und aus dem Krieg wieder dorthin komme, wo ich kein Zuhause mehr habe, weitere Versuche, mein Leben schreibend zu bewältigen, über die wir bei guter Gelegenheit sprechen werden. Im Augenblick scheint mir die Gefahr zu groß zu sein, daß ich, im Gegensatz zu früher in meinen Anfangsjahren, da ich nur das grob Äußerliche erfundener fremder Leben beschrieb, jetzt nur das fein Innerliche meines eigenen Lebens beschreibe, und daß ich mich in das Lager derer begebe, die mit Einseitigkeiten und Spezialitäten langweilen, ohne das Leben wirklich zu packen. Deshalb Schluß mit diesen Untersuchungen!

Nun bin ich also König in meiner Hütte im Obstgehölz. Abends sitze ich dort bei Kerzen- oder Petroleumlicht und lese. Wieder einmal habe ich eine Arbeitsstelle gefunden, in der ich meinen niedrigen Arbeitslohn aufbessere, indem ich mir seltene und seltsame Bücher von meinem Arbeitgeber ausleihe. Hier auf dem Obstgut liefert sich mir außerdem ein ganzer Studienrat mit. Er ist so begierig zu wissen, ob in den Büchern, die ich von ihm ausleihe, für mich das gleiche geschrieben steht, was für ihn dringeschrieben stand. Mein Studienrat ist von gnomenhafter Gestalt, das sagte ich schon. Sein rechter Unterarm ist ein wenig verdreht und zwingt ihn, jene flache Stelle im Innern des Handgelenks, unter der die Pulsadern in sanfter Bläue arbeiten, als eine Verlängerung des rechten Handtellers zu benutzen, und es ist erstaunlich, wie geschickt diese Stelle seines Unterarms geworden ist. Eine Handvoll Birnen sind zum Beispiel für meinen Chef mindestens drei Birnen mehr als eine Handvoll von mir. Er ist ein geschickter Praktiker, dieser Herr Studienrat, und überschätzt die Praxis wiederum nicht. Hörn Se endlich auf mit dem Geknispel in den Kirschblättern! sagt er, und komm Se ne Weile runter von der Leiter. Er will von mir wissen, ob ich Rudolf Steiner, dessen Bücher ich soeben aus der Studienrats-Bibliothek gelesen habe, für dekadent oder für normal halte.

Für mich ist Rudolf Steiner, bis ich auf jenes Obstgut komme, ein Mann, der das Land Hörensagen bewohnt. Es begegneten mir Menschen, die respektvoll von ihm flüsterten, und andere, die ihn beunflateten. Der Führer des tausendjährigen Arierreiches verbot Steiners Bücher, soviel ich weiß. Ob er sie auch verbrennen ließ, weiß ich nicht.

Für mich ist alles Geschriebene, Gedachte und Erdachte, was ich noch nicht kenne, normal. Der Unnormale bin ich, weil ich es noch nicht kenne. Und wenn ich etwas, was ich noch nicht gelesen habe, zu packen kriege, giere ich es in mich hinein, und wenn ich etwas von einer mir unbekannten Lebenshaltung lese, versuche ich sie auszuprobieren und zu erkunden, wie weit man damit kommt. Es ist damals noch viel geistige Neugier in mir, besonders nach diesem Krieg und der zwölfjährigen Arierherrschaft. Also her mit den Schriften von Rudolf Steiner! sage ich zum Studienrat. Und ich lese Steiners Buch *Wie erlangt man Kenntnisse von höheren Welten.*

Der Rudolf beantwortet mir die Frage alsbald. Er hat die Kenntnisse der höheren Welten schon. Vielleicht ist es ihm ein bißchen einsam dort, und es sind ihm einige Gefährten nötig, mit denen er sich über diese Welten unterhalten kann. Deshalb verrät er freimütig, wie andere auch dorthin kommen können, wo er schon ist. Die andern müssen nur alles so machen, wie er es gemacht hat, er wird es den Lesern ausheißen, wie man das macht, verspricht er im Vorwort. Ausheißen, dieser Begriff hat bei uns auf der Heide eine doppelte Bedeutung. Er kann die Bedeutung von Vorschreiben und kann die Bedeutung von Ausschimpfen haben. *Gewisse Eigenschaften muß er* (der Mensch) *in sich bis zu einem bestimmten hohen Grade entwickeln, dann können ihm die höchsten Geistesschätze zuteil werden*, schreibt der Rudolf. Einem Menschen wie mir, der sich soeben nach jahrelangen Fehlversuchen selber zum Schriftsteller krönte, erschien die Kenntnis höherer Welten mehr als dringlich.

Es ist allerdings ziemlich umständlich, in die höheren Welten vom Rudolf einzudringen. Seine Versprechungen ähneln jenen Prospekten, in denen Heilmittel angepriesen werden. Wenn man die Anpreisungen in diesen Prospekten liest, meint man, daß für einen, nachdem er das angepriesene Heilmittel geschluckt hat, sogleich ein neues Leben beginnt. Das Versprochene geschieht indes nur jenen, die über eine starke Einbildungskraft verfügen.

An Einbildungskraft fehlt es bei mir nicht. Ich hätte sie auch für Rudolf Steiners Versprechungen eingesetzt, aber er verlangt von mir eine Menge zeitraubender Exerzitien, mit denen ich mich auf den Marsch in die höheren Welten vorzubereiten habe. Da soll ich zum Beispiel ein Gurkenkorn vor mich auf den Tisch legen und soll drauf starren und mir vorstellen, wie es keimt, und wie es Blätter schlägt und rankt und blüht und kleine Essiggurken und schließlich Samengurken produziert. Dann muß ich die Samengurken in meiner Anschauung verfaulen und vertrocknen lassen, bis wieder nichts als bleiche Gurkenkörner vor mir liegen. Und das alles soll ich, neben anderen Übungen, mir täglich vorstellen, bis meine Vorstellungen von der Wirklichkeit nicht mehr zu unterscheiden sind. Das ist mir, was die Zeit anbetrifft, vorerst zu aufwendig.

Was sagt ihr? Ich hätte nach dem Kriege genug Zeit gehabt, mich auf die Marschroute zu machen, die mir der Rudolf anempfahl, sagt ihr? Nein, gar nicht, denn es kommt nach der geistigen Fastenzeit, die der Krieg für mich gewesen ist, viel zuviel an Unangelesenem und geistig Unangetipptem auf mich zugeschwommen, und das muß ich nach der täglich zehnstündigen Arbeit wenigstens flüchtig in Augenschein nehmen. Überdies ist mir gewiß, daß ich mir solche Lektionen wie die mit der aufgehenden Gurke ersparen kann. Der Rudolf, der Steiner, konnte nicht vermuten, daß sein Buch über die Lehre von den höheren Welten auch von Leuten wie mir gelesen wird, die die Voraussetzungen in sich tragen, Schreibschaffende zu werden, Leuten, denen es gegeben ist, wie Vater Gottchen, Menschen aus dem Nichts zu formen und ihren Lesern als Zeitgenossen hinzustellen.

Für meinen Studienrat, der in Naturwissenschaften unterrichtete, und der es mit solchen Göttinnen wie der Schwerkraft, der Fliehkraft, der Zeit oder mit dem Gotte Raum zu tun hatte, sind die Forderungen nach der Ausbildung der Einbildungskraft, wie Steiner sie seinen Adepten stellt, Drehwürmer im Hirn eines Dekadenten. Deshalb seine Frage an mich.

Als ich einige Bücher von Steiner gelesen habe, verfangen oder verflechten wir uns in einen Disput, der Studienrat und ich. Die Frühbirnen gieren rot und gelb danach, von uns gepflückt zu werden, weil sie ihre reifen Kerne zur Erde bringen wollen. Wir aber übergehen ihre Wünsche und sitzen auf dem Baumstreifen zwischen Kanadischem Berufskraut und Taubnesseln.

Ich soll Studienrat Höhler erklären, wieso ich zu

der Ansicht komme, daß es jene höheren Welten, in denen sich der Steiner aufhält, gibt, und ich versuche, es ihm in der schönen Naivität, die die Dichter ziert, zu erklären. Es gibt niedere, mittlere und höhere Welten, erkläre ich ihm, aber wer sich nur, wie der Steiner, in einer von diesen Welten aufhält, kann leicht verunglücken und für sein jetziges Leben zum Geistes-Invaliden oder Sektierer werden.

Ich bleibe in der Kühle der physikalischen Blicke von Studienrat Höhler stecken. Er stellt die These auf, es gäbe nur diese eine Welt, und die wäre weder hoch noch niedrig, sondern sie sei, wie sie sei und wirklich. Ich bitte ihn, mir ein Stück Elektrizität körperlich begreifbar und wirklich zwischen die Birnbäume ins Unkraut zu stellen. Er fängt an, etwas von Feldtheorie zu stottern, aber begreiflich machen kann er mir die Elektrizität damit nicht. Es entsteht zwischen uns ein Zustand, den die Politiker sich angewöhnt haben, ein *Patt* zu nennen.

Es ist gut, daß die Hausfrau kommt, die Frau Höhler, und die Starre, in die wir verfallen sind, mit zigeunerischen Blicken löst. Sie steht auf der Seite der reifen Birnen, die vom Baum wollen, die um jeden Preis, auch um den Preis, erst durch einen Menschen und sein Gedärm hindurch zu müssen, zur Erde und zum Keimen wollen, und Frau Höhler hat kein Einsehen, daß wir das mit den höheren Welten noch nicht geklärt haben.

Das Leben! Das Leben! Ich bemerke, daß mich Frau Höhler dann und wann mit einem Extralöffel Haferflockenbrei begünstigt, und ich ertappe sie zuweilen bei Blicken, die mich wie einen heruntergekommenen Hengst betrachten, der das Futter nicht versagt und anzeigt, daß er wieder werden will. Allmählich werde ich gewahr, daß mich Frau Höhler zu einer Summe in ihrer Rechnung gemacht hat. Sie kann mich zum Beispiel fragen: Mit Ihrer ehemaligen Frau haben Sie wohl nichts mehr zu tun, wie? Ich sage ihr, wie es ist, und daß ich nichts mehr mit dieser Frau zu tun habe, und Frau Höhler beklagt mein Schicksal, besonders das Schicksal meiner Kinder, und sie fragt mich, ob es mir nicht sehr kalt ums Herz ist, so als geschiedener Mann.

Da ist die Tochter der Höhlers, und die heißt Hanna, und ich komme jetzt erst auf sie zu reden. Die Mutter hat ihr ihre Schlankheit, der Vater die Blondheit und das gewellte Haar zum Weitertragen übergeben; das puppenhafte Gesicht hat Hanna allerdings aus eigener Verantwortung, aus ihrer Pubertät heraus erzeugt. Wenn wir uns im Hause oder im Garten treffen, beschwärmt mich Fräulein Hanna mit Blikken, wie sie Backfische sonst nur für Theater- und Filmschauspieler erzeugen, aber ich sehe nicht aus wie ein solcher. Fräulein Hanna scheint nicht zu bemerken, daß ich keine Filmrolle, sondern eine Lebensrolle spiele: Mann in mittleren Jahren, noch behende, Vater zweier Knaben und vorläufig noch nicht wieder verliebt.

Sie sollen mir bitte nicht die Tür öffnen, sagt Fräulein Hanna zum Beispiel, wenn wir gleichzeitig nach dem Essen die Küche verlassen. Halten Sie mich denn für eine korpulente Zwanzigjährige, der das zukommt? Fräulein Hanna erreicht, daß ich sie mit Worten zu einer schlanken Siebzehnjährigen mache, der es sehr wohl zukommt, daß man herspringt und ihr die Tür zum Aussteigen aus der Küche öffnet. *Siebzehn* und *schlank*, damit habe ich es getroffen, und Fräulein Hanna verlohnts mir mit blanken Blikken.

Einen anderen Tag gehe ich zum Himbeerquartier, und das liegt am unteren Ende des Paradiesgartens. Es fügt sich, daß Fräulein Hanna sich mir anschließt. Wir gehen ein Stück nebeneinander, und sie sagt: Denken Sie nicht, daß ich Ihnen nachlaufe, aber ich bin dabei, mir die Trippelschritte abzugewöhnen und mir einen ausgreifenden Gang anzugewöhnen. Und Fräulein Hanna macht, daß ich wieder mit Komplimenten aufwarten muß, und ich versteige mich, und ich sage: Wer da meint, daß ein gewisses Fräulein Hanna tripple, der solle mir nicht unter die Augen kommen.

Ich kann nicht sagen, daß es mir lästig ist, auf diese Weise von einer Jungfer angeschwärmt zu werden. Die Tatsache hilft mir zeitchenweis über die Eifersucht hinweg, die mich beutelt, nachdem ich die Frau, die einmal *mein* gewesen ist, in amerikanischen Händen weiß.

Frau Höhler gehört in jener Zeit zu den Töchter-Müttern, die selber noch in Säften stehen, die auf einen Schwiegersohn aus sind, dem sie sich beim Versagen der Tochter ohne Überwindung angenehm machen können, und sie fährt fort, ihre Pläne mit mir zu haben.

Eines Tages verweise ich einen Amerikaner, der in das Obstgut eingedrungen ist und nun wähnt, in einen Irrgarten geraten zu sein, auf den rechten Weg. Frau Höhler steht in der Nähe und hört, wie ich mit dem Mann englisch parliere.

Wie ich hörte, sprechen Sie Englisch, sagt sie später zu mir. Sollte ich lügen? Ich habe mein Schulenglisch gezwungenermaßen auf den Ägäischen Inseln aufgebessert, habe mit den See- und Kaufleuten auf Naxos gesprochen, habe auf dieser Insel eine Weile gelebt, und als ich die wenigen deutschen Bücher, die dort aufzutreiben waren, um und um gelesen hatte, als ich sie fast auswendig konnte, fing ich an, englische Bücher zu lesen, die mir freundliche Inselbewohner liehen. Der Zahnarzt Sypsymos zum Beispiel lieh mir *The Pilgrims Progress* und Walter Scotts *The Bride of Lammermoor*, und ich las in diesen englischen Büchern so lange, bis ich mir die Bedeutung der Vokabeln, die ich nicht kannte, durch das, was abgehandelt wurde, in etwa erschloß.

Frau Höhler hielt es für möglich, daß nach dem Eindringen der Amerikaner Englisch demnächst die zweite Landessprache werden könnte. Mein Mann ist Humanist, Griechisch, Latein, Sie verstehen, und Englisch ist für ihn die Sprache der Plutokraten. Ich wäre Ihnen zu Dank verpflichtet, sagt Frau Höhler, wenn Sie nach Feierabend hin und wieder mit Hanna ein wenig Englisch reden würden.

Hanna ist in der Abiturklasse, aber die Schule ist noch nicht wieder angelaufen, noch hat die amerikanische Besatzungsmacht keinen Befehl in dieser Richtung herausgegeben. Man kann nicht zusehen, wie das Mädel in Englisch verkommt, sagt Frau Höhler, und sie kann so suggestiv bitten, und ich unterliege ihrer Suggestion, und ich unterhalte mich zuweilen abends mit Hanna in meiner Wächterhütte auf englisch: How are you heute? Und yesterday, wie ging es Ihnen da? Und Hanna versichert mir auf englisch, daß es ihr gut gehe, und daß es ihr am Vortage auch gut gegangen wäre.

Die Abende sind lange hell, und an manchem Abend glüht der Himmel wie bei einem Weltenbrand, aber mit dem Weltenbrand ists jetzt vorbei, the war is over.

Was für ein Leben! Kein Grund mehr, sich fürchten zu müssen. Und Hannas Locken, die Erbstücke vom Vater, tändeln ihr bis in die Stirn, und bei günstiger Gelegenheit wird das Innere der einen oder der anderen Locke mit dem Widerschein des Sommerabendhimmels gefüllt, eine umständliche Konstellation, aber einfacher läßt sich so etwas nicht herstellen. Verführerisch, aber ich bin durch meine Eifersucht gegen Verführung gehärtet. Ihr wißt, die amerikanisch werdende Dame drunten in der Stadt! Ich bin unempfindlich für das in Hannas Lokken eingewickelte Abendlicht: Sunday, Monday, Tuesday . . .

Es steht nicht allzu schlecht um Ihr Englisch, Fräulein Hanna, sage ich. Aber sie behauptet, es stünde schlecht und schlechter um ihr Englisch. Sie würde *irgendwo* sprachlich steckenbleiben, falls sie nach Amerika reisen müßte, so schlecht stünde es um ihr Englisch, und ich sollte es weiter mit ihr treiben. Sie packt sogar in der Dämmerung leise meine Hand und versucht, sie ein wenig an sich zu ziehen, und als ich nicht nachgebe, entschuldigt sie sich sogleich. Sie hat einen Lieblingsonkel, und den hat sie als Kind auf diese Weise des öfteren mit Erfolg zum Bleiben gezwungen. Ganz schön gescheit schon für ihre Jahre, dieses Mädchen Hanna. Oder hat sie mich aus Naivität zu ihrem Lieblingsonkel gemacht?

Ich bin beim Ausmisten der Ziegen. Frau Höhler kommt und spricht mit mir über die Erziehung der Jugend, sie hätte schon in der Kriegszeit wenig getaugt, aber jetzt wäre sie ein einziges großes Loch. Dann kommt Frau Höhler auf junge Mädchen insbesondere zu sprechen. Es läge in der Natur, daß sie für gewisse Männer schwärmen, sagt sie, und sie warnt vor dem Schaden, den eine edle Verliebtheit nehmen könnte, wenn der angeschwärmte Mann zu früh reagieren würde.

Ho, ho, wie kompliziert ist das Leben nach dem Kriege schon wieder! Man hat geträumt, daß es einfach sein würde. Hat Fräulein Hanna befürchtet, ich würde ihrer Mutter erzählen, daß sie sich mir in der Hütte am Abend sanft näherte? Wollte sie mir zuvorkommen, oder fürchtete sie sich vor dem eigenen Temperament? Jedenfalls erschienen jetzt abends zwei weitere Mädchen, zwei Abiturfreundinnen von Hanna, bei mir in der Wächterhütte, und ich weiß nicht, wer sie mir zugeschickt hat. Das eine Mädchen ist brünett und dicklich, das andere ist schlank und blond und hat einen kühlen Ziegenblick. Auch die beiden Zugesandten wollen im Englischen nicht verkommen, wie sie sagen, und sie beschauen den glühenden Abendhimmel und sagen: What a prettyness in the sky! Und Fräulein Hanna sagt: Excuse me, und ich weiß nicht, worauf es sich bezieht.

Ich gehe sparsam in die Stadt hinunter zu meinen Söhnen. Selbstschutz. Soll ich hingehen und meine Eifersucht füttern? Frau Höhler hat alsbald heraus, wie es in mir umgeht. Ich weiß nicht, woher sie die Kaplans kennt, aber sie hat sich von ihnen über mich einschenken lassen.

Es ist Ihnen nicht ganz behaglich, in die Stadt und zu Ihren Söhnen zu gehen, sagt sie. Weshalb die Söhne nicht einen um den anderen Tag hierher aufs Obstgut holen? Das besorgt Ihnen niemand besser als Hanna. Ich meine, die Söhne sind Ihnen immerhin bei der Scheidung zugesprochen worden.

Noch ehe ich genickt oder zugestimmt habe, geschieht alles nach dem Plane von Frau Höhler: Hanna holt einen um den anderen Nachmittag die Jungen aus der Stadt. Der ältere ist übrigens mit den Augen der Mutter ausgestattet, mit den Augen, die mit saugenden Blicken beflucht oder gesegnet sind, und der jüngere hat Augen, die aus meiner Familie stammen könnten. Er ist zudem ein fröhlicher Junge. Ich sagte euch schon, daß sie Arne und Jarne heißen, aber jetzt wollen sie Jim und Joe heißen, und Frau Höhler fragt mich: Nennen wir sie so, oder fällt uns das gar nicht ein? Ich gebe ihr zu bedenken, daß es sich um kindliche *Mucken* handelt, und daß wir die Jungen überseeisch benennen wollen, wie sie es sich wünschen.

Die Jungen sind nun oft auf dem Obstgut und machen Entdeckungen, freunden sich mit dem Dackel des Chefs an, stecken den in einen alten Strumpf und freuen sich, wenn er drinnen im Strumpf bellt, weil er wähnt, in einer Kaninchenhöhle zu stecken. Die Jungen können nicht begreifen, weshalb eine Katze keine Spitzmäuse frißt. Sie versuchen die Ziegen zu melken, werden gestoßen und von gespaltenen Ziegenhufen geschlagen, und sie spielen Fußball mit den Krautköpfen vom frühen Wirsingkohl, oder sie spielen mit Hanna wie mit einer großen Schwester, und Frau Höhler stößt mich an und sagt: Sehen Sie, ein Mütterchen wie im Buche!

Herr Studienrat Höhler beteiligt sich nicht an der Zusammenstellung meiner neuen Familie, er hat mit sich zu tun, ihm ist eine Welt eingestürzt, ein Reich, das für tausend Jahre *vorprogrammiert* war, und von dem nun nach zwölf Jahren schon nichts mehr übrig ist. Er ist nicht als Fanatiker in diesem Reich umhergegangen, mehr als ein wohlwollender, ein stiller *Arbeiter der Stirn und der Faust.* Er hat diese Frau von unarischem Aussehen geheiratet, und die hat das Obstgut geerbt. Er hat seit seiner Bräutigamszeit in diesem Garten Eden gearbeitet und war außerdem ein guter Studienrat und hat den Bürgerkindern aus Grottenstadt, die es im Leben zu etwas bringen sollten, den Pythagoräischen Lehrsatz, die erstaunliche Tatsache beigebracht, daß in jedem rechtwinkligen Dreieck die Summe der Quadrate über den Katheten gleich dem Quadrat über der Hypotenuse ist.

Nun sucht Herr Höhler nach einem neuen Reich, in dem er wohlwollend umhergehen kann, und ich soll, wie mir scheint, seinen Berater abgeben. Sie werden doch nicht sagen wollen, daß wir uns in Bälde eine Welt nach dem Muster der amerikanischen Plutokraten einrichten werden: Hosen und Hosenträger, alles aus dem gleichen Stück, aus dem gleichen Stoff (er meint die Overalls), Hüte dazu mit Krempen so breit wie die Schutzschirme von Jahrmarktshändlern?

Ich kann leider nicht dienen, es ist mir nicht gegeben, mich als Prophet aufzuspielen.

Herr Höhler erklärt mir, daß er nicht ganz so wohlwollend durch das jetzt zertrümmerte Reich gegangen ist, wie ich vielleicht glaube: Unser Gauleiter hier in Thüringen, den ich immer Saukerl nannte, hat mir nie gelegen, sagt er. Ich erinnere mich, wie er in dunkler Uniform nebenan die Zellwollfabrik eröffnete, und wie er über diese Uniform strich und erklärte, sie wäre mit den vereinten Genialitäten der Führung und der Chemiker aus Kartoffelkraut gemacht. Genialitäten – was für ein Pseudo-Gebildeter, dieser Mensch, und wo waren seine Tuche aus Kartoffelkraut, als sie unsere Truppen später in der Stalingrader Kälte nötig gehabt hätten? Dieser Saukerl aus dem Arbeiterstande, er war ein Gernegroß und nichts sonst.

Ich lasse Herrn Höhler reden, ich stimme nicht zu, und ich stimme nicht dagegen. Ich bin drauf aus, nicht nur nominell ein Schriftsteller zu sein, sondern mich, bei passender Gelegenheit, als ein solcher auszuweisen; ich mache mir abends in meiner Hütte Skizzen. Herr Höhler, so schreibe ich mir auf, gehört zu den Deutsch-Uneinsichtigen. Es ist bis heute zu wenig vermerkt, daß es sich bei denen um eine gefährliche Massenpartei handelt, um eine Partei, die deutsch-preußisch bestrebt ist, Altes oder politisch Veraltetes, was sich wirklich nicht bewährte, wieder herzustellen. Hoffentlich gehört nicht auch der Aufmarsch von Soldaten im Paradeschritt vor der sogenannten Neuen Wache in der Hauptstadt unseres Ländchens dazu.

Herr Höhler überlegt und überlegt, weshalb es Hitler nicht gelang, die Deutschen dorthin zu führen, wo er sie gern hingehabt hätte. Der Besitzer des Obersalzbergs war für ihn ein Genie, und Herr Höhler kann bis auf den Tag, da wir beide beratend auf dem

Baumstreifen zwischen Hirtentäschelkraut und Käspappeln sitzen, nicht begreifen, warum kein Wunder geschah, dieses Genie zu retten, als die Russen es in die Ecke eines Bunkers in Berlin gedrängt hatten. Nicht, daß ich abergläubisch bin, sagt Herr Höhler, aber die Lahmlegung eines solchen Genies muß durch gewisse Strahlungen erfolgt sein, deren Beschaffenheit auch einem Physiklehrer unbekannt ist.

Übrigens ist so manches falsch gemacht worden, als Hitler, dieses Genie, noch lebte, behauptet Herr Höhler auch. Er kann zum Beispiel im Gegensatz zu anderen Leuten nicht verstehen, weshalb man in der Hitlerzeit Nietzsche zuließ, weshalb man dessen Bücher damals nicht mitverbrannte. Und er will von mir wissen, ob ich auch die Schrift *Nietzsche kontra Wagner, ein Musikantenproblem* gelesen habe. Ich habe sie gelesen.

Dann müssen Sie doch zugeben, daß eine Weibergeschichte dahintersteckt. Himmel Herrschaften, Nietzsche, dieser Syphilitiker, er hätte dem Wagner die Cosima gern weggenommen, und weils nicht geklappt hat, hat er den Richard schriftlich beleidigt. Die Syphilis saß Nietzsche doch schon im Hirn, als er seinen *Zarathustra* schrieb, und die dummen Leute haben es für Philosophie hingenommen.

Alles das höre ich mir an, ohne Herrn Höhler zu widersprechen. Ich spüre, daß das nutzlos ist; das Thema hat Höhler ins Schäumen gebracht, außerdem war ich nie ein Agitator, auch für meine innersten Angelegenheiten nicht.

Es wird lebendig und lebendiger auf dem Obstgut, je näher der hohe Sommer kommt. Zwei Berliner arbeiten gleich mir als Hilfsarbeiter zwischen den Bäumen, ein ehemaliger Feldwebel, dessen Wohnung in Berlin zertrümmert ist und der seine Frau nicht finden kann. Der andere Mann in meinem Alter hat eine zerschossene Wange, und die bestimmt nunmehr die

Art seiner Aussprache und wahrscheinlich auch sein fürderes Schicksal. Ich kann sein Schicksal nicht verfolgen; er verschwindet eines Tages. Ich kann mir nicht erklären, weshalb, aber er leidet seit seiner Verwundung an einem Übermaß von *SCH*-Lauten, und die müssen anscheinend aus ihm heraus, aber ich kann nicht erkennen, nach welcher Regel: Wieder scheine Maus, quiekt er, wenn er beim Erdumgraben eine Maus heraufholt. (Er hieß Mohn, flüstert mir mein Gedächtnis soeben zu.)

Mohn hats zunächst nicht eilig, nach Berlin zu kommen. Seine Frau wurde von Bomben zerschmettert. Macht nich allzu ville, sagt er, wenn man ihm Mitgefühl zeigt. Wir schhaben uns nischt mehr verschtanden.

Aber wird ihn eine andere verstehen, wenn er eine sucht? Wird sie ein Einsehen mit ihm haben, wenn er ihr erklärt, daß der Krieg an seinem Sprachfehler schuld ist? Der Schkrieg, der verfluchte Schkrieg!

Es mag euch unwichtig erscheinen, daß ich meine Begegnung mit Mohn hier aufzeichne. Mir schon nicht mehr. Mein Gedächtnis erinnert mich an einen ironischen Gedanken, der sich mir damals aufdrängte: Wie glücklich kannst du sein, dachte ich, deine Frau ist heil, deine Wohnung ist heil, wenn auch nichts mehr davon zu verwenden ist.

Die Schule, jenes anzweifelbare Erziehungsinstitut, arbeitet und arbeitet noch immer nicht. Die Wild-Westler stoßen unsere Kinder in die Verblödung, damit sie mit ihrem kleinen Grips die Überlegenheit der Neuweltbewohner demonstrieren können, sagt Studienrat Höhler hinter vorgehaltener Hand. Die Amerikaner bleiben nicht hier, sagt der Pächter der Kaffee-Wirtschaft im Hause. Die Russen kommen, heißt es. Und weshalb kriegen wir das nicht offiziell zu wissen, fragt Studienrat Höhler und antwortet gleich selber: Die Hinter-Ozeaner wollen, der deutsche Kulturmensch soll ohne Informationen, ohne Zeitungen zusammenbrechen.

Das Mädchen Hanna bringt immer mehr beschäftigungslose Abiturientinnen aus seiner Klasse mit auf das Obstgut und unter die Bäume, unter die pflanzlichen Haustiere, die da Äpfel melken und Birnen legen. Die Mädchen laben sich am Obst, arbeiten wenig, singen, lachen und schmücken sich mit Blumen, und unser Gartengrundstück wird immer edenähnlicher, und eines Tages geht ein Mann durch das grüne Tor in den biblischen Garten. Er trägt eine gestreifte Jacke, braucht Obst und Vitamine, will sich rappeln und eine Weile bleiben, er ist ein Konzentrationslager-Häftling. Frau Höhler nimmt den Mann mit unter ihre schwarzen Gluckenflügel, er darf bleiben, solange er will. Der Mann heißt Ranz, ruft mir mein Gedächtnis herüber.

Die Sieger, wie sich die Amerikaner eine Weile nennen, führen einen Begriff zu Ehren, den Begriff *Wiedergutmachung*. Manche Deutsche denken darüber nach, kommen zu Einsichten; manche bleiben beim Nachdenken stecken, und bei vielen kommt die Bedeutung des Wortes nie an. Wiedergutmachung, das ist für sie die Sache anderer Völker, die uns in den Krieg zogen. Ein jeder kann doch sehen, daß wir jetzt wie gerupfte Hühner auf den Trümmern unseres Stalles sitzen. Also, haben die anderen gutzumachen!

Welcher Gott muß erscheinen, um jene Deutschen davon zu überzeugen, daß sie sich durch ihre Kriege schuldig und immer wieder schuldig machten?

Mein Studienrat Höhler ist merkwürdigerweise von dem neuen Mann in der gestreiften Jacke eingenommen. Er läßt sich Konzentrationslager-Erlebnisse von Ranz erzählen und fragt mich: Wieso haben wir das nicht gewußt?

Der Mann Ranz ist einige Jahre jünger als ich, und wenn es nicht respektlos geklungen hätte, hätte ich ihn einen Schönling nennen müssen. Leute mit solchen Gesichtern waren bis kürzlich Abschützen von *Feindflugzeugen* oder Versenker von Bruttoregistertonnen, Ritterkreuzträger und Verursacher von Zeitungsschlagzeilen.

Herr Ranz geht im Garten umher und spricht den Früchten zu, um es klassisch zu formulieren. Er muß nicht arbeiten. Es ist ihm von den Höhlers gesagt worden, wenn er will, dann soll er, aber nur ganz wenig; vor allem soll er sich erholen.

Ranz liegt am Rande des Himbeerquartiers im Halbschatten, liegt dort hüftlings, hat einen alten Strohhut des Chefs auf dem Kopf, und den Kopf hat er auf die Hand des angewinkelten Armes gestützt, er sieht aus wie ein sogenanntes Lebendes Bild früher im Dorftheater, auch ein bißchen wie das Tischbein-Gemälde *Goethe in der Campagna.* Ab und zu steht Herr Ranz auf, drückt sich zwischen zwei Himbeerstrauchzeilen hindurch und geht auf ein Mädchen zu, flüstert mit dem Mädchen und bringt es zum Auflachen. Sodann nimmt er dem Mädchen den gefüllten Himbeerkorb ab und trägt ihn an den Weg, und dort hole ich die Himbeerkörbe später mit einem Schubkarren ab. Die Achse des Schubkarrenrades ist ausgeschlagen, und das Rad klackt bei jeder Umdrehung.

Der Chef verwendet, wenn er mit mir über Herrn Ranz spricht, einen Begriff aus dem deutschen Floskel-Arsenal, er nennt ihn einen *leidgeprüften Mann* und fragt mich immerzu: Wieso haben wir das nicht gewußt?

Die Mädchen im Himbeerquartier lassen sich von Ranz Konzentrationslager-Geschichten erzählen, und sie befühlen mit etwas Gruseln seine gestreifte Jacke. Herr Ranz revanchiert sich und befühlt taktvoll den Stoff der Mädchensommerkleider. Es ist zu verstehen, sagt der Chef, oder können Sie sich vorstellen, sagt er zu mir, wie ein Mensch unter Lagerumständen mit gewissen Begierden fertig wird? Sie wissen, was ich meine. Aber wieso haben wir das nicht gewußt?

Bei mir will im Falle von Herrn Ranz nicht allzuviel Bewunderung und Verehrung anwachsen, und ich weiß nicht, woran das liegt. Ich muß mich zur Verehrung zwingen. Ist er mir im Lebensalter zu nahe, oder betrachte ich ihn, der Mädchen wegen, instinktiv als Nebenbuhler, wenn ich sehe, wie ihm die Sympathien der halbjungfräulichen Abiturientinnen zufallen? Eines Tages offenbart er sich den Mädchen und sagt ihnen, daß er tatsächlich ein Abschießer von *Feindflugzeugen* gewesen ist. (*Feindflugzeuge* sind niemals deutsche Flugzeuge, vergeßt das nicht!)

Wieviel Striche? fragt das dunkelbraune Mädchen und meint die Markierungen am Hinterleib des Heldenflugzeugs von Herrn Ranz.

Sechs Striche, sagt Herr Ranz ohne Zögern, und die dickliche Abiturientin küßt ihm die Hand.

Gut, sagt die dürre Blonde mit dem Ziegenblick, sechs Flugzeuge abgeschossen, aber wieso sind Sie dann ins Lager gekommen?

Die Antwort von Herrn Ranz: er hätte sich geweigert, Bomben auf englische Städte abzuwerfen, und das hätte man ihm als Befehlsverweigerung ausgelegt. Was für ein Unsinn, sagt Ranz, wie leicht hätte ich, wenn ich England bombardiert hätte, mit einer Bombe Rudolf Heß töten können. Stellt euch das vor, meine Mädchen! Bravo, sagt die Braune, die Herrn Ranz die Hand geküßt hat.

Ich komme in dem Augenblick ins Himbeerquartier, da Ranz den Mädchen erklärt, er sei um das Leben von Rudolf Heß besorgt gewesen. Das Rad meines Karrens gibt seinen klackenden Laut von sich und trägt mir einen strafenden Blick von Herrn Ranz ein. Oder war ich es, der Herrn Ranz zuerst scharf angeguckt hat? Diese verfluchten scharfen Blicke, sie haben mich mein Leben lang vielen Menschen unsympathisch gemacht!

Die Tage kommen und gehen, und die Nächte kommen und gehen ungerührt und stet, und das seit jener Zeit, da Gott das Licht von der Finsternis schied, wie manche Menschen glauben, oder seit jener Zeit, da der Urknall statthatte, wie andere Menschen glauben, und die einen wie die anderen glauben, und keiner weiß das Wirkliche.

Den Tagen und Nächten aber ist es gleichgültig, ob die Menschen sie benutzen, sich einen Krieg zu machen, oder ob sie sie benutzen, um Frieden zu halten. Ein Mensch wie ich aber, der fürchten muß, einen dritten Weltkrieg zu erleben, fängt an zu glauben, die Menschheit habe den Wechsel von Krieg und Frieden nötig wie das Ein- und Ausatmen, wie den Wechsel von Tag und Nacht. Sie braucht den Krieg, um den Ungereimtheiten, die sie sich erzeugt, bis sie nicht mehr mit ihnen fertig wird, zu entkommen, um nach dem Kriege wieder für eine Weile in der Illusion leben zu können, sie werde sich nunmehr ihrer Vernunft unterstellen und alles zum Besten führen und ewigen Frieden halten.

In dieser Hinwendungsphase zum Frieden und zur Vernunft scheinen wir uns in unserem Garten Eden eine Weile zu befinden. Der Boogie-Woogie ist noch nicht bis auf unsere Obstbauminsel hingedrungen. Vielleicht wird diese besondere Art, sich zu betanzen, die aus *Übersee* kommt, drunten in einigen Privathäusern der Stadt schon gepflegt. Mir ist, als hätten meine Söhne Fräulein Hanna mit Stolz erzählt, ihre Frau Mutter könne schon Boogie-Woogie tanzen. Ich kann es jedenfalls noch nicht, ich bin wieder einmal nicht auf der Höhe der Zeit.

Die Mädchen, die Abiturientinnen, kommen abends nach wie vor in meine Gartenhütte. Wir sehen droben in der anderen Gartenhütte, die Herr Ranz bezogen hat, die Kerzenflamme flackern, und Fräulein Hanna sagt: Herr Ranz arbeitet sein Schicksal auf. Hätte sie es nur nicht gesagt. Diese Redewendung hat sie von ihrem Herrn Vater. Mir versetzt die Tatsache einen Stich. Ich bin stets besorgt um die Zulänglichkeit eines Menschen, der eine vernutzte Redewendung, ob sie nun sein Lehrer, sein Vater, seine Geliebte oder sein Beherrscher gebraucht, blank und ohne das geringste Zeichen übernimmt, daß er sie persönlich ein wenig abgewandelt hat.

Meine Englischkenntnisse sind nicht so *profund*, daß ich sie wochenlang weitergeben kann, ohne sie aufzubrauchen. Mir fehlen vor allem die vielen englischen Redewendungen: Tun Sie möchten ein kleines Gespräch mit mir? Aber gerade solche Redewendungen wären für die Mädchen, falls sie sich mit amerikanischen Soldaten unterhalten wollen, wichtig.

Frau Höhler scheint es mit einem Male recht zu sein, daß meine Englischkenntnisse bei den Redewendungen zu Ende sind. Es liegt nicht in ihrer Absicht, daß ich ihr Töchterchen für den Umgang mit amerikanischen Soldaten abrichte.

In Sachen Liebe haben die Mädchen nichts von mir zu befürchten, nicht den leisesten Überdruck meiner Hand bei der Begrüßung oder bei der Verabschiedung, nicht den leisesten Versuch einer Annäherung. Das Wort *Annäherung* erinnert mich an meine Fahrten mit dem Großvater nach Däben. Da gab es, bevor wir die Schienen der Kohlenbahn vor dem Ort mit unserm Fuhrwerk überquerten, ein Hinweisschild mit dem Warntext: Halt, wenn das Läutwerk der Lokomotive ertönt oder die Annäherung des Zuges anderweitig erkennbar wird. Ich las das Wort Annäherung mit der Betonung auf der zweiten Silbe: An*nähe*rung, und ich dachte, es hätte etwas mit Annähen zu tun, bis mir Großvater sagte, das wäre Amtsrichterdeutsch. *Paschtschuli*, sagte er, wir sollen uns vorsehen, wenn die Boahne kummt und klimpert.

Verzeiht diesen Einschub, meine Lieben, es war nicht bös gemeint.

Nun habe ich meine Englischkenntnisse an Sie verausgabt, sage ich den Mädchen, es waren ohnehin keine größeren Posten.

Wie schade, sagen die Mädchen, und sie wollen trotzdem abends in meine Hütte kommen. Ich kann nichts dagegen haben, ich muß den kleinmütterlichen Umgang von Fräulein Hanna mit meinen Söhnen honorieren. Was aber treiben, wenn man die Abende nicht mit how do you do und haben Sie schon einmal gewesen in London verbringen kann?

Pfänderspiele, schlägt die bräunliche Mollige vor.

Oha, Pfänderspiele – Vorwände für erlaubte Küssereien, Vorwände für mit Ehrsamkeit getarnte Lüste.

Keine Pfänderspiele, sagt Fräulein Hanna, und gleich drauf sagt sie, verzeihen Sie, wenn ich vorgriff, Sie wollten vielleicht Pfänderspiele?

Sieh an, wie geschickt das Fräulein Hanna, oder war es schon durchtrieben? Ich tu so, als hätte ich nicht gehört, was sie mich fragte.

Gruselgeschichten erzählen, sagt die blonde Bleiche mit dem Ziegenblick.

Wir. einigen uns, und die blonde Bleiche fängt an zu erzählen. Sie erzählt, als ob sie jeden Satz von einem Block abbeißt und dann ausspeit: Es ist Winter, erzählt sie, ich zum Kaufmann nach Brot. Steht ein Mann, belauert mich. Ich zurück ins Haus. Wo ist das Brot? Draußen ein Mann, wer weiß, was der will. Die Mutter mit mir hinaus. Der Mann noch da. Die Mutter klopft beim Luftschutzwart. Der Luftschutzwart geht mit uns raus und lacht, zahnloses Maul und lacht. Wovor wir uns fürchteten, war ein Schneemann. Ist das nicht gruselig?

Nein, gar nicht gruselig, sagt die braune Mollige.

Sie erzählt ihrerseits etwas, was sie für gruselig hält. Bei einem Gewitterregen, vor dem sie flüchtet, sieht sie mit eins einen Mann ohne Kopf vor sich.

Hör auf, protestieren die anderen, kennen wir schon, er hat sich die Jacke als Regenschutz über den Kopf gezogen.

Die Mädchen bestürmen mich, Fräulein Hanna sieht mich auffordernd an. Ich verfüge nicht über Gruselgeschichten, ich müßte sie erfinden, doch ich habe mir verboten, Geschichten zu erfinden, seit ich den Roman von dem Mann mit den dreizehn Doggen schrieb, aber das erzähle ich den Mädchen nicht. Ich kann höchstens eine absonderliche Geschichte aus meinem jüngsten Leben erzählen, das kann ich. Wir einigen uns. Ich erzähle eine absonderliche Geschichte: Es ist noch gar nicht so lange her, erzähle ich, es ist zwischen dem Kriegssommer und dem Kriegsherbst neunzehnhundertunddreiundvierzig, und wir befahren das Ägäische Meer. Wir, das bin ich und sind andere Soldaten meines Bataillons, und es ist die Zeit, da die Italiener aus dem Krieg gegen die ganze Welt, den sich Hitler ausgedacht hat, austreten. Als die Italiener ihren Austritt bekanntgeben, bin ich auf Urlaub, und ich bin bei meinen Eltern, und wir fahren Roggen ein. Ich stehe oben auf dem Fuder, und ich gabele, und es kommt ein Mädchen aus dem Haus gerannt und ruft mir und dem Vater zu: Die feigen Italiener haben uns im Stich gelassen! Das Mädchen war nie in Italien, hat nie einen Italiener gesehen, aber sie behauptet, die Italiener wären feige. Das Mädchen plappert etwas nach, was sie von Erwachsenen gehört hat. Ich hasse dieses Nachplappern, sage ich und sehe dabei Fräulein Hanna an. Wir sollten darauf achten, daß nicht unser halbes Leben aus Nachplapperei besteht!

Bitte weiter, sagt die Blonde mit dem Ziegenblick Sie kann es wohl nicht ertragen, belehrt zu werden.

Und ich fange an, auf meinem Erntefuder umherzuspringen, erzähle ich weiter, und ich schwinge die Stakgabel wie einen Tanzstab und singe: Wende, Ende, Wende, Ende!

He, ruft mir mein Vater aus dem Scheunenbansen zu und legt seinen Zeigefinger an die Lippen. Ich soll schweigen, und ich schweige, weil mir einfällt, daß das Mädchen, diese Greta, die uns die Nachricht bringt, eines von diesen *Führermädchen* ist, Sie wissen. Glücklicherweise ist Greta nicht böse und hinterhältig, erfahre ich am nächsten Tage. Sie hat mich nicht verklagt, sie hat nichts von meinem Freudentanz auf dem Erntefuder erzählt.

Ich benutze also jeden Urlaubstag, der mir noch bleibt, und denke so wenig wie möglich an den Krieg. Man versuchte das stets, obwohl es selten gelang.

Inzwischen wird meine Truppe von hinter dem Polarkreis nach Griechenland verlegt. Das wird mir in einem Telegramm mitgeteilt, und mein Urlaub ist zu Ende, und ich muß meiner Truppe nachreisen.

Alsbald bin ich in der Inselwelt, von der unser Geschichtslehrer in der Stadtschule stets mit besonderer Bewegtheit sprach. Jungen, es ist doch so wunderbar, wie nahe sich auf diesen Inseln Menschen und Götter waren! schwärmt er, obwohl er sie nie gesehen hat, diese Ägäischen Inseln. Unser Geschichtslehrer mit dem Kneifer auf der Hakennase hat die Menschen dort unten nicht gesehen, hat die Götter nicht gesehen, und alles, was er über die Menschen und die Götter in diesem Landstrich weiß, weiß er von Homer, und er nennt das seine humanistische Bildung.

Bisher hatten die Italiener, die Verbündeten Hitlers, die Ägäischen Inseln besetzt gehalten, und die griechischen Inselfrauen liebten die italienischen Soldaten, wie die finnischen Frauen die deutschen Soldaten liebten. Das waren merkwürdige Kriegserfolge. Es war viel Weinens unter den Inselfrauen, als die italienischen Soldaten abzogen und die deutschen Soldaten anrückten.

Die Männer unseres Bataillons werden ziemlich vereinzelt auf die Inseln verstreut, spärlich wie Salzkörnchen auf gekochte Kartoffeln. Über uns also der homerische Himmel, und der ist blau und hoch, und das Meer ist blau und durchsichtig, und an den Abenden leuchtet es, und die Ruder der Fischer sind wie mit Goldpuder bestreut, und was da so leuchtet, sind tote Meerestierchen, die man lebend nicht zu sehen kriegt, und alles zusammen wird Meeresleuchten genannt.

Wir werden zu dritt auf der Insel Ios abgesetzt: der Gefreite Krause, der Funker Müller und ich, der Soldat Esau Matt. Das Schiff, das uns transportierte, fährt weiter, fährt zur nächsten Insel, um dort ein ähnliches Kommando abzusetzen. Die deutsche Heeresleitung ist gezwungen, sparsam mit uns Soldaten umzugehen. Da gibt es kein Winken, kein sehnsüchtiges Nachschauen, das Schiff verschwindet, und wir stehen im Hafen, und hinter uns haben wir die unbekannte Insel, und ob nun Scylla oder Charybdis, sie hätten sich aufmachen und uns verschlingen können.

Die Inselbewohner sehen uns nicht feindlich an, sondern nicken sogar, wenn sie uns treffen, und der Schreiber der Mairie spricht sogar ein wenig französisch, er ist blondgelockt und immer frisch rasiert und sieht so aus, wie man sich einen Griechen nicht vorstellt.

Inselkommandant ist der Gefreite Krause. Er will Kontakt mit dem Schreiber in der Mairie aufnehmen und braucht dazu den Soldaten Matt mit dessen stümperhaftem Schulfranzösisch. Glücklicherweise hat der Soldat Matt Hände und Beine, die ihm beim Reden helfen, und außerdem ist er früher ein eifriger Laienschauspieler gewesen. Der Gefreite Krause, der

Inselkommandant, bestimmt, daß die Mairie von jetzt an Hafenkommandantur ist, und wir richten es uns dort in einem Nebenraum ein. Wir packen unsere Möbelwagen, das heißt unsere Gebirgsjägerrucksäcke, aus. Der Soldat Müller, der Funker, nimmt sogleich Verbindung mit den Leuten auf dem Schiff auf, die uns absetzten. Die Verbindung ist mager. Viele kleine Inseln mit verhältnismäßig hohen Bergen stören den Funkbetrieb.

Wir sind mit Verpflegung für etwa drei Wochen ausgerüstet, nach dieser Zeit, so hieß es, würden wir Nachschub kriegen. Wir sind mit genügend Geld ausgerüstet, mit Beträgen in deutscher Mark und Beträgen in griechischen Drachmen. Vor allem aber sind wir mit kleinen gelben Tabletten von der Größe eines Kistennagelkopfes ausgestattet, Antifiebertabletten, die wir regelmäßig schlucken müssen, um nicht diesem Papadatschi-Fieber zu verfallen, das auf den Inseln umgeht. Man hat uns so reichlich mit diesen Tabletten ausgestattet, als sollten wir uns in Notzeiten von ihnen ernähren.

Am zweiten Tag unserer Inselzeit reißt die Funkverbindung ab. Wir haben keinen Kontakt mehr mit den deutschen Eroberern und Herumtreibern. Unser Hafen sei ein Naturhafen, erklärt uns Kostas, der Schreiber der Bürgermeisterei, aber diesem Hafen ist eine Insel vorgelagert, und die ist es, die ihm sozusagen die Verbindung abschnüre, behauptet Funker Müller. Er droht uns krank zu werden. Lieber drei Tage ohne Essen als drei Tage ohne Funkverbindung. Müller bringt sein Funkgerät in ein Fischerboot, er will damit hinter die vorgelagerte Insel und von dort aus sein Funkgepiep an die deutschen Kameraden auf dem Schiff liefern. Ein Schiffer erbietet sich, ihn hinter die vorgelagerte Insel zu rudern, aber da mischt sich Kommandant Krause ein. Der Fischer kann ein Spion sein, lieber wird er, Krause, der Inselkommandant, sich zum Ruderknecht machen und Müller dorthin bringen, wo er sich frei aussprechen oder frei auspiepen kann.

Sie fahren los, und Kostas, der Amtsschreiber, und ich stehen an der Mole und sehen ihnen nach. Wir sehen sie lange, lange und sehen sie immer noch. Das südliche Meer bringt unser Gefühl für Entfernungen durcheinander. Es verwirrt uns, die Götter sind im Spiel, mit eins greifen sie sogar ein. In der Nähe des Nachens von Müller und Krause taucht ein Unterseeboot auf. Kostas sieht es zuerst, und er stößt mich an und er sagt: Anglais!

Wir sehen, wie sich das englische Unterseeboot dem Griechenboot von Müller und Krause nähert, und ob das auf Befehl oder freiwillig geschieht, können wir nicht ergründen, denn wir sehen wohl, doch wir hören nicht, wir sehen Krause und Müller auf das Unterseeboot umsteigen. Müller hat sein Funkgerät bei sich, und alsbald sind sie im Bootsbauch verschwunden, und das Unterseeboot taucht wieder, und das Fischerboot taumelt über die Bläue hin und macht einen ratlosen Eindruck, bis Fischer hinausrudern und es in den Hafen holen.

Ich durchsuche das Boot naiverweise nach einer Nachricht, doch ich finde keine. Müller und Krause haben vor Schreck vergessen, daß sie einst schreiben gelernt haben.

Bin nun ich Inselkommandant, oder bin ich ein Gefangener der Griechen? Es muß sich in den nächsten Stunden herausstellen. Kostas behandelt mich so wie vorher und keinesfalls, als ob ich sein Gefangener bin.

Was ich in diesem Augenblick sonst noch fühle und denke, weiß ich nicht mehr. Ich achtete damals noch nicht auf die einzige Wirklichkeit, die es gibt, auf den Augenblick, und das gelingt mir auch heute noch nicht immer.

Vor mir das blaue, blaue Meer. Man sagt das so hin, ohne zu wissen, wie viele Arten von Blau es gibt. Aber das lerne ich in meiner Zeit auf Ios. Dort, wo die Insel mit Hilfe einer Landzunge Meerwasser schleckt, steht die byzantinische Kirche. Am Strand haben die Fischer ihre Netze ausgebreitet, und die Netze sind rötlich, ein ganzes Feld aus rötlichen Netzen, und es liegen Korkstücke auf den Netzen wie Kartoffeln auf einem rötlichen Acker.

Ich sehe noch eine Weile zu der Stelle hin, an der der Inselkommandant, der Gefreite Krause, vorsichtig vom Fischerboot auf das Unterseeboot stieg, und ich denke noch ein Weilchen an Müller mit seiner breiten Narbe, aus einer wilden Kindheit, an der rechten Wange, und ich bezweifle, daß ihm die Engländer seine Lebensfreude, das Funken, dort unten im Bauch des Unterseebootes gönnen werden.

Auch die Fischer, die mit ihren rötlichen Netzen hantieren, scheinen nichts anderes in mir zu sehen als das, was ich vorher war, und Kostas sagt zu mir *midi* und deutet an, daß es Mittag ist, und wir gehen in die Bürgermeisterei, um zu essen. Da Kostas so tut, als würden Müller und Krause abends wieder im Hafen auftauchen und uns mit neuesten Nachrichten aus aller Welt versehen, entschließe auch ich mich, so zu tun, ich muß.

Die eigentliche Stadt Ios sehe ich vom Hafen aus nicht, sie liegt im Innern der Insel versteckt. Man hat sie, wie mir Kostas französisch und mit den Händen beibringt, vor den Seeräubern versteckt.

Gibt es noch Seeräuber?

Doch, es gibt noch Seeräuber, sagt Kostas und erschrickt, weil er zu weit gegangen ist, aber ich weiß, was er denkt. Einer der modernen Seeräuber steht vor ihm, denkt er.

Die wenigen Häuser, die im Hafen stehen, vertreten also für den Fremden, der da ankommt, die Stadt

Ios. Am späten Nachmittag geht Kostas in die Stadt, seine Familie wohnt in Ios.

Ich bin allein in der Mairie, und die Nacht kommt, und ich kann nicht schlafen. Das Meer schlägt in regelmäßigen Abständen gegen die Hafenmole. Ich richte mein Ein- und Ausatmen auf den Rhythmus der Wasserschläge und die dahinter liegende Stille ein, und die Stille ist durchsetzt mit dem Zirpen von Zikaden. Ich bilde mir ein, eine Entdeckung gemacht zu haben: Der Rhythmus der Brandung und der Rhythmus meines Atems stimmen überein, wenn ich lange genug aus- und einatme. Etwas Besseres fällt mir in den ersten zwei Dritteln der Nacht nicht ein, und gegen Morgen kommt eine Befürchtung auf mich zugekrochen: Ich befürchte, daß mich die Leute, die ich die Unsrigen nenne, nicht mehr abholen. Sie wissen zwar nicht, daß ich allein hier sitze, aber auch, wenn wir noch zu dritt hier säßen, könnten sie uns womöglich vergessen. Solche Liederlichkeiten kommen vor. Krause erzählte mir, daß sie einmal vom Schiff aus eine Insel beschossen, auf der schon Deutsche abgesetzt waren.

Und die zweite Befürchtung kommt angekrochen: Vielleicht hat Kostas in der Stadt mit den Räten und Ältesten beschlossen, was sie mit mir machen werden. Ich bin einer dieser verruchten Deutschen, die alle Welt in ihren Krieg hineinzogen. Wer weiß, was sie sich dort hinten in der Stadt für eine Strafe für mich ausdenken?

Wieder fällt mir Jolly, der Hungerkünstler, ein, von dem ich euch schon in einer anderen Geschichte erzählte: In den zwanziger Jahren stellte er sich in Berlin in einem Glaskasten aus und hungerte Neugierigen gegen Eintrittsgeld tage- und wochenlang etwas vor. Wenn nun die Inselbewohner von Ios etwas Ähnliches mit mir vorhatten, wenn sie mich in die Stadt hinaufbringen und mich in einem Schaufenster ausstellen, ein Exemplar der modernen Seeräuber in einem Glaskäfig. Sie brauchen mich nicht einmal hungern zu lassen, meine Qual wäre, dort im Schaufenster in der grellen Sonne sitzen zu müssen, ein Ausgestellter zu sein, ein Anschauungsobjekt. Die Ausstellung von Jolly, der sich nachts heimlich ernähren ließ, endete damals mit einem Skandal. Wie würde meine Ausstellung enden?

Als ich im Hafen die ersten Stimmen von Fischern höre, nehme ich mir vor, etwas zu tun, um jemand zu sein. Damals weiß ich noch nicht, daß es das Größte im Leben eines Menschen sein kann, zwecklos zu leben.

Kostas kommt summend in die Mairie. Ich kann keinerlei Veränderungen an seinem Wesen feststellen. Er gibt mir von seinem Kaffee ab, und wir reden, so gut wir können, miteinander, und ich fange an, mich zu beschäftigen, um wer zu sein. Ich mache mich zum Verwalter von zwei überzähligen Gebirgsjägerrucksäcken. Ich sichte das Gepäck der Untergetauchten, sehe mir eine Weile das Foto der Frau des Inselkommandanten Krause an, das Foto einer kleinbürgerlichen Dame aus Crimmitschau, die einen Kopf voll künstlicher Locken umherträgt, und ich sehe mir ein Foto der beiden Söhne des Funkers Müller an, beide mit Halstüchern und ledernem Schlipsknoten, flotte Jungs mit Hüftmessern, weißen Zähnen, und Deutschlands Zukunft eben.

Ich verbrenne dieses Foto, verbrenne alles persönliche Zeug von Krause und Müller, was auf ihre Eigenart als stramme Deutsche hinweist, um die Griechen nicht zu erregen, falls sie doch noch auf den Einfall kommen sollten, das Gepäck zu beschlagnahmen. Ich bitte Krause und Müller von hier aus um Verzeihung; vielleicht gehören sie zu jenen, die politisch geheilt aus dem Kriege kamen, und sind mir dankbar für das kleine Feuer, das ich aus ihren Erinnerungsstücken machte.

In meinem Gepäck sind so Dinge nicht zu finden, die die Griechen erregen könnten, außer einem Foto vielleicht, das eine Frau, noch ohne Carmenlocke auf der Stirn, zeigt, aber mit einem Mund, der sehr breit ist und lächelt und dem man ansieht, daß er es bei den unmöglichsten Gelegenheiten tut.

Sodann lasse ich die kleinen Konservenbüchsen mit Fleisch und Wurst und das italienische Hartbrot aus den Rucksäcken von Müller und Krause in meinen Rucksack überwechseln und schütte vor allem die kleinen gelben Tabletten gegen das Papadatschi-Fieber zu den meinen in ein kleines Säckchen und stecke das Säckchen in meinen Brotbeutel, von dem ich mich Tag und Nacht nicht mehr trenne. Die Tabletten sind das reinste Gold, wie ich feststelle: Einer der Fischer bietet mir für eine zwei Drachmen. Er benötigt sie, wie er mir pantomimisch erklärt, für sein fieberndes Kind. Ich nehme den Fischer heimlich beiseite, gehe mit ihm hinter die Mairie in den Schatten, gebe ihm fünf Tabletten und gebiete ihm mimisch Stillschweigen. Seine Drachmen nehme ich nicht, und ich komme mir edel dabei vor und hoffe ein bißchen, daß mir die Griechen das in Rechnung stellen, falls sie doch etwas mit mir vorhaben.

Die nächste Nacht schlafe ich gut, und ich krieche am Morgen erfrischt aus dem Schlafsack, wasche mich und gehe zu den Fischern an den Strand. Der Horizont ist wie der Saum am blauen Hemd eines griechischen Gottes. Ich suche diesen Saum nach einer Schiffslaus ab, aber er ist sauber, und ich merke mir die Farbe des Meeres: An diesem Morgen ist es taubenblau.

Ich gehe in die Mairie und koche mir Morgenkaffee. Kein Deutscher, auch wenn er nur so aussieht wie ein echter, glaubt auf seinen Morgenkaffee verzichten zu können, selbst wenn dieser Kaffee nur Ersatz ist und aus gebrannter Gerste besteht. Unser Bataillonskoch hat uns eine gehörige Menge von diesem Ersatzkaffeepulver hinterlassen. Er muß geglaubt haben, daß auch dieses Gerstenpulver Menschen aufmutzt, sie wach und wachsam hält. Ich müßte demnach die dreifache Portion trinken, ich muß für drei Mann wachsam sein.

Kostas rümpft über meinen Kaffee die Nase. Er will mir von seinem einflößen, der ist aus gebrannten Kicher-Erbsen. Kostas müht und müht sich, mich in das Lager der Kicher-Erbsen-Trinker hinüberzuziehen, aber ich muß ablehnen, Gerste ist Gerste, und Erbsen sind Erbsen, doch damit mir Kostas wohlgesonnen bleibt, schenke ich ihm eine Antifiebertablette. Er bedankt sich graziös und bietet mir später von seinem Mittagbrot an, und als ich ihm auch dafür eine Tablette anbiete, wehrt er energisch ab, er ist kein Wucherer.

Nach dem Morgenkaffee bin ich frei, aber auch nach dem Mittagessen bin ich frei, und nach dem Abendessen habe ich Feierabend. Eine Weile versuche ich mir vorzustellen, ich sei ein Urlauber, aber ich habe noch nie Urlaub auf einer südlichen Insel gemacht, und ich weiß nicht, wie man es anstellt, ich versuche es: Ich gehe zum Strand und sehe den Fischern zu, wie sie Tintenfische fangen, wie sie ihnen die Fangarme abschneiden, und wie sie die Fangarme auf den Steinen der Mole klopfen, damit sie weich werden und sich essen lassen. Manchmal schenkt mir einer der Fischer einen Tintenfisch-Arm, und ich gebe ihm später, wenn ich ihn in einer Ecke allein habe, eine Tablette dafür.

Ich geh zurück in die Mairie und schreibe mir auf, wieviel Tintenfische an der Mole geklopft wurden, und ich schreibe alles so genau auf, wie es um diese Zeit auch ein gewisser Hemingway tut, von dem ich noch nichts weiß, und da ich viel Zeit habe, schreibe ich nicht nur über Tintenfische, sondern auch über meine Ausflüge:

Ich gehe in die Stadt hinauf und bilde mir ein, ich sei ein Seeräuber, der die Stadt entdeckt hat, obwohl man sie gut versteckte. Ich bin Sindbad oder so einer. Nein, ein Wikinger bin ich nicht, das ist mir zu nordisch.

Die Stadt Ios glänzt weißer als weiß in der Sonne, und ein Haus, das anfängt, ein wenig dunkler zu sein, wird am nächsten Tag schon wieder weiß gestrichen, damit es nicht absticht. Das besorgen die Frauen mit Faserbürsten; sie können ihr Ios nicht weiß genug haben.

Übrigens ist die Stadt ein einziges großes Haus. Man steigt Stufen und Treppen hinan oder hinab, wie man in einem geräumigen Haus von einem Stockwerk ins andere steigt, aber was in einem Haus ein Zimmer ist, ist hier eben ein Haus, und das ist der Zauber der Inselstadt. Manchmal begegnen mir Mädchen auf der Gasse, doch wenn sie auf meiner Höhe sind, sehen sie auf die andere Seite und sind reizend schüchtern, oder sie tun so.

Manchmal setze ich mich in ein Café auf einen Stuhl, auf dem schon Odysseus gesessen haben kann, und ich setze mich an ein Tischchen, und ich kriege meinen Kicher-Erbsen-Kaffee und reichlich Zucker. Ich zahle mit Drachmen, und ich achte sehr darauf, nicht das Geld zu packen, das ich meinen Kameraden notgedrungen entwenden mußte. Manchmal setzen sich Männer mit zu groß ausgefallenen Mützen an die anderen Tische. Sie lächeln mir nicht gerade zu, aber sie haben nichts dagegen, und sie gestatten es mir, daß ich ein Fremder bin und so tue, als ob ich Kicher-Erbsen-Kaffee trinke.

Ich gehe wieder hinunter zum Hafen und denke, jetzt gehst du heim. So rasch wird man heimisch.

Ich bin wieder in der Mairie und schreibe auf, was

ich in der Stadt erlebte, wie die Männer mich ansahen, und wie die Mädchen mich nicht ansahen, und wie die Männer mir erlaubten, auf dem Stuhl von Odysseus zu sitzen. Ich schreibe auf, wie die Esel, diese vierbeinigen Inselfahrzeuge, in der Stadt der tausend Stufen auf und nieder steigen; wie sie Wasser tragen, ohne daß sie selber etwas trinken, und manchmal kommen sie von hinter der Stadt wie Stacheltiere auf Eselsbeinen und sind mit Flechten bepackt, mit Flechten, dem Holz für die Feuer von Ios, auf dem man die Arme der Tintenfische kocht. Ich schreibe also von Eseln, Tintenfischen und Flechten, werde immer inselkundiger und tu so, als ob ich der erste Mensch wäre, der über diese Insel schreibt, einer, der nicht weiß, wie viele Leute über sie schon geschrieben haben, und daß vielleicht ein gewisser Homer unter diesen Aufschreibern war.

Und ich treibe es weiter mit meiner Arbeits- und Urlaubsbeschaffung, und ich gehe über die Stadt hinaus und sehe, daß es auch hier Ausbauernhöfe gibt wie bei uns daheim. Ich nähere mich einem der Ausbauernhöfe, und die Hunde tun, als ob sie mich fressen wollten, aber wenn ich trotzdem weitergehe, weichen sie zurück, und ich bleibe ungebissen. Die Hunde fangen schließlich an zu wedeln, als ob sie wüßten, daß ich Antifiebertabletten in meinem Brotbeutel umherschleppe.

Es hat sich auf der Insel herumgesprochen, daß ich der Mann mit den Tabletten bin, gute Taten lassen sich ebenso schwer verschweigen wie Böstaten. Ich schreibe mir den Gedanken sogleich auf, damit er mir hier in diesem Klima, das Faulenzer begünstigt, nicht davonfliegt. Ich werde wohl gar ein Philosoph werden auf dieser Insel.

Eine Bäuerin tritt aus der Tür. Sie macht eine abweisende Handbewegung. Ich soll mich von dannen trollen. Ich will nicht aufdringlich sein und gehorche, aber die Bäuerin kommt mir nach, packt mich beim Arm, dreht mich um und zieht mich in die Bauernhütte. Auf diese Weise erfahre ich, daß eine abweisende Handbewegung in diesen Breiten eine einladende Handbewegung ist. Irgendwo zwischen Deutschland und Griechenland müssen sich diese Gesten in ihr Gegenteil verkehrt haben. Vielleicht gerieten sie in einen Wirbelwind, der sie verdrehte. Vielleicht bringen die jungen Mädchen, die wegsehen, wenn ich sie treffe, damit zum Ausdruck, daß sie mir tief und liebevoll in die Augen sehen? Es macht mir nichts aus, ich habe Zeit, auch darüber ein bißchen nachzudenken, welche Gesten nun die besseren sind – die deutschen oder die griechischen. Ich entscheide mich für die Gesten der Griechen, weil sie Klassiker sind, und, wie man sagt, schon Tragödien dichteten und mit Göttern umzugehen wagten, als die Deutschen sich noch in ihren Eichenwäldern auf billige Weise vergnügten.

Die Bäuerin führt mich in eine Art Veranda, und dort liegt auf einem Lager aus Schafwolldecken ihr Mann, und der ist gelb im Gesicht, und das Gesicht ist eingefallen, und seine Hände sind Mumienhände. Ich sehe, wie das Fieber den Mann schüttelt. Für die Frau bin ich der Wunderdoktor, der den Mann wieder gesund machen kann, eine Art Jesus vielleicht. Ich hole eine Handvoll Tabletten aus meinem Brotbeutel, weil mich der Mann an meinen Großvater erinnert. Die Bäuerin umarmt mich, obwohl das in diesem Lande nicht üblich zu sein scheint. Ich habe es ja erlebt: die Frauen schauen weg und warten, bis die Männer sie umarmen. Diese Frau aber hier behängt mich dazu mit Kränzen aus getrockneten Feigen. In illustrierten Zeitungen sah ich, daß man in Indien die Gäste mit Blumenketten behängt, ich aber bin behängt mit Feigenketten, und außerdem steckt mir die Bäuerin Tomaten in meinen Brotbeutel und in jede

Hosentasche eine grüne Gurke, und es sieht aus, als ob meine Hüften keimen.

Daheim lade ich Kostas zu einem Gastmahl ein, und Kostas liefert einen schweren Wein zu diesem Gastmahl. Der Wein ist süß wie Engelsgetränk. Er hat sich von der Insel Samos hierher nach Ios verirrt.

Noch immer gehe ich jeden Morgen, bevor die Fischer hinausfahren, an die Mole und lese am Horizont und gehe ihn Stück für Stück ab, wie den schwer zu verstehenden Text in einem Buche, aber es zeigt sich dort kein Punkt, der sich zu einem Schiff entwickeln könnte, und an diesem Tage hat das Meer die Farbe der Blüten von Usambara-Veilchen. Ich gehe in die Mairie und notiere es.

Geblök von Schafen schreckt mich auf. Man hat eine kleine Schafherde aus der Binneninsel in den Hafen getrieben. Einer der drei Schaftreiber sieht aus wie jene Wesen, die von den alten Geschichtsschreibern Zyklopen genannt werden. Ich muß mich auf diese Geschichtsschreiber verlassen, denn ich habe nie einen Zyklopen gesehen, sie scheinen ausgestorben zu sein, wenn es sie überhaupt gab. Wenngleich sie ausgestorben sind, in der Schule habe ich sie in mich aufnehmen müssen, so als ob sie leben. Der Studienrat für alte Geschichte hat sie uns so dräuend erklärt, daß meine Phantasie sie aus dem Nichts, das sie vielleicht immer waren, entstehen ließ.

Der Mann, von dem ich rede, ist einäugig und mindestens um zwei Hirtenmützen höher als seine Mittreiber. Sein brauchbares Auge blickt starr, und seine nackten Füße sind hart wie das Gestein, über das sie gehen. Er trägt einen Knüppel, der schon mehr eine Keule ist, eine Keule aus Feigenholz, die zu seiner Länge paßt. Das Feigenholz ist hart wie das Gestein, aus dem die Feigenbäume die Süße ihrer Früchte saugen.

Die kleinen Schiffchen werden *Kahiki* genannt,

und kein Mensch hier würde einsehen, daß man sie auch Boote nennen kann. Das Boot am Kai, ein Frachtboot, wird von einem Motor angetrieben, und der Motor tuckt und tackt. Der Mittelraum des Kahikis ist ein festes Gelaß mit einer Klappe. Die Klappe ist aufgeschlagen, und einer der Treiber steht breitbeinig über der Luke. Man reicht ihm Schaf um Schaf von der Mole herab, und er wirft die Schafe in die Luke. Der Zyklop läßt sich sein Schaf, das er jeweils eingefangen hat, nicht abnehmen. Er wirft es von der Mole aus in die Luke, und wenn er getroffen hat, wiehert er auf wie ein Esel. Die Schafe des Zyklopen, des bin ich sicher, kommen mit gebrochenen Beinen unten im Laderaum an. Ich versage es mir, als tantenhafter Tierschützer aufzutreten, weil ich immer noch damit rechnen muß, daß sie mich im Schaufenster ausstellen, denn schließlich bin ich, das wollen wir nicht vergessen, als Inselkommandant oder so etwas, einer von den deutschen Kommandanten, die in aller Welt Menschen umbringen oder umbringen lassen, einer, dem es nicht zusteht, hier die gebrochenen Beine eines Schafes zu beweinen. Außerdem erinnere ich mich rechtzeitig der Fleischer bei uns im Schlachthof neben dem Armenviertel, und ich erinnere mich an die Notschlächter daheim, und wie roh die waren, wenn sie das Vieh von den Bauernhöfen holten. Sie waren der Meinung: Weshalb soll Vieh, das in ein, zwei Stunden geschlachtet wird, den Tod unbedingt mit gesunden Gliedern erleben?

Mit eins bekommt der Zyklop mich in sein eines Auge. Er tritt zu mir hin und klopft mit der Keule auf meinen Brotbeutel. Ich sehe, daß er eine Hasenscharte hat. Er murmelt etwas und klopft wieder gegen meinen Brotbeutel. Ich weiß, was er meint, und ich winke ihm, mit mir zu kommen, und diesmal ist es eine List von mir; ich will ihn davon abhalten, daß er den Schafen die Beine bricht. Ich gehe mit ihm zur

Seite, lasse ein Zeitchen vergehen und gebe ihm dann drei Antifiebertabletten. Er wiehert wie ein Maulesel und droht mir gleichzeitig mit der Keule. Ich nehme es als eine landesübliche Art zu danken hin.

Jetzt kommt Kostas aus der Mairie und erklärt mir mit vielen französischen Worten, ich soll den Abtransport der Schafe verhindern. Die Männer mit dem fremden Kahiki hätten sich nachts, von wer weiß woher, von Amorgos oder Santorin, hierhergestohlen; es wären Seeräuber, Inselräuber. Das Schaffleisch gehöre den Bewohnern von Ios, es sei Notzeit, und ich müsse den Abtransport verhindern, auch der italienische Inselkommandant hätte das früher so gehalten. Nun weiß ich, daß mich Kostas, daß mich vielleicht alle hier wirklich für den Inselkommandanten halten. Du lieber Himmel! Du liebe Güte!

Ich bin damals gerade auf dem Wege einzusehen, daß man sich nicht in die Angelegenheiten anderer einzumischen hat. Jeder soll das Seine tun, und jeder soll das Seine gut und richtig tun. Ich sehe, wohin es führt, wenn sich ein Volk wie das deutsche in die Angelegenheiten anderer Völker mischt, und ich erkenne, daß man bei sich selber anfangen muß, wenn man will, daß das Volk, dem man angehört, sich verändert.

Und so habe ichs gehalten, und ich ging seither bei mir selber in die Schule, und ich habe versucht, mich nicht und nicht einzumischen, und es gelang mir schon ganz gut, aber nach dem großen Kriege ließ ich mich verleiten, mich wieder einzumischen, denn aus gewissen Vorhaltungen, die man mir machte, ging hervor, daß man sich einmischen muß, aber nun nach allerlei Erkenntnissen mische ich mich immer weniger häufig ein, und ich hoffe, daß es mir in den letzten Jahren meines Lebens ganz und gar gelingt, mich nicht zu vermischen. Bei Kostas aber tue ich, als ob ich schon so weise wäre, wie ich es von mir erwarte, ich lasse das Kahiki mit den Schafen davonfahren, und Kostas ist unzufrieden mit mir.

Ein Tag nach dem andern kommt aus dem Meer und geht in das Meer. Ich verliere das Zeitgefühl. Ich muß rechnen und zählen, wenn ich mir ins Bewußtsein bringen will, wie viele Tage, wie viele Wochen ich nun schon auf der Insel lebe.

Mein Vorrat an italienischem Hartbrot geht zu Ende. Ich gehe nicht ganz ohne Absicht zu den Windmühlen, deren Flügel so aussehen, als hätte sie jener Gott angefertigt, der für den Bau von Libellenflügeln zuständig ist. Draußen vor der Mühle steht der Maul-Esel des Müllers. Ich rede mit dem Esel, und wir verstehen uns gut. Der Müller kommt heraus, begrüßt mich, und dann tut er so, als würfe er sich etwas in den Mund, und er verschluckt pantomimisch, was er sich in den Mund geworfen hat. Ich weiß Bescheid. Wir gehen in die Mühle, und ich komme mit einem Säckchen Gerstenmehl wieder heraus.

Ich habe in meinem Leben allerlei Brot gebacken, doch jetzt backe ich zum ersten Male Brot aus Gerstenmehl, Flachbrot. Es gelingt mir, aber auch Gerstenmehl nimmt ab und wird weniger, wenn man Brot aus ihm bäckt, das man aufißt.

Wieder ein anderer Tag, und das Meer schimmert morgens pfauenblau. Ich gehe auf einem anderen Weg um neues Gerstenmehl zum Müller. Unterwegs stoße ich auf ein Getümmel von Agaven. Ich sehe sie mir an und suche nach einem passenden Vergleich, um sie Leuten sichtbar zu machen, die sie nie gesehen haben. Sowas tue ich oft, fast immer, obwohl ich doch kein Aufschreiber bin, der an seine Leser denkt, wenn er etwas aufmerksam besieht. Die Agaven sehen aus wie Tintenfische, die aus dem Meer gekrochen sind und hier auf dem Rücken liegend verendeten und erstarrten.

Es eilt nicht mit meinem Mehl. Mir gehört alle Zeit

der Welt, solange mich kein deutsches Schiff wegholt. Ich schreibe, was mir an den Agaven auffällt, in mein Notizbuch.

Eine Viertelstunde später erfahre ich, daß mir vielleicht nicht so viel Lebenszeit gehört, wie ich wähne: In einer Schlucht aus zackigen Felsen kommt mir der Zyklop entgegen. Er schwingt seine Feigenholzkeule. Ich fange an, mich zu fürchten. Weshalb soll ichs verschweigen? Der Zyklop ist nur noch einige Schritte von mir entfernt, und es ist ihm ernst, wirklich ernst, bemerke ich. Wie kann er so unvernünftig sein! denke ich. Wenn er mich erschlägt, wird jeder Mensch auf der Insel wissen, daß er die vielen Antifiebertabletten von mir, vom toten Inselkommandanten, hat. Ich wende mich um und flüchte, renne, aber der Zyklop hat längere Beine und härtere Füße als ich. Ich fange an zu manövrieren und Haken zu schlagen, wie wir es als Kinder in der Dorfschule taten, wenn wir uns den Faustschlägen unserer Verfolger entziehen mußten. Hier handelt es sich nicht um Faustschläge.

Mit eins bemerke ich, daß ich den Zyklopen verwirrte. Er rennt weiter in die Richtung, in der ich noch vor einer Sekunde zu haben war. Es gelingt mir ein zweites und ein drittes Mal, ihn zu beirren, und schließlich gelingt es mir ganz und gar, ihn zu betaumeln, und ich drücke mich durch das schmale Felsentor und renne aus der Schlucht und renne davon, renne zum Hafen und berichte Kostas, wie es zuging, daß ich leben blieb.

Kostas lacht mich aus. Er zeigt auf meine Pistolentasche. Janaikis, der Zyklop, sei ein Idiot, ich hätte in die Luft schießen sollen, und er wäre zitternd und jammernd in die Knie gegangen. Ich bringe Kostas' Weltbild durcheinander: Ein deutscher Kommandant hat nicht geschossen, obwohl es ihm sogar zugestanden hätte!

Kostas verflucht den Hirten Janaikis, das einäugige Untier, und verdammt ihn. Er hat Phantasie genug, sich vorzustellen, was geschehen wäre, wenn das Schiff meiner Bataillonsleute in den Hafen eingelaufen wäre, um die drei Deutschen, die hier abgesetzt wurden, wieder aufzunehmen, und er beschwört mich, nie wieder allein und ohne ihn in das Innere der Insel zu gehen. Er legt mir seinen Arm um die Schulter und glaubt, er müsse mich versöhnen, und stellt in Aussicht, daß er den nächsten Tag mit mir ins Insel-Innere gehen und das Grab Homers aufsuchen wird.

Homer?

Ja, Homer, er ist hier auf Ios begraben. In Friedenszeiten seien viele Gelehrte mit Kneifern und Brillen hiergewesen, um das Grab zu sehen.

Am nächsten Morgen hat das Meer die Bläue einer ausgeblichenen Weiberschürze. Unverrückbar steht die byzantinische Kirche am Eingang der Bucht und ähnelt einer in weißen Stein gehauenen Lokomotive. Kostas und ich durchqueren die Stadt Ios, das heißt, wir übersteigen sie, gehen an den verstreut liegenden Ausbauernhöfen vorbei, immer weiter ins Innere der Insel hinein. Kostas strebt einem Talkessel zu. Dort liegen Steintrümmer, die davon reden, daß sie einmal Menschenbehausungen gewesen sind. Es hätte hier früher, ganz früher, eine Stadt gegeben, erklärt Kostas, und wo eine Stadt war, muß es auch einen Friedhof gegeben haben, und wenn wir erst den Friedhof gefunden haben, werden wir sogleich auf das Grab von Homer stoßen.

Ich wachse mich minütlich zu der Berühmtheit aus, die ich sein werde, falls ich nach Deutschland zurückkomme. Ich werde meinen Studienrat für Altertumsgeschichte aufsuchen und werde ihm erzählen, wie ich überwältigt am Grabe Homers stand, zerschmettert von der Wucht des antiken Augenblicks.

Ich habe es immer geahnt, daß Ihnen einmal etwas Großes widerfahren wird, wird der Studienrat sagen und wird mich für etwas Unmögliches halten, so etwa für den Sohn der jungfräulich gebliebenen Therese Neumann, die sich auf Karfreitag mit den Wundmalen des Herrn schmückte und blutige Tränen weinte.

Leider wird mir immer gewisser, daß Kostas nie am Grabe Homers gestanden haben kann. Er zwingt mich durch sein unsicheres Verhalten, plump und direkt danach zu fragen. Wieso soll Kostas am Grabe Homers gestanden haben? Genügt es nicht, wenn er Sekretär in der Mairie ist und wenn ihm die Leute, mit denen er es zu tun hat, immer wieder vom Grabe Homers erzählten und erzählen?

Trotzdem gibt Kostas sich Mühe, will mich nicht enttäuschen, und er sucht bis zum Nachmittag nach dem Grab. Er befragt eine alte, in schwarze Tücher gehüllte Griechin. Die Griechin mißversteht ihn: die Gräber ihrer Verwandten lägen nicht hier, nein!

Ist sie denn eine entfernte Verwandte von Homer?

Kopfschütteln ist die Antwort.

Ein alter Mann, der aussieht, als hätte ihn jemand aus Holz geschnitzt und dann in die Welt gesetzt, erklärt uns, daß schon viele, viele Leute hiergewesen wären, um das Grab Homers zu suchen, aber sie hätten den Einwohnern nie verraten, ob sie es gefunden haben oder nicht.

Schließlich begnügt sich Kostas mit einer Notlösung: Er weist mit ausgestrecktem Arm in die Runde, hier ringsum muß der Platz sein, wo unter anderem Homer begraben läge. Ists denn so wichtig, daß man direkt auf seinem Grabe steht? Ists nicht wichtig zu wissen, daß Homer Ios beehrte, um hier zu sterben und in die Erde zurückzukriechen? Und Kostas wird ganz kühn und erklärt, Homer sei blind gewesen, das sollte ich wohl wissen. Wie hat der alte Mann wissen können, an welcher Stelle er sich zum Sterben hinsetzte?

Na, mäg! Nun setzen wir uns, und wir wissen, wo und weshalb, und wir mahlzeiten von meinem Gerstenfladenbrot und nehmen Oliven, und vom Grabe Homers reden wir nicht mehr.

Den Deutschen geht es schlecht und schlechter. Mangel an Soldaten, Mangel an Besatzungskräften. Die Bewohner von Ios müssen leider ohne deutsche Besatzung auskommen. Eine Woche nach meiner Grabsuche kommt das deutsche Schiff, und sie holen mich. Man kann nicht überall sein, sagt mein Kompanieführer. Seiner Forschheit scheint ein Bein eingeschlafen zu sein. Kostas und ich scheiden als Freunde.

Tage später sitze ich auf Naxos und erfahre, daß sich die Engländer auf Ios festsetzten.

Nicht lange, und wir verlassen auch Naxos und überlassen es den Engländern, und zuvor kriege ich sogar Post aus England: Krause und Müller grüßen mich aus englischer Gefangenschaft. Es gehe ihnen gut, berichten sie, prima Verpflegung, gute Behandlung. Es muß schon recht arg um die Gesundheit der berühmt-berüchtigten deutschen Organisation bestellt sein, wenn diese Mitteilung von Kriegsgefangenen durch die Zensur rutschte. Man hatte es bisher bei der deutschen Heeresleitung nicht gern, wenn sich Gefangene meldeten. Ein guter Deutscher wird nicht gefangen. Entweder er bringt sich selber um, oder der Feind tut es. Die Botschaft von Müller und Krause ruft eine Art edlen Neid in mir auf.

Später befrage ich Leute, von denen ich annehme, sie hätten eine humanistische Bildung in sich, ob sie etwas über Homers Grab wissen. Einige behaupten, Homer wäre auf Ios geboren, und andere behaupten, er wäre auf Ios gestorben. Man hätte sein Grab gefunden, es gäbe Leute, die davor gestanden hätten, und ich wußte nicht, ob ich mich zu diesen Leuten rechnen durfte.

Damit beende ich an jenem Abend in der Gartenhütte unter der Sparte Gruselgeschichten die Geschichte von meinem Aufenthalt auf der Insel Ios. Von unserem sogenannten Hindenburglicht ist nur noch der leere Napf übrig, und die Mädchen fangen wieder an durchzuatmen.

Und jetzt? fragt Fräulein Hanna schließlich, wie denken Sie jetzt über Homers Grab?

In einem Buch, das mir Ihr Herr Vater lieh, las ich, daß es noch eine dritte Sekte gibt, deren Anhänger behaupten, Homer habe nie gelebt.

Und wer hat über Odysseus geschrieben?

Mehrere Leute, ein Kollektiv. Es gibt ja auch eine Gelehrtensekte, deren Mitglieder behaupten, Shakespeare habe nicht gelebt.

Und die Damen in der Hütte befragen mich weiter und stacheln meine Phantasie, und ich werde salomonisch und sage: Kann einem Dichter Schöneres geschehen? Sein Werk ist da, existiert und existiert und zwingt die Menschen zum Nachdenken, macht ihnen Freude und wird benutzt, Gymnasiasten, auch Volksschüler mit ihm zu quälen, Shakespeares Dramen werden von Rowanjemi bis Kapstadt in den Theatern gespielt, erregen und belehren die Zuschauer. Sein Werk ist unter uns wie ein Geist, wie ein Gott, vom Dichter aber weiß man nichts Genaues. Er ist vergangen, herausgestorben aus dem Korallengehäuse seines Werkes, aus dem bunten Korallenriff der Weltliteratur im Meere der Ewigkeit. Als ich das von mir gegeben habe, bestaune ich mich selber ein bißchen. Ich muß euch nicht versichern, daß das, was ich da sagte, rein theoretisch war, und daß mir praktisch nichts ferner lag als das namenlose Heraussterben aus meinem Werk. Aber das war damals, und jetzt, wo ich das alles aufschreibe, ist es schon anders.

Ich sehe durchs kleine Fenster der Gartenhütte drei Sternschnuppen zugleich am Himmel. Sie sind wie die drei Punkte, die der Literat an Sätze hängt, die er nicht bis zu Ende ausführt, und wenn die drei Punkte in eckigen Klammern stehen, ist dem Literaten vom Zensor empfohlen worden, den Satz nicht bis zum Ende auszuführen.

Ich erreiche damals sogar etwas mit meiner Geschichte vom Grabe Homers. Alle Mädchen, wie sie dort sitzen, sogar die mollige Braune, holen sich die nächsten Tage die *Odyssee* und die *Ilias* hervor und lesen darin. Jetzt mit anderen Augen und anderem Verständnis, sagt Fräulein Hanna. Gewiß eine Wendung, die sie ihrem Herrn Vater abgehört hat.

Und die Sonne steigt morgens, und sie sinkt abends, und an manchen Tagen sehen wir es, und an manchen Tagen sehen wir es nicht, aber es ist Sommer, und deshalb sehen wir es öfter, als wir es nicht sehen. Der Herr Chef, der sich in letzter Zeit viel mit Herrn Ranz beschäftigte, wendet sich wieder mir zu: Herr Ranz ist nicht belesen genug. Herr Höhler sagt es nicht direkt, er deutet es an. Auch durch den Umgang mit Herrn Ranz ist Herr Höhler noch zu keiner Weltanschauung durchgedrungen, unter deren Flagge er künftig sein Studienrats- und Obstbauernleben besegeln kann. Er fragt mich, ob ich, naturwissenschaftlich, die Geister der Spiritisten für möglich halte, und ich sage ihm, daß ich Geister für möglich halte, daß ich überhaupt alles für möglich halte. Alles, was denkbar ist, gibt es auch, sage ich ihm, obwohl ich es nicht genau weiß. Die Geister der Spiritisten und die höheren Welten vom Rudolf Steiner sind Teilchen der großen, großen Wirklichkeit. Jedes Teilchen für sich allein bestaunt und betrieben, bewundert und beglaubt, ist Sektiererei.

Dieser Hinweis seines Gartenhilfsarbeiters scheint Herrn Höhler zu beglücken. Es fährt Gebefreudigkeit in ihn. Er überläßt mir eines seiner Beete mit kniehohen Tabakpflanzen zur freien Verfügung. Ich bin sehr rauchhungrig und rauchte bis dahin ein Gemisch aus vorjährigen Sauerkirsch- und Nußbaumblättern, deshalb fühle ich mich von Herrn Höhler sehr beschenkt. Es ist mir unmöglich zu warten, bis die unteren Blätter meiner Tabakpflanzen gilben und reifen. Ich lege einige auf ein kleines Kuchenblech und röste sie auf meinem Kanonenofen in der Hütte und mische sie unter mein Ersatztabakgemisch. Ich stopfe mir eine Pfeife damit, zünde die Pfeife an und inhaliere: Endlich wieder Rauch mit Widerhaken, mit den Widerhaken des Nikotins! Ich weiß wieder, daß ich Luftröhre und Bronchien habe, und wenn ich den Qualm einatme und wieder ausstoße, quellen mir die Augen ein wenig aus dem Kopf.

Es geht übrigens nicht lange gut mit dem Rauchen dieses Gebräus aus vorjährigen Baum- und unreifen Tabakblättern. Ich weiß nicht, was das meinen Magen angeht, aber er brummt vor Schmerzen, und ich muß mich zuweilen mitten in der Arbeit langlegen, lang machen.

Herr Höhler schickt mich zum Arzt, und ich gehe in die Stadt, und ich trage die Louis-Trenker-Hose und meine Militärstiefel, kurzum, die Kleidung aus meinem Gebirgsjägerrucksack und dazu ein grünes Hütchen, das ich auf der Straße fand. Fräulein Hanna behauptet, ich wäre manierlich gekleidet, aber ich glaube es ihr nicht. Sie ist nicht zurechnungsfähig in ihrer kleinen Verliebtheit.

Der Arzt stellt eine Magenverätzung fest und verordnet mir irgend etwas mit Magnesium, verordnet mir Nichtrauchen, verordnet mir, mich nicht mehr wissentlich mit Gas zu vergiften.

Ich gehe in die Innenstadt zur Apotheke und sehe, daß dort ein Gerücht dabei ist, sich zu bestätigen: Die Russen ziehen in Grottenstadt ein. Die Amerikaner sind verschwunden. Sie haben sich lautlos westwärts zurückgezogen, und ich habe es nicht bemerkt, und niemand hat mir davon erzählt.

Die Russen kommen auf bäuerlichen Pferdewagen. Die Wagen sind mit behelfsmäßigen Planen überdacht, und manche sind mit Heu oder Stroh beladen. Die Soldaten sind zerlumpt, manche haben keine Stiefel, aber ihre Maschinenpistolen blitzen, und aus manchen Heufudern ragt hinten die Mündung eines Maschinengewehrs. Mich geht das nichts an. Ich ziehe keine Vergleiche. Ich bin nicht hier gewesen, als die Amerikaner einzogen, aber die Grottenstädter scheinen entsetzt zu sein. Ich höre, wie einer sagt: Und die wollen uns jetzt beherrschen? Und ich höre einen anderen sagen: Halt die Schnauze, Alter! Auch Frauen stehen am Marktplatz, und manche von ihnen weinen.

Die Kolonnaden, dem Rathaus gegenüber, sind verstopft von Zuschauern. Ich muß mir meinen Weg zur Apotheke erzwingen. Diese Kolonnaden, ja. Hier traf ich sie zum ersten Mal mit einem anderen. Es war so, daß ich in der Fabrik die Mitternachtsschicht tauschen mußte, und es war so, daß ich nachmittags heimkam, und ich traf sie hier unter den Kolonnaden. Sie hatte diesen Herrn bei sich, diesen Empfangschef des größten Textilgeschäftes der Stadt, und sie schleckten beide Eis aus Waffeltüten – sie und der Herr Empfangschef. Ich weiß noch, daß es wie eine Art Lust über mich kam zu erproben, ob sie mich sehen würden, wenn ich seitlich an ihnen vorbeigehe. Sie sahen mich nicht. Und als ich auf gleicher Höhe mit ihnen war, kreuzten sie ihre Arme wie beim Bruderschaftskuß, und sie leckte von seiner und er von ihrer Eiswaffeltüte, und ich wußte, wie weit sie miteinander waren.

Laß ab! sagts in mir, das alles ist gewesen, das alles ist Geschichte. Ich wende mich wieder dem Einzug der Russen zu und mustere die abgeschundenen Pferde. Es sind Koniks, kleine eifrige Koniks. Die Seitenbretter der Wägen, die Deichseln, die Ortscheite –

alles mutet so heimatlich an, und es wird mir zum ersten Male in meinem Leben bewußt, daß ich aus Ostdeutschland bin, und damit treffe ich, wie sich später herausstellt, das Richtige.

Einige der Frauen am Rande des Marktplatzes weinen vielleicht um ihre Männer, die noch nicht daheim sind, und andere weinen vielleicht um die amerikanischen Ersatz-Männer, die ihnen verlorengingen, um diese wohlgenährten Lümmel mit hohen Schnürschuhen, um diese Kerle von kindlicher Wesens-Art, um deren Schokolade und deren *Camel*-zigaretten.

Für eine gut gebaute Geschichte würde es sich gehören, daß auch meine Frau oder jene, die es einmal war, am Rande des Marktplatzes steht, um ihrem Farmerssohn aus Ottawa nachzuweinen. In einem anständigen Film hätte diese Szene nicht fehlen dürfen. Aber ich baue nicht, und ich filme nicht, denn je älter ich werde, desto mehr lerne ich die Wirklichkeit schätzen, und es ist die Wirklichkeit, von der ich schreibe, und ich sag es noch einmal: die Mutter meiner Söhne war nicht unter den Weinenden.

Ich hole mir das Magnesiumpräparat aus der Apotheke. Es drängt mich, rasch einmal bei den Kaplans reinzusehen. Sie sind nicht daheim. Ihre Wohnung ist unverschlossen. Ich erfahre von der Nachbarin, daß sie mit den Amerikanern zusammen fortzogen. Die seie westwarts, sagt die Nachbarin. Alberts Rollertauben lungern hungrig auf den Nachbardächern umher. Alberts Furcht vor den Russen war stärker als seine Liebe zu den Tauben.

Wir hingegen gewöhnen uns an die Russen. Wir kriegen gesagt, daß sie unsere Befreier sind. Mir braucht man es nicht zu sagen. Mich haben sie von den Amerikanern befreit, von jenen Leuten, die in der Wohnung meiner ehemaligen Frau ein und aus gingen. Leider erwarte ich von dieser Frau noch immer eine Liebesnacht, eine Abfallnacht. Die Gründe, die dafür zuständig sein könnten, versuchte ich euch bereits zu erklären.

Zwei Kilometer vom Obstgut entfernt, an der Straße, stehen die Kasernen. In den Reithallen standen vor dem Kriege Remonten, junge Offizierspferde, und ich war dort Veterinärgehilfe und ritt Tag für Tag junge Pferde zu. Ich war vom Arbeitsamt dort hingeschickt worden. Aber das ist wieder eine Geschichte für sich, die ich erzählen werde, wenn die Gelegenheit günstig und wenn sie an der Reihe ist.

In den Kasernen an der Straße liegen jetzt die Sowjetsoldaten. Sie sind sehr lebendig, besonders des Nachts. Sie singen die halbe Nacht lang, und manchmal, meine ich, exerzieren sie auch nachts. Manchmal kommen kleine Trupps am hellen Nachmittag herüber zu uns aufs Obstgut und pflücken sich die Taschen voll Äpfel. Wenn ich hohlwangig und rauchhungrig vorüberkomme, geben sie mir Rubelscheine, ein Päckchen Machorka oder starke russische Zigaretten. Sie meinen wohl, daß ich der Besitzer des Gartens bin und über die Äpfel verfüge. Ich kann den Irrtum nicht aufklären, und die Zigaretten, die sie mir anbieten, nehme ich gern, denn sobald sich mein Magen beruhigt hat, werde ich wieder rauchen, das weiß ich.

Für die Arbeit im Garten ist mir das grüne zugeflogene Hütchen, das ich auf der Straße fand, zu schade. Ich trage dort meine verwelkte Gebirgsjägermütze, von der ich die Embleme abtrennte. Eines Tages reißt mir ein Sowjetsoldat die Mütze vom Kopf, und er wirft sie auf einen Misthaufen und trampelt drauf herum. Ich weiß, was er meint, und ich kann es ihm nicht verdenken. Ich protestiere nicht, und wir kommen gut miteinander aus.

Weshalb gilt es als feindlich, wenn wir Russen

sagen? fragt mich Studienrat Höhler. Weshalb sollen wir Sowjetsoldaten sagen? Dann haben wir ja auch die Amerikaner falsch tituliert, und wir hätten United-Soldaten sagen müssen.

Es erschien mir logisch, was er sagte, aber ich konnte ihm nicht antworten. Wer kann Antilogik mit Erklärungen beikommen? Ich war nicht allwissend, bins immer noch nicht.

Ich schreibe das hier so nieder, wie ich es damals empfand, es gibt keinen Grund, dies und das zu beschönigen oder aufzuhübschen: Man kann das, was die Soldaten bei uns im Garten tun, stehlen, man kann es auch besänftigend mausen nennen, je nach Einstellung. Wenn es die Deutschen in fremden Ländern taten, verharmlosten sie Mausen und Räubern und nannten es Organisieren. Ich treffe noch heute Leute, die sich rühmen, damals gute Organisierer gewesen zu sein.

Eines Tages fällt wieder ein Trupp Soldaten in den Garten ein. Sie klettern auf die Bäume und wirtschaften in den Apfelbaumkronen, daß die Äste rauschen und rascheln wie bei Windstärke sieben.

Ich bin beim Umgraben eines Beetes, und es fallen unreife Äpfel auf mich herunter, und ich bin ohne Mütze, ich habe sie versteckt, um die Soldaten nicht zu reizen. Es fallen Äpfel auf meine empfindliche Glatze, und mein Jähzorn springt auf, und ich recke mich empört, und ich belle los. Ich bin auf einmal ein guter Deutscher, der sich empört, weil Ausländer das in seinem Lande tun, was die Deutschen im Ausland taten, und siehe, die Russen springen von den Bäumen. Es ist jedoch nicht der Erfolg meiner Schimpferei, wie ich sogleich feststelle, es ist der Erfolg des Herrn Ranz, der den Gartenweg herunter kommt. Er geht sehr langsam, sehr feierlich, und er hat nicht nur die gestreifte Jacke, sondern auch die gestreifte Hose seiner Lagerkleidung an. Als Kopfbedeckung trägt er das Oberteil eines schwarzen Hutes, das er sich zurechtgeschnitten hat. Der Hutteil ähnelt der Kamilawka eines griechischen Priesters und erzeugt die übergroße Feierlichkeit, die von Herrn Ranz ausgeht.

Die Soldaten gehen Herrn Ranz entgegen. Ihr Anführer legt sich seine Hand mit gespreizten Fingern quer über die Augen und fragt damit Herrn Ranz in internationaler Zeichensprache, ob er es mit einem politischen Häftling zu tun hat, und er tut sehr ehrfürchtig. Ranz bestätigt, daß er ein Häftling war, und ob es was bedeutet oder nicht, er hält seine Hand nicht quer, sondern senkrecht vors Gesicht und schaut so durch die gespreizten Finger. Einige Soldaten entleeren daraufhin ihre Taschen und werfen die grünen Äpfel aufs Grabeland, andere wiederum fühlen sich nicht verpflichtet, das mundgeraubte Obst zurückzugeben. Gehet hin und eßt in Frieden, sagt ihnen Herr Ranz, aber da es keine internationale Geste für den Begriff oder das Wort Frieden gibt, wissen die Soldaten nicht, woran sie sind. Sie gehen davon, und es ist wieder Ruhe im Garten.

Herr Ranz geht jetzt mehrmals am Tage am Zaun entlang und umgeht den ganzen Obstgarten. Er erhebt diese Gänge sozusagen zu seiner Funktion. Gefreut ihn die Macht, die er mit seinem Dasein auf die Russen ausübt? Will er Fräulein Hanna imponieren, an der er sich die letzten Tage mit sanften Worten zu schaffen macht? Man ist auf Vermutungen angewiesen, wenn einem einer nicht direkt sagt, weshalb er etwas tut oder unterläßt.

An mondlosen Abenden wird die Wirkung des Herrn Ranz als Wächter außer Kraft gesetzt. Die mundraubenden Soldaten erkennen seine Gestreiftheit nicht, deshalb verzichtet er auf seine Rundgänge und geht meist schon in der Dämmerung davon. Er geht hinunter in die Stadt und kommt spät zurück, obwohl den deutschen Zivilisten eine Sperrstunde auferlegt ist. Ranz erzählt, daß er sich in der Stadt mit anderen Männern, mit Antifaschisten, trifft, und er nennt sich jetzt *Mann der ersten Stunde*. Mich bedenkt er seit jenem Vorfall mit dem klackenden Karrenrad im Himbeerquartier noch immer mit schrägen Blicken.

Eines Tages werde ich auf die Kommandantur in der Stadt beordert. Bevor ich hingehe, fragt mich Frau Höhler: Wollen Sie nicht doch lieber? Sie weist mit der Hand in die Ferne. Ich soll lieber über die Berge, meint sie. Aber weshalb soll ich über die Berge?

Auf der Kommandantur fragt man mich, ob ich die Verordnung nicht gelesen hätte.

Welche Verordnung, bitte? frage ich höflich.

Von einem jungen Offizier, von dem ich heute meine, daß er ein Kaukasier war, wird mir barsch mitgeteilt, daß es sich um eine Verordnung handelt, in der es heißt, daß keinerlei unerlaubte Zusammenkünfte stattfinden dürfen. Weshalb ich dabei bliebe, jungen Mädchen die englische Sprache beizubringen, fragt er mich.

Ich erkläre, daß ich schon seit einiger Zeit jungen Mädchen die englische Sprache nicht mehr beibringe.

Ja, was wir denn da so machen, wenn wir uns nichts beibringen? Ich fürchte, daß ich den jungen Offizier reizen werde, wenn ich ihm sage, daß wir uns Gruselgeschichten oder einfach Geschichten erzählen, und ich beantworte die Frage nicht.

Ich soll die Namen der jungen Mädchen angeben, die mich in meiner Gartenhütte besuchen.

Ich gebe die Namen der Mädchen nicht an. Ich schreibe das wieder so nieder, wie ich es damals empfand. Ich habe dies und das über Russen und junge Mädchen gehört.

Der junge Offizier befiehlt, und man sperrt mich in den Keller der Kommandantur. Ich verbringe dort zwei Tage und zwei Nächte, kriege Schwarzbrot zu essen und Wasser zu trinken und warte auf weitere Vernehmungen. Es geschieht nichts. In der zweiten Nacht holt man mich aus dem Keller. Ich bin frei. In der Kommandantur sitzt Herr Ranz. Er hat mich befreit. Ich bedanke mich bei ihm, obwohl es richtiger wäre, mich bei Fräulein Hanna und bei ihrer Frau Mutter zu bedanken.

Herr Ranz hat mich vor Sibirien bewahrt, heißt es. Es wird in jener Zeit viel von Sibirien gesprochen, und die lieben Deutschen drohen einander: Du, wenn ich das melde, ist dir Sibirien sicher! Ich kann Herrn Ranz für seine Guttat nicht belohnen, ich habe nichts, ich kann ihn höchstens mit einer Verehrung belohnen, aber das fällt mir merkwürdigerweise schwer.

Die Mutter meiner Söhne scheint aufgehört zu haben, sich zu einer Amerikanerin umzuarbeiten. Vorbei mit den amerikanischen Zeiten, vorbei mit der amerikanischen Sprache! Es steht nicht in der Zeitung, es wird nirgendwo verlautbart, aber die englische Sprache wird zur Sprache von Agenten heruntergestuft. Für die Mutter meiner Söhne bin ich wieder ein Mensch, mit dem man dies und das besprechen kann. Unser jüngster Sohn ist nach einer Art Pseudotyphus entkräftet. Er braucht Milch, er braucht Butter, braucht Fett. Die Frau, die sich einmal meine Frau nannte, kann *hinten herum* etwas kaufen, aber dazu braucht sie Geld, mehr Geld, als ich ihr bisher gegeben habe. Ich gebe ihr den größten Teil meines Arbeitslohnes, doch mein Arbeitslohn ist nicht dick.

Es gibt noch mehr Begünstigte in dieser Zeit als Herrn Ranz, der sich seine Begünstigung durch das, was er im Lager erlitt, verdient hat. Nein, es gibt schon wieder Leute, die sich selber begünstigen. Zu ihnen gehört der Pächter der Schankwirtschaft auf dem Obstgut. Ein *Schieber*, sagt mir Herr Höhler hinter vorgehaltener Hand. Der Pächter kauft Gegenstände aus Edelmetall auf, auch Uhren, selbst alte Wecker. Er fragt auch mich, ob ich nichts *in dieser Richtung* zu verkaufen hätte. Uri, Uri, sagt er und glaubt, besonders witzig zu sein, wenn er das Wort so ausspricht, wie es die Russen aussprechen. Er zieht ein Bündel Geldscheine aus der Tasche und deutet an, daß er sofort bar bezahlt. Es fällt mir ein, daß ich einiges Geld nötig habe, und es fällt mir mein Ehering ein. Was soll er mir noch?

Ich trage ihn in meiner Geldbörse aus altersschwachem Leder in der Gesäßtasche umher.

Leider läßt er sich nicht so leicht weggeben, wie ich gern möchte, dieser Ring. Ich muß mich durch allerlei Erwägungen ermuntern, ihn davonzustoßen: Wozu tragen die Menschen überhaupt Ringe? Sind sie der Ausdruck einer Sitte oder Unsitte? Trug man bereits beim Volke, das uns heute als die Mumier bekannt ist, Ringe? Trugen die noch Früheren, die Insassen von Hockergräbern, schon Ringe? Es ist immer gut, wenn man ungewöhnliche Taten, die man vorhat, bis in ihre letzten Winkel mit Hilfe der Wissenschaft ausleuchtet: Die Sitten welcher Völker ahmte ich nach, als ich mir den Ehering aufschwatzen ließ? Habe ich nicht gar die Sitten der Sumerer nachgeahmt? Ich bitte Herrn Studienrat Höhler um ein Buch, mit dem ich mir in dieser Hinsicht ein Licht aufstecken kann. Der Studienrat überlegt ein Zeitchen, hält den Kopf schief und läßt mich seine naive, seine sympathische Seite sehen. In einem Lehrbuch für Obstanbauer, sagt er, wird dies und das über die Herkunft des Kern-Obstes verlautet, und er folgere daraus, daß in einem Lehrbuch für Goldschmiede dies und das über die Herkunft von Fingerschmuck verlautbart werden müßte. Leider gibt es in seiner Bibliothek ein solches Buch nicht. Vielleicht kann er mir aber eines beschaffen.

Ich muß mir zunächst mein eigenes Lied über die Verwendungsgründe von Fingerringen machen. Das ist gewiß von Nutzen für einen Mann, der sich in die Schriftstellerbranche hineingestürzt hat. Wie jung war ich damals, wie treuherzig, wie ohne zu ahnen, daß mich später gewisse Literaturwissenschaftler tadeln und verächtlich einen *Selbstdenker* nennen werden. Wie sehr traute ich mir damals noch zu, selber etwas zu sehen und zu entdecken, ohne mich zu *konsultieren*, wie es heute genannt wird. Erst gestern hörte ich wieder eine Verkäuferin im Haushaltswarengeschäft sagen, sie müsse sich erst mit ihrem Chef hinten im Büro konsultieren, ob Sitzbadewannen am Lager seien, oder ob sie es nicht sein dürften.

Ich kriege damals durch eigene Beobachtungen zu wissen, daß bestimmte Leute Fingerschmuck tragen, um auf ihren Reichtum hinzuweisen, oder um sich, für andere Leute, die sie anborgen wollen, als kreditwürdig auszuweisen. Für andere wieder sind Fingerringe eine umhertragbare goldene Habe, die sich jederzeit in Geld verwandeln läßt. Noch andere tragen Fingerschmuck, um auf die Schönheit ihrer Hände hinzuweisen, während andere wiederum breite goldene Ringe tragen, um die Häßlichkeit ihrer Hände zu verdecken, und abgestandene Jungfern wollen mit ihren zehn bis fünfzehn Ringen zum Ausdruck bringen: Wer meine Hand nimmt, erntet mich und Geld und Gut. Geistliche tragen Ringe, um bekanntzugeben, wieviel Zoll Geistlichkeit in ihnen steckt, und sie haben diese Bekanntgabe so nötig, daß sie die Ringe sogar über den Handschuhen tragen.

Und daß ichs nicht vergesse: Es gibt Menschen, die tragen Ringe, um den Siegellack zu petschieren, falls sie Briefe zu versiegeln haben, und Leute bestimmter

Bünde, zum Beispiel die Freimaurer, tragen Ringe, um sich einander kenntlich zu machen. Ach, und dann die Ringe, die Untertanen von ihren Herrschern verliehen werden. Ringe, die Unwürdige würdiger machen sollen, und schließlich Ringe, die anzeigen, daß Mann und Weib miteinander vermählt sind. In diesem Falle sind Ringe so etwas wie Personalausweise, denn in dem Ring des Mannes ist der Name seiner Frau und in dem der Frau ist der Name ihres Mannes eingraviert, und wenn man einen Mann bei der Untreue erwischt, braucht man ihm nur den Ring vom Finger zu ziehen und den Namen zu lesen, der drinsteht, und die Frau, mit der es der Mann trieb, befragen, wie sie heißt, und wenn sie nicht so heißt, wie in dem Ring des Mannes geschrieben steht, na, ihr wißt schon.

Übrigens kann man mich nicht zu den unbedingten Fingerringgegnern zählen, denn es hat in meinem Leben drei Ringe gegeben. Von dem ersten Ring habe ich euch schon erzählt. Ich erhielt ihn von einem Mädchen in einer Landschaft, die in meiner Heimatstadt Parma genannt wurde. Es war ein Ring aus rostigem Eisen, und das Mädchen erschien mir überaus schön, und wenn ich jetzt auf den Ring zu reden komme, den sie mir gab, erscheint sie mir als ein Märchenmädchen, glatt und jung, wie sie war, und völlig unangetastet vom Leben.

Auch vom zweiten Ring, der mir zulief, habe ich schon ein wenig erzählt. Es war der Ehering meiner Großmutter väterlicherseits, die wir die *Amerikanische* nannten. Ich erinnere euch rasch an die Merkwürdigkeit, daß sie den Ring benutzte, um uns Kindern zu demonstrieren, wie zierlich ihre Hände, besonders ihr Ringfinger, damals waren, als sie mit fünfzehn Jahren meinen Großvater Joseph heiratete. Ich weiß nicht, welche Sucht die Amerikanische trieb, und ob es wirklich Güte war, als sie mir diesen

Ring zur Konfirmation schenkte. Sie hatte ihn ein wenig verändern lassen. Ein Goldschmied in der Stadt Grodk hatte die Oberfläche des Ringes an einer Stelle sternförmig aufgerauht und hatte in diesen rauhen Stern einen stecknadelkopfgroßen Stein eingelassen. Das Steinchen war rot, aber gewiß kein Rubin.

Ich trug den Ring am kleinen Finger meiner rechten Hand, denn für meinen Ringfinger war er nicht zu verwenden. Auf der Innenseite des Ringes war der Name meines Großvaters *Franz Joseph Matt* eingraviert, und ich war stolz darauf, den Namen eines Mannes am kleinen Finger zu tragen, der den Mut hatte, sich zu erschießen, weil man ihm die Frau nicht gönnte, die er mochte.

Die geliebteste Gefährtin meines Lebens, eine große Benennerin, hat mich, wie ich schon andeutete, einen *niederschlesischen Neurotiker* genannt. Ein niederschlesischer Neurotiker war ich auch damals schon, und ich fürchtete die ganze Zeit, der kleine rubinrote Stein könnte aus der zu einem Stern aufgekratzten Ringoberfläche fallen, und dieser Umstand trug mir die lästige Gewohnheit ein, tagsüber hundertmal und mehr nach dem Ring am kleinen Finger zu sehen und festzustellen, ob sich das rote Steinchen noch in seinem goldenen Sternchen aufhielt. Was aber eines Tages verlorenging, war nicht der Stein, sondern der ganze Ring: Ich schnitt mit dem Großvater auf dem sogenannten Schüttboden Häcksel für unsere Pferde, und ich war es, der das Stroh in die Rinne der Maschine legte, und als ich zwischendrein einmal nach dem roten Steinchen und dem goldenen Sternchen sah, war der Ring verschwunden. Der Großvater sagte, weil es ein Ring war, den mir die Amerikanische geschenkt hatte, die für ihn so etwas wie ein Gespenst aus einer anderen Welt war: Da hast du nun dein Paschtschuli! Er verabscheute alles, was für modern ausgegeben wurde, und nannte es *Paschtschuli*, und das war der etwas entweiht ausgesprochene Name eines Parfums, das damals, oder noch früher, häufig benutzt wurde.

Trotz Paschtschuli siebte Großvater allen Häcksel, den wir geschnitten hatten, durch und erntete dabei das Eheringlein der Amerikanischen zurück, und es zeigte sich, daß eines der Häckselmesser den Ring erwischt und ihm ein Stück vom Rand abgeschnitten hatte. Großvater fing wieder an zu seihen und zu sieben, und er, der nie in seinem Leben einen Ring getragen hatte, schien das vom Ring abgetrennte Stückchen Gold für wertvoller zu halten als den Ring selber.

Ich weiß nicht mehr, ob Großvater den abgeschnittenen Ringrand fand. Ich weiß nicht mehr, wo dieser Ring überhaupt geblieben ist. Es könnte sein, daß ich ihn einmal als Bäckerlehrling abzusetzen vergaß, bevor ich Brotteig knetete, und es ist mir der Gedanke lieb, er wäre in einem Brot eingebacken an den Rechten gekommen. Jedenfalls weiß ich nicht, wo der Ring blieb. Es gibt Dinge, die zu behalten sich unser Hirn wehrt, indem es sie fallenläßt, um sie den Sternen zu überlassen, die sie je nach Reihen von Lichtjahren willig empfangen, und eben, ich weiß nicht, wo dieser Ring blieb.

Und der dritte Ring, den ich jetzt verkaufen will, wurde mir in Kleinarbeit zugeredet, als ich mich mit jener Frau verlobte, die vielleicht noch leise hofft, daß ein gewisser Amerikaner zurückkommt, um sie überseeisch zu machen.

Als unsere Verlobung passieren sollte, hatte ich, wie immer, wenig Geld. Ich arbeitete damals in einem Tierpark und dressierte nebenher Waschbären und Affen für den Chef, einen blauroten Alkoholiker, und ich hatte dort die Möglichkeit, mir nach Feierabend etwas zuzuverdienen, und ich richtete Hunde von Kaufleuten ab, machte sie leineführig und schutzhundfähig. Das Honorar für die Hundeabrichtung verwandelte ich unter dem Druck raunender Koseworte in Verlobungsringe. Jetzt sind diese Ringe, wie gesagt, überflüssig geworden, und Gott weiß, wo der ihrige blieb. Ich sehe ihn nicht an ihrer kleinen Hand, jener Hand mit dem etwas gebogenen brutalen Kleinfinger, der mir seither nachgeht, denn wo ich ihn an der Hand einer Frau entdecke, weiß ich, daß ich es mit einer zu tun habe, die den quält, der sich in sie verliebt.

An den Händen jener Frau, die mich quälte, sitzen jetzt mehrere Ringe, und einer ist mit einem Stein ausgestattet, der aussieht wie eine Brombeere, nicht so schwarz, aber so groß. Und ihren Ehering? Vielleicht hat ihn ein Amerikaner fortgeworfen, dieses deutsche Unding. Mir soll es gleich sein, denn jetzt verkaufe ich meinen Ring, den Partner ihres Eheringes, aber bevor ich ihn verkaufe, lasse ich ihren Namen herauskratzen. Ich bin so gut wie gar nicht abergläubisch, aber es kommt mir wenig entgegen, das Gefühl haben zu müssen, ich hätte nicht nur den Ring, sondern auch sie verkauft.

Der Ring bringt mir eine Menge Geld. Geld ist billig in jener Zeit, und Gold ist teuer. Ich gebe alles Geld jener halb überseeischen Frau, damit sie unseren kranken Sohn wieder aufkräftigt, und ich behalte keinen stumpfen Pfennig von diesem Gelde, es ist für mich so etwas wie Judasgeld.

Die Frau ist überwältigt von dem vielen Geld. Sie fällt mir um den Hals und küßt mich, obwohl ich kein Amerikaner bin. Es ist möglich, daß ich in diesem Augenblick von ihr haben kann, wovon ich phantasiere, seit ich nach Grottenstadt zurückkam und sie wiedersah, aber ich will das nicht für Geld haben und schon gar nicht für ein Geld, das ich mir aus einem Gegenstand schlug, der etwas mit unserer ehemaligen Ehe zu tun hat.

Herr Ranz ist die letzte Zeit recht umgänglich. Er besucht mich sogar in der Dämmerung in meiner Gartenhütte, und er findet mich dort mit Fräulein Hanna. Wir haben unsere Gewohnheit nicht aufgegeben, uns in den Abend hineinzuplaudern. Wir verhandeln darüber, ob es einen Gott gibt oder nicht, und wir erwägen, ob die Existenz des Menschen für die Erde erforderlich ist oder nicht, und wir kommen zu dem Schluß, daß die Erde den Menschen nicht braucht, denn wenn sie ihn bräuchte, wäre dem der Trieb nicht eingelagert, in großangelegten Feldzügen seine Mitmenschen zu vernichten oder sich von seinen Mitmenschen vernichten zu lassen. Von so etwas zu reden, sagt Fräulein Hanna mit leuchtenden Augen, heißt Philosophie, ich weiß es von meinem Papa.

Lassen Sie sich nicht stören, sagt Herr Ranz, ich höre gern zu, aber uns ists unmöglich, in seiner Anwesenheit darüber zu reden, wie die Menschen einander vernichten. Er kommt aus einer Anstalt, in der das fabrikmäßig betrieben wurde. Er hat es uns erzählt, und er hat uns darüber aufgeklärt, er war in der Hölle, und es kommt uns nicht zu, hier über diesen Ort und über die Bösartigkeit der Menschen dilettantisch zu philosophieren.

Herr Ranz fragt nach den anderen Mädchen, nach der molligen Braunen etwa, und wann und ob die wiederkäme.

Die mollige Braune käme nur noch zur Gartenarbeit, erklärt Fräulein Hanna. Wir werden uns nicht ein zweites Mal verdächtigen lassen, einen Zirkel zu betreiben.

Ich danke Herrn Ranz nochmals und wieder für die Tatsache, daß er mich vor einer schlimmen Zukunft bewahrte, und ich bemerke wieder diesen schrägschlitzigen Blick an ihm wie damals, als ihn das Klacken meines Karrenrades bei seiner Erzählung über Rudolf Heß störte.

Herr Ranz will wissen, wie spät es ist. Ich ziehe das Schubfach der alten Kommode auf, in dem meine Taschenuhr liegt. Es ist neun Uhr vorbei.

Die Taschenuhr im Kommodenschubfach? Liegt sie immer dort? fragt Herr Ranz. Laufen Sie immer hierher, wenn Sie die Zeit wissen wollen?

Ich erkläre Herrn Ranz, daß es sich um eine wertvolle Uhr handelt, um die Uhr, die mir mein Großvater mütterlicherseits zur Konfirmation schenkte, mein Großvater, der hoffentlich noch lebt. Er pflegte teure Dinge billig auf Nachlaßauktionen zu kaufen, und er kaufte auch jene Uhr auf einer Auktion, und ich halte die Uhr heilig. Sie war mit mir unterwegs all die Wanderjahre, und sie war mit mir im Krieg, die schöne alte Uhr. Ich habe sie nicht verunstalten lassen, als die Vierundzwanzig-Stunden-Zeit eingeführt wurde, als sich jedermann die fehlenden Zahlen von dreizehn bis vierundzwanzig in roter Farbe auf das Zifferblatt seiner Uhr klatschen ließ.

Merkwürdig, sagt Fräulein Hanna, Vierundzwanzig-Stunden-Zeit, aber bis heute sagt kein Liebender zur Geliebten: Ich warte dein um zwanzig Uhr dreißig.

Wir kommen auf das Beharrungsvermögen der Menschen zu sprechen, und daß man dieses Vermögen im politischen Leben reaktionär nennt, und wir fangen wieder an zu philosophieren, aber das ist nichts für Herrn Ranz. Er verläßt uns, nicht ohne Fräulein Hanna zu bitten, auch einmal eine Dämmerung auf seiner Hütte zu verbringen. Er lädt Fräulein Hanna ein, und mich lädt er nicht ein.

Ich weiß nicht, ob Fräulein Hanna Herrn Ranz besucht und ein bis zwei Dämmerungen mit ihm verbringt. Ich kann mich nicht um alles kümmern. Besonders jetzt nicht. Es ist ein Brief von meiner Mutter angekommen: Wir leben noch, lebst auch du noch? Das Leben ist schwer, aber die Hauptsache ist, wir leben. Und wenn du noch leben solltest, wird mein Leben schon wieder etwas leichter sein, schreibt die Mutter. Leben, leben, leben!

Der Brief ist unverschlossen, damit die Leute von der Zensur nicht soviel Zeit vermantschen müssen, wie die entsprechenden Leute heute. Die Zensoren müssen damals die Briefe nicht erst über Wasserdampf halten, öffnen und lesen und wieder schließen und so schließen, daß der Briefempfänger nicht merkt, sein Brief ist nicht mehr jungfräulich.

Meinen Brief hat zum Beispiel auch jene Frau gelesen, die dabei ist, das Geld für einen gewissen Ring unter die Leute zu bringen, denn meine Mutter hat den Brief an jene Adresse gerichtet, die mir nicht mehr gehört, und deshalb hat ihn auch die Frau gelesen, die mir nicht mehr gehört. Immerhin ist sie so freundlich, mir den Brief zuzustellen. Die Jungen bringen ihn mir am Nachmittag aufs Obstgut, und ich kann sehen, daß sich der Kleine schon wieder gekräftigt hat.

Wir haben jetzt hier den Russen und ihr dort den Amerikaner, schreibt die Mutter. Es ist uns nichts geschehen vom Russen. Wir haben deinen Ratschlag befolgt und sind nicht auf die Flucht gegangen. Papa war schon nahe dran zu flüchten, aber ich habe mich gesträubt und bin für eine Weile tot geworden, wie es mir früher oft ergangen ist, und wir sind geblieben. Sie haben jetzt hier das Land von den Wendlandschen Gütern verteilt. Jeder, der haben wollte, hat gekriegt. Es ist noch etwas Rest. Es wäre hübsch, wenn du herkämst und auch etwas nähmst, wenn du noch leben solltest. Außerdem hat Papa keinen Gesellen und muß sich schinden und schinden, soviel Brot muß er backen, und für die Russen muß er auch backen, und er bäckt und bäckt.

Der letzte Teil des Mutterbriefes geht stark in mir um. Ich bin immer landhungrig gewesen. In beiden meiner unzulänglichen Romanversuche kehren die Helden in ihre Heimatdörfer zurück und siedeln sich dort an. Die Bemerkungen meiner Mutter über die Landverteilung machen meinen Landhunger frisch. In Grottenstadt und auf dem Obstgut ist noch nichts von Landverteilung zu bemerken, obwohl die Russen nun auch hier sind. Ich versuche mir vorzustellen, was jene Leute daheim empfinden mögen, die plötzlich Land erhalten haben, auf das sie ein Leben lang hingierten. Ich erfinde eine Figur, einen Mann, den ich mit meinen Empfindungen ausstatte, und nenne ihn *Lope Kleinermann.* Ich fange an, über ihn zu schreiben, und lasse ihn auf dem Papier lebendig werden. Ich beschreibe, wie er da umhergeht und sich daran gewöhnt, daß ihm nun zwanzig Morgen Erde gehören. Zwanzig Morgen Land kriegt jeder, der mag, schreibt die Mutter. Mein Lope Kleinermann muß sich erst dran gewöhnen, daß ihm nun ein Stück von dieser großen Erde gehört und daß er verantwortlich für dieses Stück ist. Ich machs mir nicht allzu einfach, nicht nur, daß ich das alles aufschreibe, ich lasse es auch meinen Helden aufschreiben, in ein altes Kontobuch hineinschreiben, das er zwischen Kriegsmüll gefunden hat.

Noch ehe ich etwas von der Aktion, die man später die Bodenreform nennen wird, gesehen habe, schreibe ich über sie. Es ist eine durable Erzählung. Erst im vorigen Jahr las ich sie wieder einmal auf einer Bühne vor, und sie erhielt ihren Beifall wie eh und je, weil ich nicht nur über die Technik der Landverteilung schrieb, die heute kaum noch jemand aufhorchen machen würde, sondern über die Gefühle eines Menschen, der Teilbesitzer des Erdballs geworden ist.

Eines Tages schicke ich die Geschichte an die Redaktion einer Tageszeitung nach Weimar: Sehr geehrter Herr Chefredakteur, darf ich mir erlauben undsoweiter? Ich verfasse den Brief nach einem der Ratschläge meiner Mutter: Höflichkeit macht uff die Leite Eindruck. Ich schließe den Brief gerade nicht mit *untertänigst*, wie es meine Mutter tat, wenn sie ans Finanzamt schrieb, aber meine Haltung im Brief ist ein bißchen so, obwohl sonst kaum eine Spur von Untertänigkeit, sondern die Betrachtungsweise meines Großvaters in mir vorherrscht: Was der kann, kinnde ich ooch, aber ich will ganz was anderes!

Schon nach wenigen Tagen ist die Antwort auf meinen Brief da. (Damals war die Post trotz aller Trümmer schneller als heute.) Ein Mann, der die Kultur zum Beruf hat und sich Kulturredakteur nennt, antwortet mir: So und so, und hat uns Ihre Geschichte gefallen, und werden wir sie zum Abdruck gelangen lassen. Geschraubte Sätze, wie sie bis heute von manchen Leuten für kulturvoll gehalten werden.

Einige Tage später kommt mir meine Geschichte gedruckt entgegen. Ich bin im Garten beim Spargelmisten, und Herr Höhler bringt mir die Zeitung, in der sie abgedruckt ist. Er läßt sich am Rain im Schneidersitz nieder, bittet mich, mit dem Misten aufzuhören und ihm mitzuteilen, wann ich zum ersten Mal bemerkt hätte, daß ich ein Schriftsteller bin.

Ich habe Spaß daran, Herrn Höhler zu verblüffen, und ich sage ihm, meine Verwandlung vom Hilfsarbeiter zum Schriftsteller hat sich plötzlich auf dem Arbeitsamt in Grottenstadt vollzogen. Herr Höhler verblüfft mich seinerseits, weil er es glaubt. Damals weiß ich noch nicht, daß eine bestimmte Art von Intellektuellen nicht weniger wundergläubig ist als unsere Großmütter. Für Herrn Höhler ist ein Wunder, daß einer ohne akademische Vorbereitung Schriftsteller wird. Er geht in seine Bibliothek und macht statistische Erhebungen: Fast alle Schriftsteller und Dichter haben sich selber ernannt, haben sich selber gekrönt, kaum einer verfügt über akademische Grade, die meisten haben nicht einmal das Abitur. Herr Höhler hat die Verwandlung eines gewöhnlichen Menschen in einen Schriftsteller im eigenen Garten und auf seinem Mist miterlebt. Eine Qualität ist plötzlich in eine andere Qualität umgeschlagen, wird mich mein Freund, der Ewige Edwin, später lehren. Studienrat Höhler ist Zeuge eines solchen Umschlags geworden, eine Art Gnade ist ihm widerfahren.

Meine Geschichte hätte Herrn Höhler eigentlich ängstigen müssen, aber er sieht sie nur von außen. Wenn ich Sie so sprechen höre, sagt er, und wenn ich Sie so lese, ich hätte Sie solcher Wortwahl nicht für fähig gehalten, und es würde mich nicht wundern, sagt er, wenn Sie weitere Geschichten aus meinem Garten heraus veröffentlichen. Herr Höhler bedenkt nicht, daß auch sein Obstgut verkleinert und geteilt werden wird, wenn sich das, worüber ich schrieb, auch in Thüringen und in Grottenstadt ausbreitet.

Fräulein Hanna und alle verhinderten Abiturientinnen, die im Garten arbeiten, lesen meine Geschichte, und sie sehen mich, manche vielleicht nur für eine Stunde, mit anderen Augen. Es kann sein, daß sogar jene Frau drunten in der Stadt, die gefälligerweise meine Söhne pflegt, die Geschichte gelesen hat und mich, fast eine halbe Stunde lang, bewundert, und das ist es, womit ich mich in der nächsten Geschichte, die ich schreibe, beschäftige. Meine Eitelkeit ist munter geworden. Ich beschreibe einen verschmähten Mann, der sich über Nacht in einen Dichter verwandelt und bewirkt, daß er bei der, die ihn verschmäht, wieder hoffähig wird. Die Geschichte gibt mir Gelegenheit, auch ein paar meiner Gedichte unterzubringen, die ich damals für unwiderstehlich halte.

Diesmal vergehen zwei Wochen, bis mir der Kulturredakteur antwortet. Ich habe in die Geschichte Poesie und Liebesseufzer eingebaut. Die Poesie war unecht, war Pseudo-Poesie, wie ich heute weiß, aber die Liebesseufzer sind echt, doch sie müssen unterwegs im Umschlag erstickt sein. Der Kulturredakteur hält die Geschichte für nichtssagend. Sie enthält nichts Gesellschaftliches, teilt er mit.

Ich fühle mich herausgefordert und erkläre dem Herrn Kulturredakteur, daß ich die Liebe für eine außerordentlich gesellschaftliche Kraft halte. So naiv bin ich damals, so wenig weiß ich, welchen Zeiten wir entgegengehen.

Liebe hin, Liebe her, antwortet der Kulturredakteur, wir sind in eine Zeit hineingefahren, in der es um den Fortschritt geht, und ob ich ihm von irgendeinem Fortschritt in der Liebe berichten könne.

Wie gesagt, die Eitelkeit hat mich beim Wickel, und ich versuche es mit einer dritten Geschichte. Ihre Überschrift lautet *Eine fortschrittliche Tat.* Ich schreibe über Herrn Ranz, und wie der, kaum daß er aus dem Konzentrationslager heraus ist, sich zum Tagesgartenwächter macht und durch tägliche Gartenwanderungen und immerwährende Anwesenheit die Apfelernte auf dem Obstgut vor mundraubenden Russen schützt.

Auch diese Geschichte kommt zu mir zurück, ohne in Druckbuchstaben übertragen worden zu sein. Wir befinden uns in der Zeit des Realismusses, erklärt der Kulturredakteur. (Damals, in der Pionierzeit, herrscht bei den neuen Redaktionsmannschaften in den Zeitungen noch Unklarheit über die Auswirkungen des Genitivs bei Fremdwörtern!) Es kommt jetzt weniger darauf an, sich Geschichten auszudenken, belehrt mich der Kulturredakteur; man habe das nicht nötig, weil die Wirklichkeit und das Leben einzigartige Geschichten liefern. Der Herr Kulturredakteur will nicht zu weit gehen, aber die Geschichte vom wachsamen Häftling sei fast feindlich. Was für eine Phantasterei! Ein Lager-Häftling schützt die

Obstgärten eines Kapitalisten, schützt sie vor raubenden Sowjetsoldaten. Unmöglich, unmöglich, unmöglich!

Eine Menge Stoff zum Nachdenken für mich, und nun kann ich dem Kulturredakteur meine Aufrichtigkeit und meine Unfeindlichkeit nicht einmal mehr durch ein Beglaubigungsschreiben von Herrn Ranz beweisen; Herr Ranz ist auf und davon. Er trat vor Herrn Höhler hin und sagte: Dank für Gastfreundschaft und Vitamine, aber er wäre zu höheren Aufgaben berufen worden, zum Erbauer einer neuen antifaschistisch-demokratischen Ordnung, er müsse zu einem Brennpunkt.

Die Familie Höhler hat hohes Verständnis für die Absichten und die Aufgaben des Herrn Ranz, aber will der im gestreiften Anzug weiterziehen? Die Höhlers können ihm gern einen guten Anzug und anderes von einem ihrer Söhne hertun, die noch in Gefangenschaft sind.

Aber Herr Ranz will im gestreiften Anzug weiterziehen, er ist eine Art Ehrenkleidung für ihn und ein Ausweis, sagt er. Er wird von Frau Höhler mit Eßvorräten bepackt, dann geht er los, und alle stehen und winken, bis er am unteren Gartentor verschwindet.

Es dringt ein zweiter Brief meiner Mutter in unser Obstgut vor. Sie hat meinen Antwortbrief gekriegt, antwortet sie auf die Antwort und fordert dringlicher als im ersten Brief, ich möge nach Hause kommen. Nach Hause? Meine Ehescheidung scheint mein Zuhause zu dem Erdfleck zurückverlegt zu haben, an dem ich geboren wurde. Von zu Hause aus lasse sich die Zukunft besser regeln, schreibt meine Mutter. Ach je, ach ja! Wenn ich nicht bald käme, wäre auch das letzte Stück Land aus dem Bodenfonds vergeben, und die Bossdomer Fluren wären aufgeteilt. *Vom Bodenfonds* – wie meine Mutter das hinschreibt, so, als hätte es den schon immer gegeben wie Margarine oder Himbeermarmelade. Ich könnte daheim im Elternhaus wohnen, schreibt die Mutter weiter, könnte meine Söhne mitbringen, Platz wäre vorhanden, ich könnte die Zeit bis zu meiner Wiederverheiratung im Elternhaus verwarten. An all sowas denkt sie, die gute Mutter, und sie legt in ihren Brief eine weitere Verlockung hinein: Hast Du denn vergessen, schreibt sie, wie gern du abends in der lauschigen Backstube saßest und lasest und schriebest?

Diese Verlockung paßt auf einen Wunsch, der sich in mir zusammengedreht hat: Ich will wieder einen Roman schreiben, meinen dritten Roman, wenn man die beiden ungedruckten Romanversuche im Reisekorb mitrechnet. Meine Beziehungen zum Kulturredakteur in Weimar haben sich gelockert. Er hat mich bezichtigt, ein Feind der Zukunft zu sein. Das halte mal einer aus! Das nehme mal einer hin! Außerdem sind mir andere Hoffnungen, die ich hegte, zuschanden geworden: Die Amerikanisierung, die Übersee-Sehnsucht jener Frau, die ich die Mutter meiner Söhne nenne, scheint zum Stillstand gekommen zu sein, doch die Frau lenkt ihre frei gewordenen Wünsche dennoch nicht auf mich. Fräulein Hanna erzählt mir, sie habe sie auf der Promenade getroffen, und die Frau, die ich meine, wäre dort mit einem Manne gegangen, mit einem Deutschen. Aber damit ich Ihnen nichts Falsches sage, verbessert sich Fräulein Hanna, ganz deutsch ist der Mann nicht, er ist Dolmetscher bei den Russen. Fräulein Hanna hat mich, ob mit Absicht oder nicht, mit einer Enttäuschung beliefert. Aber was ist Enttäuschung? Ist sie nicht der Zustand, in den man verfällt, wenn einem ein Wunsch nicht in Erfüllung geht, wenn man naiv gehofft hat, die Wirklichkeit würde sich menschlichen Wünschen unterordnen?

Das ist so hübsch philosophiert, während ich in Wirklichkeit einen Grund suche, zu ihr zu gehen. Ich finde ihn: Falls ich ins Elterndorf zurückgehe, werde ich meine Söhne mitnehmen. Es ist meine Pflicht, sie sind mir behördlich zugesprochen. Ich könnte das jener Frau brieflich mitteilen, aber ihr wißt, daß ich darauf hoffe, wenigstens noch einmal eine halbe Stunde mit ihr allein sein zu können, und diese dumme Hoffnung (von heute aus gesehen) befiehlt mir, unangemeldet in ihre Wohnung vorzudringen, und ich steige dort treppan, und meine Tritte vermischen sich mit den alten Tritten vieler Männer, die hier heraufgestiegen sind, mit den Tritten der internationalen Männerwelt. Ihr werdets mir nicht ausreden, daß der Eindruck eines Tritts auf einer Treppenstufe verbleibt. Wie wollte man sonst erklären, daß Treppenstufen sich abnutzen?

Ich klopfe an, und jene Stimme, die ich vorzeiten täglich hörte, sagt: Bitte!

Ich trete ein. Die Frau sitzt am Küchentisch und raucht. Es ist eine Freundin bei ihr, und die raucht auch. Sie sehen mich halb erschreckt, halb neugierig an. Sie halten mich wohl für astral. Die Freundin bläht ihre Nüstern. Ich fange rasch ein Gespräch an: So und so, sage ich, ich hätte etwas Wichtiges zu besprechen.

Bitte! sagt die Mutter meiner Söhne. Ich lasse verlauten, daß ich sie gern allein gesprochen hätte. Sie will nichts davon wissen. Die Dame dort ist meine Freundin, sagt sie, wir haben keine Geheimnisse voreinander. Die Dame heißt übrigens Babs.

Die Mutter meiner Söhne überläßt mir ihren Stuhl. Sie setzt sich zu ihrer Freundin auf die Couch und entschuldigt sich, sie habe im Augenblick keinen Drink. Ja, sie sagt wirklich *Drink.* Es zeigt sich, daß sie in einigen Ecken ihres Wesens doch noch amerikanisch ist. Schön, daß du einmal kommst, sagt sie, aber sie sagt es wie eine Formel.

Ich rede von meiner Abreise, rede von den Söhnen,

die ich mitnehmen werde, und sie hört mir zu und sieht mich mit jenem Liebreiz an, mit dem sie mich bei unserer ersten Begegnung ansah, damals in der Wohnstube der Eltern. Es war ein schwerer Sommernachmittag, die Fliegen summten, auf dem Hofe gurrten die Tauben, und das geöffnete Fenster war zu eng für die Fülle des hereinströmenden Sommernachmittags. Da sah ich dieses Lächeln zum ersten Male, ein Lächeln, an dem vor allem der breite Mund der Unbekannten mitwirkte, auch der saugende Blick, der damals ein Tierblick voll Unschuld war. Später, gewahrte ich, enthielt dieser Blick Verschlagenheit. Vielleicht dichtete ich die Verschlagenheit auch in den Blick hinein, weil ich meine Erfahrungen mit der Frau gemacht hatte, denn für Außenstehende schien sie den unschuldigen Tierblick behalten zu haben, den Blick einer schönen Hündin, einer Chow-Chow-Hündin, die niemals tut, was du willst, die nur tut, was sie will, und alle Versuche, sie ein bißchen zu dem hinzuerziehen, was du willst und was auch dir Freude machen würde, sind vergebens; sie tut, als hättest du sie erzogen, und wartet auf den Augenblick hin, da du dich umdrehst oder über etwas nachsinnst, und sie stiehlt sich davon, um das zu tun, worauf sie aus ist.

Beide Jungen? fragt sie.

Sie sind mir gerichtlich zugesprochen, wie du weißt, sage ich.

Die Freundin rechnet mit einer Auseinandersetzung und tut so, als würde sie gehen wollen. Sie wird dabehalten, und sie raucht heftig und dampft aus Mund und Nase.

Fraglich, ob die Entscheidungen eines Nazigerichts noch gelten, sagt die Mutter meiner Söhne und redet so abfällig von den *Nazis*, als hätte *sie* diese Leute ihr Leben lang gehaßt. Wir gehen auf fortschrittlichere Zeiten zu, sagt sie. Sie hat sich schon etwas von dem

Vokabular angeeignet, das die sowjetischen Soldaten und ihre Dolmetscher in die Stadt brachten. Einen Jungen würde sie hergeben, sagt sie, mit beiden Jungen, das fiele ihr als alleinige, als geschiedene Frau manchmal schwer, und mir ist, als sage sie das alles nur, um sich vor ihrer Freundin mütterlich aufzuspielen, vor ihrer Freundin, die dasitzt und Tabak verbrennt und Rauch erzeugt.

Mit eins aber gibt die Mutter meiner Söhne unserem Gespräch eine Wendung, die die Hoffnung des Geisteskranken, der ich bin, wie eine Stichflamme hervortreibt: Hast du nie daran gedacht, daß wir uns schon der Kinder wegen wieder zusammentun könnten? fragt sie.

Ich habe solcherlei nicht erwartet, höre ich mich sagen und empfinde sogleich, wie gespreizt das klingt. Willst du denn? frage ich und merke auf, daß mir die Frage nicht zu freudig entfährt.

Man könne darüber reden und nachdenken, sagt sie.

Ja? sage ich, und dieses Ja ist nun doch von Begeisterung gefärbt, und sie spürt es, sogar die dampfende Freundin spürt, daß wir Annäherung betreiben.

(Achtung, wenn das Läutwerk der Lokomotive ertönt oder die Annäherung eines Zuges anderweitig erkennbar wird.)

Sie bittet um drei Tage Bedenkzeit. Ich soll sie am Sonntagabend abholen, wenn sie aus dem Kino kommt. Sie bestimmt schon wieder, daß ich zu warten, daß ich zu hoffen habe. Ich bemerke es nicht, mein Trieb zu ihr hin hat mich wieder zu einem Gefühlsblinden gemacht. Ich beachte die fremden Ringe an ihren Fingern nicht, nicht die merkwürdigen, von einem Amerikaner hinterlassenen Ohrgehänge.

Ich komme in den Garten Eden zurück, und vor

meiner Gartenhütte liegen Scherben. Eines der Fenster ist eingeschlagen worden. Jemand ist eingestiegen und hat die Hütte ausgeraubt. Mein schwarzer Anzug ist davon. Er ist mir, jetzt nach dem Kriege, zu reichlich gewesen, aber immerhin, ich hätte ihn eines Tages anziehen und zum Ausdruck bringen können, daß ich feierlich gestimmt bin, und hätte die schwarzen Halbschuhe dazu anziehen können, aber auch die sind weg; außerdem der alte Lodenmantel vom Großvater, der vorzeiten getreulich mitgehalten hatte, als ich in unserer kalten Stube den Roman von dem Mann mit den dreizehn Doggen schrieb. Auch der kleine Stoß Unterwäsche wurde aus dem Schub herausgezerrt und weggenommen, weg auch meine Taschenuhr.

Von nun an werde ich einige Forderungen erfüllen, die von einem Menschen verlangt werden, der weise werden will: ich werde nur noch das haben, was meine Blöße bedeckt, als da sind ein Paar Militärwollsocken, ein Paar Militärstiefel, die Trenkerhose aus Manchester, ein kragenloses Militärhemd, die weiße Windbluse und das grüne Hütchen, das mir der Wind zuwehte, vor allem aber werde ich zeitlos leben, denn auch meine Uhr ist, wie gesagt, mit dem Dieb davongegangen.

Ich gehe zu den Höhlers ins Haupthaus: Hier steht ein Ausgeraubter! Die Höhlers sind bestürzt. Sie haben nichts bemerkt. Der Einbrecher muß die Mittagsruhezeit ausgenutzt haben. Hat er die Gewohnheiten der Höhlerfamilie gekannt? Jedenfalls hat er sich sicher gefühlt, hat sich Zeit genommen, hat sogar den Inhalt meiner Brieftasche sortiert, hat die Geldscheine, die sie enthielt, entnommen, während ihn die Dokumente, mein provisorischer Ausweis und das Gerichtsurteil über meine Ehescheidung, kaltließen. Er hat seinen Raub aus dem offenen Fenster geworfen und ist durchs Fenster ein-, auch ausgestiegen. Es ist noch etwas von der Gemächlichkeit zu spüren, mit der der Dieb den Einbruch betrieb.

Am Ende sinds Leute aus der Kaserne gewesen, äußert Frau Höhler und bekommt es mit ihrem Herrn Gemahl zu tun. Er weist sie zurecht, und er zittert dabei und ist besorgt, nicht für einen Feind der Russen gehalten zu werden.

Frau Höhler und Tochter Hanna möchten, daß ich umziehe, sogleich, zu ihnen ins Haus ziehe. Siehe, es kann nachts ein Einbrecher bei mir einsteigen und mich umbringen.

Ich will nicht umziehen, aber mein Widerspruch wird nicht berücksichtigt. Am Abend finde ich mich ins Haupthaus versetzt. Frau Höhler und Fräulein Hanna haben mein Bettzeug und die Kleinigkeiten dort hingeschafft, und ich habe in einem Stübchen neben Fräulein Hannas Jungfrauengelaß zu wohnen, wo mich kein Einbrecher umbringen kann.

Ich habe den Höhlers noch nicht gesagt, daß ich kündigen und abreisen werde. Weshalb auch? Es kann sich noch manches anders gestalten. Habe ich *gestalten* geschrieben? Für die damalige Zeit kann ich das Wort vielleicht stehenlassen. Heute verabscheue ich es, weil es so strapaziert und abgebraucht ist. Jedes Schaufenster wird heute gestaltet, bunte Abende, Sitzungen, Fastnachtsfeiern, Getränkekarten, vielleicht gar Hochzeitsnächte. Danke!

Wirklich gut, daß ich den Höhlers nichts von meinem Vorhaben sagte, in die Heimat zurückzugehen. Ich kann womöglich in Grottenstadt bleiben, mir eine besser bezahlte Arbeitsstelle suchen und meinen Familienbetrieb wieder eröffnen. Und kann sichs nicht auch ergeben, daß wir, meine Frau und die Söhne, zusammen in die Elternheimat gehen, daß ich als Gehilfe des Vaters arbeite, daß meine Frau als Gehilfin der Mutter im elterlichen Laden arbeitet, und daß wir

Harmonie und ein Sippenleben haben werden, alles aufs beste.

Am Spät-Abend schiebe ich den aufregenden Tag in die Vergangenheit und schlafe ein. Um Mitternacht weckt mich der Kauz. Schaurig rief der Kauz, heißt es nicht nur in platten, sondern auch in guten Romanen. Kann ein Vogel schaurig rufen? Haben die Menschen die Schaurigkeit nicht in den Vogelruf hineingelegt und ihn als Metapher vernutzt? Sprechen die meisten Menschen nicht vom *schaurigen Ruf des Kauzes*, ohne diesen Ruf je gehört zu haben, ähnlich, wie sie vom *lieben Gott* sprechen, ohne untersucht zu haben, ob er wirklich so lieb ist?

Für mich ist der Kauzruf ein akustisches Samenkorn, aus dem mir ein Kriegserlebnis wächst, allwie mir aus Zithertönen Kindheitserlebnisse wachsen. Der Kauzruf zwingt mich, den lieblichen Schlaf der Nachtmitte fahrenzulassen: Ich muß an eine Hundstagsnacht mit wenig Kühlung denken. Die Blätter der Pyramiden-Pappeln am Saale-Ufer klackerten und raschelten ein wenig im Wasserwind. Dichtern, die ihre Pappeln *flüstern* lassen, vermag ich nicht zuzustimmen; das *Flüstern* von Pappelblättern entstammt dem Arsenal der Pseudo-Poesie.

Ich kam als Soldat aus Karelien auf Urlaub und schleppte einen Gebirgsjägerrucksack und einen Pappkarton. Im Rucksack steckten einige Konservendosen. Der Bataillonskoch hatte sie mir eigenhändig dreingestopft. Für ihn war ich ein Kranker, der auf den Tod lag und wieder genas:

Ich hatte mit Franz Marschewska, dem Verwalter der Bataillonspoststelle, heimlich auf einem Feldfunkgerät den russischen Sender in deutscher Sprache gehört; wir wurden entdeckt und mußten vor den Gerichtsoffizier, der verhörte uns mehrmals, doch ich konnte dem Verfahren eine Wendung zu unseren Gunsten geben, weil ich beobachtet hatte, wie der

Hauptfeldwebel, unser Denunziant, die Akten des Gerichtsoffiziers abstenografierte; er wollte beweisen, daß der Gerichtsoffizier uns begünstigte, aber der Gerichtsoffizier ließ sich keine Begünstigung nachsagen, stellte das Verfahren ein, und wir kamen davon, der Feldwebel wurde degradiert.

In meinem Gebirgsjägerrucksack steckte außerdem eine lappländische Frauenbluse. Die Hände eines kunstsinnigen Mädchens hatten sie ausgestickt, die Hände von Aino, der Tochter eines nordfinnischen Kleinbauern. Die Bluse sollte mich an sie denken machen. Ich hätte ihr erster Mann werden sollen. Aber es gab Hinderungsgründe. Sie hatte mich gern, ich hatte sie gern, aber um ihrer Eltern willen behandelte ich sie wie eine Schwester.

Die Frauenbluse lag fein gefaltet im Gebirgsjägerrucksack. Jetzt wollte ich sie jener Dame schenken, die ich noch, ohne zu stocken, meine Frau nannte, und erst viel später wird mir aufgehen, wie roh es war, so wenig sorgsam mit der Liebe des Mädchens Aino umgegangen zu sein.

Der Zaun, der die drei Mietshäuser des Grottenstädter Armenviertels einhegte, hatte kein Tor. Das fehlte schon, als wir dort einzogen. Ich ging an der Front der Steinbaracke entlang, und der Kauz schrie in den Pappeln, und ich war wütend auf ihn. Ich war auf eine Überraschung aus, und die hatte sich vorgenommen, mir zu gelingen: Das Fenster jener Stube, die wir nie bewohnten, stand offen. Die Stube sollte sich sommers von den glitzernden Winterfrösten erholen, eine Maßnahme, die von mir stammte, die sich erhalten hatte, obwohl ich hinter dem Polarkreis lebte. Dubberige Luft kam aus der Stube, waberte um mich herum und mischte sich mit der lauen Luft der Augustnacht.

Ich gab den Gebirgsjägerrucksack durchs Fenster und stieg nach. Es gelang mir geräuschlos, und es gelang mir, ebenso geräuschlos durch die Stube zu gehen, in der wir damals zu dritt in den Ehebetten schliefen, mein Schulfreund, der Leutnant, meine Frau und ich.

Draußen in den Pappeln schrie und schrie der Kauz und machte mich zittern, und doch gelang es ihm nicht, mich zu verraten. Ich öffnete die Tür zur Küche, und auch die Tür war mir wohlgesonnen und verhielt sich geräuschlos. Ich schloß die Küchentür hinter mir und schaltete das Licht ein und da – auf einem der Küchenstühle, ihr wißt, daß wir nur zwei davon hatten, hing die Uniformjacke eines Feldwebels. Sein Koppel mit der Pistolentasche lag auf dem Stuhlsitz, und ich stand davor, und ich habe bis heute keine Ahnung, wie ich ausgesehen haben mag, und ich weiß bis heute nicht, woher die Nüchternheit kam, die sich damals in mir ausbreitete. War ich im Innersten auf so eine Szenerie vorbereitet? Stieg ich deshalb durchs Fenster? Du kannst hineingehen und ihn erschießen, ihn aus seiner Hochzeitsnacht herausschießen, dachte ich. Es würde dir nichts geschehen hinterher. Du bist ein bevorzugter, ein sogenannter Frontsoldat. Man wird befinden, du habest dich im Zustande der Eifersucht und der Unzurechnungsfähigkeit aufgehalten. Du wirst es wieder einmal mit Gerichtsoffizieren zu tun kriegen, aber sie werden dich freisprechen.

Ich maß meine Eifersucht und stellte fest, daß sie nicht groß genug war, das zu tun, was ich hätte tun können. Diese Nüchternheit! Woher kam sie mir?

Ich erwähnte schon, daß ich meinen Roman von dem Mann mit den dreizehn Doggen damals in Grottenstadt nicht zu Ende schrieb. Die Unzufriedenheit meiner Frau wurde größer und größer, und sie zersetzte mir jedwede Schreibstimmung, und damals erlebte ich es zum ersten Male, wie entschlossen und unerbittlich ich gegen jedermann sein kann, der mich bei einem Schreibvorhaben behindert. Es war so, daß ich anfing, meine Frau zu hassen, und ich verließ sie, ging in die kleine Nachbarstadt, mietete mich dort bei kinderlosen Leuten ein und schrieb nicht nur den Roman zu Ende, sondern beschäftigte mich auch mit merkwürdigen Büchern, die ich mir auslieh, zum Beispiel ein Buch über die indischen Rishis und deren Gleichmut, und ich versuchte insgeheim, mich ebenso in Gleichmut zu üben und es mit den Rishis aufzunehmen.

Aus dieser kleinen Stadt wurde ich in den Krieg geholt.

Bevor ich auszog, ging ich noch ein Mal zu meiner Frau und den Kindern und verabschiedete mich. Wir waren um diese Zeit so gut wie nicht mehr verheiratet. Sie tat, was sie wollte, und ich tat, was ich mußte. Aber draußen in der Kriegsfremde wuchs ein Schuldgefühl in mir an. Mir war, als hätte ich nicht recht getan, sie und die Kinder zu verlassen. In Karelien packte mich Heimweh, und es wäre mir ein kleines Glück gewesen, meinen Urlaub bei der Familie zu verbringen, aber ich mußte mit allem rechnen, und deshalb meine Nüchternheit. Vielleicht kam mir auch der Gleichmut der Rishis, an den ich schon nicht mehr gedacht hatte, ein wenig zu Hilfe.

Ich zog die Pistolentasche des Feldwebels vom Koppel und legte sie ins Rohr des sommerkühlen Ofens. Immerhin konnte dieser Herr von nebenan, wenn ich eintreten und ihn aufscheuchen würde, sich von Feinden umringt fühlen, und er konnte verwirrt in die Küche stolpern und sich bewaffnen wollen.

Ich ging in den Schlafraum, schaltete das Licht ein, und alles, was jetzt geschah, war wie in einem kitschigen Film. Der ältere meiner Söhne fuhr im Kinderbett hoch, streckte die Hände nach mir aus und sagte: Papa! Und dieses Wort war für die beiden, die umschlungen in jenem Bett lagen, das ich früher bewohnte, wie ein Sirenengeheul. Sie fuhren auseinander und legten sich nebeneinander wie Brüderchen und Schwesterchen, und ich (auch das wieder wie im Kitschfilm), ich, der zusammengefaßte taktvolle Held, verließ die Szene, verschwand in den Kulissen.

Ich zog das Soldbuch aus der Seitentasche des Feldwebelrocks. Mir schien, es wäre nicht schlecht zu wissen, mit wem ich es zu tun hatte.

Otto Lorbass, geboren am dreizehnten dritten neunzehnhundertundsechzehn. Die Personalien des Feldwebels krallten sich in mein Gedächtnis. Ihr könnt mich, kurz bevor ich in die Grabgrube fahre, fragen: Wie hieß er gleich? Ich werde euch antworten: Otto Lorbass hieß er. Und dabei ist das alles so lange her und so weit weg, und die Frau, um die es ging, wohnt in einem anderen Land, in dem man zwar Deutsch spricht, das aber doch nicht Österreich ist, und ich kann ihr für kein einziges weißes Haar in meinem Barte die Schuld zuschreiben, weil ich fast niemals mehr an sie dachte.

Ich buckelte meinen Rucksack wieder auf, und ich ging davon, und wieder das Geraspel und Geklapper in den Pappelblättern, und der Kauz schrie noch immer. Die neuesten Meldungen aus der Menschenwelt waren noch nicht bis zu ihm gedrungen. Ich trat gegen den Stamm der Pappel, auf der der Kauz saß; er sollte wenigstens wissen, daß er sich nicht allzu sicher fühlen durfte. Der Kauz nahm die Meldung zur Kenntnis und flog davon; er hatte von einem Mann, der nicht ganz zufrieden war mit sich und seinem Leben, eine Warnung gekriegt.

Ich hätte zu den Kaplans gehen können, von denen ich euch erzählte, aber ich ging nicht zu ihnen. Sollte ich vor sie hintreten und sagen: Ihr habt es lang gewußt: Wir paßten nicht zusammen!

Ich saß auf dem Bahnhof, und er fühlte sich an wie ein erweitertes Zuhause. Ich hätte in das militärische

Büro gehen können, von dem ich schon nicht mehr weiß, wie es hieß: Ortskommandantur, Wehrkreiskommando oder Frontleitstelle. Ich hätte denen, die dort saßen und *Heimatdienst* taten, mein *Schicksal* in die Ohren stopfen können, in die Ohren seitlich ihrer grinsenden Gesichter, und ich hätte von ihnen verlangen können, mir einen anderen Urlaubsort in meinen Reiseschein (Urlaubsschein hieß er wohl) hineinzusetzen, zum Beispiel Bossdom, den Namen meines Heimatdorfes, aber ich verwarf es. Sollte ich heimfahren und sagen: Mütterchen, da bin ich; es ist so gekommen, wie du fürchtetest?

Ich beschloß, in die kleine Nachbarstadt zu fahren. Vielleicht gab es dort bei meinen ehemaligen Wirtsleuten in der Unteren Mauergasse ein Urlaubs-Unterkommen für mich.

Fünf Stunden bis zur Abfahrt des ersten Morgenzuges. Neben mir im Warteraum saß ein anderer Soldat, und der war grau wie alles in jener Nacht. Er hatte seinen Oberkörper, das Gesicht nach unten, schlafend über den Tisch hingebreitet. Sein Käppi war verschoben, und sein Nackenhaar stand ab wie eine Bürste. Ich starrte auf dieses sperrige Nackenhaar und drang mit meinen Blicken in den Schlaf des Kameraden ein. Er richtete sich auf und sah sich um, als hätte ihn etwas gestochen. Er hatte eine breite Narbe von einer Verwundung im Gesicht, und nun mußte er wieder hinaus, um es noch einmal mit dem Tod anzulegen. Auch wieder an die Front? fragte er mich, und ich sah, daß seine Unterlippe beim Sprechen nicht mehr Dienst tat, wie sie sollte, und ich wußte nicht, was ich ihm antworten sollte. Ich hätte ihm sagen können, daß ich mich schon wieder an der Front befand, aber er hätte es nicht verstanden.

Die Bucks in der Unteren Mauergasse nahmen mich auf. Es kam ihnen zupaß, an der Heimatfront einmal mehr beweisen zu können, wie gut sie es mit der Front draußen meinten, und sie verwöhnten mich.

Der zweite Mensch in mir, ihr wißt, welchen ich meine, drängte mich, die Urlaubszeit zu seinem Genusse zu verwenden. Er trieb mich fast täglich nach Weimar. Ich versuchte dort im Rilke-Archiv ein Original-Manuskript des verehrten Dichters unter die Augen zu kriegen. Denkt nicht, daß es mir dabei um den *Cornet* ging, nein, ich war auf das Manuskript von Rilkes Herbstgedicht aus: *Herr: es ist Zeit. Der Sommer war sehr groß* ... Noch mehr gefreut hätte es mich allerdings, jene Elegie in Handschrift zu sehen, die da anfängt: *Jeder Engel ist schrecklich* ...

Aber ich kriegte Rilkes Handschriften nicht zu sehen. Im Nietzsche-Haus zeigte mir der Hausmeister für zwei Päckchen Zigaretten das Sterbebett des Philosophen. Auf dem Nachttisch stand die Steingut-Tasse mit dem angearbeiteten Bartschutz, die der geistig kranke Pfarrerssohn zuletzt benutzt hatte. Die Tasse schien mir etwas von dem Wahnsinn des Unglücklichen abzustrahlen; ich gehöre, wie ihr wißt, zu den Einbildungsfähigen, weniger zu den Bildungsfähigen, und ich benutzte meinen Urlaub, um recht viele solcher Einbildungen zu ernten, denn zu sehen kriegte ich wenig. Alles war bombensicher gemacht, alles war verschwunden, nur im Garten von Goethes Wiesenhaus durfte ich eine Weile sitzen: *Dir allein verleih ich die Stimme* ... Und dort sitze ich auch heute jeden Sommer eine Weile, aber ich denke nie mehr an das, was mich damals dorthin trieb.

Ich war wieder im karelischen Urwald bei meinen Kameraden. Es gab einige Gemeinsamkeiten zwischen ihnen und mir: die gleichen Uniformen, die gleichen Kochgeschirre, die gleichen Witze, die gleichen Gerüchte, das gleiche Hinhorchen auf das, was mit uns geschehen würde. Eine Menge Gemeinsamkeiten, und in der Stadt, die einmal meine Heimatstadt gewesen sein wollte, hatte ich nicht eine gefunden.

Die Kameraden in Karelien warteten immer noch auf den *Einsatz*. Später werde ich erfahren, daß wir in den karelischen Urwäldern zu leben hatten, um bei herangereiften Umständen in Schweden einzufallen. Ich werde erfahren, daß das, was sie mit uns vorhatten, in den geheimen Kriegsakten *Aktion Silberfuchs* genannt wurde. Die *Aktion* fand nicht statt. Das Leben, das nur in günstigen Fällen oder nur den Weisen erlaubt, Pläne, die sie sich setzen, Wirklichkeit werden zu lassen, es schien hier zugunsten der Schweden eine Kurve zu machen, deren Nutznießer ich wurde, die mir spätere Vorwürfe, vielleicht sogar den Tod ersparte.

In unserer Baracke aus Baumstämmen schrieb ich das nieder, was ich harmlos als mein Urlaubserlebnis bezeichne. Es wurde eine Geschichte voll Selbstmitleid, und ich nannte sie *Verloren in Karelien*. Auch sie liegt heute in meinem Keller-Archiv, und wer will, kann gehen und die beiden Weisen, in der ich sie erzählte, miteinander vergleichen und kann versuchen, sich ein Urteil über die Lebensbahn eines wunderlichen Schreibers zu bilden.

Jetzt zurück zum Garten Eden, zurück in meine dreitägige Wartezeit, in die mich jene Frau wiederum versetzte. Lernt denn der Mensch nie? Ich sagte schon: Er lernt immer dann, wenn er sich weise verhält, oder wenn die Lebensumstände es ihm erlauben.

Kleine Neuigkeiten helfen mir die Wartezeit verkürzen: Herr Höhler hat einen Brief von Herrn Ranz gekriegt, in dem der um eine Bestätigung bittet, daß er hier bei uns im Garten gearbeitet hat. Herr Höhler soll ihm bestätigen, daß er *ein Mann der ersten Stunde* gewesen ist.

Was alles so in einem Menschen steckt, von dem man nichts gewußt hat, sagt Herr Höhler. Wissen Sie, was Herr Ranz geworden ist?

Ich weiß es nicht.

Herr Ranz ist Landrat für den Kreis Grimma geworden. (Für den Namen der Kreisstadt verbürge ich mich nicht, es kann auch Crimmitschau, Wurzen oder eine andere Stadt gewesen sein. Aus den Akten jener Zeit muß erkennbar sein, in welcher sächsischen Stadt Herr Ranz als Landrat wirkte.)

Später, als ich schon in der Heimat bin, teilt mir Herr Höhler bestürzt mit, man habe Herrn Ranz vom Landratsstuhl gestoßen, er wäre ein Krimineller gewesen, einer, der die politischen Konzentrationslager-Häftlinge bespitzelt hätte.

Mein Mißtrauen gegen Herrn Ranz, das ich niederkämpfte, weil mir seine gestreifte Häftlingskleidung Respekt abnötigte, war also rechtens gewesen. Und auf einmal überfiel es mich, wie es manchmal jene Leute, die sich Hellseher nennen, überfällt, und es lag ein Stück Leben einen Knall lang im Zusammenhang vor mir, und ich wußte: Herr Ranz hatte meine Hütte ausgeraubt. Mein schwarzer Bräutigamsanzug war für eine Weile Festhabit eines Landrats, und meine Taschenuhr, das Konfirmationsgeschenk des Großvaters, hatte dem Schwindler Ranz die Landratszeit zugemessen.

Der dritte Tag meiner Wartezeit kommt heran, aber ich werde erst am Abend, erst nach dem Kinobesuch, gebraucht.

Die Filme werden zu jener Zeit im Tanz- und Theatersaal *Grottenstädter Hof* abgeschnurrt. Der Grottenstädter Hof liegt damals am Stadtrand, und hinter ihm fließt ein Bach, der ist noch mit keinerlei Müll vermischt. Er heißt der Springlingsbach, denn er hüpft mehr, als er fließt. Er kommt von den Bergen herunter und unterquert die Straße, und dort auf der

Brücke, auf dem steinernen Brückengeländer, sitze ich und warte.

Aus dem geöffneten Fenster der Filmvorführer-Kabine dringt ein Liebesdialog nach draußen. Zwei *Filmstars führen ihn durch*, und aus der Kabine heraus klingt er wie Hundegeheul. Er verfängt sich in den Ästen der Buchen am Bach, quirlt dort eine Weile umher und wellt dann nach dort im Weltenraum, wohin alle auf dieser Erde erzeugten Töne verschwinden. Vielleicht gibts dort eine bürokratische Ordnung, ein Weltenraum-Archiv, und in diesem Archiv ein Schubfach für unerhebliches Gerede und ein Schubfach für Liebesdialoge, jedenfalls alles schön nach Fach- und Sachgebieten geordnet, und bald werden sie dort eine Abteilung für Detonationen von Atombomben einrichten müssen.

Das Leben des Films drinnen im Saal geht zu Ende. Ich höre nur noch einzelne Worte, und ein jedes Wort hat viel Raum aus Stille um sich. Es sind wahrscheinlich Worte eines Sterbenden, und dann kommt die Schlußmusik angefahren und verschlingt alles.

Ich stehe in der Nähe der Ausgangstür. Die Leute, die für diesen und zwei weitere Augenblicke Filmbesucher genannt werden, kommen heraus, einzeln und paarig. Frauen nicken begeistert, und Männer schütteln unwillig die Köpfe, und es gibt Paare, die sich über den Film unterhalten.

Woher hatte er mit eins den Revolver? fragt eine Frau ihren Mann.

Er hat ihn sich vorher besorgt, sagt der Mann.

Warst du dabei? fragt die Frau. Ich habe das nicht gesehen.

Im Film wird nicht alles gezeigt. Man muß mitdenken! sagt der Mann. Es gibt Männer, die alles wissen, besonders, wenn sie von Frauen gefragt werden.

Jetzt kommt meine . . ., ihr wißt schon, die Mutter

meiner Söhne. Sie hat den linken Arm angewinkelt, und es hängt ein Mann daran, ein ziemlich dicker Mann, älter als ich und X-beinig. Nach der Beschreibung, die mir Fräulein Hanna gab, scheint es sich um jenen Dolmetscher zu handeln. Man kennt ihn in der Stadt. Er lebt schon lange hier, und man nannte ihn bisher den *Kyriller*; wahrscheinlich, weil er in kyrillischen Buchstaben schreiben kann. Früher behauptete er, er wäre ein Grieche, und niemand hat gewußt, daß er auch russisch spricht, aber jetzt spricht er es, und er übersetzt, und er dolmetscht, und er ist ein wichtiger Mann geworden, und nicht nur fürs Dolmetschen.

Die Mutter meiner Söhne sieht mich, aber sie tut, als sähe sie mich nicht. Mein Jähzorn springt auf, ich verfolge die beiden. Sie schwanken vor mir her, als wären sie betrunken. Das kommt vom Watschelgang des Dolmetschers.

Ich hole die beiden ein und berühre die linke Schulter der Frau. Sie tut nicht dergleichen, aber er bleibt stehen und stampft und plärrt: Was errrlauben? Sie legt ihm ihre rechte Hand, diese mir wohlbekannte Hand mit dem krummen Kleinfinger, der einer Kralle gleicht, auf den sabberigen Mund.

Wir hatten eine Verabredung, erinnere ich sie.

Du siehst, es geht nicht, sagt sie. Komm morgen! Sie nimmt ihre Hand vom Mund ihres Dolmetschers, und der Dolmetscher spielt Theater: Nix verrrstehn, sagt er.

Ich habe bisher nie erlebt, daß meine Knie allein und für sich müde wurden, aber jetzt werden sie es. Ich setze mich wieder auf das steinerne Geländer der Bachbrücke. Es ist übrigens aus roten Backsteinen gemauert wie die Wände von Häusern aus der Gründerzeit. Ich stecke mir eine Pfeife an, rauche selbstgebauten Tabak und inhaliere so heftig, daß mir der beizende Qualm bis in die Knochenhohlräume fährt.

Ich fasse Beschlüsse, wichtige Beschlüsse, wie ich mir einbilde: Ich werde am nächsten Tag zu ihr gehen, wie sie es wünschte, und ich werde sie warnen. Sie muß sich von diesem Manne lösen! Mein Trieb zu ihr hin hat ein neues Motiv gefunden, mit dem ich mich vor mir selber rechtfertige, vor dem zweiten Mann in mir. Ich bin noch immer nicht geheilt. Wenn ich sie mir mit diesem Mann zusammen denke, wird sie für mich unschuldig und immer unschuldiger. Was ist überhaupt Schuld?

Ein russischer Soldat scheucht mich auf. Er ist betrunken. Sein Alkohol-Atem umspült mein Gesicht. Er trägt Orden auf beiden Brustseiten und zeigt mir sein bösestes Gesicht. Er ist vielleicht ein Offizier, und er hält mich für seinen Gefangenen. Wo Frrau? fragt er. Ich lustig machen, wo Frrrau?

Ich weiß nicht, wo es eine Frau für ihn gibt, und ich hebe nicht nur die Schultern, sondern auch die Unterarme mit ihnen, um ihm deutlich zu machen, daß ich nicht weiß, wo Frauen für ihn sind.

Er packt mich bei der Schulter, zerrt mich vom Geländer und weist mit ausgestrecktem Arm auf die Häuser an den Hügelhängen, auf deren erleuchtete Fenster, und er läßt mich nicht aus, er zieht seine Pistole und treibt mich vor sich her. Ich soll ihm Frauen- oder Freudenhäuser zeigen.

Ich marschiere, marschiere wieder einmal oder immer noch, ich marschiere auf die Häuser zu, die am Hang kleben; er mit der Pistole hinter mir, seine Mütze sitzt schief, und sie sitzt auf seinen lockigen Haaren wie auf Spiralfedern: Wo Frrrau? Ich Freundschaft machen mit Frrrau.

Ich gehe schärfer voran. Er hat Mühe, mir in seiner Trunkenheit zu folgen, und er hält mich zurück. Er will meinen Ausweis sehen. Ich ziehe meinen Notausweis, er nimmt ihn und sieht ihn sich an, als ob er in der Finsternis lesen könnte; in der linken Hand den

Ausweis, in der rechten Hand die entsicherte Pistole. Er starrt trunken auf den Ausweis, und ich ducke mich und verschwinde im Gesträuch am Wegrand. Das Leben ein Film, ein überüblicher Film: Ein Schuß kracht. Die Kugel, die mir zugedacht ist, fliegt über mich hinweg. Der russische Soldat versucht nicht zu stöbern, macht keinen Versuch, mich zu finden, ich höre ihn rumoren und sehe ihn davonwanken.

Ich bleibe noch eine Weile hocken. Was mir geschah, mag einem ZEN-Buddhisten geschehen, wenn ihm sein Meister während der Meditation eins mit dem Stock überzieht und ihm zu einem kurzen Blick in den unsichtbaren Teil der Wirklichkeit verhilft, und die ZEN-Buddhisten nennen das *Satori.*

Ich werde diesem sowjetischen Offizier dankbar sein, bis sie mich in mein Grünhofer Grab legen, denn sein Schuß hat mich in bezug auf jene Frau, die ich einmal meine Frau nannte, hellhörig und weitsichtig gemacht. Ich weiß mit eins, daß mein Glück im Schreiben liegt, daß ich aber nie etwas Eigenständiges schreiben werde, solange ich dieser Frau nachlaufe. Ich weiß mit eins, daß ich sie mir abgewöhnen muß. Ich erlebe einen der kurzen Augenblicke, in denen ich unabhängig und doch im Sinne des großen Lebens eine Eigenleistung vollbringe, einen Richtungswechsel.

Vielleicht ist aber auch diese Erkenntnis anzweifelbar, weil es mir nur scheint, als hätte ich mich aus Eigenem verwandelt. Vielleicht ist das eine Täuschung, weil ich nur die Übersicht über mein kleines Ich und mein kleines Leben habe, weil ich nicht alle Verflechtungen und Ereignisse kenne, die noch weit draußen liegen und erst auf mich zutreiben.

Ich höre kluge Leute, die das lesen, sagen: Er ist ja ein Fatalist! Und sie glauben, mich gekennzeichnet zu haben. Ich gehöre damit für sie in die große Abteilung der Unzurechnungsfähigen. Ich bin fatal, denke fatalistisch, und sie sind normal, wenigstens für hierzulande. Na mäg!

Ich bin bestrebt, meine Einsicht, Klarsicht oder Draufsicht für die nächste Zeit, und wenn möglich, für mein fürderes Leben festzuhalten, und ich treffe Maßnahmen, die es ermöglichen helfen sollen: Ich kündige bei den Höhlers, doch ich sage es zunächst nur Herrn Höhler, weil ich fürchte, Frau Höhler und Hanna könnten Einwände gegen meinen Entschluß erheben. Und siehe, selbst Herr Höhler will mich, wie sich zeigt, nicht verlieren. Es ist so schade, sagt er und drückt sich gebildet aus, da hatte man nun jemand, mit dem man geistigen Austausch pflegen konnte, und nun geht er fort, nachdem schon der interessante Herr Ranz davongegangen ist. Um diese Zeit weiß Herr Höhler noch nicht, daß es den Herrn Landrat Ranz alsbald nicht mehr geben wird. Herr Höhler tut, als ob ich in den nächsten fünf Minuten schon verschwunden sein werde, und er fragt mich rasch noch, ob ich ihm raten würde, Russisch zu lernen. Er würde sich gern die Möglichkeit vergrößern, wieder in seinem geliebten Studienratsberuf beschäftigt zu werden. Ich rate ihm, Russisch zu lernen.

Und die zweite Maßnahme, die ich treffe: Ich schreibe Frau Amanda, Aimée oder Amy einen Brief: So und so, ich reise ab. Es ist meines Bleibens nicht mehr in diesen lieblosen Gefilden. Ich streiche den pathetischen Satz mit den *lieblosen Gefilden*, aber so, daß sie ihn noch lesen, ihn noch als den Schatten eines Gefühls aus einer Zeit, die für mich vorbei ist, erkennen kann. Für den Rest des Briefes gebe ich mich hart. Ich bitte nicht, ich befehle. Ich bin der rechtmäßige Eigentümer der Söhne. Am Soundsovielten werde ich abreisen, sorg dafür, daß die Söhne reisefertig bereitstehen!

Wenn ich diesen Brief aus meiner Sicht von heute

lese, erkenne ich, daß die Härte, die ich in ihn legte, einige Male die Grenze des Lächerlichen streifte.

Die dritte Maßnahme: Ich teile meinen Eltern mit, daß ich komme, daß ich ihnen eine Hilfe sein will, daß ich abends in der gemütlichen Backstube einen Roman schreiben werde, einen Roman zur Übung, versteht sich.

Ich vertäue meine Einsicht, meine Aussicht, mein Satori nach allen Seiten. Niemand soll sie mir mit freundlichem Gerede oder mit tiefen Blicken zerstören. Ich ergreife sogar eine vierte Maßnahme: Ich versuche, das große Erlebnis literarisch festzuhalten. Später freilich, wenn ich diese Auslassungen, die ich damals für literarisch hielt, wiederlese, werde ich über das ich-bezogene Gestammel, über das mit Sentimentalität gewürzte Gefasel lächeln. Und später, wenn ich dem Bund angehören werde und es mit dem Ewigen Edwin, meinem *Belehrer* und *Bekehrer* zu tun kriege, wird der mich wissen lassen, ich sei bisher Gefühlssozialist gewesen, und er wird mir *seinen* Sozialismus zur Ansicht überstellen, aber wenn sich meine Ansicht mit seiner Ansicht nicht haargenau deckt, bin ich für ihn *feindlich.*

Und Edwin, der Ewige, wird mich weiterhin wissen lassen, daß mein literarisches Vorleben kurz nach dem großen Kriege nicht *hinhaut.*

Aber dieser Ranz war doch wirklich ein Krimineller.

Unrealistisch, unerhört! wird der Ewige Edwin sagen, auch wenn dieser Ranz zehnmal kriminell war, hast du nicht so über ihn zu schreiben!

Und der Ewige Edwin hält mir außerdem vor, ich hätte über einen Soldaten unseres Brudervolkes verlauten lassen, er hätte mich fast erschossen, um an deutsche Frauen heranzukommen.

Aber der Soldat war betrunken, und es ist so gewesen!

Naturalismus, nichts als Naturalismus, wird Edwin

sagen, und er wird darauf beharren, daß ich *so etwas* nicht zu schreiben habe, auch nicht, wenn ich es dialektisch tue, obwohl Edwin die Dialektik sonst nicht genug rühmen kann. Für den Ewigen Edwin ist Kunst nur Kunst, wenn sie so aussieht, wie er sich Kunst vorstellt.

Ich fühle mich für ein Weilchen belehrt und vernichte unter Edwins Obhut alles, was ich nach dem Kriege geschrieben habe, alles, was Edwin nicht für Kunst hält, und ich distanziere mich davon, und ich verbrenne es, und ihr werdet es in meinem Archiv nicht finden.

Meine Mutter hat mir eingepflanzt: Ein anständiger Mensch verabschiedet sich, wenn er davongeht, von Menschen, die freundlich zu ihm, die ihm wohlgesinnt waren. Ich verabschiede mich von den Höhlers. Herr Höhler sagt: Verlieren wir uns nicht aus den Augen, verständigen wir uns brieflich! Frau Höhler sagt: Ich bin sicher, daß wir uns nicht zum letzten Male sehen, ganz sicher. Woher nimmt Frau Höhler diese Sicherheit?

Ich wills gleich vorwegnehmen: Wir sehen uns nie wieder. Ich werde erst siebenunddreißig Jahre später in diesen Garten zurückkommen. Es ist Sommer, fast noch grüner Juni, und die Kirschbäume in der Allee, die neben der Freitreppe einhergeht, hängen voll Süßkirschen. Kein Mensch will sie pflücken. Die Menschen werden sich für reich halten, werden keine Lust haben, kleine Kirschen von Baumzweigen zu klauben. Kirschen, so wähnen sie, bekommen sie müheloser aus Konservenfabriken.

Siebenunddreißig Jahre später! Frau Höhler ist gestorben, und Herr Höhler ist gestorben, und ich stehe vor dem Skelett jener Hütte, in der ich mein Nachkriegsleben begann, vorausgesetzt, daß man ein Leben, wenigstens hypothetisch, in Abschnitte einteilen kann.

Jetzt ist es erst einmal siebenunddreißig Jahre früher, und ich bin auf dem Wege vom Obstgut nach Grottenstadt. Es ist Morgen, und der Morgen ist nebelig, und er muß nebelig sein, weil nicht mehr grüner Juni, sondern November ist, und es ist noch kein Strählchen Taglicht am Himmel. Neben mir geht Fräulein Hanna im ausgewachsenen Mäntelchen. Sie trägt ein blaues Kopftuch, und das ist vom niedergegangenen Nebel lasiert. Ich, wie immer, in meiner Trenker-Hose aus hellem Manchester mit meiner weißen Windbluse und dem grünen Hütchen, kurzum, in der Kleidung, die noch drei, vier Jahre meine *Allroundkleidung* bleiben wird. Fräulein Hanna und ich, wir sind uns sehr nahe, wir ziehen gemeinsam einen Handwagen. Im Handwagen sind zwei Kisten aus dünnen Brettern, die ich mit Griffen und Scharnieren zu Koffern aufgemöbelt habe. Werden Sie mir antworten, wenn ich Ihnen schreibe? fragt Fräulein Hanna und achtet darauf, daß mein rechter und ihr linker Arm sich bei der gemeinsamen Arbeit nicht berühren, und wenn es doch geschieht, sagt Hanna: Entschuldigen Sie. Hanna trägt wie ich das Muster eines *anständigen Menschen* in sich: Man schmeißt sich nicht ran!

Auf dem Innenhof jenes Stadtanwesens, auf dem ich die Mutter meiner Söhne wiedertraf, als ich vor Monaten hier ankam, sitzt ein Kerlchen auf einem Köfferchen. Es sitzt vor der Tür jenes Raumes, den wir dezent als das ehemalige Wachlokal der Amerikaner bezeichnen wollen. Es ist das erste Mal, daß mir der Junge um den Hals fällt, doch ich komme ohne Verdienst zu dieser Vergünstigung, es ist die Vorfreude auf die Reise, die ihn gepackt hat und ihn mir zutreibt. Es ist Jarne, und wo sein älterer Bruder ist, weiß er nicht. Die Mutter ist mit ihm davon, und Jarne weiß nicht, wohin sie gingen.

Ein Jahr später wird mir Frau Amanda, Amy, Aimée den älteren Sohn fast geschäftlich zur Übernahme anbieten. Ich werde für Stunden nach hierher zurückkehren, um den Jungen zu holen. Frau Amanda wird vorgeben, der Junge habe bei mir auf dem Dorfe mehr zu essen als bei ihr in der Stadt. Später werde ich wissen, daß ein Mann im Spiele war, dem der Junge nicht gefiel. Man soll, wie der Weise sagt, wenn man die Taten eines Mitmenschen beurteilt, ihm weiserweise, wenns mehrere Möglichkeiten gibt, das edle Motiv für sein Tun unterstellen. Ich versuche zuweilen weise zu sein, und manchmal gelingt es mir schon.

Wieder eine Zeit später raubt Frau Aimée mir den älteren Sohn von der Straße weg. Davon kann vielleicht später noch die Rede sein. Nein, ich rechne Frau Amy ihre Unbeständigkeit und ihren Wechselwillen in bezug auf Männer nicht auf. Die Unbeständigkeit gehört zu den Angeburten, mit denen ein Mensch ins sichtbare Leben hineingestoßen wird und mit denen er gewöhnlich ins unsichtbare Leben zurückfährt. Man darf seinen Mitmenschen die Angeburten nicht anrechnen, sagt der Weise, aber rechnen muß man mit ihnen.

Verzeiht, wenn ich schon ein Stückchen in die Zukunft meines ältesten Sohnes hineingriff, wenn ich überhaupt mit der Zeit so verfahre, als wäre sie ein Nichts. Ich gestehe, daß ich mir mit diesen Vorgriffen ein wenig Freude mache, daß ich mir vorkomme wie ein Kleingott, der das Ende einer Geschichte oder das, was so aussieht wie deren Ende, schon kennt, wenn diese Geschichte noch mittendrin ist, sich zu ereignen, oder wenn sie noch nicht zu erkennen gibt, wohin sie gehen wird, und wenn ich als Gottchen vielleicht sogar weiß, daß sie noch weitergeht, wenn das vorüber ist, was wie ihr Ende aussieht. Dieses kleine Wissen scheint mir zu den Freuden der Kleingötter zu gehören. Kurzum, bei dieser literarischen

Verfahrensweise handelt es sich um eine Freude, die ich in der Mitte meines Lebens noch nicht kannte, aber jetzt beschreibe ich meine Lebensmitte, wie ich euch schon bekanntgab, vom Ende her, und das ist es, was es ist.

Ich bringe unser Gepäck in den Waggon. Fräulein Hanna beschäftigt sich mit dem Sohn und macht sich nützlich bis zum letzten Augenblick, macht sich unentbehrlich: Wirst du Hanna nicht vergessen? fragt sie den Jungen.

Der Junge weiß keine Antwort. Er steckt schon in den Vorerlebnissen der Reise. Er hat neben der gewinnenden Art seiner Mutter auch etwas von meinem abweisenden Wesen an sich. Du mußt gehen, sagt er zu Fräulein Hanna, sie werden dir den Handwagen stehlen. Hanna winkt großzügig ab, als ob ihr im Garten Eden noch eine Meute von Handwagen zur Verfügung stünde.

Ich bedanke mich bei Fräulein Hanna für die Begleitung. Fräulein Hanna sieht zu mir auf, als erwarte sie noch irgendwelche Zusicherungen. Es springen ihr zwei Haarkringel unterm Kopftuch hervor und in die Stirn, und ich tue etwas Überdiesiges, und ich berühre einen dieser Haarkringel mit dem Zeigefinger, und Fräulein Hanna scheint das für mehr zu halten als das, was es ist.

Ein Jahr später wird ihr Herr Vater brieflich bei mir anfragen, ob es mir was ausmachen würde, einen gesonderten Brief an Hanna zu schreiben, sie sei seelisch erkrankt, rede allweil von mir, und man hoffte, daß es vorübergehen werde, aber ich sei nun mal die Persona grata in ihrem Leben, um es auf lateinisch zu sagen.

Ich schreibe nicht an Fräulein Hanna, ich schreibe nicht einmal mehr der Familie Höhler. Ich bin um diese Zeit selber von Krisen geschüttelt, und ich benutze diese Krisen als Ausreden vor mir, wenn ich nicht an Hanna und nicht an die Höhlers schreibe. Wenn ich mich umsehe, so bin ich damals auf einer Lebensstrecke, in der ich hart und ohne Mitleid bin, und ich schäme mich nachträglich dafür. Ich muß sogar Obacht geben, daß diese Scham nicht zersetzend in den letzten Teil meines Lebens einfällt, und ich kann mich vor solchen zersetzenden Selbstvorwürfen nur retten, indem ich dem großen Leben die Schuld zuschiebe: es hat mich eine Lebensstrecke lang so mitleidlos gemacht.

Siebenunddreißig Jahre später werde ich Fräulein Hanna wiedersehen. Die liebliche Gefährtin und mein jüngster Sohn werden bei mir sein, und wir werden Fräulein Hanna, die jetzt Frau Schiekedanz oder ähnlich heißt, im Gärtchen hinter dem Landhaus finden. Ich bin in Sentimentalität, die mich zuweilen befällt, meiner Vergangenheit nachgelaufen und weil ich mir einbilde, ich könnte diesen beiden lieben Menschen etwas von dieser Vergangenheit vermitteln.

Die Kirschbäume steigen, wie ich schon sagte, noch wie damals neben der Freitreppe bergan. Die Kirschen sind reif, und Wespen umsummen sie. Auch die verschnittenen Buchsbäume stehn noch neben den Treppenstufen und sind noch da, und ihr wißt, in einem von ihnen versteckte ich damals meinen Lodenmantel.

Wir sitzen eine Weile in der Gartenwirtschaft, und ich frage den Pächter nach Fräulein Hanna. Er bringt uns fast gegen unseren Willen zu ihr ins Gärtchen hinter dem Haus. Fräulein Hanna wird füllig geworden sein, quellend und üppig, das, was einmal ein Näschen war, wird eine Nase sein, und das einst blonde Haar wird dunkel gefärbt und onduliert sein. Frau Schiekedanz wird in einem Gartenstuhl liegen und ihre Knie von der Sonne bescheinen lassen. Sie wird mich erkennen, und sie wird sagen: Ach, der Herr Matt, und sie wird es so fern freundschaftlich sagen wie die Verkäuferin im Reformgeschäft in Berlin, die mich nach zehn Jahren wiedersieht. Frau Hanna wird sich halb aufrichten und der lieblichen Gefährtin und meinem Sohn die fleischige Hand entgegenstrecken, und sie wird uns bitten, ein wenig an einem Gartentisch Platz zu nehmen, doch nur mein höflicher Sohn, der die Gastgeberin nicht verletzen will, wird sich setzen, und wir setzen uns nicht. Es lag nicht in unserer Absicht, Frau Schiekedanz zu überfallen. Es hätte nur in unserer Absicht gelegen, die alte Hütte und das Obstgut zu sehen, entschuldigen wir uns, aber ich bin nur oberflächlich in meinen Entschuldigungen; ich bin damit beschäftigt, die dunkle füllige Frau, die ich halb sitzend, halb liegend vor mir habe, mit dem lichten schlanken Mädchen Hanna in Deckungsgleichheit zu bringen, aber ich werde von meinem jüngsten Sohn dabei unterbrochen. Dieser sonst so stille und gemäßigte Sohn springt auf und tut ein paar Abwehrschläge in die Luft. Er hat mit dem Knie an den Ball eines Wespennestes gestoßen, das diese getigerten Insekten an der Unterseite des Gartentisches angebracht haben, und die Wespen greifen an. Oi, meine Wespen! sagt die Frau, die einmal das Mädchen Hanna gewesen ist. Die Wespen hatch ja goanz und goar vergasse. Sie sagt es im Dialekt und im Tonfall einer thüringischen Hausfrau. Das verhalten vornehme Thüringisch, das das Mädchen Hanna einst sprach, scheint von der Zeit zerfressen, zersetzt, vergröbert zu sein. Sie sinn sonst liebe Dierchen, meine Wespen, sagt das ehemalige Fräulein Hanna, ich lieg hier und schloaf, und sie dun mir nischt.

Frau Schiekedanz wird uns vorschlagen, das Gärtchen zu verlassen, weil die Wespen keine Ruhe geben, und sie bringt uns dazu, mit ihr nach vorn in den *Kaffeegarten* zu gehen, und wir setzen uns dort nieder.

Ich versuche ein paar Erlebnisse von damals aufzutischen: Wissen Sie das noch, Frau Hanna? Können Sie sich daran erinnern?

Frau Hanna kann sich erinnern, daß wir hin und wieder in der Gartenhütte saßen, wenn es Abend wurde, aber weshalb wir dort saßen, weiß sie nicht mehr. Sie kann sich an einen Herrn Ranz erinnern, der dann Landrat wurde, und für sie ist dieser Herr Ranz immer noch Landrat. Für Frau Hanna Schiekedanz scheint es keine Plätze in der Vergangenheit zu geben, auf denen sie hin und wieder betrachtend ausruht. Vom Abitur, das sie gewiß gemacht hat, sagt sie nichts. Das scheint etwas Überflüssiges in ihrem Leben gewesen zu sein. Sie hat die meiste Zeit unten in der Stadt als Kochfrau gearbeitet, erzählt sie, und sie nennt eine berühmte Gaststätte. Und jetzt, sagt sie, sitz ich an der Pforte in der Waschmaschinenfabrik. Das heißt, sie ist Pförtnerin in jener Fabrik, die früher *Schädlichs Waschmaschinenfabrik* genannt wurde, und dort in der Pförtnerei hat man mich vor vierzig Jahren abgewiesen, als ich *Hilfsarbeit* suchte. Jetzt wird dieser Betrieb *Volkseigene Waschmaschinenfabrik* heißen, und alles wird so sein, wie es sein muß.

Frau Hanna Schiekedanz weiß, daß ich Bücher geschrieben habe. Sie hat meine Bücher sogar ihren Abitur-Freundinnen, die damals hier im Garten arbeiteten, in den Westen, das meint, in die Bundesrepublik, geschickt, aber es ist nicht die Rede davon, daß auch Frau Hanna eines meiner Bücher gelesen hat. Frau Schiekedanz ist bestrebt, uns zu beweisen, daß auch ihr Leben Bemerkenswertes aufzuweisen hat. Sie erzählt von einem ihrer Brüder: Zuerst sei er Kellner gewesen, dann wurde er ein berühmter Gaststättenleiter, und einmal sei sogar Churchill bei ihm zu Gast gewesen. Denken Sie nur! Es wird noch fehlen, daß wir dieses Ereignis aus Höflichkeit bestaunen und an Frau Schiekedanz den Nebenglanz entdecken, den dieser Churchill-Besuch in der Gaststätte ihres Herrn Bruders auf sie wirft.

Mir fällt in diesem Augenblick jener Brief des Herrn Höhler ein, in dem er mir mitteilte, daß die arme Hanna sich vorübergehend in einer *Psychiatrie* befände, und es wird mir trotz der vollen Nachmittagssonne, trotz des reifenden Weizenfeldes am Hang, trotz der Kirschenfülle an den Bäumen, trotz des heißen Nachmittags ein wenig kühl, und wir werden uns bei Frau Hanna bedanken und aufbrechen.

Es hätte keinen Sinn gehabt, Frau Hanna an jene Tränen zu erinnern, es waren drei oder vier, die sie verlor, als wir, mein Sohn Jarne und ich, durch die Schiebetür in den Güterwagen krochen, um uns auf meine Kofferkisten zu setzen. Man erinnert nachsichtigerweise niemand an Tränen, die aus einem Grund geweint wurden, der lang, lang verklungen ist, und wenn ich diese Tränen hier dennoch aufzeichne, dann, damit sie nicht ganz umsonst verloren wurden, und damit ich in der naiven Hoffnung sterben kann, sie durch Buchstaben und Worte ein wenig unvergessener gemacht zu haben.

Inhalt

1. Auflage 1989

Einbandgestaltung Heinz Hellmis
Typographie Kristina Niklaus
Lichtsatz Karl-Marx-Werk, Graphischer Großbetrieb,
Pößneck V 15/30
Druck und Binden Messedruck Leipzig
Printed in the German Democratic Republic
Lizenznummer 301. 120/23/89
Bestellnummer 614 009 2
01300

ISBN 3-351-01422-8